跑 江 湖

皓 东 著

当代世界出版社
·北京·

图书在版编目（CIP）数据

跑江湖／皓东著．—北京：当代世界出版社，2013.7
ISBN 978－7－5090－0904－8

Ⅰ.①跑…　Ⅱ.①皓…　Ⅲ.①长篇小说—中国—当代
Ⅳ.①I247.5

中国版本图书馆 CIP 数据核字（2012）第 050726 号

书　名：	跑江湖
著　者：	皓　东
责任编辑：	贾丽红
出版发行：	当代世界出版社
地　址：	北京市复兴路 4 号（100860）
网　址：	http://www.worldpress.org.cn
编务电话：	（010）83907332
发行电话：	（010）83908409
	（010）83908455
	（010）83908377
	（010）83908423（邮购）
	（010）83908410（传真）
经　销：	新华书店
印　刷：	北京天正元印务有限公司
开　本：	710×1000 毫米　1/16
印　张：	20
字　数：	304 千字
版　次：	2013 年 7 月第 1 版
印　次：	2013 年 7 月第 1 次
书　号：	ISBN 978－7－5090－0904－8
定　价：	36.00 元

如发现印装质量问题，请与承印厂联系调换。
版权所有，翻印必究！

一

那伍老了，身体如开了五十万公里的车，不是这疼，就那不舒服。他忙着看病，却又忙里偷闲，他经常在午后一个人走到公园深处，找到那个几乎和他同样老的长椅躺下，用个破旧的帽子盖住他那张泥泞不堪的脸，风将树叶摇得哗哗作响，阳光透过树叶缝隙盖在他的身上，这便是他一天之中最为惬意的时光。当然，更为惬意的是他会想起自己曾经的几个女人，当然，还有那只猴子。时间带走了他的一切，只留下这些回忆，他便要用这些回忆来打发那剩下的时间。

女人是那伍的女人，而猴子则是那伍的兄弟，我们的故事就从他的"兄弟"开始，因为他的兄弟"闯祸"了。

那年，邓丽君的《甜蜜蜜》红遍大江南北，如一剂催情的猛药，撩拨着人们沉睡多年的情欲。那伍也不知道从哪里弄到的载有这首歌的磁带，在家里津津有味地听着，他的身边坐着的那只猴子，和他一样享受着歌曲给他们带来的绵绵的情意。

外边不知道谁在吵闹，细细听来，那伍听出了十三姨的声音。十三姨是他家楼上的老娘们，整天没事干，不是和这个吵，就是和那个闹，她有一个特点，总是觉得自己受了别人的欺负，所以她总是想要欺负别人，曾经有一个男人在路上向她挤眼睛，便被她追上去骂了三里地，后来发现那男的天生的眼疾，看谁都挤眼睛。

此时此刻的十三姨在外面哭闹着，哭声和那伍屋子里的歌声掺杂在一起，极其的不搭调，在那伍看来就像一颗老鼠屎掉到了香喷喷的粥里，所以他皱起眉头，心中暗想不知道今天谁又要倒霉了。

那伍将录音机的声音调到最大，欲要盖过十三姨的叫骂声，随着歌声音量的提高，十三姨的声音便从那伍耳边慢慢的远去，去死吧，那伍心想，然后他眯缝着眼睛，吞着口水继续听着那首歌，曲调从那破旧的录音机里传了出来："甜蜜蜜，你笑得甜蜜蜜，好像花儿开在春风里，开在春风里……"

这歌曲能把人的骨头唱酥了，那伍只觉得自己身上软软的，像没了骨头，由于眯着眼睛，整个世界便显得模糊了，不再有那么多的棱角，颜色由冷变暖，他像泡澡堂子一样的惬意，这样的感觉渗透到浑身上下每个毛孔之中，弄得他的身子痒痒的，身子痒了，心也就痒了。而猴子呢，也坐在那静静地听，它似乎听懂了什么，那伍知道，它是喜欢这首歌的，否则的话，它早就骑到那伍的头上和他打闹了。

那伍和猴子听得正入神，警察破门而入，他们全副武装，手里拿着手枪。那伍哪里见过这个阵势，他吓坏了，而且这种惊吓更多是精神上的；刚刚还甜蜜蜜的，现在却要面对那黑洞洞的枪口。此时的那伍如掉进冰窟窿里似的，只感到头皮发麻，浑身发软。他下意识地举起了双臂，摆出投降的造型，而猴子也识时务，跟那伍一样，乖乖地举起手臂。警察并没有理会猴子，它毕竟不是人，而是将枪口对着那伍，慢慢地移动过去。

尽管也是举手投降，但猴子并不如那伍听话，它朝着逐渐逼近的警察们龇牙，这个不难理解，因为它或许知道，正是因为这些警察的到来，才打扰了它的欣赏，也许那是对美好事物的一种憧憬。那些警察似乎并不愿意跟这猴子一般见识，所以并没有招惹它，而是直接把那伍按在了地上。

十三姨从外面冲进来，只见她一身的泥土，凌乱的头发，眼泪纵横脸上，闯进来后便一屁股坐在地上，双手将地上的土拍出三尺高，一边哭一边喊："哎呀妈呀，我可不活了！"她手指那伍的方向："就是他，强奸！"说完一下子晕厥过去了。

那伍傻了，脑子里划过两个字加一个问号："强奸？"

四五个警察将那伍架上了警车，警车呼啸而去，随之而去的是救护车，十三姨突然的晕厥将事件蒙上了一层灰色，包括警察在内的大家都非常重视这个案件。

插一句，那个时候的强奸不比现在，虽然性质是同样恶劣，行为是同样龌龊，道德上是同样为人所不齿，但那个时候对强奸的界定不如现在严格，当然，后果也严重得多。别说是强奸，就是不正当的男女关系都是可以判的，强奸，如果情节严重可以直接拉出去毙掉。所以当他听到强奸二字的时候，腿就软了，如没了骨头一样，身上软绵绵的，眼前一片模糊。那伍吓丢了魂。

一声棒喝让那伍如梦初醒，两个警察怒目而视，也许在他们眼里，强奸是跟杀人一样的罪行，哪怕是有嫌疑的人，那也是罪不可赦的。审讯室里本来坐着两个警察，过了会又进来两个，由此可见问题的严重性。四个人，两个站着，两个坐着，坐着的警察抬起耀眼的大灯，晃得那伍睁不开眼睛，刺眼的灯光让他的眼泪刷刷地流。坐着的一胖一瘦，胖子不说话，瘦子狠狠地问道："咱们的政策不用我再解释了，坦白从宽，抗拒从严"，尤其是"从严"二字几乎是从后槽牙挤出来的。那伍打了一个激灵，从家里到现在，从邓丽君的甜蜜蜜到眼前这阵势，就像正在洗热水澡的人猛地被一盆凉水从头上灌下来一样，激着了。那伍很没有底气地说："我没有强奸！"

瘦子再次棒喝："那我们找你来这干嘛？我们吃饱了撑的！？说说，你是怎么强奸刘桂枝的？时间，地点，过程。"

那伍傻了："谁是刘桂枝？"

瘦子一拍桌子："少跟我来这套，干你都干了，还不知道是谁？"那伍恍然大悟，是吓傻了的缘故："你说的是十三姨吧？"想到这，那伍有些委屈，他对天发誓那是不可能的事，十三姨比那伍要大上十几岁，而且看着比实际年龄老上许多。他心中暗想，就是强奸，也不能强奸她啊。

瘦子说："那你刚才为什么不开门？你心里没鬼，你为什么不开门？"

那伍一愣，原来警察在外面敲门喊话好久，就是让那伍打开门来，那伍只顾着听着邓丽君的歌曲，而且将声音调到最大，自然是听不见。那伍声音颤抖地说："我真的没有强奸！"

瘦子说："那她为什么说你强奸，她怎么没说我强奸？你给我解释解释，现在你需要解释！"听着瘦子的话，那伍合计了半天，也没想明白为什么十三姨只是说他强奸，而没有说眼前的警察强奸。

这个时候门外进来一人，也是一警察。走进来径直对瘦子用很大的声音说："十三姨醒了，一口咬定那伍强奸。这小子认了吗？"

瘦子摇头。那人说道："坦白从宽，抗拒从严，不认的话直接拉出去毙了，要是承认没准还有条活路。"

一听"毙"了，那伍两腿一软，眼前一黑，晕厥过去了。醒来的时候裤裆都湿了，他吓得尿裤子了。尽管尿裤子，他还在审讯室，他尿裤子的行为并没有得到警察的同情。

接下来那伍从以下几个方面论证自己并没有强奸。首先，十三姨比他大十几岁，他即便是强奸也不能找比自己大十几岁的吧。这一点被聪明的警察轻松地否决了，因为警察说，他曾经看到过一个十几岁小伙强奸过四十多岁妇女的案例。那伍为此惊讶，真是大开眼界，他张开大嘴，"啊！？还有这等事啊！"他算是长了见识。

然后，那伍给出的论据是，他有对象啊。而警察的回答是，有对象并不能作为不强奸的证据，因为很多强奸犯都是有家室的。那伍的这条论证又被警察轻而易举地驳回。这可怎么办呢？那伍搜肠刮肚地就想到这两个理由。一着急，一瞪眼，他哭了，他一边流着眼泪，一边抽泣，他说要跟十三姨对质。这个倒是个好办法，可警察的一席话让那伍彻底失望了，十三姨由于被强奸后伤心过度，晕厥现场，现在正在医院里抢救。那伍哑巴了，坐在那里抹着眼泪，嘴里念叨着："我没有，我没有。"可单单的哭诉是于事无补的，他忘记了，办案需要的是证据，你说没有，我说有，而且我有证据，十三姨的话就是证据，你说你没有，那你拿出证据来，因为证据和逻辑是理清事实真相的必经阶段，也是坚实的基础，寻找真相的道路上，谁也绕不开这个过程。如果按照这个思路来想，那伍真的拿不出证据来证明他没有强奸。

那伍觉得自己很笨，他明明是没有强奸，但却有口难辩。怎样才能证明自己没有强奸呢？这是一个重大的课题，是生死攸关的问题，是亟待要解决的问题，否则自己就要被毙了。

那些警察还是比较理解人的,他们看出那伍的焦急,打算让那伍自己单独想一想,然后再说,考虑清楚再说。当然,他们临出门的时候留下的还是那句话,"坦白从宽,抗拒从严"。

那伍一个人在审讯室里,独自思考着这个问题。时间是一剂良药,而且任何人都不能无视人本身的求生欲望,那是一种本能,所以,随着时间的流逝,那伍的思考转向了,他不再去想怎样才能证明自己的清白,怎样才能让警察相信自己没有强奸,而是另一个问题,自己到底有没有强奸。有没有?应该是没有,那十三姨为什么指证啊?为什么啊?警察那样肯定到底是为什么?这些问号在那伍脑海中闪现出来,他在想,也许警察说的是对的,她十三姨为什么不说警察强奸呢,为什么只说我那伍强奸呢,而且是指着鼻子说的,而且是说完之后就晕倒了的,是不是自己曾经做过这种卑鄙无耻的事情而又忘记了呢?

想来想去,那伍还是觉得自己是清白的,并没有强奸。他想出了一个很好的办法来证明,那就是家中的猴子。猴子和他亲如兄弟,同吃同住,他上班在单位,下了班和猴子形影不离,猴子便是最好的证明。他好像发现了新大陆一样的兴奋,他大喊大叫地找来警察,瘦子和胖子异常的兴奋,以为案子要有什么新的进展,可听到那伍的话,他们四目相对,瘦子说:"你说用猴子来证明你的清白,你能让猴子说话吗?"胖子说:"即便是猴子说话了,谁能听懂?"瘦子又说:"即便是能听懂,也不能相信啊,那猴子是什么啊,是动物,是畜生,我们是人!"胖子又说:"即便是我们相信了,别人也不能相信啊。"瘦子说:"即便是别人相信了,大家都相信了,我们也不能写到材料里啊,这不是滑天下之大稽吗?"

胖子瘦子两人一前一后,你一句我一句,生怕话落到地上似的,让那伍应接不暇。

那伍刚要辩解,胖子便大喊起来:"老实点!"他气势如虹,底气十足地说:"让你自己想想,就是给你条活路,你也不看看现在是什么形势,你是顶风作案,要是你态度不好,后果是什么样,你自己是知道的!我们已经掌握了你所有的犯罪证据,如果你再不交代,我们也是可以结案的,大不了直接拉出去毙了。现在让你自己说,是给你个机会,给你活着的机会,你考虑清楚,再给你二十分钟。"

活着,对于一个要死的人没有什么比这个更加诱惑的了,二十分钟的时间如一个世纪那么漫长,那伍在思考着,思考着警察们给他留下的作业,难道自己强奸了十三姨自己都不知道?

真如歌词所唱的,是在梦里,梦里见过你,你好美丽,一切都发生在梦里?难道说自己梦游?活了三十多年了,还不知道自己有这毛病。也许是梦游吧,只能这样解释,面对警察和十三姨的那样肯定的指证,和自己对这段记忆的缺失,只能将这件事归结为梦游。这样理解,那伍就好多了,他似乎有些明白了,应该就是这么回事。他还庆幸,庆幸自己悬崖勒马,庆幸自己及时发现,否则的话要被直接拉出去毙了,而现在,毕竟是个好态度,而且坦白是能从宽的。

那伍想清楚了,就这样说,在梦中强奸了十三姨。得出这样的结论那伍还是比较沮丧的,因为十三姨又老又丑,而且看上去比实际的还要老,他怪自己梦游也不找个好看的来强奸,毕竟自己还是个"小伙"啊。这样想着,那伍觉得自己非常龌龊,简直是龌龊至极,他不敢这样想下去,因为他觉得这样想本身就是一种犯罪,他开始相信自己并不是一个好人,而是一个大坏蛋。

在最后的五分钟里,那伍简单地想了想自己的后事,即使不被枪毙的话,也得判个几十年,父母早就没了,兄弟姐妹也没有一个,唯一让他惦念的就是那只猴子,他要是进去了,这猴子可咋办啊?送人吧,得找个好人家。

这猴子也命苦啊,几年前是不允许要猴的,那个时候见到耍猴人就抓起来,见到猴子就宰掉,这猴子是他放在地窖里养大的。

那伍这样想着,心生悲情,他想起了娟子,他的相好。尽管娟子的妈不同意他们来往,但娟子还是喜欢那伍的。他一直都想跟娟子亲个嘴,可一直都没亲到,想想,这辈子真亏,他宁可跟娟子亲个嘴,也不愿意强奸那个又老又丑的十三姨。他叹了口气,要是判个二十年,他出来就是四十多岁,注定是打一辈子光棍了。

正待那伍料想后事之时,警察们走了进来,那伍刚想说话,瘦子将那伍的手铐打开,指着门的方向,示意他出去。本来稍有清醒的那伍再次懵了,怎么不审了？直接拉出去毙了？

那伍眼泪都快出来了，"扑通"一声跪在警察们的面前。此时，瘦子赶忙说："经过我们进一步调查取证，那十三姨本来疯疯癫癫的，她的话不足为信，但案件正在进一步调查之中，等她醒来，我们还是要对她进行询问，这个时间你要保证在家，随叫随到！"

那伍本来是要承认自己强奸，在梦中强奸的，因为要争取个好态度，至少不能死得那样痛快，他不想拉出去直接毙了而连跟娟子见面的机会都没有。可警察的一番话让他再次懵了，不过他迅速反应过来，他赶紧跪在地上向警察磕头，真是磕头如捣蒜啊："青天大老爷啊，明察秋毫啊……"

回来的路上，那伍为自己反应之快而沾沾自喜，他庆幸自己没有承认强奸的事。但问题还没有完全解决，警察的话中并没有完全排除自己的嫌疑，只是说等十三姨醒来再进一步调查，让他随叫随到。他担心，如果十三姨醒来，还是指证自己强奸怎么办？那伍又回到了这个问题上来，自己到底有没有强奸？应该是没有，那梦游呢？他努力地尝试着刚才他思考的阶段性成果——梦游，不可能，活了三十多年自己梦游都不知道？怎么可能？梦游，简直是个笑话！大笑话！那伍大笑不止，笑声响如雷。

那伍现在需要做的不是回家，而是去医院看望十三姨。他希望她能够赶快醒来，还他一个清白。那伍去了医院。老窝瓜，也就是十三姨的男人守在十三姨旁边，病情看似比较稳定，十三姨还在昏睡中。那伍蹑手蹑脚地来到床边。老窝瓜是比较了解自己的女人的，他看到那伍，便站起身来，拉着那伍往外走，在走廊里，老窝瓜说："你怎么来了，赶紧回去吧。"那伍刚要说话，老窝瓜知道那伍的想法，他说："我知道跟你没关系，没有你的事，我老婆一直都这样，疯疯癫癫的，你别介意啊。刚才我跑到警察局跟他们说了，说跟你没关系，给你澄清了。"那伍恍然大悟，他如遇到救命恩人一样，拉着老窝瓜的手哽咽了，他不知道如何感谢这位对他有救命之恩的老窝瓜，也许没有老窝瓜为他说话，他已直接拉出去毙了。"我啥也不说了，谢谢啊大哥！"那伍拉着老窝瓜的手说。那伍将两斤苹果塞到老窝瓜的手里，老窝瓜说什么也不要，那伍扔下苹果，转身离开了。

离开医院的时候已经是傍晚,天蒙蒙黑了。这一天,那伍漂忽在生死之间,他感慨万千,他想去找娟子,但娟子家距离很远,若是真到了娟子家,天都黑透了,这个时候和娟子约会是不明智的,要是被居委会的老大妈抓到那更麻烦了。在那个年月,两个人约会尤其是在晚上,容易被抓起来当作流氓。这并不像若干年后的今天,亲嘴都可以拿出来比赛的。那伍想起了娟子,心里乐开了花,嘴上也带着笑意。就在两天前,他就差点跟娟子亲嘴了。天也是这么黑,他俩在她家附近的花园里溜达,在一颗大柳树旁边站下,就差那么一厘米的距离就要亲到娟子的时候,带红箍的小脚老太太们及时赶到,随后他和娟子一起逃跑了。老太太毕竟是老太太,即便是带了红箍的也还是老太太,而且是很老的老太太,所以那伍和娟子轻松逃脱。想到被老太太追,那伍嘴上的笑意还是没有了,身上倒是出了一身的冷汗。幸好没被抓住,否则非按流氓罪论处,没准直接拉出去毙了!只怪那颗大柳树,这个时节,冬天没完全走,春天没完全来,柳树刚刚挂上绿芽,并没有茂密的树叶,所以被老太太发现了,若是再过几天,树叶茂密了,老太太就不会发现了,对,要等到那个时候。

警察局距离自己家有好几站地,那伍是走着回去的,快到家门口他看到了很多人站在那里,这是不寻常的,而众人围观的地点正是他家的窗户底下。那伍快走两步,那动人的歌声便从人群的缝隙中传了出来。

原来是那只猴子搞的鬼,自打那伍被警察带走之后,这猴子便不厌其烦地听着那首歌曲,它竟然学会了倒带重播,这并不奇怪,这猴子聪明得很,在那伍看来,那简直就是个人。猴子在家听音乐,把音乐声放到最大,大半夜的扰得人无法休息,这些人又不是警察,不敢破门而入,而且没有人敢跟这畜生动武,因为打赢了胜之不武,输了还会折了面子,索性跑出来站在那伍家门前听歌,反正也没听过。那伍这盘磁带是一个跑江湖的朋友送的,说是从深圳那边带回来的,很紧俏,令那伍没有想到的是刚开始还觉得扰民的邻居现在却听得津津有味。

那伍回到家,看到了猴子,真是恍如隔世啊,那伍感慨。猴子坐在椅子上,破旧的录音机里依然传出了《甜蜜蜜》的声音,这猴子在那伍进门的一刹那还在摇着头,眯着眼,似乎很享受的样子。那伍再没心情听这音乐,便关掉录音机，而猴子正听得来劲，那伍这样的行为引来猴子的不满，它将那录音机打开，那伍再关掉，猴子再打开，那伍最后关掉，然后转身对猴子说："你要是再打开我就打你！王八犊子玩意！"

以往一听到这句话，猴子就应该老实了，这句话曾屡试不爽，也相当于那伍对猴子的最高指示。但这次却例外了，猴子只老实了一会，等那伍转身的时候它就再次打开那录音机。这样，他们两个人均站在录音机前，猴子开了，那伍关掉，如此反复，一关一开，邓丽君的《甜蜜蜜》在录音机里就显得断断续续的了，音乐这个东西真是奇怪，尽管是一首本身好听的歌曲，可这么断断续续地放，就好像跑了调一样。曲子跑了调，猴子就很不高兴，因为在这一天里，它反复地听着这首歌，反复地享受着这种酥了骨头的感觉，可晚上那伍回来却让这曲子变得如此的难听，所以猴子对那伍非常的不满，它龇牙了，这应该是猴子最生气的时候。那伍没惯着猴子的毛病，回头就是一巴掌，打在猴子头上。猴子龇牙大叫一声，回手就是一爪子，挠在了那伍的手上。

一人一猴，为了首歌曲，就这样打了起来。那伍心力交瘁，实在不愿意与这畜生就此事情再纠缠下去，只好背着猴子拔掉电源。他原本以为猴子只会按起开关，没想到猴子什么都懂，既懂得按钮，也懂得电源，这让那伍没有想到。最后，那伍将猴子关到了它自己的房间，其实所谓的房间就是一个三四平米的小仓库，里面有床破被子，猴子就睡在里面。

猴子在里面大吵大闹，龇牙咧嘴，上蹿下跳，闹得那伍也无法休息，怎么办呢？还是那伍聪明，他将录音机还给了猴子，然后回去睡了。半夜的时候，猴子终于在它的房间内找到了电源插销："在哪里，在哪里见过你……"这样，这首曲子再次响起。

那伍气急败坏，推开猴子的门，只见猴子一边抱着录音机，一面咧开嘴，露出獠牙，想借此吓退那伍。那伍只好将自己家的电闸拉下，这下世界安静了，天下太平了。猴子在屋子里怪叫了两声，稍后便没了动静。也许它在黑暗中摸索着，那伍心想，至少猴子不会在今晚找到问题所在，因为电闸在大门外面，而且那伍从未当它的面摆弄过电闸。那伍心想，做什么事还是要留一手的。

第二天清晨，十三姨醒来了，案件的调查取得了阶段性进展，也澄清了那伍的清白。原来并不是那伍强奸了十三姨，而是那伍家的猴子强奸了十三姨家的狗，这事听起来匪夷所思，但十三姨就是这样说的。

这天那伍被叫到了医院，警察们一丝不苟地为十三姨做笔录，关于猴子强奸狗的笔录。十三姨见到那伍依然是激动，依然是骂着那伍是个强奸犯，头一天她是这样骂的，如今还是这样。十三姨关键时刻讲话还是比较讲究效率的，因为如果说："那伍，你们家猴子是个强奸犯，你们家猴子耍流氓"，这样就比较麻烦，而且话一出口便没了气势，再者也不能引起更多人的注意，可直接指着那伍的鼻子说道"强奸犯，耍流氓"，这样就比较直接，而且比较有效率，一句话道清了事情的本质，更能吸引人来注意。对于十三姨来说，从逻辑上并没有错，只是没有说全，对于警察来说似乎也没有错，因为按照常理推断，一条狗被强奸了是无法引出当事人这样强烈的情绪反应，只有她自己被强奸才能这样。所以大家都没有错，那瘦子和胖子警察均拉着那伍的手说："我们当时那样审讯你，这是我们的审讯技巧，当然，还是那句话，我们绝对不会冤枉一个好人，当然也不会放过一个坏人，希望你能理解我们的工作。"那伍点头："理解，完全理解，全力支持。"那伍本来习惯性地想跪下来大喊，青天大老爷啊，可那一胖一瘦转身离去了，并没给那伍这个机会。

那伍非常高兴，也非常兴奋，因为民警们的智慧，让他摘掉了强奸犯的帽子。他如获大赦一样，感受着那死后重生的幸福和喜悦，然而就在快到家的时候，这样的幸福和喜悦全然转化成了对猴子的愤怒和不满。因为自己变回了好人，而猴子的卑劣则浮出水面，他站在道德的高地上俯视着猴子，那猴子便变得龌龊不堪。他觉得这猴子简直是个祸害，害得自己差点被枪毙了，他把这几天来一肚子的怨气全都撒在猴子身上，这畜生，真是个畜生！回到家，猴子依然在听着音乐，看到猴子如此的安逸，那伍更是气不打一处来。

一进门猴子似乎察觉情况不妙，马上提高警觉，这猴子还是挺能察言观色的，它异常敏锐地感受到了那伍进门时带来的杀气，那伍找来一根擀面杖朝着猴子就过去了。

人猴大战开始了，骂声震天，主要是那伍在骂，因为猴子不会骂人，只会龇牙，只会发出猴子自己才能听懂的声音。那伍越骂越凶，他门前聚集了很多人，跟十三姨站在他们家门口骂强奸犯的场景一样，人越来越多，那伍的骂声越来越高，每一次都提高八度。那伍用那高亢的声音骂着："强奸犯，耍流氓"，好像猴子能听懂似的。伴随着邓丽君那首《甜蜜蜜》，那伍的声音显得那样的浑厚，这似乎也是一种曲调似的。

众人们只闻其声，未见其人，听着那伍的骂声，他们大概知道事情的来龙去脉。一段时间后，那伍的声音越来越弱，也许是他累了。大家看到那伍气势汹汹地从门里走出，衣服破了，脸上、身上伤痕累累。之前，邻居们担心那伍将这猴子打死，觉得猴子这回肯定是凶多吉少了，直到看到那伍，他们觉得这样的担心是枉然的，因为他们知道这场人猴大战中，那伍并没有占到丝毫的便宜，如果说占到了，那就是他的骂声高亢，占领了宣传的制高点。这一点优势是天然的，因为猴子并不会说话，或者不会说人话。

刘强也在人群之中看着热闹，知道是人和猴子在打仗，所以也就没凑前。看着那伍走出门来，刘强关切地问，咋弄的一身的伤啊。那伍吃了亏，嘴上不饶猴，说道："这猴子，畜生，强奸犯，耍流氓！"他再次强调了下，为的是让大家加深印象，以此让大家觉得在这场战争中他牢牢地站在了正义的一方。

那伍在外面纳凉，屋子里面继续响起了邓丽君的《甜蜜蜜》……

那伍的猴子强奸了十三姨的狗，那伍本来是非常愿意相信这一点的，但当十三姨以此来寻求民事赔偿的时候，那伍有些犹豫了。

十三姨觉得那猴子强奸了他们家的狗，他们家的狗是他们家的重要成员，她本身没有孩子，拿这条狗跟自己孩子一样，所以狗被强奸了，就跟孩子被强奸是一样的。那伍撇着嘴，那狗都快老掉牙了，要换算成人的寿命，也有七八十岁了。

十三姨一口咬定那狗是他们家的成员，刑事责任可免，但民事赔偿不能免。就像死罪可免，活罪难逃一样。十三姨狮子大开口，要价一百块钱。

这个数目在当时不是小数，那伍一个月才挣几十块钱，而且当时的年月，大多数的家庭都没有积蓄，更何况那伍还要独自一人去养一只猴子。那伍对猴子强奸的事不再坚定了，他觉得猴子毕竟是猴子，而狗是狗，两个物种，不可能做出那样畜生的事。十三姨倒是不这样认为,她说猴子和狗本来都是畜生,做出这样畜生的事应该是完全有可能的。事情这样僵在了那里,调解的民警也退出了,因为有更重要的事情要做,谁也不愿意让猴子和狗的案件来牵扯太大的精力。这样,十三姨再次在那伍门前叫骂,猴子倒是无所谓,继续听着《甜蜜蜜》的歌曲,而那伍总是休息不好,白日里总是打着哈欠,精神头不足的样子。那伍是铁路局建筑部门的瓦匠,整天砌砖,而休息不好对于那伍则是要命的事,因为他总是爬高,爬到几层楼那么高来砌砖,而且经常是没有安全网的情况,稍有恍惚,也许命就没了。这天那伍就恍惚了,还好邻居也是同事的刘强在身边经过,一把拉住了那伍,要不然后果真的不堪设想。

这晚,那伍请刘强喝了酒,两个人在小餐馆里推杯换盏。那伍跟刘强诉苦。关于猴子的事刘强是知道的,刘强喝了口酒说:"别管那十三姨,就是一泼妇。"那伍说:"不管不行啊,不管天天在我门前骂啊,睡觉都睡不好,一闭眼睛就是十三姨那张脸。倒是我们家猴子会享受,自从上次听了邓丽君的歌,现在除了吃就是听歌,没别的事。"刘强眉头一皱计上心来,趴到那伍耳边,如此如此地叙述一番,那伍想想,也只能这样了。

这天那伍喝了酒,回到家,十三姨也吃了晚饭,在门口站着,看那伍大老远地走来,润了润嗓子,再次开始了叫骂声。

那伍的心都快跳出来了,十三姨这点好,君子动口不动手,这一点和普通的泼妇还是有区别的。那伍从十三姨身边走过,十三姨猛然地提高了嗓门:"你个强奸犯,耍流氓!"好似要咬他一口一样,那伍下意识地往前快走两步,本来脚下不稳,绊到前面的石阶上,缓了好几步才站稳,脚也重重地扭了一下。出于本能他还是想骂十三姨的,可刚一回头看到十三姨那张愤怒的脸,那伍又将这骂声憋了回去,一瘸一拐地走进家门。后面是十三姨的叫骂声,脑袋顶着是邓丽君的《甜蜜蜜》,不用说,猴子在家听歌呢,当然还是那个死德性,眯缝着眼睛,摇头晃脑的,跟个老夫子念经似的。此时此刻的那伍真的很后悔当初让这猴子一起来听这首歌曲。

那伍不胜酒量的,刚刚与刘强两杯下肚,脸上微红,跟猴子的屁股似的。由于前两天的大战,猴子还是心有余悸的,尽管那伍没占到便宜,猴子还是与那伍并不亲近。那伍坐在猴子身边,猴子向另一侧挪了挪,没打算理那伍。那伍看着猴子,突然扑哧一下笑了出来,这猴子就跟个人一样,还知道生气,他从兜里掏出根香蕉,这是在半路上买的。那伍想想,其实猴子也没错,这个年龄正好是该搞对象了。他想起了往事,关于猴子的往事。

这猴子是那伍从小养的,那个时候不让养猴他就挖了个地窖,把这猴子藏在地窖里,每日送食,猴子才得以存活下来。没过多少日子,那伍又捡了条垂死的狗,不知道这狗是得罪了谁,被人打得遍体鳞伤。那伍觉得猴子单独藏在地窖里会寂寞,就将这狗一起养在地窖,这样,两只动物朝夕相处,竟有了感情,感情归感情,但并没有"过格"的举动,后来狗寿终正寝了。在和狗相处的这一年多里,猴子学会了狗叫,习惯了四脚着地,很少抬头直立行走了。用那伍的话来讲,就是无论是人还是畜生,进步不容易,退步快着呢,因为他觉得猴子比狗更高级些。

陈年往事了,也许猴子还把自己当成了狗?那伍心里并不确定,不确定的是到底这猴子和十三姨家的狗有没有那种见不得人的勾当。

那伍坐在猴子面前,心平气和地对它说:"我养你也这么久了,你能不能给我句实话,到底你有没有做过畜生的行为?"听到这话,猴子猛然睁开眼睛,那伍觉得这猴子听懂了自己的话,这并不奇怪,猴子就跟个小孩子一样,他的话它几乎是能听懂大半。猴子冲着那伍龇牙,而此龇牙非彼龇牙,猴子高兴和不高兴的时候都会龇牙,而这种分别是从面上肌肉来断定的,那伍看得很清楚,猴子再次生气了。对于猴子的反应,那伍是很满意的,那伍心里有了底。可猴子被那伍这么一问,龇牙后,转身抬起屁股,红红的猴屁股对着那伍的脸,那伍哭笑不得。

十三姨仍然在门口叫骂,邻居们见怪不怪了,可没人敢管,这事要等十三姨自己累了,才能停止骂声。一些邻居有意见,但怕引火烧身,毕竟,十三姨这样的人是说不清道不明的,啥时候豁出去了一口咬定是你强奸的她,那可就麻烦了,用那伍的话说非拉出去毙了不可。

那伍推门走出,走到十三姨的对面,很近的距离停下脚步,微红着脸,嘴角上扬,似笑非笑的样子。这样子倒是把十三姨吓了一跳,她"妈呀"一声倒退几步，身体略微颤抖地说："你，你要干什么？"

那伍冷笑道："我有个好办法，可以证明我们家的猴子没有和你们家的狗有那种事。"十三姨也是奇怪，被那伍一说，倒是想听听。那伍继续说："把你们家的狗牵出来，把我们家的猴子牵出来，让他们现场在一起，看看能不能发生什么事，如果真有事，我当场赔钱，分文不少，如果没有事，那你就是污蔑。"

十三姨犹豫片刻，用高八度的嗓门来掩饰自己的心虚："你说拉出来就拉出来，你当我们家妞妞是谁啊，你当这是逛窑子呢啊！"要说明的是，十三姨家的那条母狗叫妞妞，从小叫到老。十三姨这样说显然是不太同意以这种方法来验证那猴子强奸了妞妞，不太同意舍下孩子套狼的主意，或者说是舍下妞妞抓流氓的主意。

但不这样做实在又无法证明那猴子的确强奸了妞妞，因为这事从一开始到现在都是十三姨的一张嘴在说，强奸啊，耍流氓啊。说话要有根据，断案也需要证据。说这猴子强奸妞妞，如果真的存在这件事，也没有录音和影像的资料，而狗和猴子本身也不会说，即使他们会说，他们也难以用自己的语言让人来听懂，毕竟这是人、狗和猴子三个物种之间的事，说起来比较复杂。

这是那伍第一次回应十三姨的叫骂，引来不少邻居观看，当然少不了刚刚和那伍喝酒的刘强。刘强同样脸色微红，一说话一股酒气，他在旁边起哄："不敢了吧，十三姨，是骡子是马你牵出来遛遛。你若是不敢，那就是说明你心中有鬼，你就是污蔑。"

听到"污蔑"这个词，十三姨明显的激动了，她再次抬高嗓门："污蔑个狗屁，拉出来就拉出来，谁怕谁啊！但有一点，若是你们家的猴子强奸了我们家的妞妞，就在这，你赔的不是一百块钱，而要赔二百，二百块钱！"

那伍不太明白，因为最开始的时候十三姨要一百块钱了事，也就是为那猴子和狗的这次性侵犯来买单。而十三姨是这样算的账，一百块钱一次，若是这次狗和猴子交配成功的话，那说明第一次是存在的，至少是有可能存在。那就是两次，两次就要二百块钱。

"那伍我告诉你，老娘今天豁出去了，舍不得孩子抓不住流氓，你们家的猴子，今天，大家伙都看到了，若是就在这个地方，做出畜生的事来，你就给我二百块钱！谁耍赖谁就连畜生都不如。"十三姨真是背水一战了。

听着十三姨的叫喊，那伍也不示弱，他借着酒劲，大叫一声："好！"

邻居也越聚越多，这正是吃饱饭出来消食的时候，也就是吃饱了撑的时候，围观的人越来越多，有不远处凑过来的，有听到他们两个对话而从楼上下来看热闹的。看着那伍和十三姨，一个红着脸，一个红着脖子叫喊，众人微笑，不时传来一阵阵哄笑声。他们是期待看到狗和猴子拉出来遛遛的，并不是因为要弄清真相，如果真是那样，那才真是吃饱了撑的，他们只是消食，只是吃饱了，没事干了，一种消遣，这种消遣是带着娱乐的色彩的。人吃饱了，总要找些事来干。

那伍红着脸，醉醺醺地牵出了猴子，而猴子则表现了极其的不情愿，猴子喜欢听歌，听着邓丽君的《甜蜜蜜》，那伍真是后悔那天和猴子一起听这首歌。本来猴子是不愿意的，甚至欲动手来挠那伍，还好那伍早有准备，以一根香蕉为引诱，猴子似乎明白那伍的意图，那伍让他在听歌和香蕉之间进行选择，猴子犹豫了半天，还是选择了香蕉，也许是饿了。那伍一边得意，心里一边骂这猴子果真就是个畜生，一点精神追求都没有。

那伍费了老半天劲终于将猴子拉出来了，拴着绳子，而这个时候十三姨拉着他们家妞妞在门口等候多时了。那伍，十三姨，猴子和狗，正是八目相对，你看看我，我看看你，再看看它。那伍不知如何是好，十三姨也没做过这样的事情，毕竟是个女人，尽管是个老女人，但还没老到对这种事麻木的地步。

这里面感觉最诧异的应该是猴子，因为猴子似乎要比狗的智商高，在那伍看来，这猴子跟个三四岁的小孩是一样，什么都能听懂，聪明得很。但纵使它再聪明，也万万想不到，它的主人为了证明它的清白要在众目睽睽之下拿它和只狗来做个试验。猴子回头看看那伍，似乎在问要干什么，没事的话它还要赶紧回去听歌。那伍也不知道如何回答，转过脸望着十三姨。十三姨的脸刷地红了，大声道："你看我干什么！"这句话提醒了那伍，看十三姨是没用的，十三姨是不作为当事人来参与这次验证的。

那伍再去看那狗，那狗摇着尾巴，左顾右盼的，也许被眼前这么多人吓傻了，它似乎还没见过这么多人来看它。那伍因为微醉而涨红的脸更是红了，他有些不好意思，毕竟这不是什么光彩的事，回头看了下刘强。刘强一副中间人的口吻说道："各位邻居，刚才十三姨的话你们都听到了吧，十三姨非说他们家的狗被那伍的猴子强奸了，而那伍认为狗和猴子是没法交配的，更说不上什么强奸和耍流氓。今天我们做个试验，如果这两个畜生没做畜生的事，那就说明十三姨诬陷。"

刘强这话说得好啊，直接把球踢给了十三姨，十三姨毕竟是十三姨，没那金刚钻也不敢揽那瓷器活，她尽管是骑虎难下，但箭在弦上不得不发，她是一不做二不休，拉着那狗就来到了猴子面前。

起初，这猴子是不喜欢生人或其他动物近身的，但由于当初和狗同关在地窖里一年多，对这个物种很是亲近，也就没有躲闪。它看了看那狗，回过头来看看那伍，那伍龇牙咧嘴，他想表达的意思是，即便你以前有强奸这狗，那今天在众目睽睽之下也不能做出这畜生举动。猴子当然无法明白那伍那复杂的表情，刚才说过，这猴子也就是三四岁小孩的智商，没法理解那伍这一片良苦用心。

猴子毕竟是猴子，看到了狗，玩心上来了，它主动亲近那狗，用手拍打着狗头，那伍知道，这是试探着亲近的动作。而狗似乎和这猴子有缘分，毕竟楼上楼下住着，平日里总是见面，也并不生疏，很快两个东西玩了起来。但他们的玩也仅限于孩子般的玩耍，你打我一下，我摸你一下，两个东西滚在地上，滚在了一起。围观的邻居一言不发，均提着一口气不敢出声，这时楼上还有很多人从阳台上露出了脑袋，相信他们也是大气不敢喘，毕竟这是在断案，这关系到那伍那猴子和十三姨家狗的名誉。

狗和猴子玩得越欢，那伍就越发的紧张，这可不是个好兆头，他知道，一男一女相好的，都是从压马路拉手亲脑门然后才亲嘴滚床单呢，人的感情需要时间的酝酿，而畜生毕竟是畜生，它比人来得快多了，现在正玩着呢，没准再过一会就"滚床单了"。

这可怎么办？那伍急出一身的汗。他擦了擦汗，故作沉着地说："怎么样，啥事都没有吧，猴和狗子怎么能做出那样的事呢！"

十三姨这边也并不轻松，她眼看着这狗和猴子玩耍，却没有那方面的迹象，这样就无法证明了。时间一分一秒地过去，众人们有些不耐烦了，一大堆人里三层外三层，还有阳台上露头观看的人们，可没那工夫只看这猴子和狗玩耍，这也太浪费时间了。他们尽管认为猴子和狗交配那是一种很不光彩甚至是丑恶的行径，但他们的确就是奔着这个古怪事来的。人群中有人开始骚动，起哄，对十三姨喊话："十三姨，你行不行啊，不行就别污蔑那伍了。"舆论导向对十三姨很不利，十三姨是干瞪眼没话说。

这个时候一个驼背的男人走到了十三姨近前，用力地握了下十三姨的手，十三姨只觉得手心一凉，赶忙回头。这男人不是别人，正是老幺。老幺是跑江湖卖药的。他在十三姨耳边如此那般地讲了几句话，十三姨的脸上便舒展开来，一副胸有成竹的样子。由于众人的注意力更多地在这狗和猴子身上，也就没注意到十三姨身旁的老幺。

十三姨走到了自家狗的旁边，俯下身子，用手抚摸着狗的头、背、和后腿。这本是一般性的抚摸，那狗喜欢这样被人抚摸，尤其是主人。十三姨突然的举动让人们摸不着头脑，不过也不难理解，爱狗心切啊，看着自己家的狗要被这猴子强奸了，不免有些舍不得，这更增加了这场即将发生的闹剧的可能性，也吊足了观众的胃口。十三姨抚摸了自己家的狗，抬起头来，与那伍四目相对。十三姨看着那伍的眼睛，跟自己家的狗说起话来："妞妞，别怕啊，妈妈在这呢，妈妈不会让你被坏蛋欺负的！"说着，向后退了几步。

接着，那猴子再次和狗玩耍起来，可没过两分钟，那猴子便成了另外的状态，具体的情节就不便描述了，只知道这猴子欲行不轨，而且行为是越来越流氓，还好关键时刻，十三姨一句怒喝，再加上一脚把那猴子踹开，才避免了一场跨越物种的强奸案。

这场闹剧以十三姨的"胜诉"收场，她如愿以偿地得到了二百元钱。众人散去，散去的众人并不满足今天的表演，他们都在责怪十三姨的怒喝来得太早，那一脚来得过于突然，并没有让证据更加充分一些。

对于那伍来讲，这天晚上一定是个不眠之夜，二百块钱的损失让他心疼得直攥拳头，更加让他无法接受的是他家猴子这种卑劣的行径。他无法抬头做人，他甚至想到了自杀，这种事要是传到了单位他还怎么做人啊！他这样想着，但自杀的念头一闪即过，他拿起擀面杖追着猴子满屋子乱窜，当然这一切的争斗都伴随着邓丽君的歌曲。猴子也应该是委屈的，一心想要在家听歌的猴子先是被一根香蕉引诱出来和狗玩，玩着玩着就晕头转向，做出了过格的举动，而且在关键时刻还被十三姨一脚踹开，猴子也快要疯了，这是得罪谁了？招谁惹谁了？回来后还要被那伍拿着棒子满屋子地追。

那伍在和猴子的战争里从来没占过便宜，与其说是战争，倒不如说是一场闹剧。那伍是舍不得真打这猴子的，他举着擀面杖却没有一次重重地落下，吓唬的成分多，打的成分少，而在猴子的眼里则不是这样，它的反应是本能的逃生，所以就管不了那么多了，那伍身上被挠了一道道的红印。

折腾到很晚，那伍累了，便躺下了。如果说刚才还觉得丢人的话，那现在则是更加心疼那二百块钱。想想，那伍一个月才挣几十块钱。

一想起钱，那伍的心打了个冷战。这冷战由内而外，身上便是一层的鸡皮疙瘩。并不是那伍守财奴爱财如命，而是钱对于现在的他来说有着特殊的意义。他喜欢娟子，可娟子的娘不喜欢那伍，说那伍摆起来没有三块豆腐高。那伍的确不高，穿上鞋勉强才一米五八。就因为这个，娟子的娘死活不同意那伍，在那伍的软磨硬泡下，娟子的娘提出了一个条件，那就是要那伍攒下一千块钱的彩礼。

一千块钱，这小半年那伍手里才攒下这二百块钱，还包括下半月的生活费。钱对于那伍来说太重要了。想想这个，那伍就气不打一处来，他真想把那猴子拉出来打一顿，但想想身上的抓伤，还是算了吧，这猴子毕竟是畜生，人不能和畜生一般见识。

只能可怜那伍自己了，小半年的努力白费了，他还记着当娟子看到那伍那二百块钱的激动的样子，娟子是想嫁给那伍的，否则看到那二百块钱不至于表现得如此的欣喜。那伍一直都想跟娟子亲嘴，两个人钻过小树林，压过马路，还在没人的时候拉过手，但就是没亲过嘴。那伍想象着和娟子亲嘴时的情景，每当这个时候，他都会想起戴着红箍的老太太。

那伍需要钱，有了钱才能娶到娟子，三十出头的年纪，再不结婚恐怕要打光棍了。

二

十三姨之所以取胜，显然是老幺起的作用。当时老幺用力地握住了十三姨的手，十三姨感觉手心一凉，那是一种催情药，而十三姨用抚摸的方式将这种催情药擦在了狗的身上，这种药是通过气味进入猴子体内，破坏它体内平衡，刺激了它的荷尔蒙和肾上腺素的分泌。当然这只是辅助性的措施，决定性因素在那伍买给猴子的香蕉上，这香蕉也让老幺动了手脚，这一切只因为他偷听到了那伍和刘强的谈话。

老幺机关算尽，并不是和那伍有仇，只是为了钱，结果他如愿以偿了，过后，十三姨给了他五十块钱的感谢费。

好不容易攒下的二百块钱装到了十三姨的口袋里，那伍郁闷了好几天，干活都没了精神。他的同事刘强由此心生愧疚，本来是好意，给那伍出了这么个主意，可没想到那畜生不做脸，却让十三姨白白得了那两百块钱。那伍并没有责怪刘强，只是心疼那钱，其实也不仅仅心疼那钱，而是觉得自己娶娟子的计划更加遥远了。娟子的娘和那伍约定半年之内拿出一千块钱的彩礼，这还不算结婚请客的钱，眼看着期限就要到了，这可愁坏了那伍。

这天下午，那伍请了假，去了娟子的家。

娟子家姐妹四个。父亲嗜酒如命，因为酒后驾车撞死了人，在里面待了十年，如今刚刚放出来，比十年前就更是嗜酒如命，因为十年没喝酒了，他发誓要将这十年的酒统统地喝回来，否则白来世上一遭。那伍见到娟子父亲的时候，他基本上就两种状态，最常见的是喝酒，其次就是醉酒，当然还有就是这两种状态混合而成的第三种状态。娟子的爹对那伍的事没有发言的机会，没有表达自己看法的机会，所以权利过于集中地掌控在娟子妈的手里。

娟子的家很小，两家共用厨房和厕所，在这间十几平米的卧室里，住着他们六口人。那伍坐在床边，低着头，娟子坐在他的身边。

"你觉得你和娟子般配吗？你一米六都没有，她一米六五，你觉得般配吗？摞起来还没三块豆腐高，你觉得你和娟子般配吗？你长得跟个黑土豆子似的，你觉得你和娟子般配吗？"这是娟子妈说的话。娟子妈在这气势如虹但并不怎么工整的排比句中用了夸张的手法，因为那伍是一定比三块豆腐高的。

"这些全都罢了，就打是鲜花插在你这牛粪上，让你拿出一千块钱彩礼多吗？多吗？我养女儿养这么大说给你就给你了，一千块钱多吗？从小到大她吃了多少粮食，这一千块钱多吗？你自己说说。"娟子妈的声音永远是那么高亢，因为她觉得自己是站在有理的一方。

那伍低着头，跟犯了错误的小学生一样，谁让他摞起来没三块豆腐高？谁让他像黑土豆子一样？谁让他拿不出来一千块钱？那伍想想，也是这个道理。

在一旁的娟子不乐意了，她说："什么话啊，你养我小，我还养你老呢，哪有你这么说话的，你这是嫁女儿还是卖女儿啊！有你这么当妈的吗？我是骡子还是马啊，我就值一千块钱啊！"娟子的妈万般没有想到自己的女儿竟然敢和自己叫板，竟然敢瞪眼睛，一时气得说不出话来。娟子拉起那伍，转身走出屋子。就在他们走向大门的时候屋子里传来娟子妈的叫喊声："走了你就别回来，怎么了，着急了，着急嫁汉子啊！你着急你就跟他走，没人拦着你。"

在那个年月，这话是最难听的了，而且这样难听的话是出自自己妈的口中，要不是气急败坏，要不是她觉得娟子这样就站在那伍一边太不值钱了，她是不会这样说的。娟子也厉害得很，这一点像她妈，她说："凭什么我不回来啊，这是我家我凭什么不回来啊。"说着"哐当"关门了。

那伍和娟子走在大马路上，肩并着肩，在路灯下走着，看着路灯下的影子一会伸长，一会缩短，这便是走过了两个路灯的距离。那伍沮丧地拖着两条腿往前走，娟子突然说话："那伍，只要你攒出一千块钱，我就嫁给你，我并不是多在乎钱，但我妈再怎么说也是我妈，不怪我妈说，你长得确实矮，而且黑得跟地里刚刨出的土豆子没啥两样，我们俩结婚咋的也得给我妈一个交代不是。只要你拿出一千块钱的彩礼，你来我们家提亲，我想我妈会答应的，我妈不答应，我也会答应的。"

听了娟子的话，那伍心里好受多了，尽管都是一个内容，尽管都是同一个目的，但语气不一样，听话者的心情会大不一样。那伍似乎有了点动力，尽管那钱并不容易凑足，但毕竟是给他些许的希望，些许的安慰。这个时候他们走过一片小树林子，这小树林比前几天要茂密些，这说明春的脚步更近了。要是在往常，那伍肯定拉着娟子走向小树林，而且乐此不疲，可现在他没那个心情，因为他没有三块豆腐高，而且长得像黑土豆。倒是娟子善解人意，她执意拉着那伍走向了小树林，此时此刻对于那伍来讲，也许是一种安慰吧。两个人一前一后，非常专业地，跟两个陌生人似的钻进了小树林。

柳树下，他们拉着手。那伍喜欢娟子的手，他把娟子的手放在自己的手掌心中，娟子的手小而滑，手上的皮肤白嫩，吹弹可破一般。那伍享受着这种抚摸，这种皮肤间的接触，他觉得这是世界上最最美妙的感觉。娟子的手让那伍将一切烦恼抛之脑后。这个时候，他想跟娟子亲嘴，可娟子并不乐意，躲了又闪，看来，安慰还是有尺度的。娟子发出嬉笑声，她比那伍高，而且穿的鞋子上有跟，所以只要娟子一抬头，那伍就够不到娟子的嘴，除非那伍跳起来，如果那样的话亲嘴就难度更大了。娟子还是那句话，不结婚不能亲嘴。

那伍活了三十多年，还没跟女孩亲过嘴，此时此刻，哪里能忍得住，那伍心里又觉得委屈，本来没心情钻小树林，非让娟子钻进来，而钻进来之后那伍来了兴致，娟子又不肯亲。这就是男人和女人之间的区别和不平衡，娟子邀那伍来钻小树林并不是为了亲嘴，需要的是一种静谧的感觉，柳树下，月光下，这种静静的感觉，这种浪漫的感觉要胜过身体的接触。那伍委屈地说："上次你还同意亲嘴了呢，要不是带红箍的老太太，那天就亲上了。"女人果真是善变的，娟子是这样回答的："此一时彼一时，上次是上次，现在是现在。"那伍哪里受得了这样的折腾，一把将娟子搂在怀里。如果亲嘴是个技术活的话，是在不断地搜寻移动的目标来攻击的话，那将娟子搂入怀中则是个力气活，就需要一把力气。仅此而已。

娟子刚开始还挣扎几下，随后就被那伍宽厚的臂膀困住。那伍连挣扎的缝隙都没有给娟子，死死地搂住她。他能感觉到娟子的胸脯紧紧贴在自己的胸前，那伍觉得身体中除了一个部位之外全都是软的。

娟子也不动了，似乎也享受着这种拥抱，她甚至将眼睛闭上，将头靠在他的肩膀上。如果可以，那伍真的希望这一刻就永远定格在那里，他充分地享受着这种感觉，月光，柳树，清风，还有怀中的娟子，直到多年以后，那伍还会回想起这个夜晚，因为娟子毕竟是他的初恋，而那时候年轻人的初恋多与小树林相关。

"抓流氓啊！"一声怒吼划破寂静的小树林，划破那轻柔的风，划破这优美的月光，划破了那伍的惬意。不仅惬意全无，那伍简直是吓傻了，僵在那里不知如何是好，还是娟子反应快，赶快抬起头来说："赶紧走啊，再不走就来不及了。"

那伍恍然大悟，当务之急是赶紧跑，那伍拉着娟子从树林的另一侧逃窜，跑了二里地，终于那叫喊声被甩在了后面，越发的微弱了，直至消散。此时的那伍已经是气喘吁吁了，身边的娟子也是一样，双手伏在膝盖上，喘着粗气。娟子听得出来，刚才那声音是她妈，其实她妈跟踪他们压马路，钻小树林，而且耐心地等待，等待他们实实在在地拥抱之后才发出声音，这是何等的耐心，她妈后来解释道，这叫诱敌深入！

当那伍一身臭汗回到家，发现十三姨正在他门前哭喊着打滚，只因那猴子又惹祸了。

十三姨说，猴子又将她家的狗强奸了。这是从十三姨的叫骂声中得知的，她的叫骂声依然铿锵有力，引来不少围观的邻居。而这次，猴子的确是对十三姨家的狗做出了畜生的举动，还好，十三姨是眼明手快，当机立断，一脚踹向了那猴子，将那猴子踢倒在地，踢得它翻了几个滚，才中止了一场不该发生的事件。听着十三姨的叫骂，不明真相的围观者还以为是那伍做出了那畜生的举动，十三姨说话总是那样讲效率，能用三个字来表达绝不用五个字或者更多，本来她应该说，那伍你们家的猴子强奸了我们家的狗，而如今她却说那伍你强奸了，你要流氓，引来众人阵阵的发笑。那伍赶紧去拉十三姨起来，十三姨就是不起来，还一个劲地赖在地上打滚，弄得满身的泥土。十三姨说："这事你看怎么办？"那伍心里有愧，谁让自家的猴子做出了这样的举动，于是低声下气地对十三姨说："你说咋办就咋办。"

十三姨"腾"地一下子坐起来，停止了哭叫，竖起食指，一百块钱。那伍转身欲要离去，被十三姨拉回来："五十，五十就行。"那伍从兜里掏出十块钱，扔给十三姨，十三姨欲要伸手去接，但钞票却偏偏落在了地上。这时那伍说："就十块钱，爱要不要，你要是要赶紧回家，要是不要你就接着喊！"还没等话说完，十三姨便捡起那十块钱转身离去，十块钱也是钱啊，能买好多块豆腐了。

那伍把那猴子打了。这次是真打而非假打，人和猴子打仗，只要人真的想要打，那没有不胜利的。因为人更能利用各种工具，利用地点，利用时机，如果没有这些东西，单凭身体的灵活和力量的对抗，那人未必是猴子的对手。猴子灵活，打你一下没等你反应过来便躲得远远的，这是典型的游击战，而且跑的过程中再寻找下一次占便宜的机会。那伍今晚并没有给猴子这样的机会，而是将猴子拴在暖气上，任凭猴子再灵活，那也只能活动在以一米的绳子为半径的圆圈之内。那伍这次并没有用擀面杖，他知道这个东西若真打，打头上一下就能打死，打在身上也是骨折。所以往日用擀面杖多有吓唬的成分，而今天他用的是皮带，自己身上抽出皮带，那裤子就松了好多，他干脆将裤子也脱下。为了能够打到那猴子，他什么都不顾了，穿着个三角裤衩赤裸着上身挥动着手中的皮带。

猴子被打得"吱吱"地叫，可依然活动在以那一米的绳子为半径的圆弧之中，几下下来，猴子便皮开肉绽了，浑身流了不少的血。那伍尽情地挥着皮带，将那一肚子的怨气统统撒到猴子身上，一边打一边在叫骂，你这畜生竟然做出这样畜生的举动！简直不是人！

那伍一边骂，一边打，他是越生气就越骂，越是叫骂，手中的皮带就越用力，在这个过程中他也就越生气。而那伍忘记了，那本来就是一个畜生，那根本就不是个人。

当那伍筋疲力尽的时候，猴子也被打得半死，浑身是血，抱着头，躲在暖气旁边，露出后背和那红红的屁股，不时地回头望望，那眼神怯生生的，仿佛不认识眼前这个人一样。那伍终于停下了手，坐在地上喘着粗气。猴子这时才回过头来，很委屈的样子。

那伍静静地坐了一会，也平静了许多，看到满身是血的猴子，又心疼起来，这猴子毕竟是养了多年，自己父母死得早，又没有亲兄弟，这猴子就像兄弟一样。那伍后悔了，他找来红药水，给猴子涂上。由于史无前例的那顿抽打，猴子对那伍心生畏惧，从眼神和动作，那伍可以看得出来，涂抹红药水的时候，猴子疼得龇牙咧嘴，看到这个情景，那伍竟然鼻子一酸，眼圈红了。猴子是通人性的，看到那伍红着眼睛，尽管不太明白自己到底为什么挨了这顿毒打，但似乎懂得了那伍的良苦用心，用手拍打着那伍的胳膊，以此安慰，那伍的眼泪便再也止不住了。

那伍睡得很晚，帮那猴子止血上药，还包扎了伤口，等这一切做完，他躺在床上怎么也睡不着，翻来覆去的。那猴子也是这样，估计是疼的，所以那伍破例用很小的声音给它放歌听，那猴子听到那声音，似乎忘记了所有的疼痛，听得很投入，很入神，甚至很是享受。看到猴子这样，那伍才安慰了些许。

那伍这晚想了很多事，和娟子的事，他喜欢娟子，皮肤白皙，尤其是那双手，摸起来很滑，吹弹可破似的，还有就是娟子那张小嘴，嘴唇永远是红红的，没有擦口红也是很光泽润滑，他真想亲上一口，含在嘴里，慢慢地品尝。那伍三十出头的年纪，这几年娶不上媳妇就危险了，那就意味着找个离婚的，甚至是打一辈子光棍。那伍不敢想下去，太可怕了，没媳妇的日子可咋过啊。他想起自己已逝的父母，怎么把自己生得这么矮，而且是又矮又黑，跟黑土豆子似的。长相是没法改变了，这辈子应该就这样了，可这钱是人挣的，想到这，他似乎有了点希望，但很快，这希望也变得渺茫了，因为一千块钱对于当时的他来讲，那就是个天文数字。

现在的问题并不是只这一个，那伍望着身边睡着了的猴子，它也是到了找对象的年龄，要不是成天在家憋着，也不至于做出畜生做的事情来，想到这，他倒是多少理解了些猴子。他觉得应该给猴子找个对象，或者是买个对象。要不然，花十块钱一次来解决它的性生活问题也够贵的了，还不如买个猴子呢。

那伍冷笑着，咱哥俩都缺一个对象，找对象都需要钱，没钱就没有对象。

恍惚间那伍入睡了，这一觉他睡得很累，做梦，好梦、噩梦相互缠绕，一会是娟子那红润富有光泽的嘴唇，他闭上眼睛，悉心地品尝着这亲嘴带来的美妙感觉，一会又是娟子的妈追得他抱头鼠窜。在梦中，娟子妈的速度很快，几次眼看着就被追上了，那伍猛然间蹬腿，睁开眼睛，发现自己已经是一身的冷汗。闭上眼睛，那猴子再次惹祸，那伍看着那厚厚的一打钱给了十三姨，还有那十三姨看到钱时满足的嘴脸……

日有所思，夜有所梦，同时，梦也可以将头脑中本来就有的东西创造性地表达出来，据说很多科学家的创造性的发现，都是在梦中完成的，这种观点再一次地在那伍的身上印证了。天蒙蒙亮的时候，那伍猛然间从床上坐起，激动得浑身颤抖，汗珠子从脸上划过，一宿的疲倦也无法掩盖脸上的惊喜，他似乎想到了办法来解决眼下的问题，那就是耍猴！

三

耍猴对于那伍来说并不陌生,小的时候见过,也听人家说过,无非是一个人,领着个猴子,走街串巷,敲锣打鼓,那猴子做出蹦跳的举动,以此取悦人们,达到挣钱的目的。当然,曾经有人说那是四旧,抓来的猴子宰杀,抓来的耍猴人批斗,但那已经是过去的事了,老黄历了,如今是改革开放,别说是耍猴,就是将人拴个绳子来耍,也是没人管的,这就是开放,开放也就是放开,思想放开,什么事胆子要大些,不能固步自封,不能像裹脚的老太太一样迈着小步。当然这些话是居委会老大妈经常说的,也是单位领导说的。在单位,领导口中的放开对于一个瓦匠来说是没有任何实际作用的,因为瓦匠就是瓦匠,按照图纸干活,抹灰刷墙,都有一定的规矩,要是由着自己的性子来,本来一排十块转头你放了八块,剩下的拿水泥弄齐,那就很可能是墙倒人亡,所以在瓦匠事业中没法放开,这次终于在副业中解放思想了。

有了这个点子,那伍在单位高兴了一整天,这是第一步,尽管还没迈出去,但毕竟有了想法。那伍说干就干,下班后,他顶着一天的疲惫,拿着锣鼓,牵着猴子开始走街串巷。可生意并没有他想象的那么简单,这也许就是万事开头难。

首先那伍什么都不会,仅凭着记忆去耍猴。耍猴是有一整套的技艺体系的,比如说人耍猴,猴耍人,人猴互耍,他通通不懂,只是凭着儿时零星的回忆,回忆当年耍猴人是怎样耍的,来指导他现在的行动。他让猴子翻跟头,打滚,而这猴子的表现也不尽如人意,总是走神,他望着周围稀疏的观众,也很好奇,总是左顾右盼的。一个小时过去了,始终没人掏钱,却引来众人的嘘声。

那伍沮丧地坐在地上,猴子坐在他身旁,学着他的坐姿。那伍对猴子说:"你怎么这么笨啊,你还能干点啥不!除了吃饭就想着搞对象啊,你跟畜生有啥区别!"

猴子听出这不是好话,冲着那伍龇牙,发出"啧啧"的声音。

那伍"扑哧"一下笑了,自言自语道:"对你要求是高了些,你本来就是畜生。"谁知这话一出,猴子更是不乐意了,不但龇牙,还象征性地用爪子打了那伍一下。

突然间,猴子眼睛直了,沿着猴子目光望去,那伍吓出一身的冷汗,原来是十三姨牵着他们家的狗朝这边走来。那狗东跑跑,西跑跑,牵绳子的十三姨便跟着狗的方向也东跑跑,西跑跑,由于肥胖,每跑动一步,十三姨那浑身的肉都跟着颤上三颤。

那伍一看这情形,还了得,要是猴子再上去"欺负"了那狗,还得花钱。那伍赶紧拉着猴子往另一个方向跑,但为时已晚。猴子已经看到了那狗,便一个箭步冲了上去。那伍手中的绳子还没来得及握紧,便脱手了。那伍心中一紧,恐怕是要出大事,赶紧跑起来追。说时迟那时快,猴子已经到了狗的近前。那狗不知哪里来的力气,竟然"牵"十三姨跑向了猴子。

眼看着那猴子欲要跟自己的狗行苟且之事,十三姨人未到,声先到,大喊道:"你这个臭不要脸的强奸犯,耍流氓!臭不要脸的,就知道欺负我们家妞妞!"这一嗓子高啊,能喊到 high C 上,吸引了周围的居民,大家同时向那边望去。十三姨那声音到了,接着一脚也跟着到了,这一脚踹在了欲行苟且之事的猴子身上,猴子在地上翻了个滚,怒气冲冲地看着十三姨。此时他獠牙龇起,这应该是猴子愤怒到了顶点的时刻,这种表情那伍似乎从来没有见过,也正是那一刻那伍心中突然冒出个词,畜生,不管怎么养着,这个东西还是有野性的,猴子的凶光让那伍都有些却步,更别说是十三姨。那伍本是想抓住拴在猴子脖子上的绳子,可他刚刚起步,猴子已经窜到了十三姨的近前,顺着十三姨的腿爬了上去,一巴掌挠到十三姨的胳膊上,顿时她的胳膊上三道血印突起。十三姨"妈呀"一声，吓傻了，本能地用手去抓猴子的胳膊。谁料那猴子灵活得很，侧身一闪，十三姨的手便落了空，它又迅速地蹿上了十三姨的身上，撕扯着她的头发。女人打架的时候就怕被人抓头发，一旦抓住头发，纵使有再大的力气那也是枉然的。十三姨更多地是被吓傻了，她还没见过这猴子不但敢对自己的狗行苟且之事，就连自己也不放过。十三姨这次是自作自受，事先将狗身上涂上了催情药，若无其事地接近那伍，本想再讹他一次。其实这催情药的药效毕竟有限，而且这次猴子并未直接服用，可奇怪的是猴子依然要对狗行苟且之事，这便是瘾，是惯性，有了第一次的"快乐"便想要第二次，全然没有道德的约束，这就是畜牲。

　　此时此刻，那伍的心情是复杂的，尽管他觉得猴子闯了大祸，但他心中却有一种莫名的快感。因为十三姨这人太讨厌了，讨厌至极，因为她，那伍才冤枉地进了派出所，才差点被拉出去毙了。尽管拉出去毙了并不是一件容易的事，也不像那些人说得那样简单，但在那伍看来，自己险些丢了性命原因却在十三姨那一张破嘴上。如今那猴子正在撕扯十三姨的嘴巴，那伍很阴暗地想，活该！再狠一点。

　　解气之余，那伍惊讶地发现，这里围了很多人，大多数人的脸上都是笑的，跟那伍的心中是一样的，只有少数人心怀恻隐，为十三姨担心。人总是在紧急情况下爆发灵感的，今天的那伍也是这样，他突然灵机一动，灵光乍现一样，他拿着刚刚敲响的锣鼓翻了个个，那锣鼓便是要钱的器皿，他将这器皿摆在了众人的眼前，而这些人呢，面带满足的微笑，从兜里掏出了钱，有五毛的，两毛的，还有一块的，最大方的是一个年轻人，身着西服，刚刚从一辆轿车下来，掏出五块钱统统放到了盘子里，那伍高兴得差点叫出来。那伍是没有叫出来的，他要沉住气，可十三姨那边却再也沉不住气了，她依然被这猴子的气势压倒，一屁股坐在地上，掀起层层的尘土，有招架之势，却无还手之力。猴子则是越战越勇，又蹿又跳的，一会进攻，一会佯攻，感觉是朝脸上抓来，其实是攻起下三路。十三姨再没有刚才的风采，只是颤抖着身体，喘着粗气，挥动那笨重的满是赘肉的手来阻挡猴子的进攻。

　　当然那条母狗也没闲着，这狗是宠物狗，并无多少攻击性，只是对着他们俩叫，不停地叫，估计是为自己的主人呐喊助威。不过随着十三姨节节败退，那呐喊助威的母狗便是虚张声势了，以往都是狗仗人势，而人都失势了，那狗更是显得无精打采了。

那伍一边收钱，一边不忘回头望了一眼那狗，心里满是满足，因为他觉得狗毕竟是狗，还是猴子厉害，更像人，更聪明，更勇敢。

一圈的钱收完了，足足有四五十块，这可赶上那伍一个月的工资了。收好了钱，那伍赶忙去拉那猴子，其实猴子早就把十三姨折腾完了，猴子和十三姨均坐在地上大喘气。猴子累了，十三姨也累了，十三姨的眼泪似乎都哭干了，两条泪痕冲开脸上的泥土，那张脸跟雨后的土路一样，泥泞不堪。那伍看了看十三姨，再看了看那猴子，想笑却不敢笑，那伍还是很机灵的，他转身对众人说，今天的表演就到这里，大家请回吧，明天我们接着来——那伍终于回忆起当年耍猴人的景象了。今天的表演并不是那伍的独创，若干年前的耍猴就有这么一项，叫做人猴互耍，也就是人和猴子打仗，当然是假打，就是逗人们开心的，但畜生就是畜生，打着打着就来真的，跟耍猴人下起了死手，那伍小时候经常看到这些，只不过由于十三姨的到来让他想起来了这些内容。

众人如退潮般散去，那穿西装的开车走了，吃完晚饭遛弯的继续遛弯，一切恢复了常态。

那伍蹲坐在十三姨旁边，从兜里拿出十块钱，塞给十三姨。他说："辛苦了，买点东西补补身体。"

十三姨本想大哭大叫，但看着旁边的猴子在龇牙，也就咽了回去，乖乖地收下钱，擦了眼泪，起身走了。走了几步才想起自己家的狗，从地上捡起绳子，那狗似乎还不愿意走，让十三姨一脚踹得直叫唤，十三姨骂道："你个畜生，刚才我挨打你跑哪去了？"

那伍这次耍猴的经历很传奇，望着十三姨的背影他觉得如做梦一般。先是没有生意，十三姨的到来让他吓出一身冷汗，还以为又要为那猴子的畜生行为花钱，没想到那猴子急了竟如此的可怕，竟然把大名鼎鼎的泼妇给打服了，这就是服了，打了人花钱还能摆平。猴子打了人，引来生意，那伍又很合适宜地去要钱，而围观者还能慷慨解囊，这一切都让他很不可思议，但不可思议的事情就这样发生了。到最后，十三姨也没有因此而不依不饶，仅仅十块钱摆平，毕竟十三姨也是表演者，应该拿点钱，更何况是负伤了呢。

那伍这一晚还是没睡好，他在思索。尽管今天挣钱了，但今天的挣钱是带着偶然因素的，那就是十三姨和他们家的狗出现，那猴子想要和狗干坏事，这激怒了十三姨，而十三姨踹那猴子，又激怒了猴子，这样才导致人猴大战，这才有意思，这才能挣到钱。而没有十三姨和狗的出现，显然他们今晚是不可能挣钱的。问题就来了，怎样才能保证天天挣到钱呢？

经过一晚上的思索，那伍终于想出了个办法，那就是由他亲自上阵，跟猴子打起来，这个主意在那伍脑中一闪，他又开始犹豫了，先不说能否达到十三姨的效果，即使能达到这效果，这也是件很危险的事，今晚猴子的表情，可以说他从未见过的愤怒，万一把猴子惹急了，说不定会把他挠成什么样呢。但回头想想，那是钱啊，不到一个小时的功夫就挣四五十块钱。因为钱的因素，那伍还是觉得有必要去尝试。

这天傍晚，那伍准备好了所有的东西出发了。在离家不远的一个小区停下脚步，敲锣打鼓引来不少的人。他先让猴子翻了两个蹩脚的跟头，众人大眼瞪小眼，这些人不乏年龄大的，都是些见过世面的人，旧社会过来的哪个没见过耍猴的，从这一点上来看，那伍的耍猴是不占优势的。就在这个时候，他试探性地踹了一脚猴子，那猴子无缘无故地被踹觉得莫名其妙，回头无辜而又委屈地看着那伍，那伍有些心疼，本想算了，再想别的辙，但看看周围的观众，他便打消了后退的念头，现在是箭在弦上不得不发。那伍看猴子已然对他有了警惕，这个时候再伸脚，显然是踹不着的，他先让猴子翻了两个跟头，然后从兜里拿了根香蕉递给猴子吃，猴子一见到吃的，高兴得屁颠屁颠的，那伍瞅准了机会，狠狠地一脚下去——还是没踢到。原来那猴子早有准备，早就感觉到那伍今天不对劲，尽管去拿吃的东西也不忘用余光瞟着那伍，那伍的脚刚抬起来猴子便蹿了出去，如离弦的箭一样蹿开了。那伍看着猴子要跑，伸手去抓栓猴的绳子，却已经来不及了，他赶忙去追。

猴子这一跑就没那么容易停下，那伍一路追来，还好那伍体力好，小的时候练过武功才跟得上，否则的话累也累坏了，看着路旁边喝彩的人们，那伍真想伸手向他们要钱，看着好戏却不给钱，哪有这样的道理！

那伍撒开了腿的跑，猴子也跑得来劲，就这样他们一连跑了十几里，差点出城了。

为了省下坐车的钱，那伍和猴子一起走回来的，猴子走累的时候，说什么也不肯走了，坐在地上打滚耍赖，那伍没了办法，只能将猴子背回来。早知今日何必当初呢，这叫自作自受，那伍的两条腿都快要走掉了，猴子在那伍的背上不舒服，后来干脆骑在他脖子上。看着眼前车来人往，看着夕阳西下，看着万物归隐，看着这一切的一切，那伍嘴里嘟囔着，仿佛自言自语一般："这哪叫耍猴啊，分明是被猴耍！挣点钱可真不容易啊！"听着那伍讲话，猴子"吱吱"地叫唤着作为回应。

眼看着是条挣钱的道，却没法挣钱，那伍心里甭提多着急了。他找到了十三姨，按理说他是最怕十三姨的，可如今那伍不知道哪来的勇气，竟然亲自找到十三姨。他不知道哪来的勇气率先挑起话头，当然，那伍已经预料到了十三姨的表情，她果然惊讶得合不拢嘴好一阵子，那定住的口型和脸上的表情让那伍知道十三姨并不仅仅是惊讶，更多的是惊吓，她是被猴子挠怕了，而且直到现在还是心有余悸。十三姨似乎不知道说什么好了，她只是扭过头，摆摆手，好像唐僧面对人参果一样……

不管怎么说，十三姨还是答应了，因为那伍是要付出报酬的，这便是按劳分配。十三姨冒着被猴挠的危险，理所应当要得到报酬，那伍答应十三姨如果像那天一样去踹上猴子一脚，便给她十元钱，当然是贡献出他们家母狗的前提下。十块钱啊，十块钱可以买上一袋子的米，一袋子面，买上十几斤的肉，买上好几件新衣服了。十三姨是好美的，尽管她已经过了爱美的年龄。十三姨做出这样的决定连她自己都觉得惊讶，因为是在瞬间，她战胜了内心的恐惧，也许脸上的伤疤还在隐隐作痛，可她的确是这样决定的。

那伍头一次觉得时间就是金钱，这句话不知道是哪个伟人说出的，可没什么文化的那伍此时此刻体会最深。隔日下午，为了早日回到家中，他请了假，他平时在单位是很少请假的，工地要赶工期，没办法，他的活只能由刘强来完成，刘强并无怨言，谁让是哥们呢，再者说，上次是他给那伍出的主意让那伍损失了两百块钱呢。

　　那伍早早地回到家。猴子似乎忘却了昨日的不愉快，兴奋地在家中守候着他的回来。这猴子都快成精了，它甚至能分辨那伍的脚步声，也许是从气味中辨别的，因为只要那伍一进走廊，它便知道，它的表现就是停下所有的动作，静悄悄地听着，望着，等待着那伍开门。开门的一刹那，那伍看着猴子那渴盼的眼神，也许是猴子饿了，也许是它孤独了，总之此时此刻它见到那伍是很愉快的，猴子的愉快和不愉快会统统地表现在脸上，它龇起牙来。这个时候，那伍总是喜欢展开双臂，那猴子便蹿了上去，爬到那伍身上，给那伍一个深深的拥抱，如果那也算拥抱的话。这次那伍见到猴子一如既往的亲切，心里倒是酸溜溜的，因为他又要让十三姨来踹这猴子，而且是在它要和狗即将要发生关系的时候，它一定会很生气。这猴子生气的时候便无所顾忌，简直像个疯子。

　　那伍给猴子做了饭。所谓给猴子做饭，也就是给自己做饭。为了更省事地喂养这只猴子，他让猴子的胃口和人一样，起初当然是做不到的，但那伍有办法，只要饿上两顿，那猴子便什么都吃。

　　今天做的是白菜炖豆腐，猴子用勺子吃，那伍用筷子吃。这猴子的毛病又犯了，以前用勺子用得还很溜，现在倒好，豆腐刚刚上来便要用手去抓，那伍便用筷子去敲打它的脑袋，这是个原则问题，那伍从来没有妥协过，他不允许跟自己一个饭桌吃饭的猴子用手来抓。挨了打，猴子有些不高兴，但没有办法，只能用勺子来吃，猴子的手并不灵活，几次将勺子掉到了桌子上，那伍便重重地敲敲桌子，示意猴子将勺子捡起来。这顿饭猴子吃得并不开心，原因是它使用勺子并不熟练，不熟练也得用，不能直接下手去抓，这便是文明，也许对于猴子来讲，文明就是脱裤子放屁。

　　显然，猴子是不习惯脱裤子放屁的，它趁着那伍盛饭的功夫，放下勺子，猛地将手伸进白菜豆腐汤中，抓了一大把，放在嘴里，当然更多的是掉在了桌子上，这下过瘾了，那伍回身见到，当然是气愤不已，骂了句，"畜生就是畜生，咋教都不会！"说这话的时候那伍是将眼睛瞪得溜圆，而猴子似乎害怕了。猴子害怕的时候和人一样，缩着脖子，臊眉搭眼的，脑袋耷拉着。那伍见到猴子这样，便又心疼了，心想，这猴子也不容易，不就是个吃饭嘛。再者急于晚上的活动，也就没跟猴子那样计较。

吃了饭，那伍便牵着猴子出来了。往日里，猴子都是跟那伍出来遛弯的，这也是小区的一道景观，应该说是一道亮丽的风景线。那伍在前面走，牵着后面的猴子，偶尔猴子见到什么稀奇的东西便快跑两步，跑到了那伍的前面，牵着那伍，街坊们都喜欢这猴子。当然这猴子也不怕人，因为那些老街坊经常喂它食物。

可自从这猴子接二连三地出事，先是欲要强奸那狗，后又将十三姨挠得几天没敢出门，猴子还是原来的猴子，但在众人眼里，这猴子便和以前大不一样了。不是怕，是好奇，猴子还是原来的猴子，狗还是原来的狗，只是这两个物件的相互作用让人们觉得稀奇，当然这种稀奇是用唾弃表现出来了，否则的话他们无以表现自己的高级。

那伍是不想在自己家门前敲锣打鼓耍猴的，所以他走了好远的路，能有二里地吧，这是他和十三姨约定的地点。当然邻居中也有执着的，那伍在前面走，后面牵着猴子，再后面便是执着的邻居们，他们一路跟着那伍，跟着猴屁股走到这里，只是要亲眼见一下这畜生还要有怎样的畜生行为。想想都觉得恶心，这简直就是畜生！竟然和狗有着非分之想！

那伍准备好了，敲锣打鼓，嘴里念着还是那些说辞："老少爷们儿，有钱的捧个钱场，没钱的捧个人场，小弟在这献丑了。"耍猴嘴上的工夫要有，其实不仅仅是耍猴这一项买卖，跑江湖都要有嘴上的功夫，俗称有"口"。口这个东西一开始是最重要的，就像写小说一样，一开始一定要吸引人，有人能够愿意看下去，这才是你的本事，否则你写得再好，没人愿意看，那便是白扯。

那伍口上的工夫一般，其实谁也不在意这个，大家都亟不可待地想要看看这猴子今天有什么样的畜生举动可供大家批判的。很多人甚至是慕名而来的。

这时候，从远方走来一人，头戴遮阳帽，脸上一个大口罩，手里一根绳，绳的另一端牵着个老狗，那狗的步伐不如这人矫健，走一步要退两步，那主人便用力地拉着那绳子，直到将绳子拉得笔直，直到将狗拖在地上走，每走一步，都要用力地拖一下绳子。后来她干脆将绳子绑在了自己的手上，很显然，那狗是不愿意来到这里的，其实牵着狗的人也不愿意来这里，但还是硬着头皮来了，似乎带着一丝的悲壮。这人便是十三姨。

十三姨将那狗拖到了近前，这一切的行动都在猴子眼里，它的表情由自然到了不自然，它似乎回想起了什么，它是有记忆的，它的身体慢慢地保持着战斗的状态，而这样的状态那伍是最能感受得到的，猴子的喜怒哀乐，全逃不过他的眼睛。那伍也是提着一口气，斜视着围观的人们的表情。众人也是深吸一口气，静静地等待着接下来的好戏。

这个时候，那伍松开了绳子。那狗见到了猴子，并没有十三姨那样怯懦，只是看了看猴子，用十三姨的话来讲，那便是一日夫妻百日恩。也许是狗到了这个份上，将一切都豁出去一样，狗回头望了望十三姨，便径直朝着猴子走来。狗在猴子周围打转，那猴子的目光一下子温柔起来，也许是顾及旧情吧，它竟然和狗消除了敌意，有了亲昵的动作，一条狗，一只猴，两个动物玩了起来。

畜生毕竟还是畜生，那伍明显得感觉到猴子的异样，当然这一切都源自十三姨在狗身上撒的药，那是一种催情药。这药其实自古就有，跑江湖卖药的都懂得如何配置，只是将这个东西用在狗和猴子的身上，是一种创新吧。这个年代是创新的年代，只要有创新，便有市场，当市场成为导向一切的标准的时候，这样的创新也就不足为怪了。

再去说十三姨，眼看着狗和猴子欲要发生让人所不齿的行为的时候，她就要行动了，她不自觉地伸出脚，慢慢地靠近那两个物件。十三姨的内心是矛盾的，所以脚步也是矛盾的。那伍急出了一身汗，他也不知道自己为何这样着急和紧张，他一边用眼睛盯着猴子和狗的举动，一边焦急地等待着十三姨出脚，这一脚一定要狠，一定要踹中要害，一定要彻底地激怒猴子，而且这一脚一定要出其不意，这样才能达到效果，让猴子来追十三姨，那是人们最希望看到的事情。

十三姨果真出脚了，而且稳健，精准，快速，这一脚也许是人们盼望已久的了，是人们想做而未敢做的事情，这一脚的确是起到了出其不意攻其不备的效果，那猴子沉浸在药物的迷惑中，对周围的一切全然不知，这一脚来得够劲，将猴子一下子踢倒在地，翻了几个跟斗。这次猴子竟然站起身来，它只用两脚着地，这样便更像是一个愤怒的人了，它目光如炬，獠牙龇出，像是愤怒到了极点，那伍悄然将准备好了的碗拿出来，现在万事俱备，只欠东风。只听猴子顿足而嚎，那声音够响亮，它如一阵风一样蹿到了十三姨跟前，又是跟一阵风一样蹿上了十三姨的身上，骑在了她的脖子上。接着十三姨便是一阵尖叫，那尖叫声犹如闪电一样，吓得人们却步。许是十三姨被吓傻了，彻底地傻掉了，她做了一个连自己过后都无法解释的举动，她用自己的头，撞向大树，也许是为了撞那猴子，可谁知在与大树接触的一刹那，那猴子迅速地脱身了，唯有十三姨的头却显得那样的笨重和执着，结结实实地和大树来了个亲密接触。十三姨尖叫着晕死过去。

　　这样的结局似乎是旁人没有想到的，尽管十三姨没有头破血流，但至少是晕死过去了。那伍走过去，用食指伸向十三姨的鼻子，鼻息还在，便将悬着的心放下，接着他便用准备好的碗摆在众人的面前。

　　这场表演因为出人意料，所以众人们慷慨解囊，那伍得到了不少的赏钱，足足有一百块钱。也许是可怜十三姨，这钱是看戏的钱，也是可怜的钱，也是慰问的钱，他们望着在树旁晕倒的十三姨，嘴上啧啧作响。而那猴子也许是看到十三姨的晕倒而动了恻隐之心，并没有继续追究下去。

　　这事过后，那伍给了十三姨二十块钱，比讲好的价钱多出十块，也许是对十三姨那出人意料的表现的奖金吧，这是十三姨赢得的超值回报，其实她也没有损失多少，只是头上撞了个大包，没过一个礼拜就痊愈了，她如愿以偿地买到了自己喜欢的那件碎花衬衫。

　　那件事过后，十三姨学尖了，她将这狗租借给了那伍，每天抽取十块钱的佣金，规定好，每晚六点到八点，这狗跟着那伍表演。十三姨每次让那伍领走这只母狗，眼圈都会通红，甚至会掉下泪来。

　　有了这条狗，那伍再去找个腿脚麻利的，等到这狗与猴子欲行不轨之事的时候选准时机，踹上一脚，然后就跑，当然这跑要有一定的界限，因为不能让观众为了看你表演而跟着你跑，你只能在一定的范围内，比如在方圆十米的范围来躲避猴子的追赶和袭击。而且这人要跟猴子跑得相当，也就是说，既不能让这猴子过于轻松地逮到这人，也不能让这猴子永远也逮不到这人，既不能让这猴子轻而易举地打了这人，也不能反过来让人将猴子打上一顿。无论是体力、耐力还是力量，在选择这人的时候都要和猴子旗鼓相当，这样才有个看头。那伍找了好几个人，都不合适，不是将猴子打了，就是被猴子打得团团转，这样一次还好，多了人们就不愿意看了，原因是看一眼便知道结果，人们还是喜欢未知的结果，这跟花钱看电影是一样的，如果这电影的结果一开始就让人看出来了，预料出来了，这编剧显然是蹩脚的，笨拙的。当然，这是那伍在实践中总结出来的，一个月的工夫，那伍便赚了五百块钱。五百块钱啊，这可不是个小数目，距离娟子娘那一千块钱的彩礼只差一半了，那伍想想心里就美，有的时候晚上都能乐出声来。他想到的是娟子的饱满而又光泽的嘴唇，他渴望着和娟子亲嘴那一刻，那一定是他一生最美妙的感觉。

当然，那伍开源，还要节流。也就是说他想尽一切办法去压缩成本，这样才能以更快的速度娶到娟子，才能以更快的速度和娟子亲嘴。他想了一个省钱的办法，要从自己的身上省，伙食上下降一个档次，由每周一顿肉改为半个月一顿肉，猴子的香蕉可以取消了，改为花生豆，花生豆虽说也是稀罕物，但比香蕉便宜许多，刚开始猴子不乐意，那伍便饿了他两顿，让他觉得能吃上花生豆也是人世间的美味了，当然，那伍也要动用宣传的工具，他给那猴子讲起了三年困难时期的故事，告诉它当时人们吃的是什么，山都秃了，树也没了，人们挖地三尺能找出来的吃的都吃光了，跟过去比起来，我们现在是不是进步了？你都能吃上花生豆了，你难道不知足？被饿绿了眼睛的猴子当然表现得很知足，好像听明白了那伍话一样，连忙点头。

那伍觉得自己好聪明。

但有一件事那伍琢磨不明白，就是这猴子为啥一见到十三姨家的狗才发情，因为十三姨每天晚上要从这狗身上抽取十块钱的佣金，这让那伍如坐针毡，因为一条狗也不值十块钱，如果将这笔费用也省下来，那更是加速了他娶娟子的进程。不过他尝试过，但总是以失败告终，他买过一条狗，但这猴子见到狗并不来电，并没有兴趣，只是看看，望望，然后就走开，这让那伍非常纳闷，到底是怎么了？问题出在哪里？

四

老幺过去就是个跑江湖卖药的，那天，他无意中听到了那伍和刘强关于狗和猴子的谈话，由此他看到了商机，趁那伍不注意在给猴子买的香蕉中下了药，再间接地在猴身上抹了药。在跑江湖的眼里，哪都是买卖，当然他的药还从未用在狗的身上，这也是一次有价值的探索吧，当然这探索是富有挑战性的，而老幺恰是一个喜欢挑战的人。十三姨每次将那狗租给那伍前都要在狗身上抹上催情药，而这催情药全然来自老幺，老幺定量配送，每次的剂量只供使用一次，收费两块钱。

老幺当然不会满足于每次两块钱的收入，他没有想到自己的举动竟然帮助了那伍和十三姨，于是他灵机一动，受到了启发，也想到了挣钱的主意。当然这事他一个人是无法完成的，他找到了陈二棍。陈二棍是老幺在市场上认识的，此人整日游手好闲，因为打架被单位开除。陈二棍身材魁梧高大，老幺驼背眯缝眼；陈二棍骁勇善战，老幺是智谋过人。两人一拍即合，真是天作的搭档。

陈二棍不知从哪里搞到一个猴子。这猴子并不是一般的猴子，而是"万猴之母"，根据陈二棍的说法，这猴子是头戴无形冠，身披七彩云，在一个夜深人静的晚上，降落到了他们家的院子里。陈二棍做了一个梦，梦见一个猴身人面的人，这人面容白皙，唇间透着红润，长发飘飘，当然，既然是猴身，那还有一身的猴子毛。这个东西对陈二棍说："我本是如来坐下一七彩祥猴，修炼万年修得人面，却依然是猴子身，此次降临你家，是想劫富济贫，以此修行，要的不多，只要些香火钱。"陈二棍大早起身，便在院子里发现了这只猴子，当然这猴子还是长着一张猴脸，只是这张脸与众不同，身上是普通的鬃毛，棕色的，而头上的毛便是白色的，雪白雪白的。

陈二棍在家中摆设香堂，将这猴子供起，当然这猴子似乎有些调皮，童心未泯似的整日上蹿下跳。他只能将其锁在香堂中间，早晚朝拜，以此祈福。

陈二棍的事在附近的邻居那里传开了花。有这么神吗？慢慢地竟有人来朝拜，当然，这些人都是陈二棍的手下，说白了就是托。要有个传神的故事，这叫引，引之后便是托，托也有自己的功效，要真实，要传神，说白了就是牵驴的。

十三姨上次为了十块钱而去踹猴子，被吓出了毛病，脑袋上的大包始终不得消肿，到医院各种检查花了三块多，把十三姨心疼坏了，好不容易挣下的钱却要丢给医院，所以她宁愿自己消肿，也没在医院开药。早晚都得好，还开什么药啊，十三姨这样想着，自己豁出去挣的钱怎能再去便宜了医院。不过这花钱的效果和不花钱的效果是不一样的，十三姨不时会觉得头疼，用手一摸那更加的疼了，她总是担心自己的头，所以总去用手摸，所以总是会疼。她现在别说是见到那伍的猴子，就算是听到别人说起猴子都一身的冷汗，两腿都站不稳了。所以她才忍住了十块钱的诱惑而断然拒绝了那伍，如果再来这么一次，她便是有钱也没命花了。还好，由于老幺给的催情药，涂抹在自家狗的身上，以此来引诱那猴子犯错误，这才为她带来收入，能买几斤肉呢。想到这，十三姨又有些心疼自己家的狗妞妞，这狗从小就养着，如今却天天被那猴子欺负、猥亵，想着想着十三姨会掉下泪来，这是每天她送自己家母狗出门前肯定要留下的东西，擦干眼泪，将那狗交到那伍手里，用那伍给的钱下楼买菜，自从有了这项收入，十三姨的餐桌上每顿都能见到肉。

这天十三姨买菜路过陈二棍家门口，看到门前车水马龙，不停地有人从里面出来，嘴里叨咕着："准，真准！"看到这样的场景，十三姨便来了好奇心，她叫住一个人，问道："里面是干嘛的啊？还冒着烟？"那人年纪和她相仿，也提着个菜篮子，打眼一看也是买菜刚回来的，那人说，里面是南海神猴，乃万猴之母，能把你祖宗十八代都算出来，算得可真准呢。

说着，那人转身离开，留下的只是那急匆匆的背影。十三姨觉得好笑，还南海神猴，还什么万猴之母，那就是个畜生，她想到那伍家的那只猴子，总想着强奸自己的狗，想到这她便对猴子没什么好印象。多半是骗人的，十三姨心中想着，转身刚要离去，后背便传来声音："这位施主，既然来到门前，说明你与我那神猴有缘，为何不进来占上一卦。"那声音叫一个浑厚、平和，好像寺庙的钟声一样听了便让人起敬。十三姨忙转过身来，只见一位中年男人，满脸的胡子，身穿白衬衫，下身黑色裤子，看样子只差一个蒲扇便是个道人的打扮。

十三姨刚要以回家做饭为由，再次转身离开，那人继续说到："看施主印堂发黑，最近是交了厄运。"十三姨哪里受得了人家这样说自己，忙"呸呸呸"，三声，对那中年男子说："你胡说些什么，再胡说看我不把你嘴巴撕烂！"

那人微微一笑，并未动怒，笑得十三姨肝颤起来，说着那人转身往屋子里面走。十三姨气哼哼地再次转身，没走上两步，便又冲了回来，一把拉住那男人说："你给我算算，算准了啥都好说，算不准，老娘跟你没完！"

那男人依然微微一笑："今天与施主偶遇说明有缘，我并不是算命的先生，只是我家供奉着南海神猴，你去向它求签，我来替你解卦。"

十三姨朝门里望去，果然有一个香堂，上面供着个猴子，不过这猴子并不是塑像，而是活的猴子，这猴子长相和普通猴子、和那伍家的猴子倒是没什么两样，只是脂子往上是白色的，这倒是从未见过。

十三姨是害怕猴子的，一见到猴子就肝颤，而且不仅肝颤，腿也跟着颤，双腿不听使唤，便一下子跪了下来。

男人赶忙上来解释道，这猴乃是万猴之母，乃天降神物，见了它怎能不腿软。

真有那么神？十三姨心里泛起了嘀咕，自己到底交了什么厄运，为何那男人如此这样说呢？她还是不敢正视那猴子一眼。

那男人让十三姨给那猴子三叩九拜，说心不诚则不灵。心诚则灵，起初十三姨并不肯，她毕竟是一个人，要给猴子叩拜，心理上也过不去啊。可回过头来想，叩拜就叩拜吧，若是算得准，算是赚了，若是不准，非要砸了这香堂，大闹一场不可。

十三姨叩拜之后，那人让十三姨从香堂前面的盒子里取了一只签，拿到一个男人面前，这男人看着这只签，眉头皱起，摇了摇头，欲言又止的样子。十三姨都快急死了，这个时候卖关子，十三姨说："到底怎么了，我告诉你啊，你要是说得不准，我让你这香堂变成灵堂！"中年男人苦笑起来，斟酌了下说道："我先不说眼前的事，我说你过去的事，你看准不准。"此时的十三姨急于知道自己的处境，便赶忙让那男人说，那人说道："你有三个姐姐，都不在身边，二十五岁结婚，有一子，但已经夭折，男人忠厚老实，胆小怕事，是吃公粮的。"

十三姨一听准啊，说得都准，他们结婚后十三姨的确怀有一子，但流产了，胎死腹中，从那以后便再也没有孩子了，这是十三姨最大的心病，她做梦都想要个孩子。

这基本的信息全都被男人说中，十三姨顿时心生敬意。她看了看供奉的神猴，恨不得赶忙买上两根香蕉去。男人接着说，你最近头顶有灾，是得罪了一方的妖孽，尽管邪不压正，正邪不两立，但你孤身一人，此行恐怕是凶多吉少啊。

十三姨一想，头顶有灾，她摸着自己脑袋上的包，想起了那伍家的猴子，好像有了重大发现一样恍然大悟，十三姨终于知道自己为什么这一阵子这样倒霉，接二连三的倒霉，自从那猴子强奸了自己家的狗，怪事就接二连三地发生，被猴子挠得头破血流，到最后自己吓得"妈呀"一声拿脑袋往树上撞。她将这些事一五一实地告诉了那男人，当然她对她自己的贪财却是一带而过，更是忘记了自己说猴子强奸狗的事本是莫须有的事。这就是十三姨，当她希望这件事成为事实的时候，她便越发地觉得那是事实，甚至是可以将这希望的事情作为逻辑推理的起点。这男人倒是很会说，所有的一切，都是这妖孽造成的，即便是十三姨的过错，那也是这妖孽迷惑了她。包括自己的母狗妞妞，那是她从小就养起的狗，竟然要每天被那只挨千刀的猴子调戏，想想这些十三姨眼睛里便含着泪，她心疼啊。男人很会安慰，那全是命，那猴子要想造孽，是怎么都能造出来的，本来跟你无关。这样十三姨心里便安慰许多。

十三姨很相信这男人的话，或者说她很愿意相信这男人的话，所以她就找到了自己是正义一方的根据，这很难得。男人告诉十三姨："你现在是中了妖气，得亏发现得及时，要不然脑袋要出大问题，你是不是觉得头越来越沉，而且有时候会忘事？"

十三姨一拍脑门："你说得没错啊，现在早上起来的时候总是迷迷糊糊的，偶尔还会忘事，刚才买菜给了钱，连菜都没拿就直接走了，都走出老远，还好那卖菜的人把我喊住。"

十三姨对那男人是相见恨晚，赶忙去问解救自己的方法。男人告诉她，这是疫病，也就是虚病，是中了妖法，今天你和我师父有缘，在此我赠你一剂药。男人顺手从兜里掏出一个小包，递给十三姨，十三姨如获珍宝，用手绢包好藏在袜子里，生怕被人偷走似的。

尽管那人一脸虚伪的推辞，十三姨还是留下了几块钱。既然十三姨这般诚恳，男人不好再推辞，只是说："这钱我不要，是替这南海神猴收着，我是这神猴的弟子。"

俗话说，师徒如父子，这猴子成了男人的师傅，便是他的爹，这儿子并不孝顺，得来的香火钱并没有孝顺自己的爹，而是用来改善了自己的生活。这所谓的神猴便什么实惠也得不到，甚至连最喜欢的香蕉都吃不上，只是整天在这劣质的香中熏得眼睛直落泪。

这出戏唱完了，望着十三姨远去的背影，老幺从旁边走过来，接着是陈二棍。刚才的男人是陈二棍的二叔，也是没有正当职业，而那门口的买菜妇女，则是陈二棍花钱雇来的托，这所有的主意都是老幺出的。

老幺很有才华，他想得周到，这是一箭双雕的事。首先十三姨他知根知底，接触了这么多，他早把十三姨的心思摸透了，这样牵来也方便许多，成功率比较高，再者通过十三姨，他想彻底地搞垮那伍，所以他有意让陈二棍的二叔将那猴子说成是降神，为的是占领宣传的制高点。即便是正邪不两立，但没有正就没有邪，没有邪恶的也就没有善良的，相反也是这样，所以一切都是相生相克，即便是没有对立面，也要创造出个对立面来烘托自己，而那伍的那只猴子则是最好不过的目标。

望着十三姨那匆忙的背影，陈二棍说道："这招管用吗？"

老幺充满信心地笑了笑。他是相信十三姨的，单不说整垮那伍的事上，就是宣传这方面，十三姨这样岁数的女人，再加上没有孩子闲得无聊，这种到处传舌的事再合适不过的了。

十三姨自从吃了那男人的药后，脑袋也不沉了，头上的包也逐渐消肿了，她将这一切都归结为那神猴的作用，当然自己的记忆力也在提高，好像又恢复到了十几年前自己还是小姑娘的时候，这便是宣传的作用，所谓三人成虎，说得文一点就是心理暗示。只是十三姨更容易被暗示罢了。人都是在社会关系中生活着的，试想，当一个人说你有病的时候你会怎么想？那当所有的人都说你有病的时候呢？那你便真的会有病了，即便不病，至少也是不正常的。

十三姨的"病"逐渐地好转，吃水不忘挖井人啊，她当然不能忘记曾经救过她的南海神猴，所以她经常光顾那里，并给那男人钱，也就是给陈二棍二叔钱。一日，十三姨从陈二棍门前走出，看见一个妇女提着个菜篮子，那妇女好奇地问，这是什么地方啊，人来人往的。十三姨张嘴便说："你还不知道呢吧，算得真准！"说着转身离去。那妇女听着十三姨的话，有些摸不到头脑，刚要转身离去，便听到后面一个浑厚的声音，犹如寺庙的钟声一样尽管平静，但让人顿时肃然起敬，那人说道："施主请留步……"

五

　　自从利用业余时间耍猴，那伍收入不菲，很快的时间，他便攒下了五百块钱。在当时这是一笔巨款，那伍想想心里都美，因为他知道距离他娶娟子不远了。那伍已经好久没见到娟子了，只有晚上躺在床上的时候去想娟子，这个时候他会去想娟子那红润的嘴唇，那白皙的脸蛋，还有那滑嫩的手，这便是他一天中最幸福的时光了。

　　想到很快就能娶到娟子，他便觉得猴子对他来说真是个功臣，若是没有它，那伍这辈子也许都没了希望，也许要打光棍的。想到这，那伍总是起身去看看那猴子，这个时候猴子一般都会睡着，因为太累了，每天都会见到那只狗，然后在不知不觉中头脑变得晕乎乎的，浑身的血液像要迸发一样，让整个身体燥热起来，尽管是那样的不情愿，但它似乎无法控制自己的脚步，无法控制自己的行为，这便是那药物的力量。而就在它舍下一切尊严的时候，打算在众目睽睽之下发泄兽欲的时候，却总是有人一脚将其踢开，然后气得它浑身颤抖，眼中射出火来一样和这人决一死战。它毕竟是畜生，吃一百个豆都不嫌腥，每每这样，见到狗还是止不住地眼睛放蓝光，像色狼一样，没救了。这猴子每天都要进行这样重复性的工作，他对那条狗先是反感，然后喜欢，然后将那狗作为发泄的对象，到最后的愤怒和报复，这一切都是设计好的，让你生气的时候你就得生气，让你发情的时候你就得发情，让你高兴的时候你还得高兴，总之你的情绪不随你，而是随着观众的需求而转移。其实猴子的情绪是本能的，而人却要控制这种本能，不这样似乎无以显示人的聪明。

当然，对本能的克制也许是道德的起源，那对本能的滥用，则是有伤害的，尤其是将这种本能人为地在两个极端里徘徊，这本身就是一种伤害。果不其然，没过多久，猴子病了。

这事发生在那伍已经有存款八百这样关键的档口，在不该病的时候病了。

这一病不要紧，可急坏了那伍，当然着急的也有十三姨，毕竟猴子一病，她每天八块钱的收入便没了。猴子高烧不退，吃不下东西。

吃不下东西便是没有抵抗力，这样简单的道理那伍是懂的，而且非常明白。一顿不吃，省了，两顿不吃，那伍会非常着急，直到猴子三顿都没进一颗粮食的时候，那伍急坏了，便找来十三姨想个办法。在这个时候，十三姨不再惧怕那猴子了，而且她和那伍是在一条战线上了。十三姨想出了个办法，不吃东西可不行，不吃东西就没有抵抗力，没有抵抗力便会一点点地死去，十三姨一拍脑门，想出了个办法，硬灌。

那伍觉得也是个办法，那猴子再无往日的风采，往日里任何人都不能近身的，而如今只能任人摆布，十三姨按住那猴子的双脚，那伍捏住猴子鼻子，然后将一碗粥硬生生地倒进猴子的嘴里，那伍嘴上说道："都是为你好，你吃吧，不吃饭就没有抵抗力，没有抵抗力你就会死！"这个时候猴子会睁大眼睛，似乎听进去了道理，不过那食物还是本能地吐了出来。这样也不行，那伍只好拿来一个漏斗，将底端插进猴子的嗓子眼中，然后开始灌粥。猴子眼睁睁地见到那碗粥流下去，它想咳嗽几下，可食道被漏斗底端霸占着，也倒不出空来咳嗽，只能忍住，待到一碗粥统统进了猴子的肚子里，那伍才撒开手，接着十三姨也撒手。这个时候猴子终于腾出工夫来，本能地将刚才所有的东西统统地吐了出来，当然带着胃酸，似乎还有点胆汁状的黑色东西。一看到这黑色粘稠的东西，那伍一下子眼泪就出来了。这猴子不会是得什么绝症了吧？不会死吧？一想到死，那伍心里还是哆嗦了起来，不会死的，一定不会死的。

那伍将那猴子抱在怀里，眼泪唰唰地往下掉，十三姨见到这样的场面，也动了情，毕竟是女人，流泪那是她的长项。

那伍鼻涕眼泪一大把，抱着那猴子就是不撒手，一边哭还一边喊："你这是咋的了，到底咋了啊，好好的，咋突然间就病了啊！"哭得那叫一个伤心，不知道的还以为他爹妈死了呢。那伍继续哭:"你这命咋这么不好啊,刚赶上好日子你就要死啊,你这命咋这么不好啊,小时候给你关地窖里面你终日不见太阳啊,刚刚赶上好时候,家里日子宽裕些你就要死啊。我拿你当兄弟啊,我的好兄弟啊,你就这么扔下我一个人孤苦伶仃的你就走了啊。"那伍哭得满伤心的,还很真实。其实那伍是喝了酒的,要不然不能哭得这样伤心,酒能让人心底的感情不加掩饰地流露出来,可想而知,这猴子是那伍从小养的,感情当然不一般了。

还是十三姨有主意,她提议将这猴子送医院治治,说不定能有效果。那伍一听这主意,马上停止了哭声,将鼻涕往脸颊上一抹,说道:"是啊,去治治。"

十三姨的想法是很有创造力的,因为那个时候跟现在不一样,现在宠物医院满大街都是,但那个时候人才刚刚兴起去医院看病,还是城市里的人。不过猴子跟人差不多,那伍觉得。

那伍背起猴子就往医院跑,挂了急诊,大夫是个上了年纪的戴眼镜的老头,见到病人之后嘴差点没咧到耳朵后面,建国后就在这家国营医院,一干就是三十年,还没给猴子看过病。老头见那伍哭得那样悲伤,由此可见这猴子和那伍关系并不一般,听着那伍的诉说便动了恻隐之心,他接受新生事物倒是很快,立马就有了主意,他说:"我就按照三岁的小孩那样的药量来治,治成啥样算啥样,要是治不好死了,你也别赖我。"

那伍心急如焚,也没有别的办法,只能将这猴子交给了医生。对于这老医生而言,也并不担什么风险,有人花钱,又不担风险,权当是摸着石头过河了。他先是问了那伍这猴子近来的情况,然后初步诊断是食物中毒。至于如何诊断的,那就是医生自己的事了,也许是排除法,没有风寒,没有瘟疫,没有传染病,也只能是食物中毒了。老医生嘴里念叨着,那伍说,没准是肠炎呢?那伍的话提醒了医生,那医生说,不是没有这种可能,那伍说,是不是肺炎啊,来的时候咳嗽来着,医生赶忙说不排除这种可能,毕竟没有化验。那伍有些信不过了,不耐烦地说:"你到底会不会看病啊?啥都有可能。"

老医生不急不忙地说:"我是给人看病的,给猴子看病还是大姑娘上轿头一遭，你要是信不过你就走。"一句话说得那伍不再言语，也是这么回事。老医生接着说："即便是人有这种症状，也要化验，现在要诊断有各种仪器，比如说脑袋照个片子验血验尿，然后化验肝功，这才能排除是别的病，但猴子的这些指标和人都不一样啊，再者说咱这也不给猴子化验啊。"那伍一听也是这个道理，便不再争执，只能是活猴子当成死猴子来医了。

　　老头给猴子打肌肉注射，让那伍将猴子按在床上，一针下去，猴子本能挣扎几下，便引来一阵阵的抽搐，这吓坏了那伍，当然那伍的害怕也影响到了医生，按理说医生是不应该害怕的，吃的就是这碗饭，而且这般年纪，什么场面都经历过的。可就是这样一位见多识广的医生，给猴子瞧病还是第一次。猴子在抽搐，医生的手也跟着抖了三抖。

　　打完针，医生便让那伍将猴子背回去。猴子抽搐了一阵都吐了白沫，在那伍身上奄奄一息。那伍背着猴子走回了家，一路上那伍的眼泪就没停止过，那猴子不哭也不闹，要死了似的，哭闹的气力都没有。那伍抹着眼泪，眼中看到的一切都那样模糊，路灯下影子一次次地被抻长，又一次次地缩短。

　　今晚，按照那伍的想法，也许是跟猴子的最后一个夜晚，所以他睡不着，将猴子放到自己的身边，猴子还有呼吸，胸脯那里一起一伏证明还有口气在，但就是睁不开眼睛。看着猴子睡下，那伍也躺下，这是这么多年来他们头一次睡在一张床上，以往猴子都是睡在仓库里。

　　那伍翻来覆去地怎么也睡不着，他在为猴子料理后事了。这猴子若是死了打算埋在哪里？在后院埋掉算了。他再次想起娟子，想起娟子那润泽的嘴唇，那滑滑的小手，还有那白皙的面庞，想起他和娟子一起在路灯下散步，一起钻小树林。每每想到这里，他脑袋里就会出现那带红箍的老太太追着他们满街地跑。就差二百块钱了，就差二百块钱就攒够了娟子的彩礼，也就能娶到娟子了。想到这里，那伍侧身去看那猴子，若是这猴子再晚几天死多好啊！挣够了钱再死。猴子即将死去的悲哀被这钱笼罩的时候，那伍的心又有了另一种滋味，这种滋味掩盖了悲伤，应该说将这悲伤一扫而光。

　　那伍睡着了，梦见了娟子，梦到了带红箍的老太太，梦到了娟子的妈那张扭曲的脸，娟子的妈手上长了长长的指甲，掐住他的脖子，他醒了，一身的冷汗。此时天蒙蒙亮了，东方露白，很快光线便照射进来。时间还早，他却再也睡不着了。

那伍看了看身边的猴子，也许是看一眼少一眼了吧，便看得越发的认真，也舍不得眨眼了，时间久了，眼泪便顺着脸颊流淌下来。这眼泪，既是为这猴子而流，也是为自己，他望着那猴子悲伤了好久，上班的时间到了，他擦干了眼泪，起身穿好衣服。这个时候有个问题那伍犯难了，这猴子注定要死的，死在自己的床上不太好，第一晦气，第二也不干净，若是猴子的鬼魂回来的话那会让他睡不踏实的，若是和娟子结婚，让娟子睡在死过猴子的床上更是不太妥当。他看了眼后院，他昨晚已经想好，将猴子埋在后面的柳树下面，可猴子现在并没有死，还有一口气在，这样便不能埋了。如此，那伍只好将猴子从床上抱下来放在地上，他又一想，若是这猴子死在了这屋子里也不太好，这猴子活着的时候还折腾他呢，要是死了鬼魂回来在屋子里飘来飘去的，他还不得天天睡不着觉啊。他真想将猴子扔到后院的柳树下，等着下了班回来、猴子断气之后再埋了，但回头想想，还是有些不舍，毕竟猴子一息尚存。

想来想去，那伍想出了个折中的办法，将猴子放在了阳台的地面上，开开窗子，保持通风，即便是死了的话，在这么短的时间内在房间里也留不下臭味，于是他从地上抱起猴子，放到了阳台上，此时猴子的身上已经软了下来，抱起来的时候脑袋耷拉着，若不是胸口微弱的起伏，那伍还真想将它埋了，也免得费这么大的周折。临走的时候，那伍打开了录音机，为猴子播放邓丽君的那首《甜蜜蜜》，歌声悠扬，婉转，飘逸，能唱酥人的骨头，他仿佛想起了猴子听歌时的情景，想到这，他鼻子一酸。

那伍还是要走的，临走的时候还不忘看了那猴子一眼，也许，这便是最后一眼。

这一白天那伍都没了精神，猴子要死了，这事让他心情不快，但更为不快的是他如何凑够剩下的二百块钱，若是干攒的话，那要好久才能攒出来。这可怎么办呢？那伍发了一天的愁，眼看着太阳落山了，他是灵光一现，突然来了主意。

那伍下了班并没有直接回家，而是跑到了娟子的家，他并不是去找娟子，不是去想要和娟子散步，钻小树林，而是去找娟子她妈。

娟子一家正在吃饭，唯独娟子的爹躺在床上睡觉，她爹就是这个样子，永远是处于喝酒和酒后的两种状态，无时无刻不在喝酒，喝了就睡，睡醒了再喝，她爹倒是有自己的说辞，要将这十年的酒统统地补回来。在这之前我们说过，她爹由于酒后驾车撞死了人，在里面待了十年。

娟子姐妹几个还有娟子的妈围坐在一个饭桌上，见那伍进门，娟子妈的脸立刻拉下来，跟那韭菜盒子那么长，娟子也不敢多言，毕竟有她妈在，她只是给那伍搬来凳子，示意那伍坐下。娟子妈没说话，那伍哪敢坐下，他站着，就这么站着，弄得其他几个姐妹都没法吃饭，一个大活人站在旁边，这饭怎么吃啊。

那伍说话了："阿姨，您上次说的一千块钱彩礼，我凑得差不多了，但就差那么一点点。我想这样，求你同意我和娟子结婚，我先给你八百的彩礼，剩下那二百，我每个月还上一点，保准一年内还清。"

接着，是几秒钟的沉静，随后，娟子妈一跃而起，跟诈尸一样，吓得几个姐妹也跟着站了起来，她妈说道："你他娘的娶媳妇还赊账啊！你看看你，撂起来没三块豆腐高，也算个老爷们？也算个男人？你看看娟子，你们俩站在一起，般配吗？你自己说，般配吗？你也不撒泡尿照照，我上次就让你照照，你照了吗？啊？我问你照了吗？"她妈一边咄咄逼人地说，一边用一根手指戳着那伍的胸膛，那伍连忙点头，然后摇头，点头是下意识的动作，摇头是对她妈那句话的回应，意思是没照。

她妈继续说道："我把闺女养这么大我容易吗？养头猪也不只是这个价钱吧？你看看你，要啥没啥，让你拿个彩礼你还挑三拣四的，你可真行啊，还要在半年还清，你当我是啥啊？银行啊？还零存整取的！"娟子妈气势咄咄逼人，接下来就是说那伍撂起来没三块豆腐高。自打那伍认识娟子她妈，她就这样说他，那伍也习惯了，谁让自己长得这般的矮小。那伍蔫巴了，她妈越骂越凶，由于过于激动，不停的叫骂，嘴里残存的食物竟然随着气息进入了食道，引来一阵阵的咳嗽，她妈更是气上加气了，万语千言汇成一句话："滚！"

这个字说得干脆利落，响声雷动，那伍便滚了。本来那伍没想滚，是娟子硬拉着那伍走的，她娘见娟子要走，猛喊一声："你给我回来！"那伍停下脚步转身，她妈便说："不是说你，你滚！娟子你给我回来。"

娟子连头都没回就拉着那伍走开了。当然，后面是她妈的叫骂声："你这么着急嫁汉子啊，你就野吧你，臭不要脸的……"

娟子拉着那伍出来，她陪着那伍走出小区，走上柏油马路，这条路是他们经常走的，那伍去娟子家，每次都要挨骂，那是必然的，挨了骂娟子总要陪着那伍走上一段，也算是安慰吧。这条路旁边就是个小花园，也就是小树林，没有围墙的那种。如今夏天快要到了，吹的都是热风，吹得柳树随风飘，那伍是不喜欢看这小花园的，这小花园里给他留下的全都是不好的记忆，让他一靠近，头脑中就会想起带红箍的老太太，这让本来很郁闷的他更加郁闷了。

娟子责怪那伍道，来了也不提前说一声，那伍说："这是我想了一天才想到的主意。"娟子就问，为什么这么短的时间内凑够了八百块钱，那伍本来要说要猴挣的，但想想家中的猴子，八成是死透了，再说也没什么意义了，干脆就没接娟子的话茬。

也许是出于同情，也许是出于安慰，娟子想拉着那伍去钻小树林的，这被那伍拒绝了，以往都是娟子拒绝那伍，如今却反了过来，这让娟子心生不快，毕竟这事本来就不应该让女孩先提出，而且提了还遭到了拒绝。娟子很生气，当然，木讷的那伍并没有发现，他现在满脑子都是那二百块钱从何而来。

那伍正为钱的事发愁，脖子上冷不防挨了一巴掌，一抬头面对的是娟子那张羞怒的脸，那伍问："为什么打我？"

娟子说："不知道！"

那伍是喜欢娟子的，真心的喜欢，所以特别在乎娟子，尽管娟子说不知道为什么打他，他还是隐隐地觉得自己做错了什么，才惹得娟子恼怒的。幸好那伍还不至于很笨，一巴掌过后当娟子再次提出钻小树林的时候，那伍便拉着娟子的手钻了小树林。

娟子和那伍并不是同学，也不是同事，娟子是纺织厂的工人，那伍是铁路的工人，两人住得很远，只不过一次娟子走夜路，碰到了流氓，而这时那伍正巧路过，挺身而出，一连将那伙流氓打散，自己也身负重伤。自打那次英雄救美之后，那伍和娟子就搞对象了。就这么简单，其实娟子心理并不是特别在乎钱的，只是她妈在乎，所以她就在乎，没有哪个女孩不听妈的话的，尤其是在这种关键的人生大事上。

两人进了小树林，本来有些犹豫的那伍此时显得心神不宁，他觉得这小树林的黑暗中藏着多双眼睛，他们一定在等待，等待着那伍欲要和娟子亲嘴的时候才大喊一声，然后出现，然后追得他满街乱窜。他靠在一棵大树上，身体的每个毛孔都在感受着周围那可能出现的危机，娟子则望着那伍，深情款款，那眼神，真叫一个温柔，她慢慢地闭上眼睛，下颚抬起，她在等待，等待着那伍的吻。即便是个傻子，也会知道娟子的意思，只不过那伍并没想过这梦寐以求的场景竟然这样容易地出现，记得前一阵子娟子还不让亲呢，女人心，真是难以琢磨。那伍的嘴慢慢地挨近娟子，眼睛本应该在接吻的刹那闭上，以此表现同样的投入和深情，但他还是下意识地左顾右盼了下，当他确定周围确实没发现异常的时候，他擦了擦嘴，心想管不了那么多了，先亲了再说，这是那伍梦寐以求的东西了。可就在此时，一阵风吹来，树叶子被摇得哗哗作响，这声音来得突然，那伍的脚下便不听使唤了，撒腿就跑……

那伍闻风丧胆，他是杯弓蛇影了。

那伍往家走着，一路上，他在思量如何凑够那二百块钱，有了钱，他便可以亲到娟子，而且不止是亲，他还可以有更加亲昵的举动，那便是入洞房。想到这，那伍有些激动，猛然间又觉得自己很是卑劣，怎么想到那样龌龊不堪的场景呢？

快到家的时候那伍的脚步愈发的沉重，他被悲伤包围着，他想到了猴子，猴子一定是死了，而且是死透了，硬了，臭了，散发出难闻的味道，他这样想象着，他还要埋掉猴子，埋在后院的那颗树下。

就在那伍走近家门的时候，他听到了那首《甜蜜蜜》，歌声悠扬，透过门缝飘了出来，他猛然间意识到了什么，那首歌是他早上放的，而此时为何还在作响？慌乱，激动，兴奋包裹着此时的那伍，他慌忙从兜里掏出钥匙，他要去证实，证实自己心存的侥幸，这一丝侥幸如今便是他唯一的希望，最大的希望，他想到的不是别的，而是钱，只要猴子还活着，那挣钱便不是什么难事。

果不其然，他打开门的一刹看到了猴子，那是活蹦乱跳的猴子，它在听歌，尽管这首歌那伍听了无数遍了，可此时此刻的歌声跟以往每一次听都不一样，那歌声像阵风，带着人们走向春天……

六

　　猴子起死回生，却又性情大变，当然，这是那伍随后的日子里才慢慢体会到的。

　　猴子活了过来，那伍可以继续耍猴了，这是一件令人欢欣鼓舞的事情，是一个皆大欢喜的结局。猴子高兴，因为它可以听到动听的歌曲；那伍高兴，因为他可以赚到钱来娶媳妇；当然，十三姨也是高兴的，他可以从那伍的表演中继续分红。不过高兴之余，十三姨又开始抹着眼泪，因为这意味着自家的狗还要一次次地被猴子欺负，那不是欺负，应该叫猥亵更贴切一点。

　　那天傍晚，那伍跟往常一样，牵着猴子出去，等十三姨牵着狗从远处走来，他便从十三姨手中接过牵狗的绳子，来引诱这狗和猴子犯错误，这已经形成固定的模式了。一般在这个时候，十三姨就躲在角落里，等待着时间过去，她会听到众人们由嘈杂到安静，再由安静到议论，还有人在笑，接着众人掀起了高潮，那便是有人在猴子正尽兴的时候踹上一脚，那猴子便会发出震怒的声音，来追着那人又打又挠。

　　这天如往常一样，十三姨将那狗交到那伍的手里，只不过她并没有如往常一样听到众人的嘈杂和安静，而是听到了猴子愤怒的声音，还有就是狗的叫声，那狗的叫声很不对味，好像遭受了攻击一样，呜呜地叫，像哭似的，这让十三姨心里一沉，不会是让猴子得手了吧，一丝不祥的预感笼罩在她的心头。十三姨听着声音，心都提到嗓子眼了，那狗毕竟是她家中的一员，她心想如果是真的让猴子给配了，一定要让那伍赔钱，想到这十三姨显得异常的兴奋，紧跑了几步到人群周围，她在想若真是这么回事，那非要抓个现行不可，也免得那伍抵赖，可就在她跑到跟前的时候，眼前的一切让她惊呆，因为事情比想象得更糟。她看到那猴子正拿着块砖头追着自家的狗打，那狗满身是血，很显然让猴子打得不轻。十三姨赶到现场的时候，只见那猴子一脚踩住了栓狗的绳子，这下那狗即便有再大的本事也无法逃脱，它扬起砖头便砸，那伍手疾眼快，拽住拴猴子的绳子用力一拉，那砖头才没有很实诚地砸在狗头上。

十三姨尖叫一声，跌坐地上，失声痛哭。众人们正看得津津有味，猛地听到十三姨这么一叫，便将视线从那狗猴中抽回来，投在了十三姨的身上。刚刚两个畜生打架，那伍也是有些惊慌的，这猴子也不知道是怎么了，今天一反常态，刚见到狗的时候还显得正常，上去闻闻，嗅嗅，大家饶有兴致地观看，看这畜生是否要有畜生的举动。而花钱雇来踹猴子的人也立在了旁边，等待着猴子兴致来了的时候再给它猛然一击，可就在这个时候，猴子却一反常态地从地上捡起了砖头，毫不犹豫地砸向那狗。这事态有些失控，但正因为失控才赚足了观众的眼球，那伍知道这是个很好的看点，但他还是有些担心，担心猴子会失手打死那条狗，所以他是矛盾的。

就在那伍不知如何收场的时候，十三姨出现了。十三姨的出现转移了众人的注意力，所以那伍赶紧将那猴子和狗分开，这个时候，大家开始关注十三姨。只见十三姨用那粗壮的大手在地上拍打着，尘土漫天飞扬，她身边的观众退后几步，但还是不愿离开，生怕错过了好戏一样。

十三姨也不知道是真是假，哭得那叫一个伤心，一边哭还一边喊，那简直就是嚎："我的妞妞啊！你的命咋这么苦啊！从小没得一天福，长大了还得挨这个挨千刀的猴子欺负！"十三姨似乎有着唱戏的功底，所以这几句台词说起来跌宕起伏，还带着韵律。这个时候那伍拿着那乞食的碗走到众人中间，大多数人都很慷慨，一块两块，最少的也是五毛钱。

哭够了，闹够了，众人们便逐渐地散开，估计是没什么新鲜玩意了，十三姨总是重复着那几句话。由此可见，观众是不喜欢重复的，观众最喜欢的是出人意料，观看嘛，就是看个新鲜玩意。这样，十三姨的观众便越来越少，最后只剩下那伍、猴子还有狗，他们都眼巴巴地看着十三姨，尤其是那狗，身上的血渍已经凝固了，心疼地看着十三姨，它乖乖地跑上来，坐在十三姨身旁，那是一种亲近，是一种安慰，它也许是在安慰十三姨不要哭了。

十三姨迅速地站起身来，抹了把眼泪和鼻涕，用公事公办的口气对那伍说："今天这事你得出二十，谁让你们家猴子把我们家狗打了。"那伍还没等十三姨把话说完便从兜里掏出钱，递在她手上。说实话，出了这样的事那伍心里也过意不去，毕竟没设计猴子用砖头砸狗的场景，狗头上挂了彩，多给点钱也是应该的。

这件事那伍和十三姨都很生气，但平静下来也就算了，毕竟结果是好的，挣到钱了。只是十三姨有些心疼自家的母狗，本打算不想再与那伍合作，可又禁不住那伍的劝导，在那伍再三保证了那狗的生命安全的前提下，十三姨还是同意了，毕竟，谁也不会和钱过不去，只是苦了那条母狗了，让人欺负不说，还要让这猴子打，想到这，十三姨总会掉下眼泪来。

有了这天的教训，那伍便更加小心了，也是从这以后，那猴子再没有想要强奸那狗，而是见面就打，而且出手便是杀招。猴子的性情也开始变化了，一有不顺心在家就乱叫乱扑腾，对于这猴子，那伍是比较宽容的，很少与它为难，倒是这猴子在吃饭的时候打了碗，而且是接二连三地打碗，那伍非常生气，认为这猴子是故意的。既然你自己不拿自己当人，我也没必要拿你当人。他不再和猴子共进晚餐了，而是各吃各的，那伍为猴子准备了专门的碗，然后摆在地上，猴子看到食物直接用手去抓，再不用拿勺子之类的费劲了，这对于猴子来说是件很轻松的事，对于那伍来说，同样也是。

看着猴子在地上吃饭，那伍心理便发出这样的感慨来，畜生毕竟是畜生，咋装都成不了人！

自从猴子起死回生之后，它对陌生人的戒备也多了许多，任何人，除了那伍之外是没法近身的，只要走近两米之内它便龇牙，一米之内要上手去挠。一次将一个邻居的胳膊挠得鲜血直流，那伍还带着人家看病，打针，花了不少的钱。那伍心疼那钱，心疼得直哆嗦，这推迟了自己和娟子结婚的进程，也就推迟了和娟子亲嘴的进程，这是他不能允许的，他舍不得打那猴子，但要想个办法。

那伍是很聪明的，以往他会买些香蕉给猴子吃，作为他表演的犒赏，而随着他娶媳妇的心情越来越迫切，这香蕉的犒赏算是免了，改成花生豆了，花生豆比香蕉便宜，那伍算是压缩成本省下了钱，可再后来那伍连花生豆也不想给猴子买了，只买些豆腐干来。刚开始这猴子不愿意，那伍便和那猴子交心地说："这花生豆本来就是奢侈品，咱们家现在还并不富裕，刚刚挣了点钱，还有那么多事要办，平时你吃饭，你喝水，你住的房子，这都要花钱，现在钱难挣啊。"听那伍这样心平气和地讲道理，猴子似乎听懂了许多，也许是跟那伍在一起的时间长了，能听懂人话也是正常的。可听懂是听懂了，见到卖花生豆的它还是挪不动步，那伍便大声训斥，甚至打它两巴掌，那猴子虽龇牙，以表示心中的不满，但看到那伍这样坚定和决绝，也就没再要求，安心地吃起了自己的豆腐干。

那伍卖力地表演着，猴子也是卖力地追着那狗来打，这也算是一出好戏吧，所以观众们依然扔下不少的钱，那伍其实是应该感谢猴子的，因为这样的表演省下了用脚踹的这一个环节，也节省了大部分成本。

日子一天天过去，就在那伍的积蓄快要突破一千元大关的时候，出事了。

那天观众兴致极高，连连叫好，那伍当然高兴，收了不少的钱。以往他收钱的时候，都会牵着猴子，怕由于疏忽，猴子取了狗的性命，可今天他是太过高兴了，因为他马上要攒够了一千块钱的彩礼了，也就在此时，危机发生了，他一眼照顾不到，那猴子照着那狗便是一砖头，顿时是狗血直流，可那狗更是一反常态，以往都是被猴子追得满地跑，发出委屈的声音，而这次它突然停下脚步，对着猴子怒目而视，两个动物目光如火，逼视着对方。有经验的人均看得出来，那狗似乎是疯了，眼神邪得很，满脑袋是血，发出的嚎叫让人不寒而栗，大夏天的让人惊出一身冷汗。也许人们都喜欢这样的刺激，竟有人在旁边鼓掌叫好，大声地喊着："打死它，打死它！"当然他们并没有说谁打死谁，对于他们来讲，这个过程更为重要，至于是谁来打死谁都是一样的，所以谁打死谁也就不再重要了。

再去说那狗，它立在那里一动不动，呆若木鸡，嘴角里也不知道流出的是什么东西，是血？是白沫？是两者的混合？它发出的奇怪的声音，如什么东西附体一样，开始还汪汪地叫，到后来那便是嚎叫，简直如狼嚎一般。猴子站在那里，并无惧色，龇着牙，咧着嘴，手里的砖头还沾满了狗血，它停顿片刻，便再次发起了攻击，那狗不躲也没有闪，直到猴子冲到近前，它猛然间咬住了猴子的脖子，还好这狗并不大，对于这样的搏斗也没有什么经验，否则的话这一口便足以让猴子送命。猴子的脖子被狗咬住，狗牙并没有扎得很深，只是刺伤了表皮，但这足以震慑猴子了，但它反应很快，一砖头砸向狗头，那狗还是咬着不松口，猴子又是一砖头，狗的嗓子眼里发出了哼哼的声音，不但没有松口，而且更加用力了，猴子似乎感到了危机的存在，这次它用尽全力又是一下，那狗便翻了白眼。

猴子胜利了，狗死了，只不过咬住猴脖子的嘴始终没有松开，猴子心急如焚，便抡圆胳膊再次将那砖头砸向狗头，如此几次，狗血直流，脑浆崩裂，发出难闻的气味，那脑浆是白色的，乳白色的，溅了猴子一身，直到这个时候那狗依然没有松口。猴子后脚踩住狗身，用力将脖子向后一拽，这一下不要紧，那狗牙闭合的地方竟然撕掉了猴脖子上的一块皮，血顺着猴脖子向下流。

那伍这时才回过神来，立马上去拉住猴子，扯下自己的衣服，给猴脖子包扎上，还好只是一块皮，要是狗牙再扎深点，那恐怕是猴子的命就难保了。包扎了猴子的伤口，那伍来不及向那狗去致哀，便起身将大碗递到众人面前，这次众人给钱是最为痛快的，因为这样的场面只在动物世界中才见过的，如今见到活生生的搏斗还是第一次，众人解囊扔钱。

那伍得了钱，猴子也老实了，乖乖地站在那伍身旁。那伍从那大碗中掏出所有的零钱，揉了个团，装在自己兜里，这个团里有硬币也有纸币，为了不让这些硬币从手缝中流出，那伍抓钱很用力，直到将手放在自己的兜里才松开。钱收好了，那伍便蹲下身来，看着那狗，那狗睁着眼睛，嘴角是血，掺杂着白沫，牙齿龇出，牙齿咬合的地方叼着从猴脖子上撕下来的皮。

那伍坐在那狗的对过，脸上露出了凝重，他在想怎么跟十三姨交代呢？这狗可是十三姨从小养的，那感情跟十三姨深厚得很，这十三姨本身没有孩子，拿这条母狗跟自己的亲闺女一样养着，得知这狗死在了自己猴子手上，那还能饶过自己吗？想到这他有点肝颤了，不仅肝颤，腿也跟着哆嗦，他可领教过十三姨那泼妇的模样，没准因为这事她还会在自己家的门前鬼哭狼嚎，这倒是小事，可要是十三姨狮子大开口说要赔钱，这可如何是好？加上兜里的零钱，这刚刚凑足了的彩礼钱便要损失了不少啊。想到这，那伍实在是没法想下去。

就在那伍左右为难的时候，一个人已经站在了他的身后，这人便是十三姨。那伍不经意间回头，看到十三姨那张脸，吓得本来蹲着的他突然一屁股坐在了地上。得！又是一场闹剧。这应该叫"十三姨哭狗"。

十三姨并没有看那伍，而是直接盯着那狗，不哭也不闹，她慢慢地蹲下，然后坐在地上。那伍知道，山雨欲来风满楼，十三姨每一个动作都带着气场，压抑得他喘不过气来，她虽然没有任何表情，也没有任何的语言，可悲伤之情却遍布着她脸上、身上的细微的变化之中。

这种状态下那伍很是难受，因为他不知道十三姨下面的一声哀嚎何时发出，这哀嚎一刻不出，那伍便提心吊胆，就这样过了十分钟，十三姨还是一言不发，只是眼睛湿润了，眼泪悄然流淌，划过脸颊，滴滴答答地落在地上，地上是土，那伍发现这眼泪打在地上原来也是能够掀起尘土的。眼泪掉了三十多滴，那伍一滴滴地数着的，十三姨从地上站起身来，然后抱着狗，走向远处。那伍跟在十三姨的后面，那猴子跟在那伍的后面，猴子知道自己惹了祸事便显得尤为的乖，竟主动将那拴在自己脖子上的绳子递到那伍的手上，这似乎在提醒那伍，管教不严，你也有责任！

十三姨将那狗葬在了自己家的后院，向那狗三鞠躬，然后起身，回头盯着那伍。那伍本想解释说这是意外，但十三姨还没等他说什么便张开右手，那伍吓得连忙后退，以为那巴掌是打他的，可他料想错了，若是真打他，那倒是好办，十三姨将五个手指摆在那伍面前，口中说道："五百块钱"。

听到这几个字，那伍脑袋一阵眩晕，脚下便乱了方寸，缓了几步才站稳。那伍抬头望着十三姨，可怜巴巴的说："一条狗在市场上买也就几块钱，你这也太贵了！"

十三姨张大了嘴，那伍等着她的叫骂，可她非常平静地说："它是我们家的一员，我拿它当亲生闺女一样看待，你家孩子死了，要五百块钱贵吗？那是条生命，是命啊，五百块钱我也不愿意换啊！"

那伍想想，也是那么回事，心里这么想，但嘴上不能这样认啊，他说："五百太多了，一百块钱吧。"

十三姨突然抽泣起来，脸拧成了麻花的模样，那伍还以为她会大叫，可她表现得很温柔，很淑女，只是小声的抽泣。那伍没有想到十三姨还会这样哭，嘤嘤嗡嗡的，这让那伍都看傻了。这是这座楼的后院，听到十三姨的哭泣，竟有邻居打开窗户，趴在阳台上观看。邻居们很不解，这平日里如泼妇一样的十三姨竟然也会这样哭泣。此时正是夏天，而且是吃晚饭的工夫，正是吃饱了没事干的时候，所以爬窗户往外看的人越来越多。那伍受不了这个，尤其是受不了十三姨这样哭泣。

在这之前，当十三姨在那伍门前叫骂的时候，那些人还是比较同情那伍的，只是由于十三姨的淫威不敢站出来说话，也是怕引火上身。不过如今见此情景，邻居们对那伍的同情是荡然无存，对于十三姨这样的变化，他们看在眼里，也非常同情，尽管不知道究竟发生了什么，但他们猜测，肯定是那伍做了什么对不起十三姨的事情，而且这样的事对十三姨打击很大。按照这个思路去想，这到底是怎么回事，惹得十三姨如此的伤心？难道是那伍欺负了十三姨？难道他们之间真有奸情？这也太可怕了，没有人愿意，也没有人敢再想下去，那伍即便是三十多岁的"光棍"了，也不至于吧？众人疑惑不解。

那伍也觉得这样下去影响不好，便赶紧离去，留下十三姨一个人顾影自怜，抽泣了很久，才抹着鼻涕和眼泪朝家走去。

那伍实在是受不了十三姨一见面就抽泣的脸，也经不起邻居们的指指点点。十三姨现在形成条件反射了，只要一见到那伍那眼泪说来就来。有一次娟子来找那伍，正待两人"钻小树林"的时候，十三姨出现了。想想这样的情景，月朗星稀，搞对象的两个人在一起卿卿我我，欣赏着头顶那轮或圆或缺的月亮，一个头发披散、嘤嘤嗡嗡抽泣的女人猛然出现，那是一种什么情景？娟子吓得"妈呀"一声坐在地上，连跑的力气都没有了。那伍是比较熟悉这抽泣声的，尽管吓了一跳，但很快认出了十三姨，十三姨还是那样压着嗓子，非常深沉地伸出五根手指，嘴里念叨着："钱，五百块钱。"

那伍受不了十三姨这样的纠缠，便再次灵光乍现，想出了个好办法，他跟十三姨说，这五百块钱给可以，但先给一百当作首付款，以后每天给十块钱，直到给足了五百。十三姨想都没想就答应了，其实她也挺累的，每天见到那伍都要哭一鼻子。

没有十三姨家的母狗助兴，那伍本想自己的生意是一落千丈的，但没想到他自己耍猴耍出了名声，十里八街的都来看那伍耍猴，那伍便亲自上阵，与那猴子假打起来。当然猴子毕竟是畜生，打着打着就来真的，那伍身材矮小，但也异常的灵活，比起猴子以往的对手都要灵活，一人一猴旗鼓相当，也耍得精彩，引来观众阵阵叫好声。

当然，猴子对那伍也从不下死手，即便是生气了，也是一下子蹿到那伍的头上，一顿巴掌，这个时候那伍总是假意无力还击，被猴子打得乱转。那猴子似乎进入了状态，这是一种表演的状态，当然那伍也是。刚开始，人们来看那伍的表演还是热衷于猴子和狗的畜生行为，可逐渐地，即便没有狗，没有猴子对狗的侵犯，他们依然过来看，没有猴子被踹而恼怒的表演，还是有人会看，没有猴子将狗打得头破血流他们也会来看。逐渐地，人们忘记了那条狗，只记得眼前的猴子，当然还有耍猴人那伍，人们是喜欢看他们表演的。那伍本来还担心没有狗，这场面没法支撑，难以为继，可没想到的是他取代了狗的位置，只有他们一人一猴，还是可以将戏演好。

那天，那伍兴高采烈地将这一千块钱到银行中换成了整钱，若是零钱，那得厚厚的一打，而整钱就那么薄薄的十张。看着这薄薄的十张钱，显然没有那零钱显得厚重，但看着那钱币上的两个零，那伍喜上眉梢，他用手指蘸着唾沫数钱，一连数了几遍，每次数都是十张，那伍怕这钱飞了似的，将这钱压在枕头底下，一晚上醒来好几次起来数钱。因为数钱，这觉都没睡好。

第二天一大早那伍就醒了，他给猴子做了饭，跟猴子说，今天放假，不出去干活，你就好好休息吧。那猴子看着那伍，也许明白，也许不明白。那伍将那行乞的大碗里盛满了他最爱吃的热汤面，端到了猴子面前，猴子上嘴唇很薄，所以很难吃下这热汤面，吃了两次都烫到了，烫得直叫唤。那伍将那猴子拴在了暖气片上，便带着钱离开了，离开之前还在家里数了一遍钱。

那伍坐着十二路公交车到了娟子的家。这个时间是和娟子约定好的，他们约定今天那伍正式来提亲。所谓正式，那便是拿着娟子妈要的一千块钱的彩礼。那伍非常的高兴，人逢喜事精神爽啊，从车站一直走到了娟子家，他的脸都挂着笑。

娟子在家，娟子的小妹妹玲子也在家，在家画画。她喜欢画画，如今也是二十岁的年龄，整天拿着纸画，见到谁画谁。其他姐妹出去玩了。娟子爸妈都在家，她爸正在喝酒。

一见到那伍，她爹笑了，很热情地让他坐下。这让那伍感觉心里暖暖的，因为来这么多次了，头一次被这样热情地接待，这便是酒精的作用，有了酒，她爹对谁都热情，就算是那伍的猴子来了，她爹也会热情地招待的。桌子上一盘花生米，一瓶小烧。她爹喝着酒，一边喝，一边笑眯眯地看着那伍。

而相比她爹，她妈则依然冷漠，那张脸还是那样长，长得都快耷拉下来了。那伍的脸还是转向了她妈，因为他知道，这个家里，她妈说了算。

那伍将那一千块钱从袜子里掏出，因为他实在是想不到更好地方来藏这钱了，想了一晚上，才想出了放在袜子里。她妈见到钱，并没有那伍想像得那样高兴。今天娟子穿着格子的衬衫，特别漂亮，坐在那伍身旁，羞答答的样子，可爱得很，那伍忍不住多看了两眼。

那伍说："大姨，你看我和娟子的婚事——"

那伍显然有些不好意思，话还没说完便自己吞下去半句。她妈看到了桌子上的钱，心理倒是对那伍刮目相看的，但姜还是老得辣，看得比较长远，所以她顿了顿嗓子说道："这一千块钱是借的？"那伍连忙说："不是不是，"脑袋跟拨浪鼓似的："这钱是我挣的。"

"挣的？怎么挣的？你不就是个瓦匠吗？"

"我要猴挣的，我家养了个猴，跟我兄弟似的，从小我就养着他，现在耍猴挣钱。"那伍解释道。

娟子是听说过那伍耍猴的，但她也没想到那伍挣钱这样容易，向那伍投去赞赏的目光。她妈又说："那耍猴你每天能挣多少？"

那伍伸出五个手指头，她妈便说："五块？"那伍说："五十。"此话一出，还没等她妈说话，她爹便开了口："那你是个人才啊！"说着喝了口酒。那伍还有些害羞,头一次有人夸他,而且还夸他是个人才,这词挺洋气的,一般都是形容大学生的。

这话一出,她妈点了点头,好像很同意她爹的话,因为一个大学生一个月还挣不到一百块钱呢,这那伍一天就五十。当然,这五十块钱有吹嘘的成分,那伍最好的时候也就挣个四十,一般都二三十块钱,所以这五十是为了给自己增加分数,来弥补自己身高上的不足。

娟子妈说:"其实,你这人矮是矮了点,摞起来没三块豆腐高,但为人踏实,也老实,看样子也能对娟子好。"她妈回头看了看娟子,娟子脸红了,如此娇羞动人,即便在这样紧张的情况下,那伍还是多看了她几眼。娟子妈说:"这样,那伍,这一千块钱我先收下,算是彩礼,当然结婚的时候你多办几桌,该买的买,该置办的置办。"那伍明白,这是叫他买四大件,缝纫机,自行车,手表,还有录音机。娟子的妈继续说道:"这样,等你把这些置办齐了,你们就结婚。"那伍本以为这一千块钱就是用来结婚的呢,没想到忽然间进了准丈母娘的腰包,但回头一想也挺高兴,毕竟丈母娘都同意了,这便是早晚的事了。对于那伍来说,置办这些东西也就一个月的事。

那伍在娟子家第一次吃饭,还喝了点酒,脸上微红,娟子在桌子上一直给那伍夹菜,不说话,但脸是笑的,他们说话的时候她爹在喝酒,等他们吃饭的时候,他爹已经喝完了,倒下便睡觉。

娟子的妹妹玲子笑眯眯地看着那伍,对那伍说:"哥,啥时候让我给你画个画像吧。"娟子马上打断了玲子:"吃完饭你就下去,别逮到谁就要给谁画画,你画的那叫啥东西啊,上次你给我画得那么难看!"说得大家都笑了。

这一顿饭的工夫,那伍都没怎么说话,只是陪着笑脸,余光盯着他那准丈母娘,这算是抓住了重点,丈母娘笑他才敢笑,丈母娘让喝他就喝。丈母娘今天也很兴奋,喝得脸都红了,她觉得将闺女托付给那伍还是值得的,虽然矮了些,但毕竟能挣钱,一天就能挣五十,那叫啥日子啊,想想都觉得美。这便是先天不足的靠后天来弥补,当然,那伍知道,这笑脸全是来自于钱,他越发地觉得钱的重要了。

七

就在那伍攒钱结婚的时候,猴子出事了,而且这事直接中止那伍娶亲的进程。

猴子也到了谈恋爱的年龄,这本无可厚非,可畜生毕竟是畜生,人结婚搞对象讲的是门当户对,讲的是条件相当,讲的是先天不足后天来弥补,而在动物界是不讲这些的,全然凭着一种感觉,而且这种感觉来了会很疯狂,没有门第的偏见,不讲条件,不讲门当户对。那伍的猴子,竟然公然和陈二棍的"南海神猴"谈起了恋爱,这恋爱谈得不像那伍那样坎坷,比那伍顺利得多。很快,它们结合了。

所谓的结合就是交配,而且是公然的交配,是在众目睽睽之下的交配,是当着那么多人来给南海神猴上香上供的时候交配的,这让人们惊讶,原来这引来众人朝拜、前知五百年后知五百年的神猴也是可以交配的。

那伍肠子都悔青了,他知道自己的猴子和那南海神猴的初次相遇竟然是他一手造成的。他后悔不该从陈二棍家门口路过,就因为这次,那伍的猴子看到那受众人朝拜的南海神猴,猴子就这么一回眸,便对上眼了,放在现在说这叫来电,两个猴子也算是一见钟情,从此之后开始了交往的进程,而且很顺利,顺理成章,水到渠成。那伍的猴子先是趁着那伍上班,从窗户跳出,走了几站地的路去找那南海神猴。猴子聪明得很,认识路,陈二棍的家还住着胡同里的平房,这胡同七扭八歪的那猴子只来过一次,便记住了。这是上午,也是香火正旺的时候,来的人除了瞧病的就是祈福的。瞧病的都是如十三姨一样上了年纪的人，没事的都来祈福，没钱的想要钱，有钱的想让钱更多，所以南海神猴便整天生活在烟雾之中，那烟雾熏得它睁不开眼睛，但没办法，它还是要坐在那里，因为两只脚被铁链子拴在了供台之上。它身上再披上黄色的绸缎，便盖住了脚下的铁索，来朝拜的人打远一看还以为那南海神猴盘膝而坐，真是神了。

南海神猴，那都是扯淡的。陈二棍不知从哪里搞到个猴子，借助老幺的想象力编了个故事，说这猴子是如来坐下一神物，出世修行，为终生带来福音等等，这便是"引"，然后找来几个人扮演祈福者或者看病者，这叫"托"。这两个程序一旦走完，那这买卖就算是进入正轨了。如果说陈二棍是这出戏的总导演，那老幺就是总策划，南海神猴和二叔便是演员，那南海神猴负责坐在那里，等待着烟熏火燎；二叔充当猴子的徒弟，这叫出马，即为众生传达猴子的旨意，也是人猴沟通的一个中介。可猴子毕竟是猴子，即便是南海神猴那也不会说人话，只能借助二叔的嘴来说出一些事情，以便帮助那些需要帮助的人。这样一来，二叔便成为非常重要的角色，他身披绫罗绸缎，手拿蒲扇，留着胡子，头发好几个月也不剪，油光铮亮的，倒是像个道士模样，平添了几分神秘的色彩，那便更有人相信眼前的男子不一般，的确是那南海神猴的徒弟。

这天烧第一炷香的是个中年妇女，据说每天的第一炷香是最灵验的，所以一大早就有人排队了，都为抢这第一炷香，有的时候还会发生口角，甚至动手，当然那是在陈二棍家门外。事不关己，高高挂起，陈二棍是希望看到他们打起来的，这样便是一种无形的广告，让更多的人知道他这南海神猴的灵验。而今天这中年妇女来得早，天不亮就来了，上了第一炷香，扔下十块钱，也不说是什么事，只是叩拜，不抽签，嘴里默默地叨咕着什么，然后走人。

第二个上香的便是十三姨。按理说十三姨是讨厌猴子的，但眼前的神猴可跟那伍家的猴子不一样，而且天壤之别，眼前的猴子是如来坐下的神物，修行百世已经成佛的，而那伍家的猴子只是一个畜生，她心里这样想着，同样是猴子，差距咋就这么大呢。这猴子的确不一般，身上是棕色的，脖子往上便是白色的，这样的猴子相信谁都没有见过，要不咋说这么准呢！

十三姨摇卦之后，将那只签递给二叔，刚要说话，二叔便摆了摆手说：

"你不用说，我都知道，你是来求子的！"二叔看了眼那南海神猴，接着说："送你四个字，顺其自然！你自己体会！"

一听求子，十三姨立马肃然起敬，自己心里的事咋就让那二叔说中，不，这是南海神猴说中的，十三姨对南海神猴更是信任有加。她连忙点头，跟捣蒜似的。二叔如何知道十三姨是来求子的？难道真是未卜先知吗？当然不是，这还是托的功效，排队的队伍里有他们的托，专门负责跟前来上香祈福的人搭讪聊天，获得信息后马上传递给二叔，这样二叔才能料事如神。

正当十三姨转身离去的时候，她忽然发觉一个熟悉的身影从眼前晃过，这便是那伍家的猴子。就此，十三姨本来平静的心情顿时泛起了层层的波澜，回头一看，那猴子已经蹿到了那灵台之前，与那南海神猴抱在了一起。那母猴看到公猴如此直接地来到自己面前着实吓了一跳，发出了惊吓的声音，随之当它辨别是那天一见钟情的猴子时便是喜出望外，连啼三声。

这场景看得众人一个个瞪着眼睛，满院子一片寂静，如黑夜般寂静。二叔傻了眼，包括旁边的工作人员也傻了。这事情来得如此突然，竟让他们无处掩盖。千算万算竟然忘记那畜生毕竟是畜生，到了发情的年纪什么都不管不顾了，连脸面都不要了。

众人就这么看着，看着两个猴子快活，可谓是大眼瞪小眼了。二叔站在那里不知所措，他曾经见过无数的畜生交配，但此时此刻这样庄严肃穆的场景下还是头一次，他不知道自己到底该做些什么。是大喊一声，拿着棍子马上一棒子打去？可被公猴压在身下的毕竟是南海神猴啊，自己还充当了南海神猴的徒弟，俗话说师徒如父子，自己又怎能如此大逆不道？但光这么看着也不是个事啊，难道说就让他们在众目睽睽之下在那供台之上这般快活。

时间一分一秒地过去，来此朝拜的人面面相觑，后面的人看到了这千古奇观便往前涌，前面的人被涌得更近，外面的人看不到，但感受到了骚乱，便要进来，此时场面难以控制，得赶紧想个主意。二叔实在是不能忍受这样的场景，竟然"大逆不道"起来，拿着棍子就朝他们俩打了过去。可那棍子并没有打在那两个猴子身上，倒是将一桌子的香和贡品打翻在地，公猴脾气了得，冲着二叔便龇牙，那眼神邪得很，目光如炬，射向二叔，二叔便傻眼了。据二叔事后私下说，他从未见过一个猴子的眼神有如此的灵光，那分明是双人的眼睛，而且这眼神很怪，很邪，似乎它知道你下一步要干什么，这猴子是个畜生，却有如此的眼神，这吓了二叔一大跳。于是二叔真是不敢再靠前半步。

事后，公猴从母猴身上下来，大摇大摆地从人群中走过。从众人身边走过，这猴子面无惧色，倒是挺胸抬头。令人难以理解的是，此时的它竟然两腿着地，像人一样地走了出去，走到门口的时候，那猴子回头，看着母猴啼叫几声，那母猴便也附和起来，至于两只猴子说的什么，人就不知道了。

猴子走了，院子里依然安静，只是那母猴似乎还在回味刚才那兴奋的一刻，也许是累了，坐在那里便更是没有精神，那刚刚上好的香在它周围继续缭绕，呛得它连咳了几声，眼睛也被熏红了，竟然流出眼泪来。

众人悄然退下，没有一点声响。这以后的日子里，再没人来朝拜那南海神猴，因为人们知道这南海神猴本是以处子之身来修炼的，处子之身已破，便没了灵性，也就没有朝拜的必要了，因为没有用了，拜也是白拜，浪费香火钱，不能给自己祈福。更有甚者说，那灵气全到了那伍的公猴那里，因为那公猴既与那南海神猴交合，便是来吸取精气的。一时间，那伍的公猴便成了人们关注的对象，看那伍耍猴的人是越来越多了，都想沾点灵气，为自己祈福祛病。那伍的买卖一下子红火起来，这是连他自己都没有想到的。

当然，事情没那么简单，那伍也不必高兴得太早。这件事断了陈二棍的财路，陈二棍何许人也，哪能这样放过那伍，尽管自己的南海神猴并不是和那伍交合，但那伍作为那公猴的主人，是要负责任的，就像自己家的儿子跑去和别人家的女儿发生了性关系，你是要花钱摆平的一样。就此，陈二棍与那伍势不两立。

一开始让陈二棍以南海神猴之名来骗钱的是老幺，因此老幺也分到了不少的钱，而现在买卖难以为继了，老幺再次出马，给陈二棍出了主意，当然他告诉陈二棍先礼后兵，毕竟要和气生财嘛。陈二棍本来就想先打上那伍一顿。好好的买卖，被那伍那公猴破坏了，气都气死了，还哪来那么多耐心和人家讲道理，但老幺讲话了，陈二棍还是听一些的。他信任老幺，于是他耐住了性子。

这天那伍刚刚耍猴结束，陈二棍便找到了他。陈二棍长得高大，而那伍长得矮小，这一点那伍就不占优势，更何况陈二棍又是气势汹汹，那伍知道来者不善。陈二棍双手一抱拳，那伍抱拳回礼，意思便是都在江湖之中，干的同一个行当。陈二棍递给那伍一支烟，那伍说不会，并连忙谢过。陈二棍自顾自地点上，抽了起来。

陈二棍说："兄弟，你的猴子断了我的买卖。"

那伍好生奇怪，这是怎么回事？正当那伍发懵的时候，陈二棍开门见山："我是陈二棍，你家养的这猴子坏了我的买卖，当着那么多人的面给我家的母猴配了，你说咋办？"

此时猴子便在那伍身边，好似听懂了他们正在议论自己，瞪着眼睛用力地听着。那伍看了眼猴子，撕碎它的心都有，他现在是一心想赶紧挣钱好娶娟子过门，一千块钱彩礼都交了，现在就差四大件了，这个时候猴子再生事端，实在是不是时候。

陈二棍沉住气，继续说道："今天来，就是跟兄弟说说这事如何解决。"那伍二话没说，从兜里掏出了皱皱巴巴已经成了一团的二十块钱递给陈二棍。

陈二棍看着那钱，冷笑着，抽着烟，眼睛又看往别处，这个时候陈二棍身边不知道从哪里冒出来四五个粗壮大汉，将那伍和那猴子团团围住。那伍再傻，也知道问题的严重性，眼前的可不是十三姨那样好打发，而是陈二棍，陈二棍那伍以前是听说过的，都说这人打架不要命，上班后在工厂里游手好闲，跟工友难以搞好关系，因为打架才被开除的。

那伍看这架势，从兜里又掏出了三十，凑够了五十，陈二棍将嘴里的烟头吐掉说："你当是打发要饭的呢！"此话一出那四五个大汉便更加靠近那伍，跃跃欲试，好像等待着陈二棍的命令然后将那伍撕碎一样。那伍头上渗出汗来，他不知道如何是好，只是回头瞪了眼那猴子。那猴子龇牙，以示不满，它对眼前的陈二棍和靠近的四五个大汉有着很大的不满。猴子跟人一样，都需要自己的私人空间，也许是猴子对这方面更加敏感，当你靠近的时候，当你走进它认为是自己的空间的时候，它便表现出焦躁不安，或者欲要攻击了。

陈二棍见到猴子龇牙，也不免下意识地身体后倾，他环顾左右，伶俐的眼神中射出的光，让身边这四个大老爷们也冷静下来。陈二棍顿了顿嗓子说：

"这样，兄弟，跟你说实话吧，我那母猴是南海神猴，是天上的神仙下凡，以处子之身修炼，为乡里邻里的看病祈福，我呢，也挣点香火钱，你现在是断了我的财路，我这母猴被你家猴子给配了，大家都觉得我这神猴不灵光了，我损失多少钱，咱都是干这买卖的，你心里也该有数。"

听陈二棍这么一说，那伍惊出一身的冷汗，没想到与自家猴子交配的不是普通的母猴，而是南海神猴，这一身的冷汗算是向南海神猴致敬了。那伍猛然间伸手打了那猴子一下，心想，就知道给我惹祸！猴子本来是将目光对着陈二棍和其余四个男人，没想到那伍突然来这么一下，猴子躲闪不及，疼得直叫，不过它还是识大体的，也知道是自己犯错在先，所以这次没跟那伍翻脸。陈二棍说："这样，你将这猴子给我，我带回去把它阉了，一是一个惩罚，再者也是对我那南海神猴一个交代。"

陈二棍这样说来全然是老幺出的主意，也是想当着大家的面，再次举行一个祭祀的仪式，也就是当众将猴子阉割掉，以示惩戒，来挽回点尊严，然后再做打算，看能否重树权威。

陈二棍此话一出，那伍全身发冷，没想到陈二棍竟然提出这样的要求。当然陈二棍给了那伍两个选择，要么掏出一万块钱了事，当然，这一万块钱不是给陈二棍的，而是给南海神猴的，是给南海神猴一个安慰，也算是精神和肉体的损失费吧。若是不然，就要将那猴子带走，当众阉割。

那伍知道，把猴子交给陈二棍，那猴子定会没命，所以无论是一万块钱，还是阉割那猴子，对于那伍来说都意味着同一个结局，那就是没法和娟子结婚了。那伍心里暗淡下来，本不抽烟的他，也向陈二棍要了根烟，抽了起来。

那伍认真地思索起来，他看了看那可怜的猴子，又想了想自己。他哀求着陈二棍，可陈二棍就是不松口，二选一，必须选。当众阉割，那伍舍不得那猴子，说实话那伍跟这猴子还是有感情的，即便是路边捡来的猴子，也不忍看到当众阉割这样的惨剧啊，想到这，那伍真的为难了，可那一万块钱又怎么办？一万块钱相当于要了命一样，这一万块钱要挣到啥时候啊。

就在那伍为难之际，猴子一个探步，蹿到了陈二棍面前，抬手就是一巴掌，那动作之快，让陈二棍来不及躲闪，脸上瞬间便被破相了。那伍一见这情形，扔下烟头便去拉那套在猴子脖子上的绳子，可为时已晚，还没等伸手，猴子便蹿上了另一个大老爷们的头上，左右开弓一阵巴掌，那人刚要伸手去抓，那猴子便蹿下了身，下来前还不忘一巴掌挠在他的脖子上，那人的脖子顿时鲜血淋淋。

这样，一只猴子便和五个男人打了起来。这猴子非常的聪明，将那绳子绕着自己的腰缠了两圈，绑在身上，它站在这几个男人中间，好让一个人在打他的时候总能误伤到另外的人。当这五个人缩小包围圈，即将其围拢在一个狭小空间时，猴子便从陈二棍的裆下钻了出来。

猴子钻出后并不跑，而是等待他们再次围拢起来，再次向它发起进攻，这时，它便可以再次利用他们的拳打脚踢，来伤害他们自己。那伍在人群外嚷着，他怕，怕这帮人将这猴子逮住了阉割，当然也怕这猴子打坏了这些人。那伍一时间不知如何是好，只在圈子外面叹着气，也帮不上忙，他既不能帮着猴子打陈二棍，也不能帮着这帮人来抓这猴子。一会的工夫，这帮人脸上均挂了彩，而且不同程度地挨到了同伙的拳脚。

这些人累了，坐在地上，喘着粗气，猴子坐在距离他们不远的地方，同样喘着粗气。那伍赶忙上来向陈二棍赔不是，陈二棍打红了眼，气急败坏，上去一巴掌抡向了那伍，本想打不着猴子，就打人来解气，但没想到那伍突然间灵活起来，身子一闪，那巴掌便擦着鼻尖扫了过去。陈二棍一巴掌没打着那伍倒是闪了自己一个趔趄，本来坐在地上的他差点趴在了地上，说时迟那时快，猴子正是趁着这个失去平衡的功夫，上前又是一巴掌，打在陈二棍的脸上，这巴掌打得响亮，打破了夜的寂静。

天黑了，由蒙蒙黑到黑彻底那便是瞬间的工夫，还没等这几个人喘过气来，那猴子似乎不过瘾，蹿到一个男人身上又是一阵抓挠，这人向同伴发出求救，这一求救不要紧，其他四个人便围拢上来，本想对猴子拳打脚踢，但这拳脚却全然落在那个人的身上……

包括陈二棍在内的几个人落荒而逃，猴子追了上去。那伍本想上前去追，但还是止住了脚步，就算是追到了又能怎样，他既不能阻止陈二棍他们打这猴子，也不能阻止这猴子来戏弄他们，他停下了脚步。那伍拖着疲惫的身体往家走，没走几步，眼前来了几个人，均是附近的居民。其中一个还穿着背心，胖乎乎的样子，走起路来浑身的肉跟着直颤悠。也正是这胖子，递给那伍五块钱，紧接着，便有旁人也递给那伍钱，那伍明白了，权当是看耍猴了。那伍拿着钱并没有想象的高兴，因为陈二棍绝对不会就此罢休，也不知道那猴子是否被陈二棍逮到，逮到的话那便是猴子的末日，一个被阉割的猴子是否还能够存活？他想想浑身都是鸡皮疙瘩。他又在想，一个被阉割掉的猴子是否还能够跟他一起耍猴？

　　回到家，那伍还在思考这个问题，到底咋办呢？那帮人想抓住这猴子的确不太容易，可毕竟那是人啊，猴子再聪明也是畜生啊，也聪明不过人啊。若是真被抓了，被阉割了，也不知道被阉割的猴子还能不能像被阉割的人一样活下来。他想到了太监，太监是被阉割后还能活着，那猴子呢？但愿在这一点上和太监一样。即便是少了点零部件，但至少还能活着，俗话说好死不如赖活着，还能为他挣钱。想象中，那伍认为猴子必定会被阉割的，可他想错了，猴子不但没有被阉割，还跟那南海神猴好好地快活了一把。

　　原来这猴子追着那五个男人打了一路，五个男人终究被分散了，猴子只能追着一个打，这就是陈二棍，也许它看出来了，陈二棍是他们的头，也许动物界也懂得擒贼先擒王的道理。猴子追着陈二棍一直追到了他家。这一路上可谓是惊心动魄，大夏天的，陈二棍穿的是短衣短裤，有更多的皮肤暴露在外，这便给猴子可乘之机，它一边追，一边用爪子挠，这一下下的尽管不能对陈二棍造成重创，但会泄了他的气势。这气势没了，整个人只有招架之势，却无还手之力，此时陈二棍灵机一动，只见他大喊一声，转身回头，猴子一愣，便也是原地站住。借着月光，陈二棍发现脚下正好是一砖头，便随手捡起。陈二棍真想一砖头将那猴子脑浆子拍出来，但要做到准、狠，当然还要稳。他用手掂了掂砖头，一般的畜生都会害怕，可这猴子却无惧色，龇牙，更加跃跃欲试了。陈二棍在瞄准，他心想，一定要准，一砖头下去让你小命呜呼，而猴子立于原地，貌似是迫于那砖头的威慑力不敢前进，而实质则是在寻找机会。眨眼的工夫，那猴子快跑两步，这是陈二棍没有想到的，他本来想若是他不动，那猴子便不敢轻举妄动，可这猴子却不是一般的畜生，来了个先发制人，这是出其不意的。更令陈二棍大开眼界的，是这猴子走的是S型，并没有像往常一样直线进攻，而是迂回包抄，陈二棍脑子一愣，这猴子便来到了眼前，陈二棍也不管三七二十一，举起砖头用力朝着猴子砸去，猴子猛然闪躲，那砖头结结实实地落在了陈二棍的脚上，只听他一声惨叫，便一瘸一拐地往家跑。猴子从地上拾起那块砖头，在后面追，直到陈二棍进了自家的院子。

猴子一进院子，便发现供堂上的母猴，母猴依然被锁在供堂之上，只是今日香火没有了，它的伙食也随之下降了，显得有些打不起精神，但看到猴子，那母猴便眼前一亮，叫了几声，那几声定是带着欢快，带着惊喜，那定是惊喜于这美丽的邂逅，惊喜于这美妙的夜晚。

此时已是深夏，告别了白昼的热，夏夜的风还是很凉快，月光如银灰洒下，点点地洒在了陈二棍的院子里。陈二棍家一进大门便是那供堂，供堂两侧是两个屋子，一个是陈二棍的，一个是陈二棍二叔的。二叔闲来无事，正在院子里纳凉，听到凌乱的脚步声由远及近，当然夹杂着陈二棍的叫骂声，厮打声，二叔便知道是出了事，可他没有想到的是自己的侄子竟然被一只猴子追着打，二叔是认得这猴子的，是被这猴子的淫威震慑过的，所以即便是自己的侄子挨打，他也是不敢上前。

猴子见到母猴，便停下追逐陈二棍的脚步，而陈二棍趁此机会快走了两步跑到自己的房门前，打开房门，一个跨步蹿了进去，重重地关上门，这会儿也许正背靠着门大喘气呢。

此时只有二叔在这个院子里，猴子当然也注意到了，死死地盯着二叔，二叔不敢动弹，生怕什么举动惹怒了这猴子，前几天的对视，再加上今夜追着陈二棍来打，二叔看着这猴子是望而却步，只有打颤的份了。

猴子见二叔没有任何动作，便一个跨步来到了供堂前，后脚一弓步，飞上了供堂，两只猴子欢快地叫了起来，你摸摸我，我摸摸你，那叫声在人看来十足的诡异，也许并不诡异，那只是代表着欢乐，足够的欢乐。

不管是人还是猴子，都需要恋爱的，只是动物来得更直接些，喜欢就是喜欢，喜欢就可以进一步交往，喜欢就可以发生关系，对于这猴子来说，喜欢比什么都重要，尽管你是南海神猴，喜欢的话，照样可以成为夫妻。

此时，最为难过的也许便是二叔了。畜生的交配对于他这个成年人来说并不是什么新鲜事，他并不是看热闹的，而是迫于那公猴的威慑力，不敢有半点的举动，哪怕是脚步的移动，他怕啊。他本来是想走开的，回到自己的屋子，可那猴子快活的时候也不忘用余光留意着他，这一点他是能感觉到的，他觉得猴子在监视他，他觉得如果他稍有移动，那猴子便会冲上来打他似的。若这猴子真能听懂人话，二叔真想说上一句，你们忙，我先回去。

猴子与母猴温存许久，本想去拉那母猴走下供堂，却发现母猴锁在那里。猴子是聪明的，它并不使用蛮力，而是顺着那粗壮的铁链发现了后面的大锁头，它知道，一切机关全在这锁头里面，这是那伍每天锁门的时候猴子见过的。

公猴和母猴依依惜别，那场景真叫一个感伤离别，不知道二叔看到心里是个什么样的状态，也许他更怕了，更加觉得这猴子是成精了，有了人的模样、动作、表情、情绪，甚至还会感伤离别。猴子走下供堂，走出院子的时候也不忘回来狠狠地瞪着二叔，二叔当时腿下一软，便跪了下来，大喊一声："我的妈呀！"这一叩拜，便没再敢抬起头来，直到他认为猴子走远。

那猴子很晚才回来，那伍躺在床上并没有睡着，而是竖着耳朵听声，他知道这猴子聪明得很，回来的话一定会敲门，或者走到那伍窗户旁边敲窗户。果然，他将猴子盼了回来。将猴子迎进门来，那伍首先查看了猴子的生殖器，不但完好无损，好像还刚刚用过。那伍真的不知道该说什么了，千言万语汇成一句话："给你阉了都不冤枉你，还挺风流！"

那伍前一句话是口气狠呆呆的，不杀不快的感觉，而这后一句则全然成了调侃。这一晚他没有睡，当然猴子也没有睡，他们各有各的心事。

猴子和往常大不一样，以往若是不睡的话肯定是蹿上蹿下，要么自己玩，要么拉着那伍玩，直到那伍非常生气地将猴子锁在它应该呆的仓库里面才肯罢休，即便那样它也会时不时地挠门，那伍只能假意打它，才能让它老实一点。可如今不一样，猴子睁着眼睛躺在自己的"床"上，怎么也睡不着了。在想什么？在回味刚才的激情，还是在想那南海神猴为什么被锁上，还是怎样？谁也不知道它在想什么。

那伍是在想得罪了陈二棍以后生意难以为继，想到这那伍就犯愁，今天晚上看猴子的状态，肯定又是惹祸了，不知道陈二棍找他如何算账，想到这他头都快大了。他生气的时候真想替陈二棍将那猴子阉掉，没了那东西也就惹不出这种事端，跟娟子结婚近在咫尺了，又出了这种事，想想娟子那富有光泽的嘴唇，那白嫩的小手，那伍口水直流。

没办法，只能走一步看一步，那伍这样想着，若是陈二棍真想拿猴子算账阉割掉，那就阉掉吧，阉掉就没这么多事了。就像农村阉猪一样，很小的时候就将猪的生殖器破坏，为的是它不想那事，一心一意地长肉，那伍觉得这个办法用在猴子的身上也可以，为的是让它老老实实地为人服务，不要再生事端。

第二天清晨，那伍的头也大了，眼睛也模糊了，憔悴了不少，一宿没睡，能不憔悴吗？再看这猴子，也是哈欠连天，那伍竟然在它"枕头"旁边发现湿了一块，睡觉流口水？还是这猴子动了人心，思念得悲伤呢？

那伍给猴子做足了一天的饭，然后放在它的饭碗里，将猴子栓在了暖气管子上。平日里那伍只将门锁上，而在这个家里，这猴子还是自由的，可今天那伍一反常态，将猴子栓在了暖气管子上，而且打了死结，打了几个死结，直至他认为那死结只有人的手指才能解开的时候才放心出门。

那伍上了一天的班，这一天都很恍惚，昨晚失眠，白天就打不起精神来，还好中午倚在一堆沙子旁边睡了一小觉，才缓过神来。

那伍这一天过得是惴惴不安，他生怕陈二棍找上门来，他知道陈二棍是不会这么轻易的了事的。尤其是那猴子昨天还将他们打得屁滚尿流的，追着人家打还不忘风流一下。这天傍晚，那伍回家的时候，猴子已经不见踪影。

那伍惊叹那猴子的智慧，竟然将那绳子解开，需要说明的是，那伍在打结的时候是背对着猴子打的，他知道这猴子见到他怎么打结，那便功亏一篑，没想到这猴子没见到，也能解开这结。更没有想到的是猴子竟然破窗而逃，这猴子简直是一反常态，往常那伍上班的时候猴子没自己出去过，只是自己在家里玩，玩累了便吃，吃够了便睡，等到那伍下班回来才会出去遛遛。而今天却不同往常，竟然独自出门。如果没猜错的话，那猴子肯定是风流去了，这便是爱情的力量。

现在的那伍不知该如何是好。去陈二棍家寻回猴子，那是自己往虎口里送，陈二棍绝饶不了他，可在家等着也不是个办法，也许是太累了，想着想着那伍竟然迷迷糊糊地睡着了，睡得不沉，半睡半醒间竟听见了猴子跟他讲话，那声音倒是跟青年男子的声音有些类似，很年轻，充满着朝气和活力，猴子说它要走，离他而去，去一个属于它自己的地方。那伍潜意识是想挽留的，只见那猴子在眼前逐渐地模糊，那伍想去伸手抓那猴子，那猴子便没了踪影。那伍从梦中惊醒，全身的冷汗，他看了看四周，并无异样，猴子也没有回来的痕迹。那伍嘲笑着自己，竟做些怪梦，猴子怎能说话，随后又迷迷糊糊地睡去。

这一睡去不打紧，便是一场接一场的噩梦。他梦见猴子幻化了人形，他知道那便是自己的猴子，只见它浑身是血，后面便是陈二棍一帮人手持刀棒前来追杀，而猴子呢，跑起来一瘸一拐，大腿受了伤，流了好多的血，那伍本想赶上前去帮忙，但脚步好像被什么东西缠住而无法动弹，他想喊也喊不出来，想叫也叫不出声，身体像是被什么魔法控制一般，眼看着那猴子被陈二棍追上……

这一宿，他累得要死，好像陈二棍追的不是那猴子，而是他一样。还好，天亮了，噩梦过去了。

那伍觉得有东西在自己耳边吹气，他一睁眼睛看见一张猴脸，吓了他一大跳，好半天才缓过神来。那伍看到完好无损的猴子，本是高兴的，因为这梦中的景象并没有实现，可心里却怎么也高兴不起来，他翻看了猴子的生殖器，知道它又去风流了，陈二棍不知道要怎么对付自己呢，那伍心里想着。这个陈二棍跟十三姨不一样，十三姨顶多也就是到门前叫骂，哭一哭，闹一闹的，这陈二棍可是当地的一大恶棍啊，什么事都干得出来。那伍恶狠狠地对猴子说："你就风流吧，早晚把你阉了！"猴子倒是不乐意了，上来就是一巴掌，这一巴掌抓在了那伍的胳膊上，本来是跟那伍半开玩笑的还带着撒娇似的，但那伍此时已经禁受不起这样的玩笑，就这一下，让那伍压抑的情绪瞬间转变成了愤怒。那伍哪里还管得了那么多，上去一巴掌朝猴子的脸上打去，而且还真的打到了，只听"啪"的一声。猴子脸上挨了打，老大的不乐意，也许是昨夜的风流还让猴子惬意得很，所以也没太发火，只是龇牙，发出吱吱的响声。

那伍的愤怒如开了闸的洪水，一发不可收拾，他一把抓住猴子，对着猴子的脑袋就是几巴掌，猴子被打得龇牙咧嘴，一口咬在那伍的胳膊上，这一下那伍的胳膊鲜血直流，一人一猴扭打在一起。

这场战争应该是两败俱伤的，猴子的脑袋被打了好几下，当然那伍损失更为惨重，胳膊流血了，好半天才止住。那伍是带着伤上班的，这天他没给猴子做饭，出门的时候那伍嘴里还念叨着："就应该让陈二棍把你阉了，就应该让陈二棍把你阉了，让你成为太监！"那伍气急败坏地咒骂着！

八

　　那伍跟猴子的战争基本上打了个平手，这是因为猴子念及他的养育之恩，才没肯下死手。陈二棍就没有那么幸运了，过后那伍才知道，就在那个晚上，猴子把陈二棍家折腾得翻了天。

　　那天傍晚，也就在那伍下班回来之前的半个钟头，猴子的确是自己解开的绳索，然后从窗子一跃而出去谈恋爱了。

　　猴子来到陈二棍家，却发现院子一片寂静，它没有走正门，而是爬到了陈二棍门前的那颗老槐树上观望。南海神猴依然在供台之上，可院子里却一片寂静，这寂静来得不一般，让人匪夷所思。猴子的思维不亚于人，对自然界的感受力，对周围事物尤其是自身的安全有着强烈的反应，其实人本来也有的，只是随着人的进化，这些本能的感受力却大大降低了。猴子觉得不对劲，便在那树上好好地观察了一下，怎么也不肯进院。

　　这其中的确有诈，陈二棍这一天都忙着给这猴子设下圈套。他找来老幺商量，老幺是陈二棍的军师，也是南海神猴这一节目的策划者，陈二棍断了财路，老幺自然要管，毕竟陈二棍给他不菲的分成，这南海神猴不仅养活了陈二棍和他二叔，也养活了老幺，老幺是以其智力入股的，从未参加过具体的行动。这样棘手的事来找老幺，老幺当然义不容辞。老幺是跑江湖的，过去见过耍猴的，也知道猴子的脾气秉性。当他知道这发情的猴子让陈二棍遍体鳞伤、让二叔闻风丧胆的时候，还是颇有些诧异。

　　老幺知道，猴子本身灵活，再加上陈二棍的描述，便对这猴子的厉害略知一二，所以不敢怠慢。但畜生毕竟是畜生，再聪明还能聪明到哪里？老幺决定会会这猴子。这一天的功夫，老幺让那陈二棍在家里的供堂上摆下老鼠夹子，再在夹子上盖上黄布，左右放着供香和供果，让那猴子看不出异样，然后晚上他们拿着棍子悄悄地躲在房子里，等着猴子上钩，只要猴子踩到那老鼠夹子，就算它有再大的本事，也逃脱不了的，那夹子足以夹断他的腿，这个时候陈二棍和二叔便会冲出来将那猴子乱棍打死。

　　猴子的确是如期而至。陈二棍透过窗子，看到了树上的猴子，而那猴子却怎么也不肯下来，它也许在观察，观察着院子里的动静。这个时候陈二棍唯一能做的就是等待，等着猴子进来，等着猴子上套，然后将猴子乱棍打死。想想这个，陈二棍心里便解气，他还想到，一定要将这猴子阉了之后再乱棍打死，阉割的时候他要亲自操刀，不，要如老幺所说，举行个阉割仪式，让这猴子知道，这就是跟南海神猴做出苟且之事的下场！

　　猴子依然静静地等待，陈二棍也在等待，大约半个钟头过去，天黑了下来，猴子才从树上跳到了陈二棍家的墙上，然后一跃跳进了陈二棍家的院子里。

　　猴子应该知道此行有诈，但还是一步并三步地向前走去。那南海神猴见到这猴子便发出喜悦的叫声，它还不知道，就在这供堂之上便是个老鼠夹子，这是老幺的主意，老幺在想事情上还是比较周全的，他让陈二棍在布置陷阱的时候一定要遮住母猴的视线，而且要布置得距离母猴远一些，在母猴触及不到的地方。

　　公猴走向供堂，尽管令它魂牵梦绕的母猴就在眼前，它还是仔细地观察着周围的动静，它在供堂之前它停下了脚步，好久。屋子里的陈二棍还有他二叔看得一清二楚，若不是亲眼所见，他们还真是没法相信，这猴子简直是成精了！这个时候他二叔说："你还没看它那眼神呢，跟个人没啥两样，能吓死个人！"

　　陈二棍还是沉住气，不声不响地等待着机会。猛然间，那猴子仰天长啸，那声音尖细，像把利剑一样划破了夜的寂静，附近的狗便跟着叫了起来。这猴子还是一动不动，它盯着陈二棍这间屋子，似乎料定这里面有人，而且一直在盯着自己一样。陈二棍和二叔看到那猴子盯着这边的方向，握着木棒的手出了好多的汗，陈二棍相信，它在外面是看不到屋子里的情况的，因为屋子并没有开灯，而外面则有月光，外面比屋子亮，所以从外面是看不清屋里的。陈二棍反复地安慰着自己，它看不见我，它看不见我。

猴子这一嗓子本来也是试探，它料定陈二棍的屋子里有人，它也在等待。在这期间，母猴在供堂之上轻快地叫着，大概是在召唤着猴子。刚开始猴子不为所动，但渐渐地那声音越发的婉转和空灵，越发的娇嫩喷淫，猴子便再也按捺不住了。他一步步地靠近母猴，仍不忘记观察周围的动静，眼睛则一直盯着陈二棍的屋子这边。

猴子从地上一跃而起跳上供堂，可这次跟往常不太一样，它是从侧面上的供堂，也就是说并没有踩到老鼠夹子上。上供堂之前陈二棍看清楚了，他知道这计划失败了，也只能寄希望于这猴子风流过后忘乎所以，落入圈套。

陈二棍和二叔两人对视一眼，眼神中互相打气，他们决定静观其变。等待，是个漫长的过程，尤其是猴子跳上了供堂，那便脱离了陈二棍和二叔的视线，这两个人只能听声来辨别事情的发展了。

整个供堂都在动，上面的供香还有供果晃动着，陈二棍生怕打破了平衡后那老鼠夹子自己合上，那今晚便白忙活了一场，也会加强了这猴子的戒备。可他们躲在屋子里，还是不敢轻举妄动，他们打算一定要寻找最好的机会再采取行动。

两只猴子愉悦地做爱，这样的场景陈二棍只能凭借头脑来想象了。供堂是木头搭建的，发出吱吱嘎嘎的响声，这两只猴子嘴里也是嘤嘤嗡嗡的。终于，陈二棍和二叔冲出了屋子，冲向了供堂。陈二棍骁勇，一棒子打向那公猴，可陈二棍从屋子里冲出到供堂之间有好几米的距离，两只猴子早已做好了准备，分别向两边躲闪。陈二棍的棒子落空，可手臂却结结实实地落在了老鼠夹子之中。

陈二棍只觉得手臂一阵剧痛，跟着便有了麻木的感觉，此时猴子已经一跃跳到院子中央，二叔眼见陈二棍被夹住，便也开始气急败坏，满院子地追打猴子。这时的猴子并没有回击，也不跑，只是满院子躲闪，这种躲闪是充满智慧的，它总是跑到两个人中间，让举着棒子的陈二棍打到二叔身上，或者是让举着棒子的二叔打在陈二棍的身上。没几下，陈二棍就吃了二叔的两棍子，当然，二叔也吃了陈二棍的两拳。两个人均停下脚步，不再追打猴子，猴子也像是累了似的，坐在距离他们不远不近的地方倒着气。

陈二棍知道，这猴子是故伎重演，这亏他吃过，他便大喊一声："二叔你进屋去！"二叔被猴子这么一折腾，一肚子的怒气还没发泄，当然不肯，陈二棍解释道："这么打，还没打到它，咱们俩就得断胳膊断腿了，你先进屋，然后看我的。"陈二棍向二叔挤挤眼睛，这是在发暗号，二叔便乖乖地回屋了。猴子看着二叔进屋，也没有去追，只是目送，然后它回头看着陈二棍，看看他还有什么办法。陈二棍坐在地上，用力地掰开老鼠夹子。这夹子是经过改造的，力道比普通的夹子要大很多，夹在那猴子的腿上就算不断也会狠狠地扎进骨头里，而陈二棍胳膊粗壮得跟小树一样，有着厚厚的肌肉组织，所以夹子的牙齿才没伤及陈二棍的骨头，当然也避免不了皮肉之苦。

陈二棍走到院子里的一颗树下盘膝而坐，面对着猴子，那猴子觉得蹊跷，也不敢贸然进攻，一人一猴僵持许久，陈二棍坐如洪钟，还是不肯动弹。这猴子再也按捺不住了。但它并没有向陈二棍进攻，而是迅速跳上供台，去拉那母猴，陈二棍知道，这猴子是想将母猴带走，他心里暗笑，这南海神猴已被他用个铁链子和一个五斤重的大锁锁住，任凭有再大的力气也打不开，当然聪明的猴子还是发现了肯綮所在。它见过那伍锁门，它所住的那个仓库就是这样的锁头，是那伍用一个金属小铁片伸进锁芯，用力一拧，这锁才能打开，这小铁片就是钥匙。那猴子朝着陈二棍龇牙，然后一顿的乱叫，陈二棍看在眼里，当然知道这猴子所要的东西，便从裤兜里掏出一把钥匙，朝着那猴子摇晃着。

猴子见到陈二棍手中的钥匙便什么都不顾了，一个箭步冲了上去，看那劲头，它是誓死要得到那把钥匙，陈二棍不躲不闪，原地不动，眼看着猴子冲到面前。而猴子也许是过于激动了，它急迫想要得到钥匙，解救母猴，便放松了警惕。当那猴子到了陈二棍的面前的时候，脚下踩空，只听"扑通"一声，那猴子便掉进了事先挖好的大坑之中。这大坑是陈二棍白天挖的，直径有两米，深一米多，挖好之后便用张报纸摆在上面，然后洒满了土和树叶子。

望着猴子掉下，那供台上的母猴便一声尖叫，那叫声凄婉，如绝望一般，然后傻傻地看着坑的方向，用头去磕供台，发疯一般。也许它知道，这猴子落到陈二棍的手中便是不死也被阉割，那便是比死还要难受。

陈二棍仰天大笑，好像是为自己能战胜一只猴子而感到无比的骄傲和自豪。二叔在屋子里一直观望着院子的场面，这时他从屋子里走出，抖了抖身上的灰尘，弄了弄凌乱的头发，拎着棒子走了过来。陈二棍和二叔站在上面，俯视猴子，便觉得压倒的气势。猴子被坑沿磕了下，然后翻滚坑中，定是觉得头晕，它站立在坑中向上望去，看到的是陈二棍和二叔那笑得扭曲的脸。他们实在是太高兴了，终于逮到了这个猴子。

陈二棍在坑沿站立，指着自己脚下的猴子说道："放心吧，没那么容易让你死，明天就把你当众阉了！让你再风流，还跑到我家来撒野！"

二叔也高兴啊，毕竟是取得最终的胜利。二叔蹲下来，也许这样和猴子说话能更方便些，他的脑袋几乎要插到自己的裤裆里了，他数落着猴子："你不是能耐吗？这回咋了，你不是会跳吗？咋不跳上来了？"二叔笑了，和陈二棍相视而笑，这种喜悦当然要分享。而这猴子却是一反常态，按理说一个畜生当遇到如此突变的时候定会嚎叫，因为受到了惊吓，而且是突如其来的惊吓，可这猴子却面无表情，仰头向上，也许是累了，也许是吓傻了，它慢慢地蹲下，眼睛盯着二叔的脸一刻不离。

二叔和陈二棍沉浸在胜利的喜悦之中忘乎所以了，二叔对陈二棍说："就按照老幺的说法，明天重设香堂，举行祭奠仪式，拿这公猴的阳具来祭奠！咱们还能挣钱！"这话刚一出口，正当二叔咧嘴笑的时候，只觉得一捧土从坑下扬起，顿时迷了眼睛。二叔大叫一声，便觉得有一只手抓住了他的胳膊，这只手猛力一拉，他的身体便失去了平衡。原来那捧土是猴子蹲下的时候抓起后用力上扬的。这坑只有不到两米深，再加上二叔疏于防范，迷了眼睛，就在此时猴子奋力一跃，抓住了二叔的胳膊，脚蹬着坑壁，抓着二叔的胳膊向下一用力，它便从坑中蹿出，将二叔拽入坑中。

这突如其来的变故把陈二棍吓傻了。那猴子一蹿出坑，便引来那母猴的阵阵叫声，那叫声是兴奋的，是激动的，是失而复得的，母猴兴奋地在供台上跳跃起来，双手拍着巴掌似的。

猴子摆脱险境，还不忘解救母猴，它上前一步要去抢陈二棍手中的钥匙，陈二棍也吓傻了，竟然做了一个举动，他赶忙将钥匙扔到坑中，二叔翻滚坑中后，这钥匙正结结实实地砸到他的脑袋上。只听本来已经快晕厥的二叔尖叫一声，便晕厥过去了。

见此情景，猴子似乎是知道今晚没戏了，便一跃跳到墙上，冲着那母猴叫了三声愤然离去。

当然，猴子回到那伍家的时候已是很晚，它从窗户跳进来，没有惊扰了那伍，便回到自己的房间，也就是那个小仓库睡下。

再去说那陈二棍的二叔，这坑本来是给猴子挖的，没想到他自己却掉了进去，这一掉不要紧，拉他上来可费劲了。陈二棍找了好几个人在坑边等着，然后他自己下坑，再从坑中将二叔托起，坑深快两米了，而二叔又处于昏迷状态，自己根本不知道伸手用力，所以陈二棍费了九牛二虎之力，用绳子缠在二叔腰间才拉了上来。陈二棍将二叔送到了医院，手脚都没毛病，只是脑袋碰着了，倒也不是什么大毛病，什么事都懂，和正常人没啥两样，只是语言功能部分丧失，说话不清楚，还直流口水，当然这是后话。

陈二棍恨透了那猴子，它不但是断了财路，还把自己的亲二叔送进了医院，他恨得牙直痒痒，恨不得将那猴子剥皮抽筋，他既然这样恨这猴子，也就恨屋及乌了，他去找那伍了。

那伍当然不知道事情如此严重，他只觉得那猴子又去风流了，而万万没有想到，那猴子竟然惹出如此的事端。早上起来，那伍和猴子又打了起来，最主要是那伍心情烦躁，再加上猴子上来撒娇挠了那伍的胳膊，一人一猴厮打起来。如此，那伍哪有心思上班？他觉得这猴子越来越不好管了，搞对象如着魔一样，便也没心思挣钱了。

想到钱，那伍又犯愁了，陈二棍那边还没交代，这猴子又因为谈恋爱而罢工，每天傍晚都去找那什么南海神猴快活。这让那伍伤透了脑筋。

今天下班，那伍走出厂子便看到了娟子。娟子等候多时了，见到娟子，那伍将烦恼统统甩到了脑后，这也许便是爱情的力量。娟子一见面就对那伍说：

"你都多少天没去看我了!"

那伍憨笑着说:"忙着挣钱。"

娟子说:"结婚的四大件准备好了吗?我妈可催了,咱俩也赶紧的,你准备好了,就选一天好日子咱们就结婚。"

如果说那伍刚才见到娟子是心花怒放的话,那现在听到娟子的一席话便是满脑门子的官司,眉头顿时皱起,一脸的愁容。那伍心里千般苦也不敢吐露一字,只好勉强挤出点笑容。娟子说:"我妈说了,就看在你挣钱多的份上,看在我跟着你能过上好日子的份上才把我嫁给你的,你这边可千万别有什么闪失,赶紧的攒钱,买那四大件。你不是说你一天能挣五十块钱吗?现在都几天了,那些东西也就几百块钱,你到底有没有钱啊?"

那伍勉强笑着说:"有,你别着急啊。"娟子笑了:"这还差不多。"边说边和那伍肩并肩地走着。两人本来是要去看电影的,朝电影院走的过程中碰到了陈二棍一行人马。

陈二棍怒气冲冲,满脸的杀气,拦住了那伍的去路。陈二棍说:"搞对象呢,这姑娘谁啊?长得挺水灵啊。"娟子看着这几个流氓扮相的人,吓得直哆嗦,瞬间躲在了那伍身后,由于比那伍高出半头,还是露出半张脸来。

那伍还算是爷们,他对陈二棍说:"陈二棍,你要是个爷们,有什么事你冲我来,别动她。再者说,也是我们家猴子惹的你,跟我有什么关系?一人做事,不对,一猴做事一猴当。"陈二棍露出了流氓本性,一巴掌推在那伍身上,那伍向后退了两步才站稳。娟子害怕得直发抖。陈二棍说:"上次我跟你说,你家猴子断了我的财路,让你拿一万块钱,昨天你家这猴子又把我二叔给弄医院去了,现在生死不明,你说咋办吧?"

那伍心里一惊,暗骂这猴子竟然惹出这种事端,真是不可救药了。陈二棍接着说:"今天你跟我走,我不难为你,我和猴子的事是我们的事,你和我的事那是另一码事,先解决了猴子再说。否则的话,你看着办吧。"说着几个人涌上前来,那伍顺势将娟子推出人群,跟她说:"你先走,我没事。"娟子连忙点头,说:"那你自己小心啊。"说着转身就跑,一边跑还一边抹着眼泪,还不忘回头看看被那几个人推搡的那伍。

几个人推搡着那伍，先到了医院，看了眼陈二棍的二叔，二叔还在昏迷，手上打着吊瓶，那伍从没见过这样的阵势，腿肚子都软了，陈二棍对那伍说："这就是你们家猴子干的好事。"说着，陈二棍撩开了自己的胳膊，那简直是血肉模糊，被老鼠夹子深深地刺进肉里的伤口还在，看得那伍忍不住闭上了眼睛。陈二棍又将那伍带回了自己的家。

陈二棍的手下正在院子里磨刀，他手中拿着绳子对那伍说："今天，你跟我演一出戏，等抓住了猴子，咱们什么都好说，你赔钱便是，若是抓不住猴子，"陈二棍此时顿了顿，他撇了眼院子里磨刀的兄弟说："那你就是白刀子进去红刀子出来。"

原来这又是老幺的主意，老幺一直都没露面，但单听陈二棍讲述这猴子的事情，便知道这不是一般的猴子，他眉头一皱计上心来。他知道再用母猴作为诱饵已经无法将猴子捉住，只能打感情牌，也就是让陈二棍将那伍绑在院子里，拿着刀子，准备好一盆猪血，事先涂抹在那伍的身上，造成那伍受伤的假象，猴子见到那伍这样，必然乱了阵脚，前来解救，这时由躲在暗处经常打猎的人手持火枪充当狙击手的角色，一枪打中。当然，关于狙击手的角色陈二棍并没有告诉那伍，只是跟他说，他就配合着演这苦肉计就行，引那猴子出现，他自有办法。为了干掉猴子，陈二棍就差用上炸弹了。

此时，那伍对猴子也恨得要命，似乎跟陈二棍也站在了同一条战线上，正好可以利用这个机会将功补过，等向陈二棍赔偿的时候还能少给些钱，如果他表现得好，也许能够减免赔偿也说不定呢，这就是那伍的如意算盘。

夜幕逐渐落下，天慢慢地黑了，直到黑透了，陈二棍等几个人早就就位了，包括那伍在内。那伍被绑在大树上，浑身的衣裳被撕扯得不成样子，脸上、身上还被泼了猪血，一阵风吹过，一股股的腥味扑鼻而来，那伍身上难受得很，他将自己现在遭的罪全都归咎于那个猴子身上。如果说刚刚那伍还对那猴子有丁点的担心和愧疚的话，现在的愧疚全无，剩下的全是仇恨，甚至是有种不杀不快的感觉。当然，那伍也知道，如果这个猴子死了，那他的财路也就断了，他能否娶到娟子，还真不好说了，不过眼下的关要过去，猴子不死，他不说是活不成吧，起码是活不好。那猴子简直如成精了一样，这半年来倒是给他挣了不少的钱，但出的事，一个比一个出格。那伍长叹一口气，死了就死了吧，看看市场上还有没有卖猴子的，死了之后可以再买一只。

就在那伍想着猴子死后事情的时候，寂静的夜里，墙边的树叶子摇晃起来。刚才并没有风吹过，那树叶子怎会摇晃？

全院子的人屏住呼吸，包括那伍在内。尽管他刚才幻想了很多猴子死在自己面前的情景，但当这一幕即将到来的时候，那伍心里却紧张起来，而且异常的紧张。他朝那树上望去，树依然在晃动，借助着月光，隐约间看到猴子的轮廓，猴子的眼睛放着光，如狼一般，让人不寒而栗，让那伍看得清清楚楚。母猴在供堂上发出急促的叫声，连不懂猴语的人都能听出，那叫声焦躁不安，定是在警示那猴子，这寂静的背后尽是杀机。猴子出奇的平静，没有发出一点的声音，任凭那母猴在供台上乱叫，甚至窜上窜下的。它见到了那伍，见到他浑身是血地绑在树上便知道了大概，它也许知道，是它惹出的祸端而连累了那伍，它听到了母猴凄厉的惨叫、警示，那简直是不顾一切的劝阻，但它没法回头，因为那伍就在那里，在院子里，被人家绑着。

一会儿，伴随着母猴声嘶力竭的叫，猴子跳下了树，翻墙进了院子。它是富有智慧的，跳到院子里的时候一动不动，静静地观察着周围的一切，它也许知道，黑暗中几双眼睛正盯着它，那双双眼睛的主人都希望它死，希望它快点死，希望它死了之后割掉它的生殖器，以此祭奠那莫须有的南海神猴。猴子也许知道，前面一步就是陷阱，在这个院子里它掉下去过，它似乎犹豫了，看着那伍，那眼神那伍至今还记得，跟人一样，会表达悲伤、难过，表达复杂的情愫，对那伍的担忧和明知道是陷阱的复杂情愫，也正是那一刻那伍才觉得那不是个猴子，不是畜生，不是他挣钱的工具，而是个兄弟，可一切都晚了。那伍要亲手断送这猴子的性命，至少是个帮凶吧。

接下来的事更是让那伍永生难忘。"啪"的一声枪响了，随着枪响，那猴子尖叫一声便跳了起来，紧接着它的胳膊上流出血来。猴子一跃而起蹿上了墙，又在墙上消失了。夜再次恢复了寂静，这样的寂静是怕人的，是充满杀机的，母猴在供台上被吓傻了，眼睛呆呆地盯着猴子跳上的那面墙。

寂静的夜晚什么东西都听得异常的清晰，这个时候响起了滴答声，那滴答声从墙边传了过来。大家知道，那猴子就在树上，而那声音便是猴子身上的血撞击坚硬的墙面所发出的声音，果不其然，猴子并没有离去，而是在树上等待机会。黑暗中一双双眼睛如狼一般发出瘆人的光，猴子看在眼里，甚至它可以清晰地确定他们的位置，知道那枪口的方向。可它没有动，为的只是寻找机会。此刻枪声再次响起，从黑暗中响起的，随后那树叶子没有章法地摇晃起来，"扑通"一声什么东西掉在地上一样。只不过这东西并没有掉在院子里，而是掉在了院子外面。

黑暗中的眼睛如聪明绝顶的猎手一样，他们需要等待，等待着最终的胜利。当然并不是所有猎手都是聪明的，智慧的，这样的智谋全然拜一个叫老幺的所赐。老幺似乎摸透了猴子的秉性，他掐算准了这猴子不会离开的，因为它执着，不达目的誓不罢休，而且还异常的聪明，老幺知道，聪明反被聪明误，这就是他的机会。

老幺让那些人不要动，那些人便没有动。其实刚才枪响，随着那母猴的一声尖叫，那伍的眼泪便流了下来，他不知道自己在做什么，不知道自己正在充当着一个什么角色。

就在那伍陷入沉思之际，猴子再次爬上了墙头，当然不是原来的那面墙，而是另一面墙头，这面墙在那伍的侧面，当猴子爬上墙头的时候，那伍被绑的那棵树便在猴子和那枪手的连线上，也就是说，除非子弹会拐弯，否则的话，那枪手是打不到它的。它迅速地跳下了墙，凭借着树的遮蔽，走到了那伍身边，当它走近的时候那伍才发现。看到猴子那伍不知道是怎样想的，猴子没有看他，而是用力地撕扯那绑在他身上的绳子，用力地撕扯，用牙齿撕扯，它哪能撕扯得开？这绳子有这猴子手腕那么粗，用的方式也是五花大绑，凭借它的力量是无法完成的。就在猴子发力的时候，黑暗中几个人影慢慢地逼近这里，那伍大喊一声："你快走！"供堂上的母猴也尖叫起来，意在给猴子发出最后的信号，可猴子就是不理会，尽管停下手，望着黑暗中逐渐逼近的人影，就是不走，它回过神来，大概是在思索如何将这绳子解开。

只见那几个人越走越近，那伍看到，其中一个人手中端着猎枪。拿枪的是个粗壮中年男子，他正试探着朝这边走来，可猴子有意无意地始终保持让那棵树在它和持枪男子的连线上,和持枪人躲猫猫。而其他人它并不怕,它知道那些人是无法近它身的。

四个人走到那伍身旁,那持枪男子正用枪对着那伍,猴子躲在那伍身后,持枪人绕着树走,猴子也跟着绕,一边绕还不忘用手去试着撕扯那伍身上的绳子。只有持枪人急于和猴子照面,其他几个人谁都不敢走上前来,他们知道这猴子的厉害,他们亲眼见过或者亲自尝过这猴子给他们带来的苦头。

猴子不紧不慢地思考着,努力着,看似不经意间,它一个箭步便走到了持枪人的身后,持枪人刚刚意识到这一点的时候似乎已经晚了,那猴子已经蹿上了他的脑袋,两个手指用力地插向了那人的眼睛,只听那人尖叫一声,枪便仍在了地上,他已经满脸是血了,猴子抓伤了他的眼睛。这个血腥的场面让大家震惊,也不知道这猴子哪里来的杀招,这招出奇的狠,又快又准又狠,动作干脆利落,那人叫喊着跌跌撞撞地走出了门外,一边走还一边喊娘,好像是回家了。那人的眼睛应该是受了重挫,但应该是没瞎,否则的话是不会找到门的。

螳螂捕蝉,黄雀在后,一直没有出现的老幺此时出现了。他用一把刀子顶着那伍的脖子,猴子回头的时候看到了。陈二棍几个人还在想,这招好使吗?还真抬举那猴子了,还真拿那猴子当人了,以那伍为人质。

令在场人都震惊的是,那猴子果然不动了,一动不动,它做了个举动,一个令那伍终身难忘的举动,它竟双手举起做投降状。猴子的举动让那伍哭出了声音。可以说,还是老幺比较了解这猴子的,他的嘴角露出了笑容。他跟陈二棍几个人说,赶紧上去绑了。

这个时候难题再次出现了,没有人愿意干这个活,现在最好的办法就是拿着枪对着猴子开一枪,一了百了,可枪就在猴子的脚下。大家犯难了。陈二棍命令一个人说:"你去,把枪给我捡回来!"但那人说:"我才不去呢,刚才老王都被这猴子抠瞎了。"

大家都不愿意去,当然,陈二棍也不愿意去,僵持了许久,还是陈二棍壮个胆子走上前,他抽出手中的匕首,照着猴子便是一刀,这一刀是试探性的,明眼人都看得出来,与其说是攻击倒不如说是防守,他紧紧地防住自己全身的要害,生怕这灵活的猴子给自己致命一击。这刀奔着猴子的胳膊去的,还真在猴子胳膊上砍出个刀口来，血滴滴答答地流淌下来。那猴子却是纹丝未动。

其他几个人一看，原来是这般情景，便纷纷跃跃欲试。一个男人自告奋勇："我来收拾这猴子。"随后便要去抢陈二棍的刀，陈二棍不给，说是要给他二叔报仇，陈二棍气势更猛烈地朝着那猴子走来。刚才那人没抢到，也许是昏了头，全然不知老幺的良苦用心，看着老幺用刀顶着那伍的脖子，便觉得好钢应用在刀刃上，那伍依然是绑在了树上，没有必要用刀了，便突然间抢下了老幺的刀。这老幺善用智谋，却手无缚鸡之力。那人轻而易举地从老幺手中夺过了刀，朝着猴子冲了过来，不杀不快的样子。全然不知自己身后发生什么的陈二棍已经到了猴子面前，竖起刀好似要将那猴子一劈两半。就在这个时候，猴子一巴掌挠在陈二棍的脸上，顿时陈二棍觉得脸上火辣辣的，不光是脸上，这突然的袭击更是让陈二棍蒙了，刚才还不还手呢，如今却还手，还没等陈二棍反应过来，从老幺手中夺刀的人便冲了上来，那猴子飞身一脚踢到那人裆部，从那人手中夺过刀便蹿到了老幺面前。老幺下意识向后退上几步，以为那猴子要攻击他。只见那猴子扬起刀，抡圆了胳膊便是一刀，这一刀砍在了大树上，应该说是砍在了绳子上。绳子顿时断了一根，但那伍还是不能逃脱。

陈二棍不知道什么时候从地上捡起了枪，照着猴子便扣动了扳机，猴子早有准备似的，一个侧身，然后枪响，那枪正中老幺的腰部，也就是这一枪，注定了老幺这辈子都是弓着腰了。

老幺应声倒地，陈二棍误伤老幺后灵光乍现，将那枪口对准了那伍，猴子便没了举动，傻傻地站在那里，举起双手。陈二棍命令身边的男人："拿着刀，赶紧上去捅死，不留后患！"命令一旦下达，那人捡起刀，快走几步，走到了猴子面前。突然间，那猴子竟然闭上了眼睛，视死如归一样。这种场面连持刀的人都惊呆了，也吓坏了，太可怕了，这哪里是什么猴子，分明是个人！而且还是个有情有义的人！

陈二棍在后面催促："赶快点，机不可失！赶紧弄死。"

陈二棍的催促让那人缓过神来，可还没等动手，只听那伍一声怒吼，那声音响彻云霄，首先震慑了将要对猴子用刀的男人，男人吓得愣在那里，只见那伍额头青筋直跳，脸上通红，如全身的血都集中起来一样，他的肌肉纹理猛然显现，只听"啪"的一声，身上的绳子竟然断掉，那伍一时激动便用起了内力。

那伍自由了，只见他迅速握住持刀男人的手，手腕稍向下用力，那刀便掉在了地上，随后男人一拳打过来，那伍上前一个箭步，一只脚已经横在了那人的脚下，上身借助腰力一带，那人便被扔出几米远来。这种情况是任何人都没有想到的，那猴子突然做了一个可笑的举动，竟然用手捂住了自己的眼睛，然后从手缝中看着那伍的举动。它似乎从没有见过那伍如此的动怒，那伍真的是疯了。

几个男人不服的，他们打不过那伍的猴子也就认了，连这个唯唯诺诺的人现在都想成精，这个是任何人不能容忍的。陈二棍组织了再一次的进攻，这次是针对那伍的，猴子本是像上来帮忙的，让那伍一声喝令喝住，站在原地不敢动弹，依然透过手指看着那伍的表演。

那伍在对付这几个人的时候的确是带有表演的性质的，那伍只用身摔，从不用拳脚去打，也不使用武器。贴上就倒，这是形容那伍功夫最贴切的词语，所以应该叫那为"贴身倒"。

一个人冲到那伍面前，那伍双手一搭肩，另一只脚已经伸向那人两腿之间，接着送腰，顶胯，那人的重心便偏离了地面，无论有多大的力气，无论这人有多少斤两，只要重心被顶起，那便要危险了，那伍凭借腰力和臂力将那人扔得老远，重重地摔在了地上。那伍的疯狂让大家吃惊，他像一只猛兽，将那几个人重重地摔在了地上，其中倒是有一个执着的，那伍先是跨步顶腰，双臂猛然发力，借助腰腹的力量将那人扔出两米远。那人站起身来再次冲到了那伍面前，也许他在想，下午还是他亲自将那伍五花大绑的，他就是不信这个邪，可不信邪不行，他刚到那伍眼前，刚握拳来打，那伍迎面抓住他的手腕，转身，后腰再次将其顶起，一个大背将其在空中旋转了二百七十度，重重地摔在了地上。由于腰部受到重创，这人再次站立的时候，已经站不稳了，这次他在那伍面前还未出手，那伍便用手挡住他的脖子，脚下一绊，胳膊一用力，那人又出去了。那人在地上挣扎几下没起来，就趴在了地上。陈二棍是比较聪明的，识时务的，他第一次被摔倒的时候就没再起来，因为他知道，站起来的话还是要被那伍摔倒的，只有倒在地上这个姿势是最为安全的，所以他就趴在地上。

那几个人统统在地上挣扎，有起不来的，有能起来却不愿起来的，种种原因都在地上呢。接着那伍满眼通红，走到猴子面前，跪下来，对猴子说，你走吧。

猴子似乎听懂了，依依不舍的表情。那伍大喊："你走吧，永远也别再回来！"说着推搡了猴子一下，那猴子被那伍推搡得倒在地上，脸上露出了离别的伤感，那伍再看那猴子的眼睛，眼泪便刷刷地往下流。那哪是什么猴子啊，分明是一双人眼啊，透着离别，透着伤感，还透着依依不舍，这猴子似乎什么都明白，只是说不出来。如果可以，那伍真想与这猴子好好地喝上几杯，好好地聊聊。那猴子聪明得很，知道那伍心意已决，看了看周围的狼藉，知道此地不宜久留，便回头看着那母猴。

母猴在供堂上，傻傻地看着公猴，它也许是被眼前的一切惊呆了，这一晚的确发生了很多的事情，它不知所措了。猴子跑到供台上，拉着母猴的手，向那伍这边望去。那伍知道，这猴子是想带着母猴一起走，那伍不再认为这是猴子的风流本性，倒是觉得这猴子还是有情有义的。

那伍踢了躺在地上的陈二棍一脚，问他拿钥匙。陈二棍当然聪明，再不想受皮肉之苦，于是从腰间掏出钥匙递给那伍。那伍缓步走到了供堂上，将铐在母猴腿上的大锁打开，母猴自由了。获得自由的母猴好像习惯于在供堂之上，任凭猴子如何拉，它也是不走。

猴子着急，拉起母猴便往台下冲，母猴被猴子拉着，冲下了供台，只听"扑通"一声，那母猴大头朝下栽倒在地，再也没有动弹。

原来母猴太长时间被栓在供台上，腿上的肌肉早已经萎缩了，动弹不了，获得自由之后，由公猴拉着跳下供台，公猴拉的是它的胳膊，它脚下却动弹不得，所以栽倒下来。那猴子看了看母猴，用手扒拉了老半天，它突然间慌张起来，不知道如何是好，围着母猴转圈，嘴里发出急促的、焦急的叫声。后来它不再转圈了，而是在母猴身边守候着，低下头，如默哀一样，那伍似乎看到了猴子的眼泪，落在母猴的身上，天色很晚了，只是借助着月光，到底是不是眼泪，那伍也不太敢确定。但静默却是真实的，此时此刻老幺被枪误伤，躺在地上，陈二棍几个人被那伍摔得不敢起来。那伍站在那里看着猴子，猴子则看着母猴，猛然间猴子仰天长啸，那声音如利剑一样劈开了黑夜的寂静……

九

　　猴子离开了那伍，它走了。

　　后来那伍回忆，猴子在母猴身边守候了许久，直到警察闻声赶到。警察们全副武装，他们冲着院子里喊话，也许他们并不知道，将这院子折腾得天翻地覆的竟是一只猴子。当警察们冲进院子的时候，那猴子便纵身一跃，蹿上墙去，它俯视着院子里的一切，那狼藉的样子，倒下的老幺，陈二棍还有几个帮手，还有就是那伍。那伍似乎看懂了它的想法，知道猴子将这母猴托付给了那伍，让他埋葬。那伍冲着猴子点了点头，摆手让它离去，这猴子便纵身离去了。就在这个时候，天降大雨，倾盆而下，那伍感觉到那雨点的力量，任其拍打着自己的身体。由于雨水的冲刷，母猴的头部逐渐地褪去了白色，而显露了原来的棕色。原来母猴头上的白色是陈二棍每天刷上去的白浆。那伍埋了那母猴，一边埋还在一边感叹，不知道这猴子看到这母猴的真正模样会是怎样的感想。这一夜那伍如做梦一般，想不到这猴子竟如此通人性，而且重情重义，但回过头想想自己也算对得起它，便安慰了许多。

　　老幺被那猎枪打中了后腰，后背便再也直不起来了。由于陈二棍、老幺、那伍都将矛头对准那猴子，说折腾这么晚全是为了捉到那猴子，所以他们达成了攻守同盟，在这个问题上，他们的利益是一致的，所以警察也并没有追究，只是没收了枪支，对他们进行了批评教育。

　　日子又恢复了平静，那伍早八晚五地上班，再也挣不到那么多钱了，当然和娟子结婚的事也是被无限期地推迟，不仅这样，已经给了娟子母亲的一千块钱彩礼也没退回来。

娟子对那伍是有情义的，尽管那伍不像以往那样能挣钱，但娟子还是愿意和那伍结婚，只因为那伍那天在面对一大堆坏人的时候那样男人的表现，用自己并不高大的身躯挡在了娟子前面，非常有气势地对那些坏蛋说："让她先走，不关她的事。"

娟子打算和那伍结婚，当然她妈是反对的，原因是那伍撅起来还没三块豆腐高的身材，她妈看到那伍好像只会说这一句。娟子不管这些，她一心要嫁给那伍，就算家里不同意，她也要嫁，实在不行就跟那伍私奔，跟自己的家里断绝关系。

娟子这样想，便觉得自己特别的悲壮，她也为此沾沾自喜，好像这种事还很少有人能够做得出来。也就是在娟子和她妈闹翻了的那天晚上，那伍亲到了娟子，他们亲嘴了。娟子的嘴唇是那么的富有光泽，润滑，那伍就感觉整个身体都酥了似的，好像全身流淌着微弱的电流，麻麻的感觉。这是娟子的初吻，也是那伍的。若干年后，那伍还为这一夜而感到兴奋不已。这一吻尽管是短暂的，尽管因为不熟练而导致两人呼吸困难而不得不将嘴唇分开，但这也并不影响初吻的美妙。初吻就是这样，青涩的，不熟练的，会碰到牙齿，会不知所措，会呼吸困难，可正因为这些，才显得异常的美妙。那一晚，那伍一直都没有睡，在回味着那亲嘴的感觉。

娟子是铁了心要嫁给那伍的，她似乎已经和那伍私定终身了，而且定下了婚期。那伍是应该觉得高兴的，这是他梦寐以求的事，可就在这个时候，出了大事，这事的出现再一次让那伍陷入了困境，也许，对于他来讲，结婚不是那么容易的事。

那伍被陈二棍阉了。当然这不是真的，但大家都在传，传得有模有样，如亲眼所见一般。这消息的来源不是别处，正是陈二棍这里，当然这主意是那个即便是弯了腰也无法阻止其满肚子坏水的老幺那里。老幺和陈二棍在一起狼狈为奸，他们知道拼狠不是那伍的对手，而知道那伍和娟子的事之后便编造了这段瞎话，一来为陈二棍在江湖上夺回些颜面，再者也不让那伍心愿得以实现。

这个消息在这个小城里面不胫而走，那伍是个名人，因为他的猴子，所以大家都认识他，也因为他的猴子和陈二棍的南海神猴交配，便更是出了名了，所以关于那伍的消息传得很快的，几乎所有知道那伍耍猴的人都知道他被阉了。这个消息当然也无法避免地传到了娟子那里。对此，娟子哭了一夜，一整夜，闹得全家不得安生。娟子在哭，她妈在笑，因为娟子再也不能嫁给那只有三块豆腐高的那伍了。

这些人对待传言的态度是，宁可信其有，不可信其无，如中国人对待鬼神的态度，敬鬼神而远之一样。对娟子来讲，更是这样。这是一辈子的事，一定是宁可信其有，不可信其无。娟子哭了这一夜，这一夜的眼泪便是为那伍而流，为他们的爱情而流，也许她在这一夜里已经决定和那伍分开，每次想到这个，娟子便哭得更加伤心了。娟子的眼睛都肿了，见到那伍的时候把那伍吓了一跳。当得知原因后，那伍还笑了出来，而且不是一般的笑，是仰天大笑，当然，他还没有意识到问题的严重性。

娟子哽咽地说："你不高，我能接受，你挣钱少，我没别的说的，但我不能接受你是个阉人啊。"说着她还是忍不住地哭泣。那伍瞪大了眼睛："谁说的？"

娟子说："大家都这样说。"娟子想想那伍实在是可怜，那晚为了不牵连自己而被那些坏蛋带走，才得此下场。想到这，娟子还觉得自己的决定有些无情。那伍那天的表现真是个男人，富有男子汉气概，可以说是豪气冲天。可那只是精神上的，如今他却不是个男人，不是完整意义上的男人了，再有男子汉气概也是没用的，她现在还年轻，过日子毕竟是一辈子的事啊。想到这娟子便坚决了。

娟子说："那伍，咱们就这样吧，你那一千块钱给了我妈亏了，就当是我们那天亲嘴给你补偿了，如果不够的话……"娟子低下头，红着脸，抬头的时候脸颊绯红，她走到那伍近前，照着那伍的脸便亲了一口，那伍顿时感觉浑身麻了，整个人的脑袋再次空白起来。说着娟子转身走了，走得是那样的坚决。

那伍立于原地，做梦一般，不知道是该高兴还是不高兴，总之他的心情是复杂的，但他始终觉得这事不是什么大事，因为下面的东西还在，是那样真实地存在，他甚至将手伸进了自己的裤裆来让自己确定它的存在。因为这样的存在，他感到了这并不是什么大事，迟早是能澄清的，所以，他并没有在意这件事，而是开始兴奋于刚才娟子在他脸上留下的唇印了。这事发生在傍晚，娟子一下班就迫不及待地来找那伍，那伍比娟子下班要晚上半个小时，所以娟子也就是用这半个小时的时间拼命地骑车，来找那伍，将他们俩的事说清楚，否则的话，娟子今天晚上还要哭上一晚。也许这便是长痛不如短痛吧，但愿娟子今晚能睡个好觉。

好事不出门，坏事传千里。当那伍拖着疲惫的身体回到家的时候，一大堆老娘们正在门口纳凉，他们看那伍从远处走来，便开始指指点点。当那伍走近的时候，一大堆老娘们如鸟兽散，如躲瘟疫一般，只有十三姨还坐在那里，等待那伍的是一句："回来了，阉货！"这几个字干净利落，说完便转身上楼。十三姨应该是仇恨那伍的，毕竟那伍的猴子害死了他们家的母狗。据十三姨所说，这母狗可是他们家重要成员，如果上升到这个层面，此仇便不共戴天了。当然，这个仇恨十三姨是憋了很久，因为前些时日那伍毕竟是分成给她的，那仇恨便被钱所弱化，而如今那伍失去了自己的买卖，便再也没有钱来给她分成，这种仇恨便赤裸裸地亮了出来。十三姨也是在市场上听说的，听说那个耍猴人被陈二棍阉了，陈二棍是何许人也，得罪了陈二棍那还了得。那伍的猴子把陈二棍家的南海神猴强奸了，那南海神猴可是他二叔的师傅，从这个方面来论，那伍的猴子强奸了陈二棍的奶奶。然而陈二棍又是有名的混混，在工厂那会儿便无恶不作，打架斗殴，调戏妇女，所以陈二棍将那伍阉了在情理上来讲是必然的。必然的东西一旦经过人们的口中相传，很容易变成真实的。所以那伍被陈二棍阉割了，当然，这样的阉割发生在众人的嘴里。十三姨更愿意相信这是事实，因为她仇恨那伍，她恨不得将那伍撕碎，所以她听到这个消息的时候非常高兴，也非常兴奋，也正是她，将这个消息广泛地传给了街坊邻居。

十三姨说了那句话后便转身离去。那头半句倒是寒暄，后两个字那伍没太听明白，待那伍回到家打开门的时候才恍然大悟。"阉货？"那伍真的有些懵掉了，刚才还是娟子说他被阉了，现在又是十三姨这样说，他懵了，恍惚间真的担心起来，他赶忙进了屋子，回手将门关上，将手伸进裤裆里，还好，裤裆里的东西还在，那伍突然间松了一口气，"东西还在"，他自言自语道。那伍有种失而复得的感觉，伴随这种感觉的还有愤怒，明明他的东西还在，凭什么说它不在了呢？难怪那帮老娘们一见他走近楼口便一个个走开了。

那伍躺在床上，失落得很，他歪着脑袋，望着猴子的住所，也就是门厅旁边的小仓库，那是猴子的住所。这猴子养了好多年了，从小就跟着他，如同兄弟一般。

那伍回忆了和猴子在一起的点点滴滴，他现在能做的，也只是这些了。猴子走了，也许是隐居山林了，也许是流浪成了野猴，也许是死了。这猴子还真是风流，那伍想到这，便不自觉地笑了起来。

这一夜那伍在做着梦，一会儿梦见猴子鲜血淋淋，一会儿梦到猴子风流快活，一会儿梦到猴子变成了狗，一会儿梦到猴子幻化成人形，总之全是围绕着猴子。醒来的时候他全身是汗，整个身体酸痛，为了只猴子，忙活了一夜，那伍这样自嘲着。

没了猴子，那伍不用准备它的饭了，起来后简单地洗漱便去上班。这一天过得没有精神，以往是上了班就盼下班，下了班便可以耍猴，便可以挣钱，而如今劳动强度没有那么大了，那伍却没有了当初的精神头。那伍下班后打算去找娟子，跟娟子说清楚。

一想到娟子，那伍还奇怪，为什么娟子一口认定自己失掉了命根子？为什么十三姨昨晚说了那番话？想到这，他便趁着上厕所的机会好好地观察下自己的下身，的确还在，这是千真万确的，看到自己的下身，那伍笑了。

疲惫的一天过去了，那伍下班后坐着公共汽车便去了娟子的家。路并不远，那公共汽车还"梳着辫子"，也就是过去的有轨电车，只不过这轨道在上边。这破旧的车子颠簸得那伍都要吐了，不远的路程让那伍觉得走过了千山万水一般。

下了车，走了一站地的距离，便到了娟子的家。这是那伍第一次这么晚来到娟子家里，这是一座很老的苏式楼，两家共用一个厨房，共用一个厕所，娟子一家六口挤在不到二十平的屋子里，上面打了吊铺，下面有一张大床，一张小床。娟子的父母睡在大床，娟子和二妹妹、三妹妹睡在吊铺上，四妹妹睡在小床上。这样的一个屋子里，还要摆上立柜，吃饭的时候还要将折叠的桌子放上，便显得更加局促了。

那伍来的时候娟子一家人都在吃饭，生活水平好了，吃的是白面馒头，白菜丸子汤，还有两个凉菜。娟子父亲在一旁喝酒，脸色涨红，微醉，眯着眼睛笑，那伍见她父亲的时候她父亲不是这种状态，就是在睡觉，反正她父亲只有两种状态，一个是喝酒，一个喝酒后的睡觉。

娟子和三个妹妹挤在一起吃饭，吃得很香，这是盛夏时节，动一动都一身汗，更别说是吃饭这样耗体力的活动了。两个小妹妹正在抢着一块丸子，娟子坐在那里静静地吃，母亲坐在床上，床是很高的，所以她在床上居高临下地吃，父亲在一旁笑眯眯地喝，不知道他高兴个啥，他总是这么高兴。

娟子沉浸在伤痛之中，因为失恋，这是她第一次搞对象，没想到是这种结局，娟子比她母亲更有情义，也可以说她母亲比她更有经验。娟子可以忍受那伍个子矮小，可以忍受那伍挣不了那么多钱，但就是没法忍受那伍不是个全乎的男儿身，即便他再有男子汉气概也不行。娟子做出这样的决定自己也是心痛的，也是需要勇气的，毕竟她是喜欢那伍的，将自己的初吻献给了那伍，这在那个年代是一个很重要的事，初吻啊，没结婚就跟人家亲嘴了，这还得了。可即便这样，她还是不能忍受不完整的那伍。

娟子是从她母亲那里得到的这个消息。她妈从哪里得到消息的呢？是从市场上卖菜的人那里听到的，那伍是这个小城里有名的耍猴人，是当地有名的艺人，他的一切，也成了人们追捧的对象，也正是这一名气，让那伍的任何一点信息都被人当成茶余饭后的聊资。市场上人们在议论着这件事。大家说："你知道吗，那个耍猴的被阉了，他的猴子把陈二棍的母猴配了，强奸了，对，强奸致死，结果那猴子跑了，那伍就被陈二棍阉了。"

还有人这样讲，说是那伍的猴子犯了天条，玷污了如来坐下的南海神猴，如来降罪下来，阉割了那伍。这便是另一个版本，反正版本很多，但有一点是相同的，那就是那伍被阉割了，别管是被如来还是被陈二棍，反正是被阉了。关于被阉割的过程，有人说那伍是在梦中，只见闪电划过，再看那伍下身，已是鲜血淋淋，醒来的时候那伍下身的宝贝便不胫而走。坚持陈二棍阉割那伍的人是这样描述的,只见陈二棍将那伍绑在一棵百年老槐树下,手起刀落,那伍那东西便卷着尘土滚落地下,被一只狗叼走了。后来听说持有这两种观点的人还打了起来,因为他们都坚信自己的说法。冤家宜解不宜结,再后来就听说市场上这两拨人和好了,因为他们找到了一个共同的点,那就是那伍被阉割了,至于怎样被阉割和被谁阉割的问题,可以暂时搁置不谈,这便是"求同存异"。

以往那些人是尊重娟子的,因为那伍给大家带来了欢乐,而如今那伍成了"阉人",市场上的人,楼里的街坊邻居,都在同情娟子。当一个人来说那伍被阉割的时候,娟子还可以不信,当娟子整天被这样的声音包围的时候,她连不相信的力气都没有了,就相信了,这是很简单的事。

那伍的出现让娟子不知所措,她眼神中充满了复杂的神情,心疼,关爱,甚至还带着畏惧,她生怕那伍的到来给她们家带来什么厄运一样,因为现在的那伍就是跟厄运划等号的,即便那伍自己并不知道这一点。

娟子的妈见到那伍后眉头一皱,厌恶之情表露在脸上,随口说:"你怎么来了?"这句话倒是问住了那伍,那伍不知所措。还是娟子的爸爸好,笑眯眯地对那伍说:"来了!"好像很熟识的样子,他热情地说:"赶紧坐下,陪我喝两盅。"

娟子的妈狠狠地瞪了他爸一眼,然后对那伍说:"你来干什么?你是不是觉得那一千块钱你亏了,这么大一个姑娘跟你搞对象你拿一千块钱亏了吗?"娟子的妈将声音提高八度,那伍见到娟子的母亲就像耗子见老猫一样,从骨头缝里就开始害怕。那伍颤颤巍巍地说:"我不是来要钱的,我是找娟子的。"

娟子妈说:"你找娟子,你凭什么找娟子,你知道你现在都什么样了还有脸找娟子?"

那伍有些莫名其妙,娟子的妈说:"你都不是个男人了,你都被阉了,这是太监知道不?"

那伍愤怒了,娟子妈的话将那伍彻底地激怒了,如果是头一天晚上十三姨和娟子都说他是阉货,他只会觉得莫名其妙,那如今娟子妈的话让那伍愤怒,但这愤怒还是无法掩盖畏惧,他极力地为自己辩解,激动地说:"我啥时候被阉了？你怎么知道的？我今天还看了呢，该在的东西都在呢。"娟子妈扯开嗓子大骂起来："你个阉货你还好意思说，你都被阉了你还好意思来找娟子，你要不要脸啊？"

那伍当着一大堆女人的面是有口难辩，他真想脱下裤子，但理智告诉他不能，如果脱下裤子那会惹来更大的麻烦，那伍还是聪明的，因为他觉得自己还是有希望来辩解清楚的，他将希望寄托在娟子父亲这里，可令他没有想到的是，这个时候娟子父亲仰头喝了一杯酒，然后晃晃悠悠地起身，晃晃悠悠地走向大床，一头扎在床上，跟着呼噜声就起来了。那伍的希望破灭了。

那伍望着娟子，带着求助的眼神望着娟子，他说："娟子，你相信我，我没有被阉割。"娟子的妈赶忙打断他："现在小城里的人都在传你被阉了，现在什么事都是讲证据的，法律是讲证据的，你怎么证明你没被阉？"那伍一肚子的委屈，一肚子的激动被这句话憋住了，他本想大发雷霆的，但这句话让他不得不冷静下来思考。

怎么样能够证明自己没有被阉呢？

那伍下意识地摸了摸自己的下身，真是下意识的，可这个动作点燃了娟子的妈的愤怒，她喊道："你干嘛，要耍流氓啊？"

这耍流氓的罪名可不是乱安的，是能死人的。严打刚刚开始，流氓罪可是重罪，那伍担当不起啊。

那伍赶忙将手从裤裆周围移开，嘴上磕磕巴巴地说："没有，没有。"

这个过程中娟子一直盯着那伍的脸，她是心疼那伍的，这是娟子的初恋，如今是昔日的情人，她没法不难过，因为这个人刚刚和自己有了那样亲密的行为，没想到却失掉了男儿身。娟子无法不为自己感到难过，这毕竟是她的初恋，因为难过，所以她一直看着那伍，好像看一眼少一眼似的。

这个时候娟子站起身来，对那伍说："我送你出去。"娟子妈马上厉声喊道："你敢！让他自己走。"

娟子双手摸去脸上的泪，平静地说："妈，你放心吧，我就是送送他，我和他以后保证不好了，你放心吧。"说着站起身，从椅子中间穿过，走到门口看着那伍。娟子示意那伍出去，那伍不得不出去，因为他站在这里也没什么好说的，面对着一屋子的女人，如何证明自己还是个男儿身？

那伍和娟子走出了家门，走在路上，这是傍晚，天还没有黑透，路灯开了，他们两个人并肩走在路灯下。那伍先开口说："娟子，你相信我，我真的没被阉。"

娟子没说话，那伍焦急万分，他不知道娟子心里到底是怎样想的，他便大声说："你相信我，我真的没有被阉！"娟子说："你那么大声干嘛，我又不聋！"

这话说得过于响亮，路边的人投来了惊诧的目光，随后便有人认出了那伍。那伍在这个小城里面算是名人了，没有人不知道那伍耍猴，如今也没有人不知道那伍是个阉货，名气这个东西实在是两面的，可以让你挣钱，当然也就没有隐私了，即便是真的被阉了，不但没有得到可怜和同情，反倒让人如躲瘟神一样躲着他。

众人的指指点点，让那伍后背跟针扎一样，他开始意识到了问题的严重性，当然这种严重性是随着他进一步思考而越加的深刻的。如果说头一天晚上别人说他被阉的事，他还毫不在意的话，那么今天他就从激动愤怒到了困顿。

头一天晚上娟子说他被阉了，他觉得可笑，因为他深信自己没有被阉，他是自信的。当十三姨说他是个阉货的时候，他回到家将手伸向自己的裤裆以此证明。如今这么多人说他被阉了，他便无法证明了，因为他不能当着这么多人的面将自己的裤子脱掉示众，如果这样的话他会以流氓罪论处，流氓罪可是大罪，能死人的，那伍当然知道这里的利害。

那伍并没有被困难吓倒，他清醒地意识到现在的重点是娟子，只要娟子相信，他们的婚事还是可能的。由于众人的指指点点，那伍和娟子快走了两步，走到了人少的地方。那伍知道，如果向娟子证明自己还是男儿身，最好的办法就是让娟子看到。他为这个想法而激动，脸被这样的想法涨得通红，浑身的血液都在激动地流淌，好似马上喷发一样。娟子倒是不言语，只是走着，也许她在想，身边的男人毕竟是自己的初恋，多走几步，多送几步，以后便一刀两断了。

不知不觉，他们走到小树林旁，那伍拉着娟子走了进去，没想到娟子什么都没说，也跟着走了进去。这是出乎那伍的料想的，也让那伍更加激动。而娟子此时的心情更显得复杂，她连自己都不知道为什么要走进小树林，她想，如果那伍此时要是亲她，她保证不反抗，这个想法一旦出现将自己吓了一跳。可那伍并没有要亲娟子，而是笔直地站在树下，望着娟子。那伍无数次地想到自己脱掉裤子，向娟子展示自己，可到了这里他便失去了勇气，他不知所措了，他在脑袋里已经将自己的裤子脱掉，可他依然纹丝不动地站着。想象毕竟代替不了现实，他现在要做的就是脱裤子，而这个最让他难为情了，他真的不好意思，也不敢。就在那伍犹豫的时候，娟子走到那伍跟前，将自己的嘴贴到了那伍的嘴上，那伍心都快跳出来了，娟子吻得是那样的动情，若干年后那伍依然记得这动情一吻。这样的举动他们是第二次，也只有这么两次，尽管那伍以后跟不同的女人都去接吻，但再也找不到这样的感觉了。那伍觉得浑身通电一样，娟子的舌头是那样的滑，身体是那样的软，那伍甚至感受到了娟子的两个乳房，柔软而富有弹性。他们吻了好久才分开，分开的时候娟子的泪挂了满脸，因为她决定，这是最后一吻。

自始至终那伍都是被动的，从犹豫不决是否脱裤子，到娟子突然一吻，再到娟子流泪，那伍的脑袋一直是不清晰的。娟子说："其实在这之前我一直都想跟你结婚，我不在乎你个子矮，不在乎你到底有没有钱，但你现在这样，我实在是接受不了，你以后不要再来找我了，我们断了吧。"

闹了半天原来是最后的吻别啊，那伍从刚刚的热吻中惊醒，便是一身的汗水。娟子说这话的时候特别冷静，也异常的冷淡，说完就要转身，那伍做出了连他自己都难以想象的举动，突然间大喊一声："你看。"说着脱下了裤子。

那伍为自己能够迈出这一步而感到兴奋，他释然了，不就是脱裤子嘛，有什么不敢的，有什么不好意思的，又没有别人，只要能够证明自己还是个男人，那娟子必定和自己结婚。可他想错了，娟子尖叫一声便用双手捂住了眼睛，随后回避地将身子转了过去，那伍被凉在了那里，裤裆里的东西在风中摇曳，他感到格外的凉爽。

娟子的行为是下意识的，随后便是害羞和畏惧占领了她的情感。首先那伍即便被阉了，那也是半个男人吧，尽管是半个男人，那也不能随便看啊，毕竟没结婚呢，其次是畏惧，那伍已经被阉了，那残根一定非常丑陋和可怕，所以娟子更是不敢看。那伍没想到事情会这样，他往前挪了两步意要让娟子止步回头，可娟子快跑了两步甩开了。那伍只好一边提上裤子一边追，这个时候胳膊带红箍的老太太再次出现了，只听一声，"抓流氓啊"，那伍便抱头鼠窜了……

十

在那个年月，若是那伍被抓到，倒是能够证明自己的男儿身，可脑袋就没了。

那伍陷入了困境，他未曾想过这么简单的事竟然如此困难。这一晚，那伍基本上没睡，整宿地思索如何证明自己还是个男人。这是关系到他安身立命之本的大问题。

那伍没法向娟子证明，他知道，今晚是个绝好的机会，过了这村的确没有这店了，因为他不可能在娟子单位门口或者家门口脱掉裤子证明。所以目前要向娟子证明，那就要旁人佐证。那伍第二天找来了邻居刘强，刘强倒是愿意证明这件事，两个人到厕所撒尿便可知晓，可当那伍将刘强带到娟子家的时候，被娟子妈一顿狂骂给骂了出来，娟子也不相信，原因是刘强是那伍的同事和邻居，用现在的话来讲就是这种关系的人不适合当证人。这可咋办呢？他不能当着他妈和三个妹妹的面来证明。

这样，娟子的爸就是最好的人选了，他是家中唯一的男人，而且他对那伍印象不错。可事实证明，那伍想错了，由于在酒精的作用下，娟子的爸爸对谁的印象都是不错的。当然，这一点那伍是后来才知道的。

娟子的爸爸一大早便来到公园门口的饭馆，要上一碟花生米，二两酱牛肉，一壶烧酒，坐在那里自斟自饮。他细致地品尝着，一筷子下去只夹上来一粒花生米，放到嘴里细细的品尝，然后再去夹上一片酱牛肉，咬下少许，在嘴里咀嚼，将那酱香的味道统统地嚼出味道来，才肯咽下，当然在这其中，还要喝上一口酒。他先将壶中的酒倒出，倒到小酒盅后，翘起兰花指端起酒盅送到唇边，然后喝上一小口，细细地品味，这真是一种享受啊。当那一小碟花生米吃掉，酱牛肉吃掉，一壶烧酒见底的时候，太阳已经照得老高了，十点钟左右，他便要起身回家。回家的路上有一个菜市场，他会买些可口的菜肴，带上一瓶烧酒往家走。回到家接着喝，一直喝到中午，午后，他就躺下睡去。这一觉能睡到下午三点多钟，晚饭时间到了，他会坐起身来，倒上酒一边喝一边等着晚饭，一天之中这段时间喝酒是没有菜的，但他并没有无聊，而是一边看着电视一边喝酒，直到全家人聚齐后吃晚饭，他会将"战场"转移到桌子上，就着菜再去喝。

娟子的爸爸以前当兵，参加过抗美援朝，据他的战友说过，这娟子的爸爸当兵那会儿外号刘七两，一斤白酒，喝上半斤不够，一斤又太多，七两的时候打仗那叫一个骁勇，曾经徒手干掉四个敌人而名震一时。可复员回来后因为喝酒误事，从供销科长到副科长，再到科员，最后被单位开除，每次都是因为喝酒闹的。可就是被单位开除之后，他又谋了个差事开公交车，那个时候公交车还是有轨的，道路的上空架起电线杆子，拉着电线，车子上边有两跟棍子触碰到电线上，以此提供动力。就娟子爸这样嗜酒如命的人来开公交车，那简直就是惊心动魄，出事时，还好这公交车及时脱轨，失去动力，才导致一死一伤的结果，否则后果不堪设想。

成也是这个酒，败也是这个酒！娟子的爸爸被关在里面十年，去的时候娟子才五岁，不懂事呢，回来的时候娟子十五岁。这十年里刘七两算是一口酒都没喝，所以出来的时候他便是没命地喝，从早到晚，娟子的妈也管不了，也不想管，反正这刘七两也不闹事，只是喝酒，喝完酒就睡觉。

那伍很早就来到了娟子的家，来的时候五点多钟，天还没全亮，他便在小区中央的花坛子边等着，六点钟整刘七两从家门口出来。那伍赶忙走了上去，低头一鞠躬，嘴上叫了声大叔。刘七两惊讶地望着那伍，也许是一时间并没有想起来，但脚下的步伐却从没停下，依然快速。那伍这一鞠躬抬起头的时候刘七两已经走出几米外了，回头看着那伍："你是干啥的啊？"

那伍赶忙快跑了几步赶了上来："大叔，我是那伍啊。"

刘七两似乎一下子没想起来，侧着头，一边急忙地走，一边跟那伍说："看你面熟，不知道哪里见过？"那伍觉得这人真是健忘，但还是毕恭毕敬地说："我是娟子相好的。"

"相好的，哦，我想起来了，娟子在家呢。"刘七两说。

那伍说："我不找娟子，我找您，想让您帮着做个证。"刘七两更加惊讶，伴随着的是不耐烦，因为这样和那伍说话很影响前进的速度，他说："做什么证？你俩搞对象让我做什么证？"

那伍非常不好意思，脸有些微红，那伍光顾着害羞了，刘七两那脚步可不改，又将那伍落在了后面，刘七两一边走，一边回头对那伍讲："不行了，我着急，改天吧。"那伍紧忙赶上前去："两分钟，就两分钟的时间，你跟我找个没人的地方。"

刘七两顾不上这那伍话中的蹊跷，只觉得肚子里的酒虫抓心挠肝的，让他全身无力，他甚至跑了起来："我现在不行，要不然改天，或者你跟我走，我们坐下来再说。"说着离弦的箭一样地蹿了出去。那伍当然不知道这刘七两今日为何这样着急，但这事对他来说直接决定着能否和娟子结婚，他不敢怠慢，便跟着刘七两跑去。

跑上两步，那伍额头上便渗出汗珠子，因为起了个大早，坐上几站的车，徒步行进了一站地来到娟子家，待了一个钟头，如今已经立秋，早晚凉，那伍只穿一件单衣，冻得浑身发冷，终于等到了刘七两，却还要跟着再跑上两站地。这两站地不远，但对于又冻又饿的那伍来讲，的确是个煎熬。

刘七两越跑越快，那伍紧随其后，两人一前一后地跑步行进至公园门口的一个小饭馆，饭馆老板是个中年男人，大老远看着刘七两跑过来，便端上一碟花生米，二两酱牛肉，一壶烧酒上去。刘七两进门后直奔那个固定的桌子，靠近窗子，这是他的固定的座位，已经预留好了。这个时候市场上开始上人了，吃早餐的人也多了起来，即便是屋子已经坐满，这个桌子只要刘七两不到，那便是空着的。

刘七两入座后，先是深吸一口气，然后就跟换了个人似的，整个人都显得绅士了，彬彬有礼，仿佛自己不是在市场门口的小饭馆，而是在一间高档的西式咖啡厅一样。那伍跟着进来，坐到刘七两对面，那伍刚要开口，刘七两立马伸出五根手指，意思是不让他讲话，那伍也就闭上嘴。

刘七两并不着急，先拿起酒壶将酒斟到酒盅里，然后放下酒壶，端起酒盅，在鼻子间闻一闻，便下意识地闭上眼睛，一脸的惬意，跟刚才的匆忙判若两人。他将酒盅放下，再拿起筷子，夹上一粒花生，认真地咀嚼，那伍数着，一粒花生一共咀嚼了三十多下才咽下去，接着他再拿起旁边的调味瓶子在自己的碟子里倒上酱油和芥末，这芥末是特意为他准备的，其他桌子上都没有，他用酱牛肉蘸着酱油和芥末一下，慢慢地放到嘴里，小小地咬上一口，然后再开始咀嚼，又是三十多下。这个时候他才端起酒盅，将酒盅里的酒一下倒进嘴里，只见他眉头一皱，紧着鼻子，好像浑身都缩成个团，之后鼻子舒展开来，眉头舒展开来，脸上的皱纹全都舒展开来，嘴里发出惬意的咂巴声，伴随着一口粗气从胸口喘息出来，这气息好长，就跟男高音歌唱家的气息似的，喘了足足有半分钟。

待这口长气喘完，刘七两睁开眼睛，看着那伍。此时的那伍不停地往下咽着口水，一大早跑了几里地，风里冻了一个小时，不饿才怪。刘七两看着那伍的样子，便招呼老板再来一个酒盅。那伍本想是要豆浆和油条的，但话一出口便被刘七两否决了，而且态度异常的坚决，语气还很严厉，那伍没了办法，不敢多说，谁让自己有求于人呢。

老板拿了个酒盅放在那伍面前，刘七两给那伍倒了一盅，用眼神示意那伍喝掉，那伍平时很少喝酒，白酒基本上不碰，刘七两看那伍犹豫，便有些不快，用筷子夹起花生在嘴里嚼得直响，脸别了过去，望向窗外的市场，从侧面那伍还是看得出来刘七两一脸愠色。那伍不得不豁出去了，端起酒盅，一口下去，顿时觉得嗓子眼到食道跟冒火一样，嘴里都快窜出火苗子了。那伍想吃点什么压压，让自己不是那么难受，便拿起筷子去夹一粒花生放在嘴里，还没嚼两下，便觉得嘴里炸开花一样，他简直不敢想象，那花生竟然如此的辣，那一粒花生放在嘴里，便觉得如几个小红辣椒一样。他下意识地将花生吐掉，还干呕了几下。

刘七两看到那伍如此狼狈，竟转过头来，眯着眼睛笑。那伍折腾得眼泪都快下来了,刘七两让那伍去吃酱牛肉,有了刚才的经验,那伍说什么也不吃那酱牛肉,他认定了那酱牛肉也是辣的。突然间刘七两笑了,他终于开口说话了:"你刚才说,来找我有啥事?"

那伍仿佛看到了曙光一样,刚才的不适全无,他振奋地说:"他们都说我被人阉了,我想让你给我证明一下。"

刘七两说:"证明什么?"

那伍说:"证明我没被阉。"

刘七两仰天大笑,这笑声惊起四座,众人均向这边望过来,让那伍很不好意思。

刘七两说:"就这么简单?"

那伍一听他这样说便觉得有戏,他兴奋地说:"对,就这么简单,你跟我去趟厕所,你看看我的东西还在不在,有你的证明,你们家娟子就不会怀疑了。"

刘七两笑罢道:"那没问题。"说着他让老板又上了壶老酒,他对那伍说:"你今天把这壶酒喝掉,我就给你证明。"

那伍突然觉得证明自己是个健全的男人是如此的困难,他这是第一次有这样的感觉,在这之前他觉得这事是这样的简单,有就是有,没有就是没有,他裤裆里的东西明明是存在的,他能够清楚地意识到,感觉到,而且这两天他反复地用自己的手来验证那个东西的存在,可即便是这样真实的存在,证明起来却是如此的费劲。刚才那口酒还活跃在胃里,让那伍觉得胃里像着火一样,他现在是望酒兴叹。可酒终归是要喝的,那伍先是一口口地喝,他觉得那白酒的味道很难闻,这样的味道让他犯呕,一次次的差点没把昨天晚上吃的东西呕出来,所以他做出了个重大的决定,他将那一壶酒一口全都倒在了嘴里咽了下去。没一会,他便觉得天旋地转,周围的事物变了模样,嘴麻了,眼睛看不清东西,耳朵听不到东西,浑身都麻木了,僵硬了,他用力地去听娟子爸的话,可什么都听不清楚,即便是听清楚了,那也记不住,因为脑子已经是一团浆糊,所有的感官都无法在大脑中留下痕迹了。一口喝掉一壶酒后,他仅存的意识便让他知道,原来证明自己裤裆里的东西还在并不是头等重要的事,相反,这显得太不重要了，目前当务之急是要活着，活着回去，即便是死，也要死在家里。他很没有礼貌地起身便走，当然刘七两也没有留他，任凭他晃晃悠悠地走出饭馆的门，走向那个市场，消失在人群之中……

刘七两品尝着烧酒，吃着花生和酱牛肉，直到十点钟的时候，他吃掉了碟子里最后一颗花生，吃掉了最后一片酱牛肉，喝光了壶里所有的烧酒，便懒洋洋地起身，给了钱，走出饭馆，走在市场上，同样消失在人群中。

那伍不知道自己是怎样回家的，反正醒来的时候自己躺在家里的地面上，空气中弥漫着食物发酵的难闻味道，地上全是他吐出的东西，他整个人都像被掏空了一样，头疼欲裂，身体不停地颤抖，如打摆子一样。这是他第一次醉倒，直到多年以后他酗酒成性的时候他依然记得这一次。

那伍用了所有的力气站起身来，跑到水池边，打开水龙头，将整个头都伸了过去，淋着冷水，他似乎清醒了不少，他不忘用手捧着水咕咚咕咚地喝上几口，用手抓起头一天还剩下的半个馒头一并放在嘴里。由于水的作用，那半个馒头很容易入口，也很容易下咽。吃了，喝了，他一步三跟跄地走到了床边，一头扎在床上，便再也不愿睁开眼睛。

直到第二天清晨那伍才清醒，此时身体好多了，只是头疼得要命，胃疼得要命。看了看墙上的挂钟，便知道自己要迟到了，他连忙翻身爬起来赶着去上班。这一整天他都是晕晕沉沉地度过的，最要命的是身上散发着难闻的气味，工友都不愿靠近。

那伍的计划失败了，如意算盘失算了，可有趣的事还在后面。

晚上下班的时候，他拖着疲惫的身躯再次去了娟子的家。

那伍没有进门，而是在窗外观望，还好是一楼边上，三面都有窗户，那时候的人不像现在那样注重隐私，只有在晚上睡觉和换衣服的时候挡上窗帘，所以这个时间段里那伍对他们家的活动是一览无余。此时一家人刚刚吃完晚饭，娟子在帮妈妈刷碗，小妹妹玲子喜欢画画，拿着个画板在画肖像，他们家最适合当模特的就是娟子的爸爸，因为他喝酒之后便一动不动地睡下，而且一个姿势不动，直到天亮，当然玲子也有自己的困惑，这个家里她只能画爸爸，而且还是酒后的爸爸，因为只有这个人的这个状态才会一动不动，否则的话谁有那闲工夫和她玩。玲子对艺术是执着的，即便在这样艰苦的环境中，在这样一个没有一点艺术细胞的家庭中，在这样一个不重视艺术的氛围中，她还是那样执着地追求着自己的艺术。望着玲子，望着刘七两醉倒的身影，那伍陷入沉思，他在想如何让刘七两证明自己。当然他无论怎样想象，也想不到一段时间后他竟然代替了刘七两而成了玲子的模特，还是裸体的。

那伍每天下班后都到娟子家门外坐上一会，透过窗子，看着这一家人的举动，看着他们吃饭，看着刘七两喝酒，看着娟子和她妈洗碗，看着刘七两慢慢地醉倒，看着玲子拿着画板在酒醉的父亲面前画画。他知道自己接近刘七两最好的时候便是周日的早晨，可对于他来讲，那简直就是噩梦。

那伍周末又去找刘七两。跟上次不一样的是，那伍直接在小饭馆等他，而且在刘七两还没来的时候那伍吃了几根油条，喝了碗豆浆。刘七两再让他喝那壶老酒的时候，尽管难以下咽，他还是咽下去了，而且没有上次那样难受了。刘七两还是那句话，喝了这壶酒再讲话。

没喝酒之前，那伍信心满满的，即便是场噩梦他也要去尝试一下，他觉得自己在酒精面前并不是不堪一击的，他想要去挑战，想要再一次的挑战。然后结果是他再次的醉倒，这次的醉并不是突如其来的，而是慢慢的，缓缓的，体内的酒精在缓缓地起着作用，在侵蚀着他的意识，在麻木他的身体，他所有的感官也在缓缓地失去作用。

这次那伍并没有像上次那样难受，但还是躺了一天，吐了，将前一天的东西吐个干净，只不过是吐到了指定的位置——厕所里。那伍为自己这样的进步感到高兴，他觉得距离可以证明自己的日子不远了，想到这，他总是那样的开心，他竟然可以开心了，有力气开心了，他笑了，即便是在醉酒的状态下，他依然笑得灿烂，就是在这样的灿烂中他睡去，去梦，梦他的娟子，那富有光泽的嘴唇，那硕大的奶子，还有那红润的脸蛋，这一切让他醉得那样美妙。

自从那次以后，那伍每天晚上都要喝上一点酒，他坚信这酒量是练出来的，他逐渐地喜欢上这种晕晕乎乎的感觉，竟然有一天没喝酒的状态下失眠了，他为自己这样的反应感到高兴，他觉得自己的酒量了得。可由于他过于自信自己的酒量，在一个周六的晚上竟然喝多了，第二天周日，本该去找刘七两的，可他没起来，起来的时候已经艳阳高照，此时刘七两已经不在小饭馆，他没法去找他，只好倒头再次睡去。这样便又耽误了一个礼拜。

转眼间一个月过去了，那伍每天都在邻居们指指点点中度过，尤其是那个十三姨，见面就说阉货，他是真想在她面前脱掉裤子，让她好好地看看自己的下身，可还是克制住了自己，眼看着就要成功，哪能再生事端。那伍每天接受酒精的训练，让他觉得自己酒量了得。一个周六的晚上，他早早地躺下，准备第二天的战斗，他将喝酒比喻成为战斗，是一场生死的战斗，赢了就能证明自己的男儿身。

清晨，那伍早早地起身，其实他整夜都没有睡实，他自认为自己喝掉一壶烧酒还可以意识清醒，他做过这样的试验，几次都成功了，他为自己的成功而兴奋，他觉得距离最后的成功只有一步之遥，那就是当着刘七两的面喝掉那一壶烧酒，然后向他证明自己的男儿身。想到这便有了动力，他早早地来到那饭馆，坐下，吃了几根油条，喝了一碗豆浆，有了食物便有了力量，然后要了两壶烧酒，一碟花生米，二两酱牛肉，他在等，等待着刘七两的到来。他看着外面熙来攘往的人群，对刘七两是望眼欲穿，八点钟刚过，他便有种不祥的预感，他觉得刘七两是来不了了，既然来不了，他就要去找，可看看桌子上的酒菜便觉得可惜了，那个时候还不流行打包带走，他只好自顾自地喝了起来，他很轻松地喝掉了一壶酒，这一壶酒并没有让他头痛欲裂，让他浑身乏力，让他所有的感官失去功能，那伍越喝越来劲，他觉得这一壶酒简直是不在话下，当他喝掉那一壶酒的时候，他尝试着吃了一粒花生米，如刘七两那样地咀嚼，一颗花生米要咀嚼三十多下，这花生米是用南方进的鲜辣椒泡上一天一夜而成的，异常的辣，可如今到了那伍嘴里他觉得也不过如此，便咀嚼起来，一个多月前还将他辣得眼泪直流的东西如今已经是可口的美味了，有了菜，便不能不喝酒，他索性将那第二壶酒也倒在自己的酒盅里，自斟自饮起来。

酒的确没有销毁那伍的意识，但让他的胆子大了起来，这便是喝酒的人很难把握的度，他索性将原本是刘七两的那壶酒统统地喝掉，然而这次他却醉了，醉得不省人事……

刘七两是个准时的人，他每天六点出门，到小饭馆六点十八分，一壶小烧，一碟花生米，二两酱牛肉，每颗花生米咀嚼三十多下，一壶小烧倒八九盅的酒，每盅酒喝五次，如果那伍有心，他一定会找到刘七两的规律。可就是这样准时而且做什么事都如此精确的人却在那天没有来，那便是天大的异常。

刘七两死了。

死的地点是在床上，时间是在晚上，谁也不知道具体的时间，只知道刘七两在头一天喝酒之后便倒下睡觉，这是他的规律，而第二天早上，孩子们上学和上班，娟子妈去公园玩，回来的时候他依然躺在床上，娟子妈还以为又睡着了，可无意中的触碰才发现刘七两已经硬了，凉了，当然，即便是硬了，凉了，也无法阻止他身上散发的酒气，只是这酒气不如以往新鲜，带着死尸的味道。

那伍知道这件事的时候刘七两已经火化了，他从娟子的妹妹玲子口中得知，那天他依然在院子里望着刘七两的家，可那天他们并没有吃饭似的，玲子也没有画画，一家人坐在一起，围成圆圈，好生的奇怪。玲子出来倒垃圾的时候见到那伍，便告诉了那伍刘七两的死讯。

那伍听到这个消息如晴空霹雳，在院子里哭了起来，这吓坏了玲子，玲子回家告诉了娟子，娟子一家人都跑了出来，他们见到那伍坐在院子里，泣不成声，眼泪顺着面颊淌下，应该说那伍跟刘七两并没有什么交情，而哭得如此伤心，比娟子家中任何人都伤心，不知道的还以为儿子哭老爹，那种伤悲是真实的，那眼泪也是真实的，切切实实地存在的，如同那伍裤裆里的宝贝一样真实。

那伍的哭声更是引起了娟子一家人的凄楚，毕竟是家庭中的成员死掉，尽管娟子对这样只知道喝酒的父亲没有什么好印象，但他的死去还是会为家庭蒙上阴影。她们也跟着哭了起来，但没有那伍哭声那样撕心裂肺，那样响声震天。

死了的人死了，活着的人还要活着。刘七两的死，让那伍的希望再次破灭。

那伍有病乱投医，找到了居委会，找到了妇联，目的只有一个，让他们证明自己是个健全的人，可谁都不可能为他证明，居委会全是老大妈，让老大妈们证明那伍裤裆里的宝贝是存在的，不仅是有伤大雅，闻所未闻，还有可能有聚众淫乱之嫌，老大妈们当然没有这个勇气。妇联的工作人员要比居委会的老大妈们年轻，所以当他们听到那伍这个想法的时候，他们直接给那伍定性，耍流氓，这帽子扣得够大，吓得那伍转身就跑，跑出门的时候没注意脚下，崴了脚。那伍是一瘸一拐地从妇联门口跑出来的。

还是居委会的老大妈经验丰富，让那伍去找伤残鉴定部门。那伍不知道这部门是什么个单位，也不知道归谁管，但还是找到了，这个部门不大，里面有一个老头，老头挺大的岁数，见那伍走进的时候上下打量他。

老头问："什么毛病？"

由于前两次的失败，那伍支支吾吾不知道如何说起，老头毕竟是见多识广，说了句："是不是不方便的地方啊？"

那伍听到这话，连忙点头，如鸡啄米一样，老头说脱裤子，那伍看了看周围，赶忙把门关上，然后再去拉了窗帘，然后脱掉裤子，那伍没想到这样顺利，要是早这样，他就直接找这工伤鉴定部门好了，也免得喝了那么多的酒，折腾了那么多回。老头仔细地观察着那伍的下身，看了半天，疑惑地问："什么问题？哪地方坏了？"

那伍连忙解释："都好好的，我就是让你证明一下，我这全都是完好无损的就行了。"

老头倒吸一口凉气，点了根烟抽上，靠在椅背上，那伍一见这阵势，赶忙提起裤子，裤裆里的东西从未这样示人，本来觉得不爽，看老头这样表情更是莫名的羞愧。他提上裤子，老头说话了："你有病吧？"

这句话说得那伍莫名其妙，那伍说："没病，我哪都没病。"

老头说："我说你脑子有病，你好好的你鉴定啥啊？"

那伍说："我就是让你给我鉴定下，我没病。"

老头说："你出去好好看看我们的牌子，我们是工伤鉴定处。明白没？"

那伍没明白，他摇摇头，老头继续说："我只能鉴定伤残等级。"

那伍说："那你顺便给我鉴定一下，我这完好无损就行了，不麻烦你别的。"

老头倒吸凉气说:"你这人咋这么拧呢！我给你举个例子吧，现在，用一把刀，咔嚓一下把你那玩意切下来，在这样的条件下，我就能给你鉴定你是几级伤残，明白没？你这完好无损的鉴定我这出具不了证明，再者也不属于我们的业务范围。"

　　那伍一屁股坐在旁边的凳子上，回想起刚才老头说话时的拟声词，咔嚓一声，如醍醐灌顶一般似乎开窍了，他二话没说，转身就走出了门。老头看了下那伍的远去的背影，摇摇头，一脸的不屑，拿起报纸，戴上眼镜，寻找着刚才看到了哪里。

　　经历着这一次次的希望与失望，那伍有些绝望，他伸手去摸裤裆里的东西，还在，还在，他嘴上念叨着，幸好他还能摸到，他只能从手掌与那宝贝东西相接触的时候来感受这样的存在了。

十一

那伍有些困顿，如此简单的事，他竟然无法证明，他想不明白，怎么也想不明白，明明裤裆里的东西还在，看得见，摸得着，还可以伸缩变化的宝贝竟然没法证明它是存在的，这可如何是好？

就在那伍陷入困境的时候，一个女孩的出现再次点燃了那伍的希望，这个女孩就是娟子的小妹妹，玲子。刘玲二十出头，是家中最小的妹妹，平日里也深得家里人的喜爱，出生的时候日子已经逐渐好过了，也算是娇生惯养的吧。刘七两的死玲子哭得最厉害，一是因为父亲和她感情最好，再者就是失去了素描的模特。

玲子从小喜欢绘画，她赶上了好年月，上学的时候已经可以高考了，但她痴迷画画，整天以画为乐趣，上学的时候画窗外的花草，放学回家的时候画躺在床上的刘七两。玲子是喜欢人物画的，也最为喜欢画刘七两，因为刘七两一动不动地躺在那里，这种状态能让她静下心来，去体会那种绘画的状态，直至刘七两死去的时候，玲子还是在画他，当然她并不知道刘七两已经死去，不知道自己素描的对象彻彻底底地不能动了，在绘画的过程中她是希望刘七两一动不动的，甚至不要喘气，可他真的做到这一点，她又无法接受。所以她哭，她在这个家的话是最少的，她时常会拿起刘七两那副临死的画像，看上半晌，有的时候还会流泪。

玲子找到那伍，就是为了证明那伍是个男儿身的。玲子在家里也听到了关于那伍的事情，她主动找到那伍，说自己可以证明他是个健全的男儿身。也就是说，那伍可以在玲子面前脱下裤子，验明正身。当然，玲子有一个条件，那就是要为玲子当一个月的人体模特。玲子跟那伍说她还从没有画过裸体，她说人的身体是美妙的，没有什么可避讳的，她要用她的画笔来触碰那种美，发扬那种美，将人们回归到美好的事物里。玲子说这些话的时候那伍一句都听不懂。望着那伍惊讶的表情，玲子还举例子说，这本没什么大不了的，外国的很多名画都是裸体的，她还从兜里掏出了几张油画。油画上面画着几个外国人，男的女的都有，坦胸露乳的，有的露出硕大的乳房，甚至有的男人露出了不该露出的下身，让那伍脸上一阵的火辣。

那伍从未想过世界上还有画这种画的人。他整理了下思路，他还是比较希望让玲子验明正身的，因为玲子是女人，而且是娟子的妹妹，如果说找个男人为他验明正身的话那再容易不过了，可是没用，娟子和她妈妈是不能相信那伍找来的男人的。所以在这个关口，玲子是再合适不过的了。不过想到第二条，要当裸体模特，而且是一个月，帮助她完成一幅画，这个那伍心里不太情愿，但不情愿归不情愿，他还是想试试，毕竟这是个方法，而且应该是会起作用的方法。

可那伍将这个问题想简单了，玲子既是娟子的妹妹，她的话的确可以得到娟子的信任，可即便是他和娟子要结婚，娟子显然是不愿意家里的人看过那伍身体的，因为娟子觉得，让其他女人看那伍的身体那简直就跟偷情没啥两样，更何况这女孩还是自己的妹妹，一个二十多岁已经成年的女孩。当那伍来征求娟子意见的时候，娟子很坚决地否定了，而且还骂那伍臭流氓，从娟子的表情中，那伍知道她是生气了，而且可以说是一种震怒，她的表现好像是那伍主动勾引了玲子一样，她没法忍受自己曾经相好的男人再与妹妹有染，哪怕这样的男人是自己主动抛弃的。很显然，娟子将这次没有发生的证明行为用"有染"两个字来概括，这便是定了性的，人就是这样，在认识事物的时候，总是先给定个性，女人，尤其喜欢这样。

娟子不仅骂了那伍臭流氓，还当众打了玲子一巴掌，这一巴掌打得响亮，玲子脸上马上就是五个手指的红印，当然单单用手是不够的，娟子恶狠狠地对玲子说："不要脸。"

玲子同样恶狠狠地盯着娟子，恶狠狠地说："你真肮脏！"说完转身走了。

娟子的震怒让那伍清醒了许多，其实他也知道这是不应该的事，而让娟子这么一骂，便觉得更加不应该了，他恢复了理智，便不再去想这些事了，他突然觉得这件事很荒唐，看着娟子义正辞严的样子，他感受到了自己的龌龊，感受到了自己的肮脏，他不敢想下去，这件事太荒唐了。

那伍很沮丧，刚刚燃起的希望再次破灭，而且情况越来越恶化，娟子对他开始厌恶了，这是他最为担心的事情。

其实娟子的心理也是复杂的，想想那伍诚恳的样子，她也并不太确定那伍是否被阉了，但大家都说那伍被阉了，一个正常的人大家为什么会说他不健全呢？为什么呢？她想不出理由，所以那伍应该是被阉了的。还有一个问题，就算是她相信那伍是健全的，那大家会怎样想她？难道她见过那伍的私处？这样想想，娟子心里便恐惧起来，这可不是闹着玩的，毕竟他们还没结婚。但若是让其他人来证明，那又无法排除那人撒谎的可能性，这可是一辈子的大事。在这个问题上，玲子也许是个合适的证明人，但玲子毕竟是自己的妹妹，让自己的妹妹看到自己未来男人的私处，而且是先于自己看到，那简直就是不忠，不仅仅是不忠而且想想便会觉得恶心。这件事同样困扰着娟子，她觉得这件事真是剪不断理还乱，娟子想起这事就头疼，简直是一脑袋的浆糊，想着想着她便进入了梦乡，她睡熟了。人的潜意识都有自我保护的，也就是当一个人想不明白一件事的时候，这种自我保护机制就启动了，启动之后这个人便会沿着简单的方式去想，当然这也是脑子不够用的一种体现。

所以，一觉睡醒后，娟子更加确信那伍被阉了。

那伍郁闷，他睡觉的时候手是放在裤裆里的，意识模糊的时候也不忘去确认一下那宝贝的存在，以此获得的安全感才足以让其睡去。

那伍又来到娟子家，她们正在吃饭，玲子已经吃完饭，拿着画笔对着那张刘七两躺过的床，凭着记忆画，她应该是喜欢画画的，可当那伍看到她画中景象的时候顿时傻了眼，她画的是那伍，是裸体的，光着屁股的那伍。画中，那伍的宝贝清晰可见，惟妙惟肖。

娟子在吃饭，其他几个姐妹也在吃饭，包括娟子的妈，她们低着头，没有人意识到那伍的存在，可那伍的的确确的站在了她们跟前。那伍本想说话，可什么都说不出来，如骨鲠在喉一般，他想跟娟子妈谈谈，再做些努力，让其相信他是个健全的男儿身，可娟子妈依然低头，当时的他不知道哪来的勇气，大喊一声，竟然将自己的裤子脱掉。随着那伍的那声怒吼，屋子里的人的目光全都集中在那伍的身上，玲子回头，看着那伍的私处，娟子抬头一脸的惊恐，娟子的妈抬头，一脸的愤怒，几个姐妹也表现出了不同程度的惊吓。随后那伍做了一个更加不可思议的举动，他干脆将裤子脱掉，扔在地上，就这样走出了门，站在院子里的花坛上，那花坛是要高出地面的，院子里很多纳凉的人，看到那伍也都吓傻了，张着嘴，瞪着眼，他们也许不敢相信这是真的，那伍竟然敢当众裸露身体，可他们的确看到了那伍光着屁股站在那里。

那伍大喊一声："你们好好看看，老子裤裆里的宝贝还在呢！"

那伍醒了，醒来的时候全身都是汗，那句话他的确是喊了出来，醒来的时候似乎还能听到屋子里的回音，也正是醒来的一刹那，恍惚间他还觉得自己身在梦中，但现实的他并没有梦中的勇敢，而是被自己的行为吓出了一身的冷汗，出了一身的鸡皮疙瘩。那伍张着嘴，吓傻了，好久才缓过来，幸好是一场梦啊，否则的话，当众裸露下体，那可是掉脑袋的死罪啊。想到这，他用手摸摸自己的脑袋，脑袋还在，再用手伸向自己的裤裆，那宝贝还在，都在就好，都在就好，那伍似乎已经没有力气说话了，他只是在心理默念。

此时，天还早，蒙蒙亮，那伍翻身再次睡去。如果说刚才是噩梦的话，那现在便是美梦，是春梦。他梦到了娟子，这次跟以往都不一样，他梦到娟子在自己的床上。娟子眯缝着眼睛，显得是那样的陶醉，娇嗔的样子，那伍看得浑身的骨头都酥掉了。娟子赤裸着身体，挺起的双乳被那伍压在身下，他已经顾不得多想，整个身体都在娟子身上运动着，这是他从未有过的感觉，娟子在自己的身下是那样的妩媚，娟子的那张脸都变了模样，比以往都漂亮，他不忘尝试着去亲她的嘴，嘴唇富有光泽，口中润滑，他会将舌头伸向娟子的口中，那样才会离娟子更加接近。那种感觉异常的真实，即便他多多少少地知道自己是在做梦，即便是做梦，他也希望这梦能长久些，让他亲吻个够，让他看着娟子的乳房，去亲她的嘴，去用舌头伸进她的嘴里。也许过于激动，也许是太过喜欢娟子了，他很快就到了高潮，这种感觉是他三十多年来第一次，像要死了一样，先是大脑一片空白，身体如被电击，随后便有了被掏空的感觉，他终于明白什么叫欲死欲仙了。他射了，他醒了，醒来的时候他的手上沾满了从自己身体里面射出的东西，宝贝还在，而且被他的右手包裹得很好。

那伍将自己的私处清理干净，然后穿上衣服，穿上裤子，将腰带扎得严严实实的，去上班了。

那伍忘不了娟子，忘不了，所以他要证明，证明给一个女人，他的宝贝还在，他还是个男人。猛然间，那伍醍醐灌顶，一个办法再次闪现在他的脑中，那就是将梦中的事情变成现实，这便是一举两得的事了。想想这个，他的下面便有了反应，硬邦邦地给裤子支起了个帐篷，他觉得浑身燥热难当，他想到了昨夜的梦，那种感觉真是美妙，像死了一样，他这样比喻那种感觉。

晚上，那伍再次来到了娟子家，与以往不同，他是喝了酒的。俗话说，酒壮怂人胆，他还没去就开始害怕了，但越害怕便越想去，他已经想好了，去找娟子，然后带她回家，把昨晚梦里的事办了，这样第一，娟子相信自己是个男人，而且是个不折不扣的男人，第二，还能美梦成真，漫长的夜便不只是自己的右手来陪伴了。当然他也不是没有顾虑，办那件事说不好的话便是强奸，最次也是通奸或者流氓罪，当然，他是将娟子当成了自己的妻子，只不过没有领结婚证而已。这样想，他便觉得这是人民内部矛盾，而不是敌我矛盾了。可他还是有些害怕，若娟子不同意怎么办？如果娟子告到了派出所怎么办？想不了这么多了，那伍还是决定要这样做，他觉得证明自己还是个男人已经到了生死关头，他不能这样过下去，不能受着人家的白眼过日子，不能再让楼下的十三姨嘲笑自己是个阉货，想到这，他便更加来了力气。

那伍来到娟子的家，可娟子的妈根本就没让那伍进门。她说，娟子的事已经跟他说清楚了，不能再来找娟子，影响不好。那伍说，我找娟子真的有事，有很重要的事要办。

娟子妈说，有什么事你找我，别找我女儿。这话一出，那伍傻了，他张张嘴，欲言又止，娟子妈提高嗓门，大声喊道："你这个人咋这么不要脸，我家闺女都已经跟你没关系了，你还来找什么，摞起来还没三块豆腐高呢，这个我就不说了，如今还是个阉货！"

阉货这个词，特别刺耳，酒精的刺激，那伍多日以来的郁闷全都出来了，只见他脸色涨红，而且随着娟子妈那高亢的密密麻麻的叫骂声而越来越红，这叫骂声只是重复两点，第一，你撅起来还没三块豆腐高，第二，你是个阉货。对于第一点，那伍还能忍受，谁让自己矮了些，这是客观存在的事实，可第二点，那伍实在是忍无可忍。他激动地浑身直哆嗦，激动得已经在头脑中解开裤腰带，脱掉了裤子，脱掉了内裤，将自己的下体呈现给娟子的妈，可在现实中他还是没敢这样做。只是等娟子妈骂完了，回家了，看着她愤愤的背影，大叫一声，转身离去。那伍是一肚子的气，现在连杀人的心都有了。

回去的路很漫长，路灯亮起，他走在马路边，看着来往的车辆，人群，他真的有一种冲动，那就是走到马路中间，脱掉裤子，脱掉内裤，将自己裤裆里的宝贝示众，让大家看看，它依然还在。也许是酒精的作用，也许那种人并没有娟子的母亲那样可恶，他果真走到了马路中央。这可不是一般的马路，而是十字路口中央，这个中央有个指挥台，是交警指挥汽车站的位置，此时交警下班了，他占据着交警的位置。

那伍犹豫着，到底是脱还是不脱，这里的车不多，当然也不少，而且速度飞快，他足足站了五分钟，还是走下来了，原因是一个小女孩由大人领着从马路对面走过来问路，当然无论是大人还是小女孩好像都是外地来的，对这片不熟悉，他告诉他们正确的方向，望着小女孩的背影，他走下了交通岗。还是算了吧，他心想，保不齐哪里还会冒出这样的小孩，万一他脱掉裤子被小孩子看到了，尤其是小女孩看到，那会吓死的。

那伍往家走，路过公园，还有公园前面的市场，他看到了那个小饭馆，也就是刘七两风雨不误每天光顾的地方，他累了，坐下歇歇，要了一壶烧酒。

刚一坐下便听到邻桌的声音有些熟悉，他侧眼望去，正是陈二棍。

陈二棍这个人已经好久没见了，自从上次因为那惹祸的猴子与那伍交锋败下阵去，便老实了不少，当然那伍被阉割的传言也是陈二棍听了老幺的主意放出的风。

在这个小城里，陈二棍是个呼风唤雨的人物，整日游手好闲，干些偷鸡摸狗的事，手下一批打手，经常在市场上欺行霸市。可陈二棍就算是再厉害，那也不至于兴起多大的风浪，顶多是看谁挣钱眼红，就想跟着捞一把，但遇到老幺就不一样了。老幺念过几年书，与其说是满腹经纶，倒不如说是一肚子坏水，他懂的多，学到了不少东西，比如说让陈二棍在外地随便买只母猴来充当南海神猴引人朝拜，比如说他让陈二棍传出话去，说那伍被阉掉，以此来报仇。其实，说到仇，只是由于当初那猴子的原因陈二棍手下用火枪误伤了老幺，老幺被击中了腰部，从此腰便再也直不起来了，当然还有一点，这一点谁都不知道，老幺从未跟别人提起，那就是他那地方再也硬不起来了。老幺对那伍恨得要命，他当然知道这并不是那伍所为，可猴子已经跑了，抓是抓不回来的，而他的恨总要有个对象发泄，那便是那伍了。

拼狠不是老幺的强项，再者说那伍已经当着他的面将陈二棍几个人摔倒在地，他只有想出这样的办法，放风说那伍已被阉割。一来老幺调查清楚，那伍正在和一个叫娟子的女孩搞对象，他也知道，要想证明自己被阉割很容易，如果想要证明自己没有被阉割则是很难，所以他出了这样的主意。当然这一切都是陈二棍负责实施的。

实施的过程也是老幺一手策划的，小道消息需要传播，传播也是有技巧的。老幺的策略就是以点带面，然后形成一个密不透风的信息网，覆盖本来就不大的小城。老幺的宣传也是有层次感的，先是找那些和那伍不太交好的人，比如说十三姨，她因为猴子和狗的事对那伍怀恨在心，这样的人更容易也更愿意相信那伍被阉割的事。当然十三姨还有一个特点，就是那张闲不住的嘴，那就是天生搞宣传的料，她知道，基本上那伍那个小区的邻居就全知道了。当然，娟子这边也是个重点，老幺进行了实地考察，知道娟子的妈对那伍并不满意，而娟子的妈经常去公园，所以他便叫陈二棍的人在公园里散播。再者就是娟子的单位了，找些快言快语的人来传这话，找些对娟子不怎么好的人来传。这三个点抓住了，那那伍基本上差不多就是个阉货了。

本来就不大的小城，这三个宣传点一抓住，那便是占领了舆论的高地。当然，纵使千条线也要穿一根针，这一切都源自于那伍因为耍猴在小城得名，已经是一个公众人物，用现在的话，他的一举一动是娱乐版的头条，他的行动备受关注，是可以成为人们茶余饭后的聊资的。

老幺利用这几点，布下了强大的宣传网，这一没有硝烟的战争，他打得如此的漂亮。陈二棍也自鸣得意，逢人便吹，让你那伍牛，你的猴子断了我的财路，你又将我们哥几个闹成了这样，活该！

不想，小城本来就不大，而事情又如此的巧，陈二棍说这番话的时候正被那伍听到，因为那伍正在邻桌喝着闷酒。那伍只觉得浑身像要炸开一样，他大喊一声，便蹿到了陈二棍三人跟前，一把将桌子掀翻。此时他们见到红着眼睛如猛兽般的那伍全都吓傻了，那伍先是一脚将一个男人踹翻，然后一手一个拎起陈二棍和另外的男人走出了饭馆。

后果可想而知，那伍是抱着要脱裤子示众的心理参加的这场战争，他怎能不气，怎能不越战越勇，他将陈二棍和另一个男人摔得在地上求饶，不敢起身，只怕起身后便不知不觉又要被摔倒在地。

最后那伍将陈二棍拎着到了市场后面的一片空地，这里没有人，晚上便更没有人经过了。那伍解开裤腰带，脱掉裤子，一旁吓傻了的陈二棍更是傻了，不知道那伍要做些什么，他下意识地坐在地上往后挪了两下，那伍便冲到了他的跟前，脱掉了内裤，指着自己下面的宝贝大喊："睁开你的狗眼看看，我这东西还在不在，在不在？"陈二棍连忙点头，跟捣蒜似的……

十二

那伍在那天晚上让陈二棍大开眼界,他不仅向陈二棍证明了自己宝贝的存在,还向他证明了自己的宝贝雄起的时候是如此的巨大,陈二棍跪倒在那伍的雄起的宝贝前连连磕头,好像还三鞠躬了。那伍在陈二棍面前证明了自己是个男人,是个不折不扣的男人,是个完整的男人,当然这是于事无补的,而且意义不大。第一,陈二棍本来就知道那伍没有被阉,第二,就算向陈二棍证明了也不能让娟子确信。

这些东西信与不信对于小城的其他人来讲意义不大,只是个聊资,谁会对这样的事情较真,而那伍又不能将这小城的几万人集中起来,然后脱掉裤子,让大家挨个地看,自己的宝贝是多么的厉害,多么的硕大无比。他连在交通岗上展示自己都不敢,更何况是那种情况,若真是那样的话,他得被枪毙多少回啊。

那伍能做的,也只是把陈二棍打上一顿,对于娟子,他无回天之力。娟子嫁人了,听说是个大高个。

那伍和陈二棍的仇并没有因为娟子的结婚而了结。如果一开始那伍想让陈二棍替自己验明正身以此对娟子还充满幻想的话,现在当这种幻想彻底走向反面,他剩下的便全是仇恨了,对陈二棍的仇恨。对于那伍来讲,以他这样的自然条件,想要在这个小城里找到对象是很难的,而现在大家都在说他被阉了的事,他找对象就更难了。以往还有人想要给他介绍对象,而自打发生了这样的事,所以再没人给他介绍对象了。

那伍恨透了陈二棍这个人，没事就拎出来打他一顿，陈二棍受不了这样的对待，这样的屈辱。但不管陈二棍怎样挨打，都没有说出老幺的参与，这一点老幺很感激。若真是那样，那伍非得把老幺弯着的腰再打直了不可。

陈二棍生来就不是被人欺负的料，所以他是要反抗的，由于老幺的协助，他酝酿了另外的一个陷阱。这个陷阱的灵感来自于他的一个手下被枪毙。事情很简单，陈二棍的一个名叫李晨的兄弟强奸了一个女孩，说是强奸，其实那人和那女孩处了一段时间的对象，两人拉着手压马路，看电影。一天，那男的喝了点酒，借着酒劲就想把事给办了，不巧的是这事让女孩的父母知道，便非要告那男人强奸，结果女孩出庭作证，指证了男人，结果拉出去毙了，毙的时候还游街来着，毙掉之后还是陈二棍去收的尸。如今，他一边想这兄弟死得冤啊，一边就想要是那伍也这样死了就好了，所以一个很坏的主意就这样产生了。

陈二棍找到这个女孩，这女孩叫黄毛，跟他兄弟搞对象的时候黄毛还和他们吃过饭，喝过酒，黄毛姓毛，由于头发是略微的黄色，还带着自来卷，所以得名黄毛。黄毛非常瘦，脸上还有点雀斑，尖尖的下巴，高挑的个子，看起来比娟子差远了，但作为鱼饵来引诱那伍还是绰绰有余的，毕竟她是个女的。陈二棍这样想着。

黄毛害死了陈二棍的兄弟自然也觉得心虚，她知道陈二棍不会轻易放过她，便一直担惊受怕，直到陈二棍找到她，她才如释重负。其实黄毛并不想告陈二棍的兄弟强奸，这全是家里的主意。那是在陈二棍兄弟的家里，那兄弟喝了酒，以进屋听录音机为由引诱黄毛进入房间，当黄毛进入房间的时候那兄弟便开始不老实，对黄毛动手动脚，后来还将黄毛压在床上，欲行不轨之事。黄毛天生聪明，进屋的时候就察觉不对，早有防备的，所以当那兄弟将其按倒的时候，她便不慌不忙地照着那兄弟的裆部狠狠地顶了一下，这一下还真管用，那兄弟额头顿时渗出汗来，蜷缩在床上，眉头紧蹙，豆大的汗珠从脸上滑下，感觉很痛苦的样子。黄毛本来想走，这样走了也就没那么多事，可她偏偏没有走，而是动了恻隐之心，也觉得自己那一下顶得太重，连忙过来安慰。

那兄弟缓过劲来，便将她再次按倒在床上。男人力气毕竟大于女人，就算受到冷不防的重创，待到缓过劲来也是轻松得让她就范的。

当黄毛从屋子里出来的时候在哭，而且衣衫不整，这个样子被邻居看见了，通知了警察局。

黄毛本来是不想怎么样的，因为本来就是在处对象，可当警察找到她的时候，她为难了。因为警察说过，那兄弟已经招供了，强暴了你。这个时候如果不说被那人强暴的话，第一有包庇之嫌，第二那就是更可怕的结果——通奸。尽管男未婚女未嫁发生性关系在现在来讲不算什么，更何况他们是在处对象。但当时不得了啊，当时是有流氓罪的。就算是你情我愿的事那也不行，也得报告组织，组织批准了才可以进行，在批准之前忍不住也得忍着。警察的严厉训斥，来自家里的压力，黄毛不得不说那兄弟是强奸，因为这样还能自保，否则的话即便法律不惩罚她，那她也嫁不出去了，她也会在小城里成为女流氓的代名词。当然做出这样的决定黄毛也是费尽周折，她本来是想好有福同享、有难同当的，但她妈却没有这样做，她妈说过，如果她不告那人强奸，她妈就自杀，实在是没法活了。所以告那人强奸，黄毛也是没办法的办法。黄毛虽说在外面瞎混，也没有个正经的工作，但江湖人的义气还是有的，那兄弟被枪毙后黄毛因此自责不已。

黄毛对陈二棍说："我知道，是我对不起他，对不起你兄弟，今天我就在这，眼睛都不眨，你想怎么处理我都行。"

黄毛说得恳切，真诚。她真是想好了，若陈二棍打她，骂她，甚至拿刀子捅了她，她都没有怨言，死了就死了，对于她来讲反正现在活着也没什么意思，小城里的人都知道她被强奸了，就算是活着也找不到对象，被常人唾弃，被那些小混混们戳脊梁骨，骂她不讲义气。

面对黄毛如此真诚，陈二棍微微一笑，他说："我既不打你，也不骂你，我兄弟的事你的确做得不地道，这是你欠他的。但现在要你将功补过，要你做一件事，不知道你愿不愿意干。"

黄毛一听这个，眼睛突然一亮，陈二棍继续说道："那伍你知道吧，就是上次把我兄弟打得半个月没起来炕、害得我们死了南海神猴、丢了饭碗的那个人。"

小城里的人都知道那伍的存在，也知道他被阉了。黄毛是小城的人，当然也知道这些事。黄毛说："他不是被你阉了吗？"

陈二棍摇摇头："那是我设的计，让他娶不成媳妇，现在你要做的就是，勾引他，把他勾引到床上，然后我进去捉奸，当然，你没有必要付出色相。如果成功的话，你和我、你和我兄弟之间的恩怨一笔勾销。"

一听这话，黄毛心里顿时为难起来，当然陈二棍还说，如果黄毛不答应，他便要去第二中学门口找她弟弟。黄毛有个弟弟，叫小毛，还在念中学，据说学习很好，但人很老实，平日里都是黄毛还有那个被枪毙的准姐夫罩着，才没被那些小流氓欺负。黄毛发生了那样的事，那些坏孩子便没少欺负小毛，小毛天天回家脸上都挂着彩，回家吃了饭要哭到半夜，这也是最近让黄毛闹心的事。现在她全然明白了，这些日子陈二棍之所以没有找她，而是天天对她弟弟下手，目的就是这个，为了这次的谈判增加砝码。

黄毛知道陈二棍是来者不善，她心里犯难了，一边是弟弟，一边是害人。黄毛不想害那伍的，尽管那伍打过陈二棍那兄弟，也就是小毛的准姐夫，可毕竟不至于让他去死，这简直就是在造孽啊。但黄毛回头再一想，陈二棍这次来是志在必得的，看他那沉着的样子就是思索良久了，如果不答应，那后果，也肯定是陈二棍想好了的。她知道，陈二棍这人在小城里是出了名的流氓，什么事都肯干，而且什么事都干得出来。迫于陈二棍的淫威，黄毛还是答应了他。不过黄毛提出了条件，就是她只负责引诱，至于那伍是否就范，那就不关她的事了，到时候陈二棍不能再难为小毛，陈二棍也答应了。这个时候的黄毛只能寄希望于那伍的定力，希望他能忍住，否则的话，那便是另一条人命，想到这，黄毛不敢再想下去，她觉得自己是在造孽，是罪孽深重。

娟子出嫁的那天，那伍是知道的，他非常沮丧，但没有回天之力，几天来，他是在酒精的陪伴中度过的，班也不上了。单位的小队长过来看望过，小队长也就是刘强，跟那伍是邻居，所谓的看望也就是下了两层楼，来陪那伍喝上两杯，但这于事无补，那伍被酒精麻痹着，嘴里不断地念叨着："我是男人，我是男人。"

刘强当然知道那伍是男人，所以对那伍也很同情，他也知道，要想让那伍不再有这种状态，只有给那伍找个对象。他尝试过，但都失败了，一听说那伍，女孩子们都摇头，甚至女孩子的家长还骂刘强没安好心，想要害他们的女儿一出嫁就守活寡。不管刘强怎么保证，怎么拍着胸脯保证，没有一个人相信，更确切地说是没有人愿意冒这个险。因为结婚前，谁也无法亲自验证，而结婚之后的验证，若真的被阉了，那只有两种可能，一是守活寡，二是离婚，这两种结果是当家长的谁都不愿意看到的，所以没人愿意拿女儿的终身大事来冒险。那伍是个男人，可他没办法在婚前让女人知道他是个男人，这是最大的障碍，也是横在那伍面前的最大问题。

刘强是那伍的工友兼邻居，平日里关系很好，所以也帮着那伍请假，让他在家好好休息，这也是他仅仅可以做到的。

那伍沉浸在沮丧之中，整日抬不起头来，娟子结婚了，小城不大，这样的喜事他怎能不知，他便更加郁闷。他被酒精麻痹着，酒量也越来越大，好像只有喝酒能减轻他的痛苦，可喝酒伤身，更加伤脑，本来这事就是剪不断理还乱，喝过酒更是一团乱麻。但还好，酒精可以改变一个人的行为方式和处事方式，看来复杂的问题都会被酒精简单化。所以那伍有了这样一个想法，就是在娟子结婚那天，当众脱掉裤子示众，证明他还是个男人。他无数次地想象过这样的场景，若是旁人知道他的这个想法，肯定是觉得他疯了，可那伍觉得自己是清醒的，因为这种方式是最简单、也是最直接的。

这个计划那伍酝酿了好久，其实那伍也不确定，即便是在家里信誓旦旦，说是一定要做些惊天动地的事，可他真到了婚礼现场，这种事能不能做出来，他也没有把握，就像上次在交通岗的时候，他就没敢，但他在脑子里已经演练了好久了。

时间是抹平伤痛的良药，娟子订婚到结婚两个月的时间里，那伍可以说已经是绝望了，他对娶到娟子不抱任何幻想，至于去闹婚礼现场，脱下裤子示众，也是酒后狂言，但真要付诸行动，即便是喝了许多的酒，但一有这个想法，他便清醒了不少。但就在那天，那伍受到了刺激。原来那伍将洗好的裤衩凉在了自己家厨房阳台上，那伍是一楼，整个阳台的窗子都是开着的，而且那伍家对着马路，路过的人看到些许会不爽，这样的不爽在十三姨那里便是更大的不爽。那伍刚一出门，便看到怒气冲冲的十三姨，十三姨张口喊道："你家裤衩能不能放在自己家里凉着！"

酒精的作用，那伍并没有反应过来，只是朝着十三姨手指的方向望去，刚刚看到那裤衩，十三姨好像闻到那伍身上的酒味，便觉得跟个酒鬼说话也犯不上，嘴上嘀咕了一句："你这个阉货！"

这事发生在娟子婚礼当天早晨，也正是这件事做引子才使那伍气势汹汹地走向娟子婚礼的饭店，那伍似乎是抱着视死如归的念头，尽管喝了不少的酒，但他还是清醒地意识到，如果这次要是当众裸露下体，不是枪毙也是无期。这话不是乱说的，据说前几天一个流氓调戏妇女还判了个无期，而他呢，不仅仅是调戏一个妇女的事了，是当众裸露，是调戏了好多妇女，那便是好多个无期，也许会换来一颗子弹。那伍就是这样想着，他释怀了，不就是个死吗！死也要死个惊天动地，一边走他一边想，调戏个妇女有什么稀罕的，他要做的事也许在这个小城里是前无古人的，要死也要这样个死法。

娟子婚礼的饭店很大，是小城里最大的饭店了，那个丈母娘也不知道是找了个什么样的女婿，一定很有钱，否则的话办得不能如此隆重，一眼望去，大概有三十桌。前面应该是自家人，中间的是工友和同事，后面的是邻居乡亲。那伍一路踉跄地走到饭店的正中央。此时新娘蒙着盖头，和新郎一起正在给老人敬酒，男人很高，的确很高，比娟子高出半头来，当然应该比自己高出一头。那伍盘算着，回头一想，反正跟自己也没什么关系，自己都是要死的人了。酒能放大一个人的胆子，尽管那伍没有喝到喜酒，但清晨那半瓶子的小烧足以在现在的状态下起作用了。

那伍脱掉了裤子，他没想到这个行为如此的简单，如此的容易，可他并没有张扬，只是悄无声息地脱掉了裤子，他曾经想过无数次这样的场景，每次的想象都是艰难的，因为这样的确很难，但在脑子里再艰难的事情做起来却偏偏容易得很。

脱掉裤子的那伍正对着前面，此时所有的人将目光都集中到了新娘和新郎的身上，所以前面的人不可能看到，只有在那伍身边，在那伍后边的人才有可能看到。可说时迟那时快，两个身影迅速地蹿出，同样迅速地将那伍压倒在地,与此同时,他们将那伍的裤子狠狠地提了上去,由于用力过猛,那伍那宝贝被裤子狠狠地硌了一下。那伍大喊一声,这个声音是本能的,同时,也将放在新郎和新娘身上的目光聚集起来,大家纷纷看向那伍,可为时已晚,那伍已经被压倒在地,而且被提上了裤子。那两个人狠狠地抓住那伍的腰带,在下面将那裤腰带打了个死结,系在那伍腰上,这两个人迅速将那伍扶起架走。整个过程非常迅速,被那伍喊声吸引的人们还没来得及去想些什么,前面的司仪便大声喊道:"向新郎父母敬茶!"

这两个人是新郎的工友,新郎是个有心人,早就安排好了一切,所谓是防人之心不可无,害人之心不可有,他隐约间感到那伍会来,当然他没想到那伍会来这一手。

其实那伍进门的时候就被新郎的两个工友盯上,他几乎是在脱裤子的同时被按倒的,所以并没有什么难以收拾的印象。那伍也没有因为这件事枪毙,他感觉当时很多人都看到了,可没有人站出来说他们看到了,他们多半是不想给自己找麻烦,当然,也不想让这个婚礼带着遗憾。随后,尽管警察闻讯赶到,但没有人愿意作证,也没人愿意承认看到那伍的宝贝,所以那伍也就安然无恙了。这样的结果对于清醒的那伍来讲的确是庆幸的,但对于喝酒状态下的那伍是不幸的,所以喝酒和不喝酒完全是两种状态,对一件事的看法也是对立的,这便是酒精的作用。

那伍彻底的绝望了,整日以酒为乐。十三姨在外面的叫骂声不断,因为那伍又将裤衩挂到了自家厨房的阳台上。十三姨骂得很难听,其中一句是:"臭不要脸的你个阉货,你穿裤衩有啥用?"好像那伍是个阉货就不配穿裤衩似的,反正酒精让那伍一切身体和大脑的活动都迟缓了,弱化了,感受刺激的程度减弱了,所以那伍有的时候听不到,有的时候即便是听到了也得思考好半天才能理解其中的含义,当然在这个思考的过程中也就忘记了最初想要思考的什么了。

十三姨每天堵在那伍门口骂,反正也没有工作,就拿叫骂那伍为自己的乐事了。邻居们看不过去,有的帮着那伍说两句话,便是引火上身,十三姨很有技巧,她对那些怜悯那伍的人说:"你(家媳妇)是不是跟那伍有一腿啊,要不然你怎么这么向着这个阉货!"此话一出,无论是谁都要合计合计,算了,事不关己,干嘛惹这样的麻烦。十三姨就像只疯狗,冒出来的话都带着屎臭味,熏着谁都得臭上三天。所以那些人都不再帮那伍说话了,只有刘强,不管怎么说,刘强是那伍的工友,也是最好的朋友。遇到这样的事,刘强总是站出来和十三姨对骂,刘强倒是能挺住,但十三姨说刘强媳妇跟那伍有搞破鞋的时候,刘强媳妇受不了了,她哭着劝刘强不要再招惹那疯狗十三姨。

直到黄毛的出现,十三姨才消停了些。看来,世间万物总是一物降一物。黄毛和那伍搞对象了,是刘强介绍的。

黄毛主动找到刘强,说想跟那伍搞对象。刘强当然欢喜得不得了,因为那伍是他最要好的朋友,他甚至拍着胸脯保证,那伍是个健全的人,并没有阉割。关于这一点,黄毛是相信的,因为陈二棍不会说瞎话,否则的话他也没法设计陷害那伍。在决定要去引诱那伍之前,黄毛实地考察了一番,她跑到那伍家的小区。这个时候,十三姨正在门前叫骂,那喋喋不休的叫骂让黄毛看不过去,黄毛打心眼里还是同情那伍的,因为毕竟那伍也没做什么伤天害理的事,只是和陈二棍结下梁子,打过他几次,便让小城的人都认定那伍是个阉货。

所以黄毛就和十三姨吵了起来,在这一点上,黄毛不亚于十三姨,而且黄毛年轻,精力和体力都是非常旺盛的,而且嘴皮子快,天生就是吵架的材料。黄毛知道十三姨没有孩子,所以当十三姨跟眼前的黄毛对骂的时候,黄毛便死死地抓住这个弱点,比如说不下蛋的母鸡啊,比如说骡子一茬货等等,这样的词语张口便来。

十三姨说:"你是谁,为什么替那个阉货说话?"

黄毛说:"我是谁你别管,阉货不阉货你怎么知道,你看过吗?"

这样一说,十三姨便红了脸说:"看没看过他也是个阉货,小城的人都知道他是个阉货。"

黄毛说:"你没看过你咋知道是阉货呢?小城的人知道他是阉货也是你传的,你肯定是看过了,要么就是你亲手阉的。"

十三姨气急败坏地说:"你年纪轻轻的,你咋这么不要脸呢?"

黄毛不急不躁:"你都这么大把岁数了还这么不着调,专门研究老爷们裤裆里的事，天天将人家老爷们裤裆里的事挂在嘴边上，你要不要脸？"

十三姨一时语迟，半天没说上话。黄毛说："咋地了，我说的不对吗？人家裤裆里的事你整天挂嘴边，你这么大岁数了，你家老爷们那玩意不好使咋的，天天琢磨别人老爷们裤裆里的东西。你啥意思？"

十三姨一听这个满脸涨红："你才琢磨别人老爷们裤裆里的事呢。你咋知道他不是阉货呢。你看到了吗？"

黄毛说："我可没说他裤裆里的事，是你整天说他是个阉货，是你看到了才对，你整天就研究别人老爷们裤裆里的事，我说的呢，你这么大的岁数连个孩子都没有，是不是你家老爷们也是个阉货啊，还是你家老爷们裤裆里的玩意儿不好使啊。你个骡子！"

十三姨说道："日你娘的，你说啥？"十三姨走上前来，来势汹汹的样子。黄毛可不怕这个，打架可是家常便饭，她伸手抓住了十三姨的头发，向下一用力，十三姨便低下头，黄毛大嘴巴左右开弓，十三姨连连惨叫。这个结果十三姨是没想到的，没想到半路杀出个程咬金，跟自己一样的混不吝。

就这样，十三姨被黄毛抓住了头发，女人打架就是这么点事，一旦被抓住头发即便你有再大的力气也无回天之力了。黄毛一连打了十三姨二十多个嘴巴，周围的邻居很多围观的，但看到十三姨挨打却没有上来帮忙，原因是他们对十三姨也是有意见的，平日里欺负那伍不说，像条疯狗似的乱咬人，嘴里跟个粪坑一样，张嘴说话都能将人熏倒。

十三姨吃了亏便坐在地上大喊大叫，撒泼打滚，邻居们便在旁边观看，也没人上来扶，直到十三姨的男人老窝瓜下楼才将她扶起，此时十三姨怒火中烧，一巴掌扇在老窝瓜的脸上说道："你怎么才来啊！"老窝瓜自然委屈，刚刚听到声响下楼，看自己的娘们在地上撒泼，便上来扶起，没想到却吃了这样一个不明不白的嘴巴，老窝瓜虽然不是十三姨的对手，但平日里也有点小脾气，看十三姨对自己这样，扭头上楼了，把围观的众人都逗乐了。

这是黄毛和十三姨第一战，以黄毛胜利告终，当然十三姨和黄毛之间的战争远不止这一次，不过他们俩谁都没有想到，若干年后的十三姨竟然对黄毛和那伍的儿子视如己出，竟然是黄毛儿子的干妈。当然这是后话。

黄毛和十三姨的战争赢得了街坊邻居的口碑，尽管黄毛也是出言不逊，尽管黄毛嘴里也尽是些不干净的东西，但大家觉得这孩子仗义，人都是同情弱者的，看到那伍这个样子，都是心生怜悯但没法付诸行动，好在黄毛的出现干了他们想干而却没有勇气干的事。

当然，得知黄毛要和那伍搞对象而那伍不太同意的时候，大家都来劝说那伍，替黄毛说好话。

经过刘强这个中间人的介绍，那伍和黄毛算是接上头了。但那伍的确不满意黄毛，黄毛倒是不矮，但非常的瘦，站在那里跟个高粱杆似的，那伍总是这样形容她。而且黄毛有些营养不良，否则头发不至于如枯草一样，还带着卷，而且由于经常打架，手上还有疤，这可比娟子差老远了，这个东西不比不知道，娟子的手饱满圆润，手指尖透着水似的，那皮肤叫一个光滑，摸上去便会有一种打心眼里的满足。而且娟子胸很挺，不像黄毛的胸，若穿上衬衫跟男的也差不多了。

那伍将黄毛和娟子比，那肯定是比不了，但从自身的客观条件出发，配他还是绰绰有余的。单不说阉货不阉货的事，就是这个身高，那伍也算是二等残废了。所以刘强也来劝说那伍，邻居们都来劝说那伍。

为了促成这门婚事，刘强将那伍贬得一文不值，一无是处，简直就是垃圾，扔在大街上都没人捡，这样那伍心里就平衡多了，他似乎也开始愿意接受黄毛了。

黄毛很精明，她对那伍说，你若是跟我搞对象，跟你约法三章，第一，不准喝酒；第二，结婚前不准碰我；第三，没想好，想好了再说。

那伍只问了黄毛一个问题，那就是你为什么要跟我搞对象？你不怕我是个阉货吗？

黄毛的回答是，我知道你不是个阉货，至于怎么知道的，黄毛说反正知道，那伍也就没有细问。

和黄毛搞了对象，那伍就不再喝酒了，早八晚五地上班，晚上和黄毛约会，他们一起压马路，一起看电影，一起做饭吃饭，俨然是一对情侣。关于这个事情，黄毛一开始是瞒着家里的，但对于那伍这样的名人，在小城里无人不知晓的名人,很快便传到黄毛母亲的耳朵里。黄毛从小丧父,是母亲将黄毛和小毛拉扯大的,实属不易。她一开始是反对的,但她知道黄毛的脾气,只要认定的事谁都拉不回来,只能唉声叹气,关键大家还传言那伍并不是个完整的男人,关于这一点,黄毛解释了好半天,她妈就是不信,最后黄毛只说了一句:"我已经是他的人了,验证过了,完好无损,而且很坚挺!"这话可不是她妈想要的结果,足足在家里掉了一天的眼泪。对于黄毛的妈来讲,真是一波未平一波又起,黄毛刚刚闹完了被强奸的事,又跟这个那伍扯上了关系。她妈很会引导地问:"那是不是他强迫你的啊?"黄毛冷冷的说:"不是,是我自愿的,我愿意。"她妈就再也没说话了,只好自己安慰自己,凭黄毛这样的,没出嫁就跟人发生了关系,找到那伍这样的也就凑合过日子了。

那伍对于黄毛则不是那么的喜欢,他总是拿黄毛和娟子比较。黄毛没有娟子漂亮,哪都没有。首先娟子脸蛋漂亮,皮肤光滑白皙,一笑还俩酒窝,而黄毛二十出头的年龄脸上就发黄,也许是常年营养不良的结果吧,不但脸色发黄,还带着斑点,头发如枯草般还带着卷,整个身体像个电线杆子一样,杆瘦杆瘦的,乳房也不饱满,还没有那伍的胸突起得高呢,如果非要说哪里比娟子强,那便是身高了,也只是高出那么一丁点。最让那伍心里难受的是黄毛已经不是姑娘了,这是事实,而且永远无法改变,永远也改变不了。黄毛不是姑娘,和那伍不是男人,这已经是小城里面的共识了,没有人不知道这两个事情。一开始那伍难以接受,但禁不住刘强的劝导,刘强总是把那伍说得一文不值,让那伍感觉除了黄毛以外,自己要打一辈子光棍了。想到光棍这个词,那伍就不寒而栗,算了,还是不强求了。

其实黄毛不是一点优点都没有,黄毛热情,大方,而且还很健谈,虽然不及娟子那样文雅,但和那伍在一起的时候,那伍总是感觉那么的轻松。而且黄毛泼辣,泼辣程度要盖过十三姨,她不允许别人欺负那伍,尤其是这个十三姨。十三姨自从上次和黄毛对骂败下阵来后,再没有骂过那伍,见到黄毛低着头就过去。一想到十三姨,黄毛的优势就显现出来了,那伍从没想过娟子会和十三姨对骂,而且将十三姨骂得在地上打滚撒泼。

一个月过去了,那伍和黄毛的感情在平稳中进行着,那伍虽有娟子作比较，总是不甘心，但事已如此，再者自己又是这个样子，也就没有别的心思了。

　　这天两人过了个快乐的周末，上午逛街，下午看了电影，晚上两个人买了菜，在那伍那里做饭，他们还喝了酒，喝的是小烧。喝过酒之后黄毛比以前漂亮了许多，脸上显得红润，带着光泽，身体软软的，那伍也喝了少许，因为他和黄毛约定过，不再喝酒，但黄毛说今天可以破例，而且还对规定提出了补充的意见，那就是以后他只能跟黄毛喝酒。

　　酒能让人伤感，想到最近发生的一切，那伍流下了眼泪，他想到了猴子，自己的兄弟。他开始给黄毛讲猴子的故事。讲着讲着，黄毛也跟着那伍流泪，那伍说自己连猴子都不如，猴子重情重义，像人一样，而自己跟畜生一样，只考虑自己的安危。黄毛来安慰他说，你对它也够意思了，要不是你，它已经被陈二棍打死了。两人都有些醉了，那伍望着黄毛，眼神中带着异样的东西，这种东西似乎以往是没有过的，这就是欲望。

　　那伍的眼神让黄毛有些害怕，那伍就像只野兽一样，像要吃了自己似的，让人后背冒凉气。黄毛有意识地向后缩了下，没想到这样的举动更是刺激了那伍的控制欲。那伍一把将黄毛推倒，身子便压了上去，黄毛惊恐地看着那伍，瞥了眼桌子上的酒盅，她知道药物起作用了。

　　黄毛给那伍下了药，这药是老么给的，催情的药物能轻而易举地控制人的情欲，能让一个人变成猛兽，不管是什么样的人，不管这个人平时表现得多么有道德，但药物就是药物，你可以控制自己的思想，你可以控制自己的手脚，但你无法控制你身体分泌多少肾上腺素，你无法控制自己的血压，你无法控制全身的血液统统地往一个地方流。

　　黄毛这样做，心情是很复杂的，甚至连她自己都搞不清楚为什么要这样，她知道那伍不喜欢她，至少现在还不，因为她来过那伍这好多回，一男一女相处一室，那伍从来没有亲昵的举动，这样让黄毛心里很不是滋味。女人就是这样，你想要，她不会轻易给你，但你不想要，这便是一种罪过，也是对她最大的伤害。现在的黄毛，与其说是为了陈二棍完成任务，不如说是想让这个男人喜欢自己。而她似乎还没有想过她是否喜欢那伍，对于她来说，这种感觉似乎已经很奢侈了。

眼看着药物起作用，那伍将其按倒在床上，黄毛的心情便更是复杂了。她没有喊也没有叫，只是看着那伍，带着心疼和伤感，也许还有别的情愫在里面吧。她流泪了，连她自己都不知道为何要流泪，她长大后就很少流泪，而她现在清晰地意识到脸庞已经被泪珠湿润，滑到嘴边，便是咸咸的味道。

那伍没有进一步的举动，还是盯着黄毛的那张脸，也许他在战斗，跟体内的药物和酒精战斗，他知道不应该这样做，他想到了黄毛以前的那个对象，被枪毙的那个，他想到了死，甚至想象着枪子打穿脑袋时的情景，但在强大的药物面前，他终究还是失败了。他想到了那句话，牡丹花下死，做鬼也风流。尽管黄毛不是什么牡丹，这一点他是知道的，但他管不了那么多了，体内的药物已经吞噬了他的思想、他的喜好。

这个时候黄毛小声问："你要干什么？"

那伍说了一句很有诗意的话，那就是："我要向你证明，我还是个男人！"这样文绉绉的话从那伍嘴里出来显然是不搭调的，但他的确是这样说的，也许，这件事对于目前的他来讲是太过迫切了。

那伍的两只手分别控制着黄毛的两只手，而身体重重地压在黄毛身上，说完这话的时候，他的双手伸向黄毛的衬衫，衬衫是系扣子的，他两只手从中间拨开衬衫，用力地撕扯，那扣子便掉到地上，红色的内衣便显露出来，那伍还脱掉了黄毛的裤子，很快，尽管那伍这是第一次对一个女孩这样，但显得并不笨拙，倒像是个老手似的，也许他在头脑中已经将这个过程实习了无数遍。

当那伍一丝不挂地压在同样一丝不挂的黄毛身上的时候，黄毛呼吸开始急促，她的泪还在流，那伍去亲吻黄毛的脸，用舌尖去擦拭黄毛眼泪流过的地方，然后去跟她接吻，闭上眼睛，黄毛的嘴唇虽没有娟子那样饱满，但她的舌头同样是光滑的，两个人的舌头搅在了一起……

那伍想到了猴子，他不知道在干这件事的时候还能想到那只猴子，那伍还想到了娟子，想到了众人的嘲笑，想到了十三姨的叫骂，说他是个阉货，想到大家说他不是个男人。想到这他就大叫，那叫声很大，跟要杀人似的，黄毛赶紧在下面去捂那伍的嘴，越是这样那伍叫声便越大，每叫一次他都觉得身体轻松了很多，这应该是一种宣泄，他憋得太久了，而这造成的后果便是，一旦发泄起来，那便是疯狂的。他每叫上一次，都会增加他的信心，让他觉得他还活着，生龙活虎地活着。黄毛应该是喜欢那伍的，否则的话她的身体不会这样顺从，她惬意地享受着这样的过程，便索性也不去捂那伍的嘴了，从小声的喘息也开始跟着大叫起来，两个人的叫声交织在一起，此起彼伏，如波峰波谷一样。他们在享受着，全然不顾休息的人们，全然不顾那并不怎么隔音的房子，后院有人养了条狗，也跟着叫了起来，邻居还有敲暖气管子的，他们全然不顾了，就这样，他们拥抱着，那伍如攀爬一座高峰一样，在攀登的过程中，他唯一想到的是要将这个世界踩在自己的脚下，他一定会做到的，此时此刻的他相信，他就是这个世界的主宰，他们越来越快，尖叫声此起彼伏，身体撞击的声音，嘴里发出的叫声，那个陈旧的破床吱吱嘎嘎的伴奏声，这些声音编织成一个交响乐，让人感到那是世界上最美妙的声音。他们相拥着，为了冲向那个最高峰而努力着，他们知道那里一定有着别样的景色。

就在他们水乳交融的时候，门外响起了重重的敲门声，伴随着嘈杂声，叫骂声，这几种声音交织在一起，让快要到达最高峰的那伍一落千丈，落入深渊，身体像掉入冰窟窿一样冷。那伍一下子清醒了很多，他刚要抽身下床，而黄毛却死死地抓住他的手臂，低声道："别管他们，要死，我们也死在一起。"那似乎是一种乞求。

那伍是不怕死的，尤其是前一阵子，他甚至想象过自己因为当众裸露下体而被枪毙，他想象到自己死时的情景，但此时此刻他有一种特别迫切的求生欲望，他突然觉得，活着真好！这也许就是男人和女人之间的差别吧。

这种求生的欲望让那伍猛然地推开黄毛，那伍迅速地穿上裤子，推开窗子，纵身一跃，跳了出去，那个动作和当初的猴子如出一辙，惊人的相似，当然这话不光是我们说的，就连那伍自己也是这样觉得的。他对当晚的情节、细节总是记忆犹新，若干年后都不会忘记，他忘不了这个美妙的夜晚，点燃他活着的欲望的夜晚。而那伍并不知道，他跳窗逃跑之后，留在床上的黄毛掉下两行眼泪，她望着身下那片红，似乎定格在那里，许久没有动……

那伍逃出窗外的时候被民警发现，他们分兵两路，一路堵在屋子门口，因为他们知道必定还有一个女人在里面，另一路去追那伍。

警察进门已经是几分钟以后的事了，这个时候那伍已经跑远，黄毛将那带有纪念意义的床单藏了起来。警察将黄毛带走了，理由是怀疑黄毛从事流氓活动。

那伍跑得很快，脚步如飞一样，后面是民警，再后面便是陈二棍带着的几个兄弟。这个事上，陈二棍俨然成了警队的编外成员，帮他们捉拿那伍归案，因为陈二棍知道，只要那伍不归案，那一切都是白扯。

那伍就这样跑着，民警在后面追，那伍知道，一旦被警察追到，那肯定是要枪毙的，若是一个月前，娟子结婚的时候，他是不怕死的，而今天跟黄毛刚才那番云雨，点燃了他活着的欲望，有了这样的欲望便不那么想死了。他跑着，并不觉得累，可后面的民警的耐力要超乎他的想象。还好，对于当时的小城来讲，警力并不很充沛，而且交通和联络工具也不发达，若是现在，开车追，对讲机确定位置，很快便会拿下那伍的，可当时不一样的，整个派出所也没有一辆四个轮子的车子，他们只有靠腿。

涉及到男女关系，警察不敢怠慢，他们一定觉得这是一场性质恶劣的刑事案件，否则的话不能那样去追，不要命一样穷追不舍，这便是警察的敬业。而那伍也不示弱，速度一直没减，倒是有越跑越快的势头，民警和那伍的距离似乎越来越远，又过了半个钟头，他们跑到了小城的边缘。那伍越跑越快，民警和后面跟着的陈二棍则有减慢的趋势，眼看着那伍的背影逐渐远去，还是陈二棍急中生智，他连喊三声："抓流氓啊！"

听到陈二棍的喊声，聪敏的民警领会了意图，也跟着喊了起来，这一招还真管用。越来越多的人充盈进了追捕的队伍，有路边的行人，有纳凉的居民。不知什么时候来了个小伙子，跑在追捕队伍的前列，他个头高，步子大，跑起来动作矫健，像个运动员一样，他距离那伍越来越近，越来越近，那伍眼看着这小伙子跑到了自己的身边，便再次加速。那伍并没有觉得累，他跑得很轻松，夜幕下天气凉爽，倒是个跑步的好时间，只是后面的小伙子和那伍始终是僵持不下。

那伍发力的时候，那小伙子便落在了后面五十米左右，正当那伍快要落下他一百米的时候，那小伙子便会发力，那两条大长腿可不是白长的，一步顶上那伍两步的距离，眼看着就要追上那伍，距离他也就二十来米了，那伍就再次发力。后面的民警有些掉队了，其实也不算掉队，只是从队头，到了队尾，他们跑得尽管慢，但依然在跑，一会儿双手掐腰的跑，一会儿偏着头去跑，跟自由泳似的，一会儿他们干脆停下，捂着肚子喘着粗气，然后再跑。

陈二棍的兄弟们一个个都掉队了，有的坐在地上，有的坐在马路牙子上，有的扶着树喘着粗气，只有陈二棍一个人在追。这个长跑队伍基本上分为四个梯队。第一梯队是那伍和那小伙子，那伍和小伙子僵持不下，但那伍始终占据着优势，只是这优势有大有小；第二梯队是民警，民警们距离那个小伙子保持有一百米左右，而且很稳定；第三梯队是陈二棍，追着民警的屁股，咬牙切齿地跑着，不达目的誓不罢休的劲头；第四梯队就是一帮凑热闹的，因为陈二棍一边跑一边喊抓流氓，这样的宣传是凝聚人心的，而且看着前面有民警，队伍有很多人，觉得也并不危险，便参与进来，参与进来的人们认为自己是参与了一股正义的力量，所以个个跑得都是昂首挺胸的，不管快慢，反正都那样有气势。

如果刚开始的半个小时，那伍有些疲惫的话，那现在那伍是越跑越轻松，脚步越来越轻盈，而后面的小伙子也并不示弱。一次次地冲向那伍，而又让那伍一次次地拉开距离，那伍有的时候会向后面望望，他看到的是一支庞大的队伍，这让他有些泄气，他觉得后面的人一定是要杀之而后快，从这个队伍中他看到了自己的孤立无援，他觉得自己一定罪过不小，他感到自己是个罪人，是个千夫所指的罪人，若不是这样，怎能这么多的人都来抓他，他现在成了过街的耗子人人喊打。他的想法就是，不想死，他想想刚才和黄毛在屋子里发生的一切，他就更不想死了。第一，那种感觉是美妙的，第二，他还没有攀到顶峰，眼看着就要冲向那最高峰的时候突然的变故让他身心备受摧残，他感觉有如千根钢针刺入骨头一样难过，他不甘心，那种感觉他还没有尝试，怎能这样轻易地死去。

就在那伍思索的时候，那小伙子猛然间发力，似乎发起了最后的冲刺，只见那小伙子越来越近，小伙子猛然的发力让那伍猝不及防，他回过神来的时候小伙子已经到他身边五米的距离。那伍赶忙用力地快跑，便和小伙子保持了这五米的距离。

小伙子的力量殆尽了，也没有力量再次加速，只好维持这五米的距离。那伍有些力不从心了，回头看了眼那小伙子，那人也就二十岁左右，比自己年轻十岁，这样跑下去，自己肯定不占优势，心里不免凄凉起来，他觉得这次自己是死定了，想到这心里便多少有些不甘，他在想自己活到三十多，刚刚尝过男女的滋味，就要毙命，亏了，亏大发了。想到这那伍是气急败坏，他回头大吼起来："你跟个疯狗似的，死咬着我不放，我就是死，我也要拉个垫背的！"都说兔子急了会咬人，这次老实的那伍也急了，那喊声震天，倒是大大地杀了那小伙子的锐气。可那小伙子毕竟年轻，也许并没有被那伍震慑住，而是越跑越快，越跑越快，眼看着就要追上那伍了，那伍绝望了，他知道自己这次是插翅难飞，想想逐渐逼近的小伙子，再看看那后面的那条长龙，他停下了脚步。

可这个时候戏剧性的一幕发生了，就在小伙子追上那伍的时候，并没有将那伍按倒在地，也没有跟那伍进行殊死搏斗，而是从那伍的身边跑了过去。那伍愣在那里，望望后面，再看看前面那小伙子的身影，接着跑了起来。那伍好奇，便快跑两步赶上那小伙子说："你跑什么啊？"

小伙子说："不跑不行啊，不跑让后面的人追上来就死了，就得被枪毙了。"说着那小伙子带着哭腔："我就跟对象在小树林里亲个嘴，满大街的人都追我！不就是亲个嘴吗，有什么大不了的，我啥都没干啊，天地良心啊。"

一听这话，那伍心里高兴了，终于有比自己还冤的，这样自己就不是最冤的了，毕竟，自己还尝过了男女的滋味，想到这那伍有些释怀。心里的释怀并没有让他减慢脚下的速度，其实那伍也知道，后面的人根本不是冲那小伙子来的，但他觉得这样跑起来，也算是个伴吧。

这样，那伍和那小伙子并排跑着，一个人跑很累，两个人跑便轻松了不少。再去说后面追赶的人，除了两个耐力超常意志坚定的民警外，其他民警已经放弃了追赶。有了这两个民警在，或者说有了这两身警察的制服在，这支队伍就乱不了。其实除了这两个民警和陈二棍之外，其他人已经换了好几茬了。刚开始听到陈二棍大喊耍流氓的时候，来了一拨人，足足有十几个，这群人跑了几里地便慢下来，直至跟在队伍后面，后来干脆连队伍都不跟了，往家走去，觉得追了这么长时间，也算是尽了力了，抓坏蛋毕竟不是他们的本职工作，就当吃饱了撑的出来遛遛弯。而这小伙子正是听到了这一拨抓流氓的喊声才扔下自己心爱的姑娘，逃出小树林，跑在了队伍的最前列，也就是第一梯队。

当小伙子赶上那伍的时候，他们又换了一拨人，大家像接力赛似的，队伍始终维持在七八个人左右，只要人少了，便有人喊道，抓流氓啊，这个时候总会有老百姓进入这涌动的追捕流氓的浪潮中，而且后浪追前浪，一浪更比一浪强。

老百姓毕竟是老百姓，心是好的，只是体力差了些，毕竟不是专业的长跑运动员，跟着跑了一段距离，觉得没什么希望便原路返回了。时间一分一秒地过去，那伍和那小伙子逐渐地慢了下来，后面的队伍也慢了下来，陈二棍觉得这是个机会，他觉得只要再喊一声抓流氓，再来几个老百姓，追赶上体力殆尽的那伍那是轻而易举，想到这陈二棍大声喊道："抓流氓啊！"这声音响亮，还带着回音，可就是不见追捕队伍的壮大，索性他又大喊三声，那声音被吞没在黑夜当中，这里已经是郊区，不如城市那样繁华，换句话说是人烟稀少，想要补充部队那也是不太可能的事了。

追赶的部队，和逃窜的两个人的速度都慢了下来，他们均停下脚步走了起来。眼看着人越来越少，道越来越不好走，所以队伍减员严重，最后只剩下陈二棍和一个民警，两人互相搀扶，每走一步都是那样的艰难，好像每迈出一步都要使出吃奶的力气来，前面的两个人也好不到哪去，尽管没有相互搀扶，但还是缓慢地走着，而且身影踉跄。

脚下的路越来越不好走，这四个人分为前后两队，他们走着走着，便进了山里，前面是一座大山，这个小城之所以美丽，很大的原因是因为它依山傍水，山很高，而且不只一座，座座相连。那伍想着，如果进了山里，便会摆脱后面的追赶。

就在这个时候，小伙子却死活不肯走了，他坐在地上大哭大叫，喊道："我他妈的就亲了个嘴，你们至于吗？你们至于吗？"说着便一屁股坐在地上，他这叫坐以待毙，那伍看到小伙子的样子，想笑，但的确是没了力气，他知道自己不能笑，一旦笑出来，那也要跟他一样，一屁股坐在地上，而他和那个小伙子的命运是不同的，他知道，后面的两个人就是向他来索命的，跟小伙子并不相干。小伙子哭着，一边哭一边看着民警和陈二棍逐渐地逼近自己，他还是那句话："你们至于吗？我就他妈的亲个嘴。"小伙子用了"他妈的"这样的脏话以表示自己心中的不满。当然民警和陈二棍在集中精力追赶那伍，他们不知道这小伙子是怎么回事，还以为是跟他们一伙追赶那伍的勇士，路过那小伙子，看了他一眼，民警挑起大拇哥，以此向他致敬，随后从他身边走过。那小伙子傻眼了，啥意思？民警的经过让他点燃了希望，他赶忙站起身来，顾不得思考些什么，拔腿就向小城的方向快速走去，他一边走一边还在想，这没人追的感觉可真好。小伙子突然间恍然大悟，原来，他们的目标并不是自己，得出这样的结论他很庆幸，一边走一边高兴，还笑出了声，天亮才回到家。

十三

最后，追赶那伍的民警和陈二棍无功而返，因为那伍窜进了山里，他们即便有再坚强的意志也是没用的。

进山的那伍真的很累，确定后面无人追赶，便依在一颗大树下睡去了，再次睁开眼睛，太阳已经老高，地上尽是黄树叶子，秋风吹来，树叶又落了不少。此时的那伍，身体如散了架子似的，每喘一口气都觉得浑身肌肉酸疼。天气晴朗，没有一片云彩，阳光直射下来，火辣辣的。昨晚到现在，那伍只喝了二两酒，此时胃里空空，需找些食物来充饥。那伍不得不站起身来，拖着疲惫的身体往前走去，他也不知道身边的是什么树，粗壮得很，一个人都抱不住，有十来米那么高。这么高大粗壮的树一排一排的，一眼望不到尽头，远处是山，山的那一头还是山，那伍就这样走着。

那伍走了一个钟头，终于听到水声，再走两步，便是一条小溪，溪水从石缝中流淌，他蹲下来，双手捧着水喝了几口，胃里空空的，灌了几口凉水，顿时叫了起来，那伍觉得胃里不舒服，但这样的感觉总比没有东西强，所以他又喝了几口，然后便在溪边躺成了个大字型，这应该是他现在最为舒服的一个姿势了。

喝了水，人便很快恢复了体力，那伍不像刚才那样乏力，也开始恢复了精神。他在想，自己何去何从呢？回到城里一定是被毙掉的，这是百分之二百的事，前车之鉴啊，想想黄毛，再想想黄毛以前的对象，他更加确定了自己的判断。回去肯定是个死，可他并不想死，他像中毒了一样不断地回想着昨晚和黄毛在一起的时候，回想的时候他会仔细地品味着每一个细节，想想都觉得浑身难以抑制的激动和兴奋。可是他这样回去肯定是个死，他再望望周围的环境，深山老林的，在这里待久了也是个死，怎么都是个死，还不如快快活活地大干一场再死。他不甘心就这样死去，要死，也要和黄毛畅快淋漓地干完一次再死，这样也算是值得了。

想到这，那伍便来了力气，他站起身来，踉踉跄跄地往回走，不就是个死嘛。可想到了死，想到了那黑洞洞的枪口，再没有刚才想象中那样的气魄，他还是怕死的。因为这个世界上没有人不怕死，只是有些人会死得轰轰烈烈，有些人则注定死得窝窝囊囊。死得轰轰烈烈，那是需要勇气的。那伍有些腿软，本来体力不足，一天一夜肚子里只进了点凉水，便一屁股再次坐下来。坐下的瞬间他笑了，笑得莫名其妙的，也许刚刚由于体力不支而瘫坐下来让他体会了死亡的瞬间，就像一片叶子从树上飘落一样，无依无靠的。

短短的几分钟，那伍从大义凛然到唯唯诺诺经历了几个来回，就在他犹豫不决的时候，感觉脑袋被一个东西砸到，疼得很，他第一感觉是个石头，不过在这个荒无人烟的地方，谁会向他抛石头？瞬间，那"石头"掉在了地上，他定睛一看，原来是个野果。那伍连忙回头，眼前让他惊讶，只见一只猴子倒挂在树枝上，身体在空中摇曳，正冲他龇牙咧嘴，那声音很是熟悉，正是他养的那只猴子。

那伍喜极而泣，猴子早就发现了那伍，是用那野果来捉弄他，这会儿跳下树来，蹿到了那伍的身上，见到猴子，那伍眼泪刷刷地流，这猴子便是他唯一的亲人。曾经陪伴他长大，陪着他卖艺，为了他能够挺身而出不顾自己的安危，那伍紧紧地搂着那猴子，不知道该说些什么。也许他什么也不用说，此时的他已经深陷绝境，在这个时候遇到自己的至亲，再不用说什么了。

那伍为重见猴子而感到高兴和感伤的时候，猛然间发现猴子背部的伤疤，那是个新伤，足足有巴掌大，这是那伍和猴子拥抱的时候不小心碰到的，猴子便吱吱地惨叫了几声。那伍心疼地看着那块伤疤，皮毛全部撕掉，肉都露了出来，也许是跟野兽打架，也许是其他猴子弄的，总之伤势严重，隐隐的一股腐臭味道扑鼻，那伍知道，那块肉要腐烂了，已经感染，自身是无法愈合了，若这样下去，猴子性命不保。

如果说刚才那伍还在犹豫是否要回去、是否要去面对死亡、如何在窝窝囊囊的死法和轰轰烈烈的死法面前抉择的话，那现在他决定了，这个决定是瞬间的事，而且异常的坚决，不会再反复。他拉着猴子就走，他要走出山林，回到小城，为猴子找到大夫。

猴子和那伍待了将近十年，几乎是它自己生命的一大半，所以它和那伍之间基本上是心意相通的，它知道那伍的意思，是带着它看病，当然，它并不知道那伍此次回城是抱着必死的信念。

那伍凭借自己的记忆和对太阳高度的判断走出了山林，走到了城郊的小路上。

那伍昨天被人追着出城，今天背着猴子进城，这短短的一天一夜竟发生了这么多的事，他恍如在梦中一样，但这却是异常的真实。他初尝男女滋味，那感觉是真实的，就算他活着的三十年都是一场梦的话，只是和黄毛的那一刻是真实的，想到这，那伍笑了。他一边笑，一边心想，以前还骂这只猴子风流，没想到自己也是这样，以前还觉得那猴子为了那所谓的南海神猴而着了迷一样不要命地往前冲，自己不也是这个样子。

他们走走停停，累了就歇，歇够了再走，中间还躺在地上睡了会。回到小城的时候已经是夜幕降临，他不敢走大道，而是走小路，一路走到了曾经医治过这只猴子的医院。那次猴子肠炎，就是那个戴眼镜的老大夫给治好的。

老大夫还在，眼镜片还是如瓶底般的厚，见到猴子他二话没说就给那猴子进行了治疗，他给那伤口消毒，用刀刮去腐肉，然后缝针。令那大夫和那伍没有想到的是，在没有麻醉的前提下，那猴子竟然忍着疼痛一动没动，期间也没有任何的声音，只见他的脸扭曲成了一团，那便是疼的，那伍看着都心疼，他不忍再看下去，别过了脸。

猴子下了手术台，老大夫松了一口气，那伍连忙感谢，给老大夫鞠躬作揖，老大夫还是微笑着，只说了四个字，救死扶伤。之后，猴子做了一个令老大夫和那伍都为之震惊的举动，那就是单腿下跪，双手抱拳。双手抱拳是在跑江湖的时候跟那伍学的，而单膝下跪却是那伍没有想到的。单膝说明猴子感谢老大夫的救命之恩，而并没有用双膝下跪，那剩下的尊严是留给自己的。那伍领悟得应该没错，他暗自感叹，这猴子都快成精了，老大夫微笑着。送那伍和猴子出门的时候，老大夫对那伍说，那哪是只猴子啊，你看那眼神都觉得可怕，那眼神分明是个三四岁的孩童。那伍也笑着说，我这猴子就是与众不同，就是不会说话，要是会说话的话，那跟人没啥两样。临走的时候那伍掏出钱来，老大夫拒绝了，他说他与这猴子有缘。

那伍和那猴子走出了医院，黑色的夜晚突然让那伍感到一丝丝的凄凉。他知道他还是要和这猴子分道扬镳的，当然猴子也是知道的。他看着那猴子的眼睛，那猴子便什么都明白了。那伍知道，猴子不会跟着他留在这个小城里，即便是它愿意，那伍也不会同意，他知道自己命不久矣，等待他的是那个黑洞洞的枪口。

那伍和猴子拥抱着，那伍轻拍着猴子的脑袋，眼泪忍不住地往下流，他觉得自己从未有过亲人，这猴子便是他的亲人，如今是重逢后的再次离别，心里边不免感慨许多，当然那伍是不会有这么复杂的感情的，只是觉得难受，那眼泪便是怎么止也止不住了。

猴子离去了，望着猴子离去的身影，那伍回头，走向了黄毛的住处。黄毛的住处距离那伍的住处并不远，更何况整个小城也没多大。那伍朝那边走去，步履轻盈，他在路边的小店买了两个包子，就着风，边走边吃，吃了包子，胃里舒服不少，整个人也有了精神。他想起当年陈二棍以那所谓的南海神猴为诱饵，设下天罗地网对付自己的猴子，他还骂过猴子风流，为了风流不顾性命，没想到自己如今也是这种情况。当然他跟那猴子还有不同的地方，那就是他是被逼的，而那猴子是主动放弃安逸的生活，去追求自己的幸福。

那伍突然间觉得自己不如那猴子，他突然想到了意义这个词。活着是为了什么？活着的意义是什么？当然凭他的脑子是无法想明白这样抽象而富有哲理的事的，他只能得出这样的结论，活着的意义便是更好地活着，而对于他现在来讲，更好地活着就是找黄毛，完成他还没有完成的事，想到这，他觉得浑身充满力量。

黄毛昨晚被带到警察局审问，审问了半天，她一句话都没说，其实只要她说自己是被诱骗到那伍的住处，然后被那伍强奸的话，她便是一点事都没有，还落得别人的同情。可黄毛就是没有开口，一句话都没有，这样她就危险了。因为男女共处一室，而且警察冲进来的时候，黄毛虽然藏起了那床单，但还是衣衫不整，头发凌乱，面带着红润，从这样的状态下，民警不难判断，刚刚发生过什么。而更要命的是，民警找到了那伍慌乱中没有穿走的内裤，这事就没那么简单了。

这件事本是黄毛和陈二棍里应外合狼狈为奸，陈二棍在外面报警说那伍屋子里发生强奸案，而黄毛则引诱那伍就范，可没想到的是本来就很犹豫的黄毛突然间反水，改变了主意。这种改变并不难理解，一是黄毛本身就对以前的对象感到愧疚，如果用同样的方法再去害另外的男人，她良心上过意不去，她尽管是无业游民，整天和些不三不四的人混在一起，但她还不是不分是非的，而且通过这段时间的接触，她觉得那伍和善朴实，而且没那么多的坏心眼，若不是因为老幺的催情药，那伍从没有对黄毛有过非分之想。而最重要的一点让黄毛打算与那伍不离不弃的是，那伍是黄毛的第一个男人。

黄毛是在第二天早上被放回家的。尽管一晚没睡，不停地接受问话，但回家的黄毛并没有困意，她在担心那伍，担心着自己的男人，此时的黄毛俨然将那伍当成了自己的男人。黄毛一天只喝了半碗粥，剩下的时间就躺在床上，思索着，她知道昨晚警察和陈二棍并没有抓到那伍，她不知道那伍现在在哪里，以后该怎么办。当然，她并不知道，她家周围已经有民警埋伏，布下了天罗地网，而她便是民警的诱饵，引诱着那伍的到来。

黄毛家住在四楼，巧的是她妈这两天去了她小姨家，小姨的儿媳妇生孩子，帮着照看孩子去了，就没有回来，而黄毛的弟弟小毛今天去同学家玩，太晚了就在同学家住下了。

那伍在小区院子里的水泥管子里待到了下半夜才出来，这个时候天罗地网们正在打盹，那伍早就观察好了民警们的位置，以及警力布置，正是瞅准了他们打盹的工夫，几步走到了楼洞口，看没有动静便上了楼。其实再狡猾的狐狸也斗不过好的猎手，其他民警只是佯装打盹，而那伍在观察的时候疏漏掉了一个民警的哨点，而这个哨点的民警则异常的精神，他观察着周围的一切，看到那伍进入他们的视线,他并没有发动攻击,而是用了请君入瓮的招。因为他们从黄毛昨晚的表现已经看出,这对野鸳鸯并不是那么好对付的,要抓到他们有力的证据,说白了就是捉奸在床。

那伍上了楼,轻轻地敲门,嘴里喊着黄毛的名字。黄毛没有睡下,或者根本就没打算睡,太阳下山的时候她就隐隐地感觉到那伍会来找她,所以她的听觉一直是处于工作状态,耳朵朝向门的位置,一有风吹草动便要起身看看。黄毛开了门,见到风尘仆仆的那伍,竟然激动地抱了上去,就连黄毛自己也不晓得对那伍的感情竟然在这一天之内变化如此之大,之前还是成为陈二棍弄死那伍的工具,而如今却好像离开这个男人就活不了了似的。他们拥抱了好一会,黄毛娇嗔地说:"我还以为你不要我了呢!"那伍更加直接,回手关了门,嘴便贴到了黄毛的唇上。他用力地亲吻着黄毛,用手臂搂着黄毛,像条大蛇一样缠在了黄毛的身上,那手臂越来越紧,生怕黄毛飞了似的,几乎是让黄毛难以呼吸了。接着他抱起黄毛走到了床边,将黄毛重重地摔在床上,那床很软,铺着很多褥子,黄毛就像个那伍手中的布偶一样被扔在了床上,黄毛是喜欢这样的感觉的,这样她才更能感觉到她是那伍的。而接下来那伍便压在了黄毛的身上……

这看着像是一个销魂的夜晚,那伍也头一遭做出了件惊天动地的事,他突破重围,置自身于险境甚至是绝境,为的是一个女人,为的是和这个女人翻云覆雨,他刚进门的时候已经想过,这样死了,也是值得的,想起那黑洞洞的枪口,想起楼下那几个严阵以待的警察,他只是微微一笑,绝无惧色。这一刻,他特别能够理解当初的猴子,甚至冒着生命的危险与它心仪的对象交合,想到这他佩服那猴子,而自己也将走上这条路,便觉得有些骄傲,他突然觉得自己如此的强大,他觉得这才是真正的自己,这种感觉真好,他似乎感到自己成为了真正的男人,一个不折不扣的男人,而尤其是在自己喜欢的女人的面前,这感觉则更加美妙。如果说那伍和黄毛相处的时间还有对娟子恋恋不忘的话,那现在则是彻底忘怀了;如果说和娟子的所谓的恋爱一度让那伍失去了男人的尊严和作为男人的权利,而在黄毛面前,那伍重新找回了自己,成为了真正的男人。

那伍将黄毛的衣服脱得精光,看着,摸着,亲吻着,他兴奋地低声自语:"就算被楼下那几个警察拉出去枪毙也值了。"

黄毛如小绵羊一样被那伍摆弄着,身体像面条一样柔软和充满质感,可偏偏听到那伍的话,身体突然间僵硬起来:"什么,楼下有警察?"这话声音不大,但足以打破了两人酝酿出来的气氛,而在那伍看来更为过分的是,黄毛竟然推开欲要占有她的那伍,那伍不肯,黄毛便一个巴掌打过来:"你想死啊!"那伍被这个巴掌打得清醒了不少,黄毛虽然瘦但很有力量,那伍本想霸王硬上弓的,但刚才温柔如水的黄毛一下子来了个一百八十度的转弯,浑身的温柔瞬间消失,剩下的是那坚硬的膝关节顶着那伍的裤裆,黄毛说,如果那伍再敢动她,就要废了他。黄毛说话很糙,但可以理解,她更怕失去那伍,为了一时之快而失去自己心爱的男人这就不值了。

穿上衣服的黄毛将屋子里所有的灯统统打开,小心地走到窗前,望着窗外,内明外暗,黄毛就算是长了猫头鹰的眼睛也是看不清窗外的,但她能感觉到,窗外几双眼睛正在盯着这里,盯着她,盯着那伍,如饿狼一样,弹指间就能向他们扑来。黄毛焦急地在屋子里面踱步,看着衣装不整的那伍,便来了脾气,她大声喊:"把衣服穿好。"那伍吓傻了,刚才还温柔得很,现在便这样粗暴,他如掉到冰窟窿里一样,说不出的难过。黄毛发话了,那伍只好整理衣装,但还是坐不坐卧不卧地半躺在床上,嘴里发着牢骚:"管那么多干啥,不就是个死嘛!"

说这话的时候黄毛正好踱步到那伍身旁,她坐下身,那伍也坐起来,猛然间黄毛的嘴贴到了那伍的嘴上,那伍以为黄毛想通了,便顺着杆往上爬,可黄毛还是没给这个机会。黄毛深情地吻过那伍之后,嘴便离开了那伍的嘴,那伍看到她掉下泪来,便用手帮她擦拭,黄毛说:"我不想你死,我想跟你过日子。"话还没说完,那伍的嘴便又跟进过来,堵在了黄毛的嘴上,又是一个长吻。

如果黄毛不是狠狠地拧了那伍的胳膊,那伍一定还会吻下去。猛然间,黄毛如醍醐灌顶一般,她说:"你能答应我一件事吗?"

那伍点头,便将嘴又凑了过去,黄毛连忙推开:"我的人都是你的了,何必着急这一时呢。我要你好好地活着，好好地活着。"说着那伍的嘴再次跟进，黄毛也想亲吻那伍，那伍从小到大还从未有过这般感觉，可现在是分秒必争的时间，黄毛在这个时候比那伍更加理智，对于那伍深情的吻，黄毛不敢奢望太久，只是浅尝辄止。黄毛好不容易用手臂固定了那伍的头，为的是他能清醒地听自己讲话，黄毛说："你答应我，到了警察局，无论他们说什么，你都要一口咬定你那方面不行。"

"哪方面？"那伍不解地问。

黄毛说："那方面。"说完脸上倒是有几分的羞涩。

那伍似乎明白了黄毛的用意，他理解了，理解之后便大声吼叫，还说了粗话："操！我刚刚要当了男人，又他妈的来这招！你就缺德吧你！"

那伍本来要破口大骂的，要将这满腔的愤怒，和压抑许久的感情倾倒出来，可还未等他发作，黄毛的两行热泪从脸上滑下，随着那样动情的眼泪，那伍的骂声便戛然而止，满腔的愤怒便化为水蒸气，飘出体外。这个时候，黄毛做了一个让那伍不知如何是好的举动，她跪了下来，当然这并不是跪那伍，而是身体软软的，像水一样瘫坐下来，那伍伸手去扶黄毛，便觉得她的身体如丢了骨头一样。黄毛哭哭啼啼地说："我不想让你死，我求求你了，答应我吧，如果你死了，剩下我可怎么办啊？"黄毛顺手从旁边的大衣柜下拿出了那个叠得整整齐齐的布，打开之后铺在地上，中间是一抹玫瑰红，如花一样绽放，那样张扬和妖艳。那伍认得那床单，白蓝相间，床单的一角还有当初那猴子弄的油渍没有洗掉，黄毛说："你是我第一个男人。也是我这辈子唯一的男人。"那伍傻了，磕磕巴巴地说："你不是，你不是被……？"那伍没有说出口，黄毛知道他想说什么，小声说："他根本就没得逞。"

那伍不知道自己竟然是黄毛的第一个男人，这突然而知的真相令他不知该如何是好，只是将那床单再次揉成了个团，塞到了柜子里，然后喘着粗气，好像受到惊吓一样。

那伍最终答应了黄毛，尽管一千个一万个不情愿，但还是答应了，为了活着，更是为了一份责任。黄毛眼里含泪，对那伍说："一会警察上来，带我们回去会分开审问，他们会说，我这边已经认定了你强奸，现在就看你的态度了，坦白从宽，抗拒从严，这是他们的手段，如果你承认了，那你就完了，而我也完了。我现在要告诉你的是，我是不会说你强奸的，打死也不会，当然也不会承认我们发生了关系。我现在要你记住的是，不管他们怎么说，我都不会承认，你也不要承认。你一口咬定，你自己那方面不行。"黄毛的话让那伍陷入沉思，黄毛似乎对审问的路数轻车熟路，这不难理解，因为有了前面的经验。不过黄毛还是将一件事想简单了，那就是那伍那方面不行，这个东西不是你说不行就不行、说行就行的，什么事总有一个判断，量刑需要证据。

民警们冲上来的时候发现，那伍和黄毛两个人拿着一本《三国演义》的小人书在认真研读，而且还互相讨论。

那伍和黄毛都说他们在学习，当然民警们才不会相信那样的鬼话，谁会相信，男女在夜晚共处一室，为的是学习，而且这男的还是冒死上的楼，冒着被抓的危险上楼找一个女人，为的只是学习，这不是鬼话是什么。当然，要想查明真相，那要进行艰苦的探索，需要证据。

审讯那伍的时候，那伍经历了三个阶段。第一阶段：民警说，我们的政策是坦白从宽，抗拒从严，你是否承认强奸了黄毛？如果你主动承认的话，可能轻判，也就是在量刑时考虑你的态度，我告诉你，现在我们掌握了你所有的证据，你若是承认可能判五年，不承认就枪毙，何去何从你自己看着办？而且民警告诉那伍，黄毛那边已经认定他是强奸，对于这个问题，民警说得不容置疑。不管审讯员怎样说，那伍就是一句话，没有，然后就不再说话。尽管在这之前在黄毛的帮助下，那伍做好了思想准备，但就在这个时候，他还是有些害怕，他担心如果黄毛认定他强奸，他又是这样一个"抗拒态度"，那他可是必死无疑的，但回头一想，黄毛已经答应了自己，他应该相信这个女人，这是自己的女人。

这样，那伍抗住了第一个阶段，就进入第二阶段：民警说黄毛已经承认是通奸了，你若是坦白，我们的政策是从宽，可能被判三年，甚至有可能缓刑，若是黄毛承认通奸而你没承认，你则被判五年或者五年以上，你看着办吧。这强奸的环节挺过来了，至少说明命是保住了，现在最多是通奸，通奸不会死的，那伍这样想着，嘴上便露出了笑容，他还是摇头。这个时候从门外走进了另一个民警，手里拿着几张纸，走过那伍身边的时候轻蔑地瞥了他一眼，然后走到审讯台，将那几页纸扔在了审讯员面前，喝了口水，重重地喘了口气，如释重负一样："刚刚那女的交代了，是强奸，她啥都说了，犯罪事件、地点、细节，什么都说了。"然后他看着那伍，冷笑一声回过头对审讯员说："他即便是不开口，什么也不说，现在也是铁证如山，还在这死扛只有死路一条。"

听到这话那伍如五雷轰顶，当然，这都是审讯员的把戏，应该说是技巧，是审讯的一种技巧，而黄毛在那个时候比那伍还要坚定，什么都没说，什么都没认。但那伍并没有想这些，听到这些话的时候也没有去辨别，去分析到底黄毛有没有承认，而是大声嚷嚷道："我那方面不行，根本强奸不了！"那伍将这句话说了三遍，如果说黄毛让他这样说的时候，他还心存不满，那现在他这句话则是说得自然而然，是一种在应激状态下的自然反应，那伍不停地叫喊着，嘴里只有那句话："我那方面不行！"连续的叫喊让审讯员愤怒，他说道："不行就不行呗，你喊什么？"

想到这个，那伍如抓住一根救命稻草一样兴奋。的确，黄毛是不能说那伍那方面不行的，那是不打自招，这个话只有那伍自己说。

那伍说自己不行，这需要检查。其实黄毛和那伍都将这个事想简单了，裤裆里的事虽说是自己一个人的事，但为了案件，这自己的事就不单单是自己的事了，而是很多人的事。

民警带着那伍去做了检查，而检查的结果果真那伍那方面不行。这可不是说着玩的，白纸黑字写着的，还盖了医院的章。拿到这个结果，那伍哭了，当着很多人的面哭了，由小声的抽泣，到大声的哭喊，这个过程民警也没上来打扰。那伍的心情是复杂的，也许是喜极而泣，也许是羞辱，他自己也说不清楚是怎样的感觉，可就是觉得心里面难受，眼泪不听话地往外冒。

最终，民警因为证据不足而放了那伍和黄毛。

那伍真的不行吗？这里有一个疑问，那伍那晚还生龙活虎，而到了医院却被检查出来性功能障碍？怎么会呢？但有一点是肯定的，这个结论是严肃的，判定的过程是谨慎的，证据是确凿的，所以那伍那方面肯定是不行的。在这个前提下，我们可以去想象，这里有三种可能，第一种是那伍连续两次欲火焚身、阴阳交合的时候被人无情地打断，头一次被陈二棍和民警，第二次被黄毛，再加上那伍是在一种精神极度紧张的状态下不断地暗示自己，他更愿意相信自己那方面不行，这些精神因素综合起来导致了那伍暂时性的性功能障碍；第二，是医院里的医生同情那伍，那医生正是当晚给猴子看病的老大夫，他知道自己的判定能影响到那伍今后的命运，便甘愿做了这有失医德的举动，这也是情理之中的事；第三，则是黄毛和那伍两人商量好的，为了保住那伍的性命黄毛用膝盖重重地顶了那伍裤裆里的宝贝，导致短期内外伤性的性功能损伤。当然这只是猜测，到底是什么原因，那伍讳莫如深，就算是若干年后，那伍也不愿提及这段往事，哪怕是一个字，都不愿意提。这件事是那伍的一个伤痛，也就成为了一个迷，永远无法解开的迷。

这三个原因，第一个比较可信，虽然说是意料之外，但合乎逻辑，在情理上又不牵强。第二个也有可能，那要靠老大夫的恻隐之心和历史的眼光。第三种虽然看起来黄毛有点缺心眼，而且很残酷，但它更加真实，这种真实不在于事实的真实，而是艺术上的真实。

后两种的猜测如果能够成立要依靠外力的作用，而第一种则是外力作用下主体的应激行为，这是在外力完全转化成内在动力的过程中发生的。所以，从这个角度来讲，貌似这第一种猜测更站得住脚，而随后发生的事，则证明了这样的猜测。

从派出所出来，那伍和黄毛并没有想象中的轻松，因为那伍那方面不行已经成为事实，毋庸置疑的事实，是任何人不能否认和挑战的事实。而且这个事情，小城里的人很快就会知道，不同以往的是，他自己不能否认，否则那意味着推翻对他最有力的证据，那伍有些愚昧，甚至很长一段时间他都表现得很"低调"，他会在众人的议论中默认，会在十三姨的辱骂声默认，当众人怀疑他孩子的来历时他也要默默的忍受，不敢给自己有一点的争辩。

十四

　　那伍和黄毛无罪释放了。对于黄毛来讲,现在最大的问题就是陈二棍的纠缠,她自己是不怕陈二棍的,但陈二棍曾经用她弟弟作为威胁,说若是办不了那件事,就废了她弟弟,至于怎么个废法,他没有说,黄毛也不敢想象,她只知道陈二棍这个坏蛋是什么事都能做出来,所以当陈二棍说出"废了"这样词语的时候,黄毛不自觉地打了个冷颤。

　　弟弟小毛和黄毛相差五岁,现在正在念中学,学习很好,平日里在家娇生惯养,在外软弱,经常被人欺负,他是家里唯一的男孩,也深受黄毛宠爱,经常是在外面受欺负后黄毛这个姐姐便替他出头,所以学校里的同学经常笑话他。

　　这几天黄毛正在忙于保护小毛,她只是从派出所出来的时候跟那伍吃了顿饭,吃饭的时候,黄毛对那伍说:"这段时间我可能会很忙,有些事要做,我们就别见面了,等忙过了这段,我们再说。"这句话那伍误解了,以为黄毛要和那伍分手,他喝了点酒,眼圈就红了,眼泪在眼里直打转,他怯懦地说:"我知道,我个子不高,又没有钱,现在小城里肯定都在议论我那方面不行的事,我知道我配不上你,这次如果不是你,我可能连命都没了,所以对你我也没有啥要求了,我也不配要求啥。"说着,那伍狠狠地喝了口酒。自从那夜那伍夺走了黄毛的第一次,她就没有想过和那伍分开,而今只是为小毛的事提心吊胆,当然,她和陈二棍的恩怨又不想告诉那伍,否则那便是节外生枝。听到那伍的话,黄毛有些不耐烦,她说:"你这人怎么这样,我不是都说好了咱们俩永远都不分开，你看看你现在这窝囊样，你有啥配不上我的啊？我咋了，我是仙女啊？就算是仙女咋的啊，仙女不吃饭，不拉屎，不嫁人啊？说这话就不像个老爷们！"

黄毛的训斥"不像个老爷们"重重地刺痛了那伍，但他没什么可说的，现在不是不像，而是他根本就不是个老爷们。那伍眼泪滴滴答答地往下淌，黄毛怒喊："你给我憋回去。"那伍欲哭还含的样子，小饭馆里的其他人看到黄毛训斥那伍，都在后面窃窃私语，他们认识那伍，也认识黄毛。一个是小城娱乐圈曾经的明星，而后被传阉割，后又经过相关部门严格证明的没有性能力的人，那伍在小城里是出了名的，而黄毛在小城里早就是有一号的，游手好闲，总是到弟弟小毛的学校为了帮弟弟出气而寻衅滋事，这两个人凑到了一起真是王八瞅绿豆。

黄毛听到旁人的笑声，回过头，大喊道："笑什么笑！"

一个男人不紧不慢地说："这那伍都不是个男人了，你跟他就是守活寡，还不如跟了我玩玩。"大家哄笑，这笑声还未散去，黄毛一手抄起个啤酒瓶子向那人砸去，那人闪躲得还算及时，本来奔着他脑袋去的瓶子，只砸到了他的肩膀，那人"哎呦"一声，瓶子落到地上，碎了，碎的时候那哄笑声便戛然而止，黄毛喊道："回家找你妈玩去。"那人现在是骑虎难下，没想到黄毛如此的泼辣，如果真的跟她打起来，打赢了，骂赢了也不算光彩，只好大骂了几声："你一辈子守活寡，臭老娘们！"一边骂一边向门外走去，众人皆散去，该干什么干什么去了。

黄毛深呼一口气，回头看着那伍，那伍正在那小声啜泣，低个头，也不言语，就跟个受了欺负的娘们一样。黄毛看着那伍就是气不打一处来，她一巴掌打在那伍的脸上，第二次喊道："给我憋回去，没出息的玩意儿！"那伍把眼泪憋了回去。

从这开始，黄毛说什么，那伍都是嗯，除此之外便没有其他言语。黄毛说："我最近很忙，等过了这段就去找你，咱们把婚结了，就领个证就行，我什么都不要，你骑着自行车把我拉回去就行。"说完这些，黄毛便起身走了。直到黄毛走远，那伍的眼泪才敢掉出来，他默默地流着眼泪，小声地啜泣着，连头都不敢抬。

　　黄毛去找陈二棍了,她去了他家,没找到,去了市场也没找到,她几乎去了陈二棍经常去的所有的地方,都没有见到陈二棍的身影,这让黄毛心中升起一种不祥的预感。她一路猛跑回家,到家的时候不见小毛踪影,她便慌了神。这陈二棍曾经说过如果她没有治那伍于死地的话,他便会要报复小毛,如今也许应验了。这个时间,若是在平时,小毛早就回家温习功课了。她又不敢跟妈说这事,怕她担心,只是急匆匆地回来,又急匆匆地走掉。她知道,陈二棍一定要来报复小毛,想到这黄毛不敢想下去。她沿着小毛回家的必经之路走下来,却未曾见过小毛踪影,路上遇到了小毛的同学,都不知小毛的去向。她走啊走,眼泪都快掉下来了,心里一直默念着,小毛你别吓唬姐姐,是姐对不起你,你赶紧回来吧,你到底去哪了?正着急呢,迎面走来一个小姑娘,这是小毛的同桌,小毛喜欢这姑娘,所以跟姐姐提起过,还让黄毛到学校去看了她,黄毛赶紧走上去问:"看到小毛了吗,他放学没回家。"

　　小姑娘先是点点头,之后便开始摇头,黄毛知道小姑娘应该知道小毛的行踪,便停下脚步,挡在小姑娘前面,不让她过去。她说:"你知道小毛去哪里,我现在找小毛有急事,你能告诉我吗?"小姑娘欲言又止,怯生生地说:"往公园那边去了。"说着就跑开了。这同桌的反应的确是异常,加重了黄毛的猜测,一路上黄毛飞奔,她恨不得将自己的两条腿甩在后面似的。越到公园门口,黄毛心里越是害怕,他害怕自己担心的事成为现实,她恨死了陈二棍,如果说以往还对陈二棍的兄弟心存愧疚的话,那么现在这种愧疚便烟消云散,剩下的都是仇恨。她想过了,如果陈二棍敢动她弟弟一根汗毛,她就要跟陈二棍拼命。

　　也许是仇恨加快了黄毛的脚步,只觉得一会儿的工夫她便赶到了公园。这个公园没有围墙,说白了就是城市中的绿化带,公园不大,中央有一潭湖水,四周种了好多的树,夏日里便有附近的居民前来纳凉。

　　黄毛进了公园,便感觉远处有动静,她寻声而去。黄毛毕竟是个女的,平日里若走这样的一片树林子多少会有些害怕,可如今却没有丝毫的恐惧,只是心急如焚,要赶紧上前看个究竟。

黄毛看到了小毛,他和另外的两个人对面站着。这是傍晚,天还没有黑透,黄毛看到小毛安然无恙,心里一块大石头算是落了地。她并未走近,而是扶着树,大口大口地喘气,她这一路上脑袋里尽是些不好的画面,尽是些小毛血淋淋的场景,这总算是有惊无险。对面站着的是小毛的同学,这个黄毛是认得的,这两个男孩总是与小毛为难,经常欺负小毛,而因为这事,黄毛也没少教训他们。按理说黄毛本应该走上去,问个究竟。

但现在黄毛心里纳闷,平日里小毛是最为胆小的,见到这两个人早就缩成一团,而如今站得笔直,好像斗鸡场里的公鸡一样,进入了战斗状态。黄毛见到这个心里笑,小毛现在是以一敌二,竟然没有惧色,真是少见。黄毛打算就在不远处观看,因为小毛的对手不是陈二棍,而是他的同学,这严重程度要差上许多,她浑身都放松了。

不久,远处传来了脚步声,又走过来三个人,站在小毛面前。黄毛知道,那两个人一定是等这三个人,可小毛现在是以一敌五,这怎么可能,这又是为了什么?

黄毛心里画了个大大的问号。她并不知道,在她赶到之前小毛已经和这两个孩子打了起来,而且占了上风,可这两个孩子不服,让小毛在这等着,等他们的救兵过来帮忙。

这个时候黄毛不能不站出来了,因为她看到了那充当救兵的三个孩子并不是小毛的同学,而是社会上的混混。黄毛三步并两步走上前去,边走边喊道:"五个人打一个,你们这么不要脸。"

包括小毛在内的六个人寻声望去,黄毛已经走到了小毛的近前,跟小毛站在一起,摸着小毛的头发,走到近前黄毛才看出来,小毛脸上挂着彩。若是平时,小毛早就缩成一团独自哭泣了,而今天表现得异常的勇敢,这的确是反常的。

看着小毛脸上的伤,黄毛刚要发作,便看到对面小毛的同学脸上也挂着彩,这下黄毛还平衡了许多。她对小毛的两个同学说:"你们两个孩子,平时就欺负小毛,现在又找来三个帮手,五个打一个,你们要点脸行不行?"

两个孩子其中一个说:"你们家小毛先打的我!"

小毛红着脸说:"是你先惹我的,是你先惹我的,你说我姐找了个太监。"这话一出,那五个人笑作一团,大概是对黄毛的嘲笑吧,黄毛并不觉得可笑,只有感动,她觉得自己的弟弟长大了,知道护着姐姐了,她用手抚摸着小毛的头发。

其中一个人站出来跟黄毛说:"你弟弟打了我弟弟,识相的话赶紧躲一边的,这都是老爷们之间的事。"

黄毛说:"放屁!你敢动我弟弟一下,我弄死你!臭不要脸的。"她回头跟小毛说:"弟,别怕,有姐呢,谁都伤不了你。"小毛出人意料地说:"姐你赶紧走,这是老爷们之间的事,你别管。"黄毛心里暗笑,平日里都是黄毛掩护,小毛撤退,而且是逃得无影无踪,如今小毛竟说出这样气势如虹的话来,真是暖心。

这个时候,对面的孩子觉得自己来了救兵,便有了依仗,他向小毛挑衅道:"你姐找了个太监,你姐找了个太监!"话音未落,小毛如脱缰的野马甩开了黄毛拉他的手臂,而冲到了那同学跟前,上去就是一巴掌。随后,那五个人就对小毛展开了攻势。黄毛见此状况,也是冲了过去,但毕竟对面是五个人,打起来拳头可不长眼睛,小毛这次像疯了一样,不管不顾地也不知道防守,黄毛护着弟弟,用身体替小毛挡住了好几个拳头。

这个时候天已经黑透彻,从树林子里蹿出个身影,他身材矮小,体态敦实,动作灵活,来到扭打的人群中间,第一下按住了正往黄毛身上落的拳头,顺着那人发力的方向一拧,伸出一只脚,轻轻地拦住了那人的脚步,那人便腾空飞出几米远。那人还没落地,这人便回头,将脚伸向一个高个子两腿之间,腰部用力一顶,手上带着把劲又将大个子扔了出去。其他三人知道来者不善,群起而攻之,但还没等贴到身旁,便也不知道怎么就倒下了,而且是重重地摔在了地上。

这人不是别人,正是那伍。这天下午,那伍一直跟着黄毛,黄毛说过不让那伍来找她,他只能是默默的跟踪,直到这个时候黄毛陷入险境的时候才不得不现身出手。那五个人全都倒下了,那伍转身面向黄毛,黄毛松了口气,身上隐隐作疼,刚才也不知道挨了多少拳头。黄毛对那伍说:"你怎么来了?"那伍如犯了错误一样，小声说："我就是怕你把我甩了。"刚刚建立起来的英雄形象因为这句话在黄毛眼前顿时消失，黄毛说："你看你这点出息。"

那伍说的这句话便让旁人知道他们的关系了。那伍、黄毛和小毛还未曾走远，便听到后面的喊声："小毛，你姐姐找了个太监，你姐夫是太监！"随后大家哈哈大笑。小毛一听这话本要冲回去，但被黄毛拉住，黄毛说："听话，回家！"小毛欲要甩开黄毛，被黄毛一巴掌打在脑袋上，这一下不轻，黄毛从未打过小毛，不免有些心疼。被黄毛这么一打，小毛一下子哭了起来，他指着那伍说："姐，你别跟他，你别跟他，他是太监！"小毛呜呜地哭了起来，一直跟在后面的那伍倒是一言不发，低着头。

黄毛对小毛说："他不是太监，以后你得叫他姐夫，听着没？"黄毛耐着性子："你没看刚才吗，几下子就把那五个人摔倒了，有这样的姐夫，看以后谁还敢欺负你！"

小毛说："我不要他当我姐夫，我也不怕别人欺负我，姐你别跟他。"黄毛失去了耐性，喊道："你愿不愿意，他都是你姐夫，别废话，现在回家！"小毛呜呜地哭着，被黄毛拉着往家走。

这件事就这样过去了，黄毛还担心陈二棍报复小毛，谁知道还没等报复，陈二棍先进了监狱，原因是在市场上收保护费。

陈二棍身陷囹圄让黄毛悬着的心彻底地放下，她铁了心地要跟那伍结婚，谁都拦不住，她妈得知这事的时候坐在床上抹着眼泪，半晌没吱声。黄毛对妈妈道清了事情的原委，直到现在黄毛依然相信那伍那方面不行只是她保命的计谋，这虽然说起来不好听，但什么事都不耽误。她妈一听这个，倒是放了不少的心，只是觉得女儿刚刚出嫁便遭人笑话，心里还是委屈。黄毛这样劝说道："妈，现在小城的人都知道我不是姑娘了，就算是不跟那伍结婚，那谁会要我，上次邻居不说还要给我介绍前楼的那个瘸子，谁家年龄相当的、身体健全的男的会看上我？那伍矮是矮了些，现在又被人传着这样的事，但他对我好，能听我的，而且人踏实肯干，过日子不就图这个吗？反正我想好了。"她妈觉得黄毛是铁了心，便也没再多劝。

小毛不明真相，而且黄毛和那伍的事涉及到男女，黄毛觉得小毛还小不方便告诉他,就没跟他解释那么多,小毛好几天都拉着脸,不跟黄毛说话。

黄毛嫁给那伍很简单,只是去民政局领了结婚证,跟妈妈和小毛,四个人围在一起吃了顿饭,便收拾了东西搬到了那伍的家。

吃饭是在黄毛的家里,这是不合规矩的,但黄毛却不以为然,她觉得一切都无所谓,没有彩礼,没有婚礼,没有嫁妆,这统统都没有关系,只要大家相安无事,都好好地活着比什么都强。黄毛这几天经历了太多,从勾引那伍想要置那伍于死地,到拼命地保那伍,再到为小毛的事担心,这几天的经历让她感觉到一切都无所谓,活着便是最好的事了。吃饭的过程中,四个人围在一起,并不像想象中那样欢喜,那伍不善言谈;黄毛的妈眼里含泪,还是觉得自己女儿委屈;小毛心中有气,本来就不同意姐姐嫁给那伍,见到结婚证知道这是没有挽回的余地了;黄毛倒是张罗着大家吃饭,给这死气沉沉的饭局添上了一点点的生机。她给小毛夹菜,小毛也不领情,将菜拨回盘子里。这个举动刺激了黄毛,黄毛鼻子一酸,跟小毛说:"弟啊,姐知道你是怕姐委屈,但姐告诉你,姐不委屈,你姐夫人挺好的,也不是外面传的那样子的,俗话说,鞋不舒服只有脚知道,姐自己过得好,自己知道。你放心吧,在家照顾好妈,姐不在的时候你也照顾好自己,如果在学校被人欺负,你就来找姐,姐帮你教训他们,还有你姐夫,你那天也看到你姐夫的身手了,别人欺负你,你也可以找你姐夫。你姐夫别的不行,打架,尤其是摔跤,那是从小练的。"

听着黄毛这番话,小毛眼泪止不住地往下流。小毛是很复杂的心情,首先是姐姐出嫁,那便意味着对自己的关爱少了,这个小毛是懂事的,可以理解,但最重要的是外面传那伍并不是个健全的男人,他那方面不好使。小毛擦了擦眼泪,对那伍说:"你就在这,证明一下,你那方面没毛病,我就同意我姐跟你走。"

这话一出,本来低头吃饭的那伍突然间抬起头,瞪着大眼睛吓傻了,只瞬间又低下了头。这话说得黄毛的妈都有些听不下去,便说:"小孩子家你懂什么,别听外面瞎传,他们又没见过。"

小毛质疑他妈道:"外面的人没见过,是瞎传,那你怎么知道他那个地方好使?你见过他好使吗?"小毛的话没啥毛病,但给他妈问了个大红脸,她妈也不便说话了,将目光转向了黄毛。黄毛看着小毛,又气又羞,红着脸说:"我见过,好使!"

"骗人!"小毛扔下这句话,同时也扔下筷子,向外面跑去,一边跑一边哭……

那伍的结婚就这么简单,只吃了顿饭,还被小毛闹了个不愉快。回到了家,黄毛买了点菜,打了瓶酒。黄毛心想,日子是给自己过的,别人爱怎么传怎么传,我自己用着好使就行!话是糙了点,但话糙理不糙,就是这个道理。

晚上,那伍和黄毛吃着菜,喝着酒,这是这一天中那伍最为惬意的时候了。大早起来去民政局领的结婚证,之后便去了黄毛家收拾东西,中午那顿饭吃得不愉快,只有晚上,他和黄毛在一起的时候,他才隐约间感受到了新婚的快乐。黄毛现在是他的媳妇了,自己有媳妇了!那伍反复地提醒自己,几个月前,他觉得自己这辈子注定要打光棍呢,没想到几个月过后就有了媳妇。而且这媳妇不说是貌美如花吧,也是个姑娘,毕竟那第一次留给了他。想到这个,那伍就是莫名的兴奋,但这种兴奋是不能跟任何人说的,只能自己偷着乐。

吃了饭,喝了酒,那伍将黄毛按在了床上。黄毛眼中柔情似水,望着那伍,那眼神能将他浑身都看酥了,跟饼干里的起酥油有一个功效,那伍融化了,浑身都软了,这是应该的,都说女人的温柔能将男人融化,这不无道理。但问题是,那伍该硬的地方也被融化了似的,并没有硬起来,折腾了半天,那伍满头大汗,还是很勉强。

"咚咚咚……"一阵敲门的闷响传来,那伍慌乱中起身,提上裤子,便要从窗子那跳出去,这动作迅速,好像训练过似的,黄毛当然知道那伍这般动作是为了个什么,还好她及时呵斥:"咱俩都领结婚证了,你傻啊!"

黄毛对那门口喊道:"谁啊,什么事啊?"

只听外面女人的声音,似乎在喊着什么,黄毛迅速地穿上衣裤,走到大门口开门,十三姨站在门外。她见到黄毛先是一愣然后说:"你们家的白菜堆到楼道口了,挡着我们的路了,你们没事的时候挪一挪。"白菜是昨天黄毛让那伍买的,那个时候物资贫乏,冬天没有蔬菜,家家都腌白菜来吃,每家至少要二百斤,家里人口多的要上千斤。那伍家的菜就堆在了自家的窗户底下,也许码得不够整齐,有几颗的确是有点挡路了,这十三姨也是成心找茬,否则这么点事,不必非要拿出来说它。

其实十三姨和黄毛是交过手的,以失败告终,她当然不想主动惹上黄毛,但她并不知道黄毛和那伍结婚了,更不知道黄毛这晚就在那伍的家。黄毛见到十三姨,本来在床上那伍的疲软就让她气不顺,十三姨的出现点燃了黄毛的愤怒。黄毛大喊一声:"你他妈的找打呢吧,臭不要脸的!大半夜的你砸我们家门。挺大的岁数,你吃饱了撑的你,白菜碍着你啥事了,你臭不要脸的!"

十三姨没想到黄毛在家,更没想到的是黄毛怒气冲天,她被这气势吓住了,但还是不甘示弱,便跑到院子中央,大声喊叫:"这不要脸的,两个人在屋子里干那流氓勾当!我给你告派出所去,给你们俩都枪毙!"

黄毛追了出去,两人厮打在一起,十三姨节节败退,被黄毛抓住头发,黄毛头发短,十三姨头发长,十三姨上次跟黄毛交手也是被抓住了头发,这次一边忍着疼痛,一边大喊:"兔崽子你又抓老娘头发,有能耐你松开,你松开!"

黄毛和十三姨在一起扭打了好久才被拉开,其实在这个过程中小区好多人都在围观,但没有人愿意上手,大家都觉得十三姨平日里泼辣惯了,应该有个人来收拾收拾,看着黄毛占据了主动和上风,心里面都很解恨。直到十三姨的男人老窝瓜闻声从楼上下来,将两个人分开。这个时候那伍走到了十三姨的近前,手里拿着火红的结婚证,往十三姨眼前一晃:"我们俩结婚了,今天刚领的证!不算耍流氓!"

十三姨此时已经被打懵了,头发凌乱,还掉了几绺,脸上被抓得红肿,但嘴里仍是不饶人:"就你这样人还结婚啊,你那地方好使吗你。"转身对黄毛说:"你结婚了你也是守活寡!"其实十三姨不这样说,大家也是这样想的,但十三姨将大家的心声说出来了,大家反倒有点同情和怜悯那伍,便纷纷散开,不愿让他再难堪下去。

老窝瓜扶着十三姨走到楼口,突然被十三姨一下子甩开,一巴掌打在老窝瓜脸上:"你也算是个男人,这个时候才来!"老窝瓜被打得捂着脸,怒气冲冲地独自上了楼,只留下十三姨在楼口一边追一边喊:"臭不要脸的给你脸了是不,你给我停下。"她也快跑几步上了楼,一边跑一边回头看,她是怕没有老窝瓜的保护，黄毛上来打她。

看着十三姨上了楼，黄毛转身对那伍喊："给她看什么结婚证，用得着向她证明吗？你个软骨头！"说着转身回了屋。

回到了屋子，黄毛和那伍躺在床上，缓了许久，黄毛心里觉得，没必要跟这样的人生气，真不值得，自己的洞房之夜怎能这样度过。她便用手去触碰那伍，那伍翻身将她压在身下。

那伍觉得浑身的力气就是使不出来，这一着急，便是一脑袋的汗水，他着急，身下的黄毛也慌了神，她没有想到会是这样的结果，如果说刚才那伍还是"不给力"的话，那现在那伍是彻底的软了。折腾了半天，那伍除了一脑袋的汗之外，真是劳无所获。

黄毛没说话，但那伍明显感到黄毛不耐烦了，那伍带着恳求的语气说："你再让我试试。"

那伍又折腾了一阵子，还是不行，黄毛用力地将那伍推开，坐起身来，那伍定格在黄毛将他推开时的姿势，半卧在那里，而黄毛背对着那伍坐着，月光下，那伍看着黄毛的光滑的后背，流畅的肌肉线条，接着便是黄毛小声的呜咽。她哭了，委屈地哭了。几天前还生龙活虎的，如今却不行了，黄毛不知如何是好。

其实黄毛的抽泣并不仅仅是委屈，而是觉得自己报应，是她造孽的报应。她现在真想回家，但几个小时前，她还信誓旦旦地跟自己妈保证过那伍那方面是没有问题的，自己的路自己走的，黄毛并不后悔，只是觉得自己还年轻，这么年轻就真要守活寡，这让她一时间没法接受。不光是黄毛，就算任何一个女人面对这样的事她也是没法接受的，或者说是不能马上接受的。而现在对于黄毛来讲最苦恼的是，那伍那方面不行，这是小城里任何人都知道的事情，你黄毛也是应该知道的，可这个时候你向任何人去诉苦都是没有用的。黄毛是哑巴吃黄连，有苦说不出，她自己也搞不明白，那伍为什么突然间就不行了。

其实很简单，现在的人都明白，即便是一直"很行"的人也不免一两次由疲惫、情绪、环境或者其他外力作用下疲软的，更不用说是经历过如此"坎坷"的那伍了，但那个时候的人对这些知识匮乏得很，所以并不知道这本身没什么大惊小怪的，而是觉得这一次不行，意味着一辈子不行。很长一段时间，黄毛心里都是这样想的，当然两口子会互相影响，她这样想，当然会影响到那伍，所以很长一段时间里，那伍都是"一蹶不振"的。

十五

　　因为单位里的人笑话那伍，说那伍那方面不行，娶了媳妇让人家守活寡，那伍便和人家打了起来，工队里打架倒也是平常，文化程度不高的工人，性子直，不满意的就打，打完了第二天还能在一起喝酒。不过这次那个工友的确是哪壶不开提哪壶，哪里能够刺痛那伍他专门捡起来说，那伍正是有劲没处使呢，再加上他一身的好功夫，这样，那兄弟被那伍摔断了胳膊。那人不依不饶，告到了厂长那里，本来这样的事是可以报公安局立案的，那伍或多或少要被劳教，但领导听取了事情的来龙去脉，还是比较同情和可怜那伍的，而且那个工友也不想那伍进监狱的，毕竟在一起工作好多年了。最后，考虑那伍的特殊情况，决定将那伍开除了事。像国营单位，对一个人开除是最为严重的，那意味着砸了铁饭碗，但对于那伍来讲这也许是比较好的结果，毕竟是免去了牢狱之灾了。

　　开除就开除，那伍早就不想干了，干起来也没意思，工友们没一个不议论他的，都拿他当成个怪物。被单位开除之后，那伍来到市场卖菜。

　　这个时候已经很多人干个体了，虽然不好听，但来得实惠。那伍卖菜是累了点，早上四点钟要起床进货，晚上天黑才回家。隆冬时节，夜长昼短，那伍往往是两头见不到太阳，整天披星戴月的，辛苦是辛苦了点，但收入还是可观的。

　　那伍每天在市场上卖菜的时候总是神采奕奕的，因为可以挣到钱，可每当回到家的时候就跟换了个人似的，整个人都显得无精打采的，就连回家的脚步也是显得那样的沉重。当然累是其一，更重要的是，回到家里黄毛没有好脸色，因为他那方面不行。

  自从黄毛在新婚之夜遭受了重大打击之后就变得异常的暴躁，没工作，也不找活干，就在家里待着。偶尔会回趟娘家，当她妈问她和那伍的事的时候，她总是低头不语，眼泪在眼圈里打转，但黄毛还是要强的，既然当初自己执意要嫁给那伍，那现在就不应该说后悔的话。看黄毛不说话，她妈便什么都明白了，也跟着哭了起来。

  那伍不是没有努力过，他在市场上卖菜的时候曾经惊喜地发现，当他看到一些打扮时尚而且穿着暴露的女孩的时候身体是有反应的，有冲动的，他为自己这种反应而感到高兴，当然也感到脸红，因为毕竟这是一种流氓行为，至少是流氓想法吧。但这种想法并没有影响别人，那伍就这样安慰自己，流氓就流氓吧，反正觉得自己好像还不是那么"没用"。每当有这个时候，那伍晚上便会找黄毛实验，有那么一句话叫做请神容易送神难，那伍经常是干了请神的事却没能耐送神走，这让他很沮丧，也让黄毛更加暴躁。本来躺在床上想睡个好觉，被那伍这么一折腾困意全无，你折腾也行啊，你倒是折腾到底啊，可他偏偏没有这个本事。不过这个问题上黄毛也是有责任的，用那伍的话来讲，还没等发挥呢，黄毛就一脸的不耐烦，这样的表情让那伍那颗激动澎湃的心顿时如掉进冰窟窿里似的，从此便一蹶不振了。黄毛挖苦讽刺地说："不行就不行，老老实实地待着，瞎折腾啥？你有那个能耐你折腾，没那个能耐你折腾啥？"说着转身便睡去，那伍躺在床上半宿半宿地睡不着。

  自从卖菜开始，每天那伍回家的时候黄毛都将那伍的兜掏干净，这是惯例。黄毛不上班，天天在家"收租"，只要那伍一进门，黄毛第一件事，就是将那伍身上所有的兜都翻个遍。用黄毛的话说，女人当家！那伍本来是不情愿的，现在又不是旧社会，小城里大多数的女人都要上班挣钱的，黄毛不上班也就罢了，还在家收钱，弄得那伍兜比脸都干净。但那伍回头再一想，自己那方面不行，害的人家跟着守活寡，也只有用钱来补偿了。

  那伍本来很高兴，挣了很多的钱，但黄毛的一扫光政策让他逐渐对挣钱失去了兴趣，他觉得挣多挣少对自己来讲都是一个样，心想差不多就行了，干吗和自己过不去。黄毛还是聪明的，她发现了那伍有些消极怠工，于是乎她想了另外的办法。

黄毛每天给那伍规定租子钱，也就是在市上交完国家的税，刨去吃喝，晚上回来交黄毛租子钱，每天五十，那个时候那伍每天能挣六十左右，三块钱税，五块钱吃饭抽烟，还剩下两块钱自己决定，基本上就是这个格局了。如果天气不好，那那伍第二天就得多干，以此弥补头一天的不足，反正每天五十，风雨不误。

有一天那伍下午两点多就回家了，因为卖得好，早就卖出了租子钱，所以提前回来休息和休闲一下，所谓休闲也就是一大堆老爷们在一起打扑克。这让黄毛看到了，把租子涨成六十，那伍好说歹说才降到五十五，这让他吸取了教训，再也不敢早回了，就是熬也得熬到"下班"的时间。

其实黄毛整天在家里待着，除了买菜做饭也没有其他开销，正常的夫妻，也不至于对自己丈夫如此苛刻，她这样生气，是气那伍裤裆里的东西不争气，当然更重要的一点是她想着娘家。娘家父亲早早的就没了，母亲一个人拉扯两个孩子不容易，黄毛自从初中毕业以后也没给家里添过一分钱，如今母亲年迈退休，那退休金微薄，自己花都勉强，更别说是家里还有个念中学的孩子。黄毛总是拿钱来贴补母亲家用，当然也会经常跑到小毛的学校里去看小毛，带他吃最爱吃的烤牛肉，再给小毛些零花钱。

小毛念高中了，那个年代初中升高中的只有一小部分，小毛就是这一小部分里面的，小毛学习不赖，从小就聪明。黄毛告诉小毛，让他考大学，并跟小毛讲，你念到什么时候，姐供你到什么时候，就算是念到博士，姐也供你。黄毛对于考大学也没那么多的想法，只是觉得家里出个大学生能光宗耀祖，仅此而已。小毛就更没有那么多想法了，他对考大学并不感兴趣，他心想着赶紧毕业上班，这样就可以和心仪的小花结婚了。

小花是小毛的初中同学，初中毕业后在工厂里上班，念了高中的小毛就再也坐不住板凳了，一心想到工厂上班，这样就能和小花有更多的时间待在一起了。可这个想法遭到了黄毛的反对，黄毛竟然一巴掌打了小毛，黄毛从小就宠爱这个弟弟，什么事都顺着他，嫁给那伍之后，有了经济来源，便是吃什么给什么,要什么买什么,眼睛都没眨一下,可就是因为小毛不想念书的事,黄毛打了他,这一巴掌用劲不小,小毛哭了,黄毛也哭了,他是脸上疼,而她是心疼。黄毛怒喝小毛,不考上大学,不许谈婚论嫁!

黄毛让小毛和小花断了,小毛便和小花的关系转入了地下。小毛学聪明了,反正黄毛也不是天天跟在他身边,她说什么由她说去,自己该约会还是约会,至于学业,黄毛不可能跟到课堂里,不可能陪着他念书,所以小毛的学业基本上就是在这个时候荒废的。

每次黄毛给小毛钱,少则十块,多则二十。那个时候的十块钱能买十斤猪肉。小毛每次有了钱,便去请小花去吃烤牛肉。小花也喜欢吃烤牛肉,烤牛肉这个东西是个稀罕物,据说是从朝鲜那边传过来的,是将牛肉切成片,用葱姜蒜盐油糖腌上一段时间,再拿到炭火上烤着吃,炭火上放着铁帘,以此保证炭火和肉的距离。现在看来很普遍的烤肉,那个时候是个稀罕物。那个时候工资还是普遍偏低,尤其是小花去了工厂当工人,一个月也就挣个几十块钱,哪里舍得下馆子。所以每当小毛带她吃烤牛肉的时候她都是特别高兴,久而久之,大老远地看到小毛的时候,小花的口水都会流出来。

黄毛并不知道小毛和小花没有断,更不知道他们每周都要约会,也不知道他们约会的时候都要去吃烤牛肉,也不知道小毛心思全都投到小花身上因此而荒废了学业。现在黄毛所要做的就是攒钱,好像那伍挣再多的钱也不够似的,她要攒好多好多的钱,以后给小毛留着考大学,考研究生,考博士。人总是要有个奔头,而黄毛此时的奔头就是攒钱给小毛,这就是她最大的精神支柱。

而小毛呢,就是想要跟小花在一起,每周跟小花约会的时候都是小毛最幸福的事了,也是他最大的奔头。小毛不仅要带领小花吃烤肉,还要带着她买新衣服,还要带着她玩,有的时候他手头会很拮据,而这个时候他就会想起黄毛,当然,小毛是有各种理由的,比如说买复习资料,比如说学校交钱,比如说老师收补习费,等等。一说是为了学习,黄毛都不眨眼就给钱。黄毛负担倒是负担得起,但人无远虑必有近忧,这才一个高中,还有大学、研究生、博士,这些都是要花钱的,黄毛不得不为以后着想,那伍现在身强体壮,有力气,但总有一天他会老的,他老了不能挣钱了,小毛这边要是需要钱可怎么办？所以黄毛便想方设法加重对那伍的盘剥。

那伍在公园门口的市场租了个摊位卖菜，这是八十年代末期，市场繁荣，卖啥的都有。不光卖啥的都有，干啥的都有，让那伍是大开眼界。当然偶有看到耍猴的，那伍便会想起那只猴子，也不知道那猴子过得咋样，上次见到的时候还是身受重伤，想到这，那伍便黯然神伤。

这里除了卖菜的，卖肉的，还有卖各种商品的，从女人的胸罩裤衩到蟑螂老鼠药，应有尽有。他旁边是个戴墨镜的老头，身着大褂，打着牌子，上面画了个八卦，阴爻和阳爻还画反了，那便是乾坤颠倒，让明眼人不免感叹，吃饭的家伙，也不弄清楚。这人永远是佝偻着腰，春夏秋冬一年四季都戴着墨镜，这人不是别人，正是老幺。老幺自从上次因为猴子的缘故而伤了腰，便再没直起来过，总是弯腰低头，尽管不是那伍所为，而是陈二棍的兄弟误伤，但毕竟跟自己的猴子有关系，也就跟自己有关系了。那伍早有耳闻，这老幺是一肚子的坏水，和陈二棍狼狈为奸，向人们宣传他被阉割的事，因此而没法和娟子喜结良缘，当时他也找过老幺的，但老幺可比陈二棍聪明，从来没让那伍找到过，也就躲过了皮肉之苦。他曾经恨过老幺，但如今已经物是人非了，陈二棍进去了，老幺的腰也永远直不起来了，再去计较也没什么意思，更何况自己也有媳妇了。而对于老幺来讲，这个那伍被自己折腾个够呛，虽说自己的腰坏了，但跟那伍也没有啥直接的关系，两人是相逢一笑泯恩仇，谁也不去提那不愉快的事情了。

那伍在市场上待久了，啥都见识了，这市场上就是个大树林子，啥鸟都有，这便是江湖买卖，各有各的手艺。先说老幺，老幺这活一般人就干不了。来算卦的人，老幺打眼一看，便能说得差不离。这天来了个穿着时髦的大姐，四十多岁，一脸富态，那伍一看还当是哪个高干家的媳妇。正好那伍这会没出活，便在旁边竖着耳朵偷听。

这大姐说："算命多少钱？"老幺回答："全看缘分，算准了你看着打赏，算不准分文不取。"那大姐伸出右手："你给我看看吧。"老幺问："你看什么"？女人答："随便看看。"

老幺摸着这女人的手掌，只几秒的功夫便说："操劳一生，老有所养。"

那女人不解，让老幺讲得再细致些。老幺开口道："你为人宽厚，懂得谦让，你们家梅开三度，一枝独秀。你是长女，年幼时帮父母照顾家，懂得谦让给弟妹，你没享福，倒是受了很多苦。上学时候赶上下乡，你一心想念书，但时机不对，回城后便嫁人，虽说你穿着入时，但还是干的劳累活。"

那女子想了想，若有所思的样子，然后说："人家都说你算得准，还别说还真有点意思。不过大部分你都说准了，唯有一点，你说我们家梅开三度，一枝独秀，什么意思？"

老幺问："你家兄弟几个？""三个啊。"女人道。老幺说："你家本应该是四个孩子，但梅开三度，一枝独秀，你知道，木秀于林，风必摧之，那个兄弟夭折了。"女人倒吸一口凉气："你说的有点意思哈，我妈好像跟我说，生我之前小产过一次。"

这时那伍这边来了买卖，便去称菜，等回过头来，那大姐正递给老幺五块钱，转身走开。那伍凑过身去："你这活可够轻巧的哈，就凭一张嘴，这会工夫就五块钱。"老幺笑而不言。那伍心中疑惑，为什么老幺打眼一看便说出了这么多，那伍让老幺告诉他，老幺偏偏不告诉。也不难理解，这是吃饭的家伙，教会了徒弟饿死师傅，这个道理老幺是知道的，尽管那伍也不是说要吃他这碗饭，但毕竟知道的人越少越好，还对这个行当留下点神秘。

老幺这个行当，乍一看挺神秘的，其实那伍在老幺身边摆摊久了，也学到了点门道，当然，这是以后的事了。

老幺不仅会算命，还会看病，一眼就能瞧个大概。上次来了个老太太，老幺看了一眼，便说得那老太太连连点头，其实说的也尽是些中医的术语，哪哪虚弱了，哪个地方不调了，等等。这个那伍看清了门道，其实一看这年岁便知道哪哪都不那么调和。等老太太走了，那伍走上前对老幺讲："你这活我是看明白了，就是靠你一张嘴忽悠。"老幺笑道："这叫口活！当然除了说口之外，还是要有真本事的，否则的话哪来那么多人看病啊。你说不是吗，现在不是有句话很流行吗？是骡子是马都得拉出来遛遛，都要经过市场检验，这市场就是需求。知道不？"

这话那伍信，老幺这买卖一天不少挣，经常在一起干活，那伍根据客流量对老幺的收入也知道个大概，应该是自己的二倍还多。那伍突然话锋一转，今晚收了摊，我请你喝酒。说这话的时候那伍有些神秘，倒是被老幺一眼看破似的，他哈哈大笑起来。"有求于我？"老幺道。

那伍不好意思地点点头，老幺说："是你裤裆里的事吧？"那伍突然抬头，环顾四周，重重地点了点头说："你真神了！"

老幺从兜里掏出一个纸包递给那伍，那伍接过来，放在鼻子下，闻了闻，一股怪味，反正不太好闻。那伍不太敢相信，因为老幺好像准备好了似的，那伍迟疑了下说："管用吗？"老幺很坚定地说："管用，咋不管用？最管用的就是它了！"那伍听了这话，便像得到个宝贝一样，藏到身上最深的一个兜里，生怕弄丢了。他跟老幺说："多少钱？"老幺说："五块钱。"那伍痛快地交了钱，然后说："晚上请你喝酒。"老幺推辞说："钱都给了，酒就免了。"那伍不干，他说："钱是钱，酒是酒啊。"老幺说："你回家赶紧试试，喝了酒怕效果不好，白吃药了。还有这药加上水用砂锅煮上两个小时，煮成一杯水，趁热喝掉。"

那伍听了老幺的劝告，收了摊便迫不及待地往家赶。到家的时候黄毛的饭已经做好，黄毛这一点还是不错的，每天三顿饭都是应时应响的，那伍起来的早，黄毛则比他起得还早来准备早饭，午饭黄毛给他送，晚饭的时候在家做。一日三餐，那伍吃得还算舒服。那伍家的伙食还是不错的，桌子上有肉有蛋，这对于八十年代来讲，是很高的伙食标准了，而且不仅有好菜，还有酒，那伍每天都和黄毛喝上二两，这是黄毛的建议，也许是觉得漫漫长夜难熬吧。不过今天那伍并没有喝酒，一滴都没有，黄毛问他，他什么都没说，只是一笑，笑得那样神秘。不喝就不喝，黄毛一个人喝了两个人的量，也就是四两酒，本来那伍是想劝说黄毛不要喝酒的，但一想，这种事女人只是配合，喝点也是无妨的，而且她又不吃药，对于药效好坏也没啥影响。那伍一直没有说这事，是想给黄毛一个惊喜，他等这一天已经等了好久，想到这，他便感觉身体里来了力量一样，而且浑身的力量会集中到一点，有了这样的感觉，更是让他兴奋不已，他想象着自己重振雄风的样子，嘴上便露出笑来，走起路来便像带着风一样。

吃过了饭，那伍便在厨房里熬药，两个小时很漫长，那伍仔细地在旁边打理着，他真希望那药赶快熬好，他好一饮而尽，好像那是人间最美的饮品了。黄毛收拾好碗筷便躺在了床上看电视，一会儿的工夫便响起了呼噜声。这时，屋子里充满着怪味，黄毛被这满屋子的怪异的味道熏醒了，她揉揉眼睛，对着在厨房里的那伍喊道："你干嘛呢？"那伍回答："没事，你先睡会，一会儿我告诉你。"

也许是酒劲上来了，黄毛也没管那么多，翻个身继续睡了。那伍就像锅里的药一样，在这两个小时煎熬着。药终于熬好了，他赶忙将药倒到碗里，药是烫的，没法入口，他便用力地在碗边吹气，吹了几口便用嘴唇贴到碗边来尝试着喝上一小口，由于温度还没散开，嘴里感到一阵灼热，上牙床上的嫩皮便起了褶皱。尽管这疼痛并不强烈，但还是牵动了那伍的神经，他倒吸一口凉气，咧着嘴。由于着急，在这样的温度下，那伍将那一碗药汤喝掉了，也不知道喝掉后嘴里是个什么滋味。那药味有着淡淡的腥臊，还有点苦涩，跟那伍想象的差不多，他觉得治他这个病的药就应该是这个味道，想到这个，他还用力地舔了下嘴唇，将那残留在嘴上的药物吃掉。

喝了药，他便站在厨房边，望着窗外，等待着药效的发作。时间一分一秒地过去，他觉得此时的药物已经在胃里蠕动着，进入血液，充盈到身体里面每个细胞，接着，他觉得浑身都是热的，额头上出了很多汗，身体的汗毛孔张开，吐出汗水，释放着热量，他觉得自己就像个火炉，在给周围的空气传热。想到这，他便觉得浑身的血液往一个地方涌去，他越想越激动，这血液便停不下来了似的往那个地方喷涌，他想象着自己在床上的神勇样子，他激动不已，甚至浑身都在打颤。那伍嘴角露出了笑容，他自然从容地进了卧室，上了床，脱掉身上的衣裤，拍了拍正在熟睡的黄毛。

黄毛睡得很沉，那伍推了几次才勉强睁开眼睛，望着那伍那诡异的表情。这表情以前那伍也是有过的，而这样的表情曾经一度让黄毛痛恨，还是那句话，请神容易送神难。那伍曾经几次请神，却没有好好地送神，弄了个虎头蛇尾的结局，或者根本就没有尾巴。有了先前失败的经验，黄毛条件反射般的非常厌恶那伍这个样子。她不耐烦地对那伍说："赶紧睡觉吧，明天还得早起呢！"此时的那伍已经是箭在弦上，哪有不发的道理……

　　这个晚上，那伍与黄毛折腾了三次，憋了许久的情欲终于得到了释放，无论是那伍还是黄毛都觉得重获新生一般，尤其是黄毛，在一阵阵疾风暴雨过后开始小声的啜泣，那是喜极而泣，是失而复得，她双颊带着红润，紧皱的皮肤仿佛在瞬间放出了光泽，连哭都是那样美丽，毕竟，还不到三十岁的年龄。这复杂的情感好像会传染一样，那伍本来沉浸在兴奋和喜悦当中，但黄毛的哭泣仿佛让他想到了些什么，他也失声痛哭，哭得像个孩子似的。

　　哭过之后，他们相拥躺在床上，那种兴奋让他们睡意全无。黄毛不经意间问到那伍，这药是从哪里来的。那伍便说，是从老幺那里买来的。

　　"老幺"，听到这个人的名字，黄毛便觉得一个炸雷在耳边响起一样，她从床上一下子坐起，这倒是吓坏了那伍。

　　黄毛是认识老幺的，也知道这老幺曾经多次给陈二棍出主意陷害那伍。这老幺就曾经给那伍的猴子下催情药，以至于让猴子和狗发生苟且之事。这些黄毛都是有所耳闻，不过当年也是听个新鲜，一听一过，一笑了之，谁会为一只猴子和一只狗来操那个闲心？可现在不一样，这是人，而且是自己的男人。黄毛知道这老幺的本事，是药三分毒，更何况是那样猛烈的催情药。一旦认定了老幺给那伍吃的是催情药，黄毛便觉得刚才的行为让她恶心，她觉得自己竟和动物没什么区别。吃了这药的猴子都会和狗来交配，那还有什么是这个药物的力量所不能及的？想到这她别扭，很恶心，甚至很伤自尊。

　　那伍当然不知道为什么黄毛听到老幺的名字会有如此的反应，他当然不知道是老幺曾经给他的猴子下药，为的是让这猴子和狗来交配，以此和十三姨分掉佣金。黄毛只说了一句："以后不许你吃他的药！"说完便转过身去，这弄得那伍摸不着头脑。刚才还柔情似水呢，现在便像个受惊的小兽一样。

　　那伍问了几句，黄毛一声不吭，只给他个后背，不时，他听到黄毛在哭，小声的啜泣，这声音明显和刚才的声音不一样，刚才是带着喜悦，是对曾经受过的苦的宣泄，是失而复得的情感，而现在却是得而复失，声音当然会不一样。那伍想了一个晚上，也没想明白。

　　第二天，那伍出摊，上午的时候老幺也来了。老幺是算命的，不用起早贪黑，来的比那伍晚，走的比那伍早。老幺见到那伍便悄悄地问，昨晚如何。那伍竖起大拇指，之后又伸出三个手指，这便是三次。老幺笑，对那伍说："还行吧？我这药还管用吧？"那伍点头，不过欲言又止，老幺何许人也，察言观色那是吃饭的本事，看那伍的表情，看出了些门道，便问他怎么了。那伍如实地说了黄毛的反应，老幺微微一笑，他当然知道黄毛担心的是什么，他对那伍说："天地良心，我敢拿我的脑袋保证，我卖给你的药绝对不伤身体，绝对没有副作用。"

说这话的时候，黄毛迎面走过来。老幺一见黄毛那张脸，便知道黄毛的来意。黄毛怒气冲冲地走到老幺跟前，对老幺说："陈二棍都进去了，有什么仇也都了了，你犯得着拐着弯地害我们吗？"黄毛那因为愤怒而扭曲的脸，好像斗鸡场的公鸡一样。

老幺"扑哧"一下笑了，他说："我没害你们，再者说，我跟那伍兄弟也没什么冤仇，就算有仇，那也都过去了，我怎么害你了？"

听老幺这么一说，黄毛也顾不得颜面了，她说："你给那伍吃的是什么药？你能说清楚吗？是不是当年你抹在母狗身上、让猴子发情那东西？"

一听这个，那伍吓了一跳，咋还有这种药物？母狗？猴子？那伍恍然，拉着黄毛的胳膊："你把话说清楚了，到底咋回事？"也许是过于激动，那伍拉着黄毛的手很用力，弄疼了黄毛，黄毛大声地喊道："当年就是他，将这药抹在十三姨家母狗身上，让你的猴子发情，好向你要钱。"黄毛回头对着老幺恶狠狠地说："你当我不知道你那点勾当啊？你除了会干点偷鸡摸狗的事你还能干什么？你还会干什么？你腰怎么坏的不知道吗？你一肚子坏水你坏事做多了遭报应了，你现在还敢这么干，这要是严打的时候早就给你拉出去枪毙了！"

黄毛气得胸口起伏，说了这一连串的话，那枪毙二字说得如此响亮，仿佛是咬着后槽牙挤出来的。而那伍的气愤一点都不比黄毛少，他以前倒是听说过催情药，没想到这个东西真的存在，这是令他惊讶的，不过这种惊讶被随之而来的气愤代替了。那就是猴子，那猴子竟然是被用了药而犯下了这样的错误，想想自己还因为这个打过那猴子，就气得牙痒痒，便也怒气冲天，头上青筋直跳，一脸杀气地看着老幺。

老幺倒是表现得很平静，也正是这样的平静，抑制了那伍想要冲上去揍他的冲动。老幺表现得相当的老练，说话条理清晰，富有逻辑。他先是对那伍说："我承认，当初是我卖给十三姨催情药，让你的猴子犯错误，我也得到了钱，十三姨也得到了钱，那你想想兄弟你呢？你也是受益者，若不是我那样，谁能看你耍猴？你想想，你会有那么多钱吗？如果说第一次，那是我的事，第二次你不是也主动牵着猴子往十三姨家的狗上撞吗？你不是也希望看到这一幕发生吗？接下来第三次、四次，你虽然不知道那猴子为什么要和那母狗交配，但你知道他们会交配，你明知道这种情况你还是纵容这事发生，而你可以从中渔利，你不也乐得的吗？兄弟，钱是大家都分到了，你不能只怪我啊。"

听老幺这么一讲，那伍倒是没那么生气了，老幺回头对黄毛说："我，陈二棍，你们家男人那伍，当初的那些事，我和你家男人已经讲好了，咱都说不再提了，陈二棍都进去了，我不可能再害那伍。刚才我还和那伍拍胸脯保证，我现在照样可以拍胸脯保证，我给那伍的药一点问题都没有，绝对不是催情药，对身体也没有伤害。再者说你们昨晚不是试过了吗，那蒙汗药是啥啊，你吃了之后就是头猪你都想跟它交配。"

老幺只是个比喻，不过最后一句话倒是刺痛了黄毛，黄毛照着老幺的脸就抓过去，黄毛动作迅速，老幺本来腰就不好，所以行动迟缓，他躲闪不及，便被挠了两道血印。老幺捂着脸："你干嘛挠人！"老幺对那伍喊："你管管你家媳妇，老爷们的事，没有这么干的！要打你打，也轮不着老娘们打。"这么一说那伍倒是有些不好意思，刚要上来拉黄毛，便被黄毛呵斥回去。黄毛对老幺说："你说，你那药里面到底放了些什么？老幺我告诉你，我现在只要你一句实话，你要是交代了，这次就这样，反正我们再也不会吃你的药，若是不交代，老娘今天跟你没完！"黄毛大概的意思就是坦白从宽抗拒从严，老幺当然知道这政策的深刻含义。

黄毛心眼多，看老幺不招供，便说："你不招也没用，昨天那伍还剩了些没用，找个地方就能给你验出来，到时候老幺我让你吃不了兜着走，我天天来挠你！"那伍一听这话，很快明白了黄毛的用意，便也跟着附和，那伍劝说老幺："你就说吧，说完拉倒。"尽管脸上平和，但心里却恨得痒痒，若老幺真的承认，那伍的拳头便直接会打过去，当然在老幺还没有反应的前提下打过去。

老幺叹了口气，知道这事是躲不过了，早晚会查清楚，也早晚会弄个水落石出。他看着那伍和黄毛问："真的要说？"

黄毛和那伍异口同声："说！"老幺说："说了你们可别后悔。"

黄毛和那伍面面相觑，"你赶紧说，别废话。"黄毛说。老幺知道实在是推不过去了，便开口说："是驴粪蛋子加锅底灰。"

"啊？"那伍和黄毛嘴都裂开了，老幺说："那伍你们的事我都知道，陈二棍当初是派黄毛来勾引你，让你上当，在你们上床的时候他便会带着警察冲进去，把你们捉奸在床，再让黄毛指证你，说你强奸，当然那晚你跑了。据我推断，你那方面不行，就是那天吓的，就是精神作用。你这病好治也不好治，精神上的事，只要告诉你这药有疗效，你就会好，全是精神作用，这病从根上讲就是精神作用引起的，所以要治疗，也全靠一个精神。"

老幺说完了，那伍和黄毛面面相觑，那伍不知道这病为啥算是精神病，但有一句话倒是吸引着他，他问老幺："你刚才说什么，陈二棍派黄毛勾引我？"

那伍转向黄毛，黄毛猛然间意识到了问题的严重性，这是黄毛的一个失误。第一，事情过去久了，便不记得了，第二，她竟然将注意力集中在老幺给那伍的药上，竟然忘记了老幺也是计划的制定者。那伍有一种被当做猴子来耍的感觉，突然间暴跳如雷，嘴里念念有词："还要猴呢，没想到被你们耍！"他气急败坏，如果说刚才气老幺给自己的猴子下催情药而生气的话，那现在的气愤便比刚才大上百倍。

人总是这样，执意于一件事的时候总是会忽略其他，比如说如果不是黄毛死扛，那伍也没那么容易从派出所走出，但现在的情形，也就是当他突然间知道原来黄毛和自己搞对象的初衷便是要弄死自己，他有些接受不了，感觉这是一种莫大的欺骗。这种羞辱感，让他作为一个男人的自尊心实在是无法承受，他扬起手，做了一个不光彩的举动，一巴掌打在了黄毛的脸上。黄毛傻傻地站在那里，眼泪刷刷地流，她伤心，当然伤心的同时她还是要反击的，两人扭打在一起。

其实老幺最为狡猾，刚刚他看似无意提及当初黄毛参与计划陷害那伍的事，实则是有意的，即便是他们两口子都知道的事，这话一出也会对他们有所刺痛，便会不让他们这样同仇敌忾、同心同德，以便他们分散对下药事的注意力。不过老幺说得的确是实情，给那伍的药的确是驴粪蛋子晒干加锅底灰混合制成的，要不然怎会有腥臊味道，从中还有淡淡的苦涩。

老幺这分兵之计真灵，他做到了，而且还是貌似不经意间露出的，看着那伍和黄毛厮打，他还要上前拉架，嘴上说："只怪我多嘴，只怪我多嘴，我不应该说，我当是你们都知道呢。"

那天黄毛和那伍厮打了许久，引起很多人的围观，当然拉架的老幺也没幸免，被黄毛再次抓伤了另一边的脸，这下两边脸颊倒是对称，各有两个手指印。黄毛和那伍也有不同程度的伤，其实那伍并不是恨黄毛，他也知道，如不是黄毛当初死扛，而是一口咬定是强奸，就凭那晚的证据，那伍肯定枪毙。但那伍听到老幺这样讲的确是受到了刺痛，这刺痛如果说刚开始是他作为男人尊严无法承受的东西，那没过两秒钟便是面子上的事，毕竟从老幺口中讲出，面子上有些过不去。只不过当那伍反应过来的时候身体已经和黄毛扭打成一团，黄毛是不吃亏的性格，挨了那伍这一巴掌一定是要打回来的。而那伍呢，却偏偏不让黄毛打回来，他还或多或少带着点大男子主义情怀，男人打女人天经地义，女人打男人便是翻天了，更何况围观的人越来越多。但黄毛不干啊，越是打不到就越要打，那伍从小练的摔跤，摔跤工夫讲的就是近身的力量中心的抗衡。黄毛想要打那伍的脸，距离远了那伍躲开了，距离近了那伍便将黄毛抱住，黄毛更是无法伸展手臂，距离适中便跟黄毛玩起推手，卸掉她大半的力气，一会的工夫黄毛大汗淋漓，而那伍也是气喘吁吁。

黄毛很是执着，一定要打到那伍的脸，便发起了再一次的攻击，那伍除了最开始的一巴掌是用了点力的，不但解气了，更多的倒是心疼。如果黄毛这个时候停手，他肯定也没有二话，可黄毛就是不依不饶，他也没有了办法，只能跟着她玩起了推手。打了半天，黄毛占不到半点便宜，倒是累得直不起腰来。那伍就站她身边，倒是也流了汗，黄毛恶狠狠地盯着那伍，那眼神让那本想上来安慰的那伍望而却步，他们间隔在两三米的距离僵持好久，突然间，黄毛一屁股坐到地上，大声嚎哭起来，一边哭一边嚎："我不活了，你打死我算了，你这个没良心的……"

黄毛这么一哭，那伍傻了，他赶忙来安慰，当然也不敢跑，他知道跑得了和尚跑不了庙，于是干脆就间隔几米坐了下来。黄毛哭了好一阵子，最后眼泪都快哭干了，力气都快哭没了，觉得坐在那里哭是一种很耗体力的活动，便躺着哭。那伍就坐在不远处，缩成个团，低着头，头都快埋在裤裆里了。

黄毛躺着又哭了好一阵子，刚开始人还很多，后来人们看也没什么新鲜的，无非是个哭，便也散开了。人群一散开，黄毛便失去了哭的动力，她坐起身来，这个时候老幺蹲在黄毛和那伍中间，黄毛和那伍厮打的过程中，老幺是想拉架的，没想到被黄毛抓伤了脸，便在旁边看着，混入观看的队伍里再不敢上前。直到观摩团散去，老幺才像海滩上退潮时留下搁浅的鱼一样，孤零零的。老幺不能走，因为他的岗位在这里。老幺看看黄毛，再看看那伍，黄毛脸上蹭的全是泥土，衣衫不整的样子。那伍坐在那里，低着头，头发乱蓬蓬的，这是被黄毛抓的。黄毛最擅长的一招就是抓人的头发，就是这招，已经两次打败十三姨了，不过这次用在那伍身上有些吃力，第一那伍头发短，第二那伍身体轻盈，懂得躲闪，即便是被抓住了，那伍也能破解，那伍双手捂住抓住自己头发的手，蹲下身来，手用力下压，黄毛的手肘被扭了过来，便自动放弃了。

老幺本想说点什么，毕竟是因他而起，但想了半天还是算了，啥也别说好，否则又要惹来"杀身之祸"。黄毛坐起身来便一直恶狠狠地看着那伍，那伍则不敢直视黄毛，老幺在中间将这看得一清二楚，心想，这那伍娶了黄毛便如同娶了个母老虎一般，再厉害的男人也抵挡不住这样的泼妇。老幺盘算着这个事他们两个人将如何收场，看样子还得打，正想着，随着"啪"的一声，脸上便火辣辣的疼起来，当然这巴掌来自黄毛，黄毛好像攒足了劲，一下子爆发出来一样，老幺捂着嘴，刚刚转向黄毛，只见黄毛迅速站起身来，如猛虎下山一样，向老幺扑去。

黄毛抓住老幺的头发，老幺头发在男人中还算是长的，而且黄毛动作迅速，这本是她的必杀绝招。老幺不像那伍，他可不懂得推手摔跤、借力拆力的本事，再加上腰不好，而且他蹲着，黄毛迅速起身，便是居高临下，而且还是死死地抓住头发，老幺真是无还手之力了。黄毛一手抓住老幺的头发，另一只手便打着老幺的嘴巴，一个，两个，老幺疼痛不已，嘴里直喊娘，他喊道："没有你们这样的，夫妻俩合伙欺负一个残疾人！"话还没说全，黄毛的手掌打下的频率便更加密集了，老幺本来的一句话被几个巴掌拆成了若干个短语，他疼得咧嘴，两只手便去抓黄毛的手，他可没有那伍会用力，也没有技巧，不管怎么用力，黄毛只狠狠抓住他的头发，掌控着他的脑袋，以此掌控他的全身，所以他的两只手任凭怎样也扭转不了这样的败局。

正打着，人群再次聚集起来，那是刚才走出老远的人，大家都看热闹，一个人一边看还一边说风凉话："你说这算命的今天算没算出来有这么一劫啊？"旁边有人接话："算命的都得遭报应，这就是现报，因为泄露天机了。"

那伍看着老幺怪可怜，便想去拉架，但回头一想，也怕是引火上身，突然间脑袋里灵光乍现，便觉得三十六计走为上。他赶紧地收了摊位，骑着车子就逃之夭夭了。

回到家的那伍是坐立不安，一下午没心思干别的事，本想看会电视分神，没想到这是周二的下午，正赶上电视台休息。他在想黄毛回到家会是什么样子，这黄毛从来不吃亏，刚才那一巴掌肯定是要变本加厉地打回来，他想，打回来就打回来吧，反正在家里挨打也不丢人，若不让她打回来，她不定能琢磨出什么事来。那伍这样想着，看看表，回来快一个钟头了，这黄毛和老幺的打斗也该结束了，对于黄毛他是一点都不担心，因为她肯定不会吃亏，只可怜那老幺了，想到老幺，他便安慰自己，老幺以前也是坏事做尽，一肚子坏水，遭受报应，受点皮肉之苦也没什么大不了的。

两个小时过去了，那伍还是没见黄毛踪影，他慌了神，咋还没回来呢？那伍心里纳闷，一种不祥的预感笼罩心头，要是这样打了两个小时，那老幺岂不是被打死？想到这他有点害怕，便喝了点酒来压惊，不想那么多了，先想想自己这关怎么过吧，自身都难保呢，还操心老幺。这个时候那伍二两酒下肚了，便不那么害怕了，酒真是个好东西，那句话说得真好，酒壮怂人胆，那伍真切地体会到这一点。

晚上六点钟的时候黄毛还没有回家，这是让那伍坐不住了。他去了市场，市场里的买卖早就收摊了，还好，至少证明黄毛和老幺的打斗结束了，可黄毛去了哪了呢？他问了旁边卖馒头的大婶，大婶告诉他，他走没多久市场管理人员就来了，将他们拉开，两人也没说什么便各自走了。大婶还问："没回家啊？"那伍摇头，大婶同情和可怜那伍，摊上了这样的媳妇，不过回过头来一想，那伍本来身材矮小，再者裤裆里的东西还不好使，能娶上媳妇也就是福气了，嘴上便去劝说那伍："好好跟你媳妇过日子，你媳妇厉害是厉害了点，但过日子还是不错的，你看天天给你送饭，知冷知热的，过日子不就是图这个吗？"那伍连连点头，他觉得自己特别对不起黄毛。

那伍往家走着，突然间想到了什么似的，他便拐了弯，直接奔向黄毛娘家。黄毛娘家在四楼，老远望去，灯是亮着的，他便走了过去。一路上他都在想见到黄毛后会是个什么样的情景，所以上楼的时候腿都直打颤，他知道黄毛绝对不会善罢甘休的，便越想越害怕，而且她妈，还有她弟弟都会怎么说，那伍彻底地慌了神，这一路走来酒气也散得差不多了，他只怪自己喝得太少。

进了门，见黄毛就在娘家，岳母和小舅子围坐在一起正吃饭呢。

黄毛从市场上回来一路走一路哭，她觉得委屈，不是一般的委屈，是特别的委屈，黄毛从小就没挨过打，都是打别人的主。想到这黄毛便更加委屈，回到娘家，她妈一看黄毛脸上隐约的红印，不由分说眼泪便流了下来，黄毛也失声痛哭，直到娘俩抱着头一起哭，这样的场景让小毛回家撞见了，便要拎着菜刀去找那伍，当然这样的举动被黄毛拦下了，她喊道："杀人偿命啊！"

小毛红了眼："我宰了他，打女人，还他妈的是不是爷们，有能耐跟我打，怪不得都说他不是个老爷们，他就不是个老爷们！"小毛虽然气愤，但还是被黄毛拦住了，因为黄毛在他的胳膊上用力地打了两下，虽然也没多疼，但显示了黄毛拉住小毛的决心。老妈也劝说小毛把刀放下，她说："那毕竟还是你姐夫。"这个时候小毛便扔下菜刀，抱着他姐哭了起来，然后又抱着他妈哭，最后三个人一起抱着哭。这是下午的事，到晚上这段时间里，黄毛妈倒是问了黄毛那伍为什么打她，黄毛只摇头不说话。小毛说："不为什么也不应该打人。"黄毛妈点点头，这话说得有理，便不再问了，只知道不应该打人，只知道那伍的行为是不对的，那便可以了。

那伍的出现，打破了家里本来平静的气氛，或者说大家还都在气头上，这个时候来，那伍还是不合适宜的。见到那伍，反应最为强烈的还是小毛，他距离那伍也是最近的，他起身抬手就是一巴掌。按理说凭那伍的本事，很容易就可以避开，但他没有躲，他知道，躲了事便更多，他学会了面对，这样才更像个男人。这样，那伍首先面对了小毛的巴掌，这巴掌小毛是抡圆了打过去的，那伍只听"啪"的一声，脸便木了，一边的耳朵也嗡嗡作响。那伍被打得脸都转了过去，他马上回过头来，小毛照着那伍的肚子又是一记窝心拳，那伍瞬时蹲在了地上，这一拳打得不轻，那伍只觉得胃里翻江倒海，顿时有了呕吐的感觉。小毛刚要抬腿踹那伍的时候，被黄毛拦住了，她用力地拉住小毛，手指甲都掐进了小毛的肉里，黄毛对小毛怒目而视："你干什么！"老妈也站起来拉住小毛，不管怎么说，打人是不对的。小毛手脚被拦住了，但嘴上喊道："你看你长的那样，跟土豆子似的，还是个太监，小城里的人都知道，就你这样的还打媳妇，你还算是个男人吗？你压根也不是个男的，就你这样的还找老婆啊？你就应该打一辈子光棍。"

小毛将所有的难听话都说尽了，黄毛却蹲下扶着那伍，关切地问："怎么着了，打坏了吧？"说这话的时候眼泪就下来了，只见那伍额头上已有豆大的汗珠，那是疼的，小毛正是血气方刚的年龄，这一下子可不轻啊。如果说一下午的时间里黄毛还恨不得弄死那伍的话，那小毛的这两下却让她这种仇恨瞬间全无，剩下的都是对那伍的心疼。她扶起那伍说："咱回家。"回头她跟老妈说："我走了。"拉着那伍转身就走，小毛在后面嚷嚷着："你再敢打我姐，我拿菜刀剁了你，你看着！"

从黄毛娘家出来，那伍走得很慢，都是黄毛搀扶着那伍，那伍刚才受了重创，虽说缓过来些，但胃里还是不舒服。黄毛一边走一边哭，这一天尽是流眼泪了，到了晚上眼泪还是如此的充沛。她跟那伍嚷嚷着："刚才小毛打你你倒是躲啊，你那点能耐哪去了？今天在市场上我咋打你都打不着，能耐呢？哪去了？你倒是躲啊。"黄毛一边嚷嚷一边哭。

十六

那伍挨了打,黄毛心疼不已,小两口重归于好,原本以为这事就这么过去了,没想到小毛这孩子竟然将那伍打黄毛的事告到了妇联。那伍所在社区的居委会也非常重视,在居委会张大妈的陪同下,妇联的一个女同志王干事下户调查调解。

这个事是头一天通知那伍的,黄毛也是颇感意外,也有点不情愿。不情愿归不情愿,但她觉得新鲜,觉得这样也好,无非是个批评教育,让那伍不能再犯毛病。可那伍不这么想,他倒是无所谓批评教育,反正不疼不痒的,但耽误了一天工夫,五十块钱便没了。那伍就跟张大妈说:"你们要是不着急的话,能不能改天,找个下雨天或者下雪天,行不行?"张大妈一拍桌子:"你当这是闹着玩呢?时间你说改就改,妇联同志多忙你知道吗?不说妇联的领导,就说我,我一天多忙啊,挨家挨户的都得管,时间都排得满满的,你还要改天!"在张大妈的批评教育下,那伍同意第二天留在家里,哪也不去,等待妇联同志批评教育。

第二天妇联的王干事来了,对那伍进行了批评教育,无非是说那伍个头矮小,而且裤裆里的宝贝也不管用,当然人家说得更加艺术一点,不是这样直白,但总之是这个意思,总而言之,人家让你知道,你能娶媳妇那就是烧高香了,别不知足,要对媳妇好,如果再出现这种情况就不是批评教育的事了。说这话的时候那伍坐在小板凳上,耷拉着脑袋,好像痛心悔过的样子,黄毛倒是有些趾高气昂,终于找到娘家人了的感觉。黄毛觉得现在真好,竟然还有女人自己的组织，她早怎么不知道，如果早知道的话早就找妇联了，妇联同志工作做得好，也用不着让那伍挨了一拳头一巴掌，今天早上胃里还不舒服呢。

妇联同志做工作还是比较讲求技巧的，她说了一遍，然后让那伍做出深刻反省。那伍就说："我这个人，个子矮，岁数大，那地方还不好用，像我这样的能找到媳妇就不错了，还不知足，还打媳妇，我简直就不是人。"听着那伍深刻反省，妇联同志频频点头。

妇联同志一说就是一上午，那伍还请她们吃了顿饭，下的馆子，吃的饺子，吃的过程中妇联同志也不忘宣传教育。至于说的什么，反正是那几句话，翻来覆去的。这顿饭黄毛吃得不自在，四个人吃了十块钱的，可把她心疼坏了，刚才对妇联所有的好印象全都没有了，黄毛心想，妈的，这个小毛，败家玩意，以后可不能找妇联，这妇联同志还得吃饭。这话说的有意思，不是妇联同志吃饭，所有的人都要吃饭，只不过妇联的同志吃了你家一顿饺子。

送走妇联同志，黄毛回身就跟那伍翻脸了："人家都说不用了，你还非要请人下馆子！花了十块钱你舒服了，你有钱烧的吧你！"

那伍也觉得委屈，为自己辩解道："都到饭点了，她们也不走啊，估计是冲着吃饭来的，吃顿饺子这是最便宜的了。再说了人是小毛找来的，心疼钱你找小毛要去。"那伍这话说得在理，但就是和刚才妇联领导在的时候状态不一样，黄毛已经习惯了高高在上，那伍低头哈腰的状态了，黄毛喊了起来："你要是不打我，他能找妇联啊？"这声音明显高八度，那伍赶紧压低声音说："你小点声，人还没走远的，别再回来！"

黄毛和那伍彻底地和好了，只是那伍还要去善后，善老幺的后。老幺那天被黄毛打了几巴掌，整个脸都肿了起来，当天警察赶到的时候老幺也没说什么，这本是陈年往事了，谁也不愿意提，尤其是跟警察提那是自找麻烦。回到家后老幺脸都肿了起来，愣是在家里休息了两天，可还是扛着个肿胀的脑袋来到了市场。那伍差点没笑出来，脸上左右都是三道红印，这便是拜黄毛所赐，不仅是几道红印，整个脸还大了一圈。

那伍问老幺回家怎么交代的。老幺说："还能怎么交代！说算命没算准，让人打的。害得回家给我好一顿挖苦。"老幺向那伍连连叫苦，"都是陈芝麻烂谷子的事，还扯个没完。"老幺还埋怨那伍，黄毛打他的时候他为什么不拦着点，那伍说："我哪敢拦啊，我要是拦不就打我了吗？"老幺气愤的说："那就打我啊？我好心好意地在你们俩中间本来打算拉架，没想到挨了这顿打。"那伍笑笑说："你也别叫屈，谁让你当年没干好事了。"

老幺一听这个更加气愤了，嗓门抬了八度的说："都说了不提了，就那么点破事，没完没了的，你还叫个老爷们吧？"那伍笑道："好好好，不提了。中午请你吃饭，吃饺子。"这天中午那伍请老幺吃饺子。席间，那伍关切地问老幺，给他的到底是不是春药，老幺摇头。其实老幺给那伍的的确不是催情药，的确就是锅底灰加上驴粪蛋子。那伍紧跟着问："你那还有催情药吗？"

老幺狐疑地看着那伍，斩钉截铁地说："没有，现在有规定，刚出的规定，不让随便配哪种药，而且我告诉你，那东西对身体有伤害，想都别想。这人这一辈子男女之事多少次都是定下来的，这都是顺其自然的，你非要逆着你的身体弄，只是好受一时，危害百倍啊。信我的话，兄弟，别想了。"老幺这是实话，若干年后那伍想起来还觉得有道理。

老幺看那伍对这个东西感兴趣，便问："咋了，昨晚不行了？"那伍点点头，老幺说："你们非让我说，非让我说，说出来你那东西就不行了，你那东西就是精神上的事，啥病没有，告诉你实话吧。"

那伍似乎也明白了其中的道理，他的问题主要在精神上，不在身体上，但归根到底还是办不成事。昨天晚上就试验了一番，没想到惹得黄毛差点又要揍他。他不甘心，又试了一次，还是不行，这下黄毛急了，当他再去招惹黄毛的时候，黄毛直接一脚给踹床下面去了，害得那伍在小仓库里睡的。说实话，黄毛也着急，这刚刚尝到了甜头，一下子又恢复到老样子，她也受不了，但没办法，谁让那伍不争气。

老幺听到那伍的讲解，便道："你那媳妇不行，你换个媳妇准行！"那伍眼睛一瞪："我三十多岁了找个媳妇就不错了，谁跟我啊？谁都知道我那方面不行，你说谁能跟我？"老幺诡异一笑，貌似有了想法，可这个时候无论那伍怎样问，老幺都是三缄其口，一字不提。老幺说："我现在看着你，就想起你媳妇那虎样，我可害怕了，以后你们的事我不管了，你自己弄吧。"

老幺这个态度，那伍也没有办法，只能每天晚上回家都装孙子，自从上次妇联来做工作之后，黄毛气焰更加嚣张，动辄就说你不是个男人云云，还说就你这样的有人嫁给你就不错了。这话不好听，但是这么个理。那伍也觉得矮人一等的感觉，没办法，谁让自己裤裆里的东西不争气呢。自从打了黄毛，那伍本来恢复功能的宝贝便再次一蹶不振了，这到底是怎么了，时好时坏的。黄毛还提出加租的事。所谓租子就是那伍每天给黄毛上交的钱。

　　黄毛提出要那伍涨三块钱的租子。原因是那伍不是个男人，不能承担丈夫的责任和义务，至少不能全面承担吧，所以要从租子里面补偿。黄毛为自己这个想法沾沾自喜，觉得自己非常聪明。那伍虽然不乐意，但觉得黄毛说的也在理，谁让自己那方面不行了，如果说哪天那伍那方面行了，便可以减少这三块钱，给五十五就行。

　　其实，黄毛之所以进一步压榨那伍，全然是因为自己的弟弟小毛。

　　那天小毛向黄毛要去了五百块钱，理由是学校里办了个学习班，请的是有名的老师补习，这样更有保障考上大学。一想到念书，黄毛便毫不犹豫地支持，甚至是失去理性地支持。聪明的黄毛在小毛这里不聪明了，她痛快地拿了钱，而这钱是哪里来的，全然是那伍挣的，是那伍在这之前挣的。那伍还要继续挣下去，因为小毛还要念大学，念研究生，念博士。黄毛将所有的精神头都用在了小毛身上，这更是增加了攒钱的动力，所以那伍就更受压榨了。其实小毛是撒谎的，学校里没有补习班，他也没买什么复习材料，这五百块钱他买了个金项链送给了小花。

　　这项链小花喜欢很久了，每当走到商店门口便挪不动步子，小毛很聪明，看出了小花的喜爱便送给她一个。那天是小花的生日，两个人在宽敞的马路上走着，肩并着肩，没人的时候还拉起了手。小毛喜欢那种感觉，小花的手很滑，很嫩，拉着她的手小毛的心就砰砰直跳，而且越跳越厉害。小花是工厂里的工人，也是小毛的初中同学，初中时小毛一直暗恋着小花，不过那个时候小花整天跟一个叫大熊的混在一起。大熊姓戴，二百来斤的份量，大家都叫他大熊，小毛生性懦弱，经常被人欺负，还哪敢跟大熊抢女朋友？可直到毕业之后，小花和大熊分手后才跟小毛接上的头。小毛是喜欢小花的，就像黄毛对小毛那样，什么都舍得。而小花呢？是非常喜欢小毛的，这源自小毛跟小花撒的谎，小毛说他们家是高干。

这天，小毛拉着小花的手，路过一片树林子。小花当然知道小毛的用意，她毕竟是工作了，想猜透一个学生的心理还是很简单的。小毛靠在一棵树下，拉着小花的手，双目含情，小花长了一双精致的小眼睛，鹅蛋脸，高高的鼻梁，鼻翼丰满，脸蛋圆润，看得小毛直激动，激动得直流口水。这个时候小花闭上了眼睛，这个举动搞过对象的人都知道，下一步该怎样，可到小毛这里，他却全然慌了神，他不知道该干什么，或者他隐约中知道该干什么却不知如何去干。小毛的心跳得更加剧烈了，嘴唇颤抖着，想说什么，那话便含在嘴里怎么说也说不出来。犹豫的工夫，小花睁开眼睛，看着紧张得要命的小毛"扑哧"一声笑了出来，然后拉着小毛的手，说了句："咱们走吧。"便要走出小树林。

就在这个时候，小毛猛然将小花拉到了自己的怀里，嘴唇已经贴了上去，他们亲吻着，小毛显得很生疏，如猪啃食一样，倒是小花技巧更加娴熟，步步引导。他们吻了好久，若不是小花吻累了推开小毛，小毛还会继续吻下去，他感觉意犹未尽，这是他的初吻。小花含情脉脉地看着小毛，并不失时机地提出要调动工作，调到机关里去，她想让他爸爸帮忙说说。小花说："人都是你的了，早晚是一家人，你忍心看你媳妇整天对着那些机器啊？"可小毛并不爽快的态度让小花不悦，因为小毛根本就没爸，他爸还在他很小的时候就死了，这个市建委领导的爸爸也许是小毛对父亲的期望吧，真是忘父成龙啊。

不管怎么说，这晚是难忘的，值得小毛纪念和回味的。在这之后的一段时间里，小花不断地要求小毛跟那个所谓的高干爹说说给自己调动工作，小毛都熟练地应付过去，说过一阵子再等等。

小花只是个工人，每月工资微薄，所以他们俩在一起的花销都是小毛来承担，而小毛没有钱的时候就向黄毛来要，每次小毛都说自己学校里要钱，补习费，资料费等等，当然还有最起码的生活费。小毛也不想这样，用现在的话来讲他活得很累，两边都要骗，一方面要骗黄毛，给她造成一个假象那就是他要考大学，因为如果没有这一点，黄毛是不会给他这样多的钱，小毛知道，只要有这个理想，黄毛就会源源不断地给他钱。同时小毛还要骗小花，编造高干子弟的谎言，他怕失去小花，怕小花知道真相之后就不跟她好了。

为了维系小毛的爱情，那伍要努力地干活挣钱，当然他并不知道自己的努力和小毛会扯上什么关系，他只是觉得，自己都不是个健全的男人，多挣钱孝敬媳妇是应该的。当然那伍也不是没有理想，他的理想，就是有一天能够重振雄风，在床上捡起男人的尊严，别让黄毛把自己看扁了。

那伍努力地挣钱，为自己那个东西不好用而埋单补偿，他一边补偿，一边想办法让自己重振雄风。他的办法，就是找老幺了。在那伍看来，老幺懂的最多，而且办法也最多，看那天他三缄其口的样子，肯定是已经有了主意，只是不方便说，或者故意拿着不说罢了。

那伍每天都会给老幺些菜，以此讨好老幺。老幺也知道那伍想些什么，他是想吊足了那伍的胃口。原来老幺不是故意不告诉那伍，而是害怕黄毛，他怕黄毛来找他。

这天，老幺跟那伍说了实话。他告诉那伍："如果你真想治好病的话，那就再找一个女人。"那伍嘴咧开老大，对老幺说："老兄，你太抬举我了，我这个媳妇是怎么来的你是知道的，谁肯嫁给我啊？"老幺当然知道那伍的事，直到现在小城里的人都知道那伍那方面不行，这基本上等同于公理，什么是公理，就是大家公认的道理，无需证明的道理，要想证明别的东西只拿这个当依据的道理这就是公理。那伍那东西不好使这个命题，在小城里就是当做公理使用的，就是不证自明，而且是其他结论的依据。

既然是一种依据，那伍又陷入逻辑上的困惑。老幺的意思是说，要想找个人跟你在一起不管是搞破鞋还是结婚，你就能够重振雄风。但现在的事实是，如果能够证明那伍身体是好的，那伍理论上就有可能找到可以让他重振雄风的人。而那伍那方面不行，这是公理，所以没有人愿意跟他上床，所以也就无法证明自己那方面是可以的。而黄毛则是个例外，黄毛是抱着勾引那伍的目的跟那伍接触的，她是为了要让那伍强奸她的目的，也就是说要证明那伍那方面可以的目的为基础和那伍接触的，所以属于动机不纯，打破了逻辑上的怪圈。

那么老幺下一步的推论是："你现在问题在于，你跟黄毛不能重振雄风，你跟其他人一点问题都没有,这是我的推断。如果这样的话,你现在就需要找一个其他人。"那伍瞪大了眼睛:"你说了半天不又绕回来了啊。"老幺说:"你别着急,我慢慢给你分析。"那伍能不着急吗,这可是关系到他安身立命之本的事,可老幺这个时候非要深入分析,那伍也没办法,只好听着。

老幺讲:"黄毛是先前的例子,给了我们启示,也就是说要找一个和黄毛一样动机不纯的,也就是说至少开始不是想跟你过日子一样的女人来,这样就有可能打破这个怪圈。"

首先那伍不想离开黄毛,这个老幺知道,老幺说:"你现在需要做的是你找别的女人重振雄风,不影响你和黄毛过日子,是这个问题,谁也没让你和黄毛离婚。"那伍明白了,但再一想,找一个动机不纯的,找谁啊?找个想害死我的人?老幺哈哈大笑:"你自己领悟去吧。"

那伍怎么也想不明白,如果说那伍脑袋里左边是面粉,右边是水,那么老幺对那伍的提示就是将这水和面粉搅在了一起,那伍一脑袋的浆糊。如何才能重振雄风,这是一个关系到那伍命运的问题,也是他目前来讲最为重要的问题,是一个命运攸关的大事。那伍不敢怠慢,可他怎么想也想不明白。如果想要证明自己还可以,就要找个人去示范验证,如果想找个人来验证,那么就要首先证明自己那方面没有问题。可如今的那伍是既不能证明自己那方面没问题,也不能找个人来验证。这个问题困扰着那伍,影响着他的生活,因为按照老幺的理论来讲,他是没有问题的,只是苦于没有法子证明。

这样,几天过去了,那伍的日子还是那样平静。白天卖菜,晚上收摊回家,交租子,看脸色,还受到黄毛的冷言冷语,稍有不从,黄毛便拿出"你都不是个男人"来证明他能娶到媳妇已经是烧高香了。那伍实在是不想这样度日,第一,他坚信,他那方面是没有问题的,第二,这两天的买卖不太好,黄毛的租子让他感到压力。买卖这个东西就是这样,有的时候挣得多,有的时候挣得少,不像在单位,尽管收入微薄,但持续稳定,每月挣的钱都是一定的。那伍甚至想到了当年在单位的日子里,相比之下,尽管收入少,但几乎是无忧无虑的生活,你只想着干活,完成任务,至于工资,到日子就会发给你。现在虽然挣得多,但自己的生活还是跟往常一样,偶尔喝个酒,便再没别的活动了。以前在单位工作的时候还经常去找邻居或者工友打扑克，可如今，这样的娱乐便也是奢侈的了。

　　那伍受到黄毛的一切压迫，在那伍看来，全然是因为自己那方面不好使，所以他非常的努力，想要证明自己那方面还是没有问题的，而且他坚信这一点。他现在之所以这样低声下气，之所以这样委曲求全，都是因为自己的短处，这短处可是真真正正的短处，这是任何一个女人都无法容忍的，也是对任何一个有理想的男人的沉重打击。所以他要改变，改变自己不中用的现状，改变自己现在低声下气的状态。他要像个男人一样，有尊严的生活，在黄毛面前可以挺胸抬头的生活！

　　老幺禁不住那伍软磨硬泡，便也来帮助那伍想办法。

　　老幺毕竟是老幺，对那伍的病情又有了新的医治方法。老幺问那伍："每当看见穿着入时的女子走到市场上的时候你兴奋吗？"那伍想了半天，低下头，不好意思了。老幺说："你那方面有反应吗？"那伍低头不语，发出了微弱的肯定的声音。老幺笑了，对那伍说："这本没什么丢人的，你又没强奸人家，只是在头脑里想一想，这不算犯罪。"那伍不解地说："不算犯罪倒是，但总觉得有些缺德了。"

　　老幺一拍那伍肩膀："你怎么这么死心眼啊，这跟缺德有什么关系，你想想，在心里想，又不说出来，也没耽误人家，又不是你这边一想，人家就缺了块肉。跟缺德不缺德不挨着，而且现在我要给你治病，你要好好地想，知道不？再有好看的女子经过，你觉得有感觉的，你就要想，跟她那个，好好地想，知道不？想得越具体越好，知道不？"

　　那伍点点头，脸都红了，犹豫地说："这行吗？"老幺坚定地说："当然行了，没啥不行的，你也没对她怎么地，你怕什么？"那伍点点头，安慰自己道："对，我也没对她怎么地，我又没真的摸她，又没真的亲她，又没真的强奸她，我就想想，在脑子里想想，又不碍着别人的事，有啥不行的。"老幺的点拨终于在那伍那里起到了作用，他不禁兴奋起来，手拍着大腿道："就应该这样！"

　　"对！就应该这样"那伍重复着，但觉得脸还是有些涨红。

从那以后，那伍就盯着来市场上买菜的漂亮女子。这样的时候不多，因为漂亮女子很少来市场买菜的，偶尔来一个，也是转瞬即逝。那天一个穿着入时的年轻女孩来到市场买菜，从那伍摊前经过。那伍看到那女孩的脸，便是觉得一阵眩晕，这女孩果然漂亮，长着一双大眼睛，皮肤白皙，富有光泽，吹弹可破似的，这倒是勾起了那伍的兴趣。这女孩穿着一件红色上衣，牛仔裤，那牛仔裤将下身包裹得紧凑，便觉得如香肠的外包装一样，滚圆的屁股随着走路而左右摇摆，这是最为诱人的。其实不光是那伍在看，老幺也在看，市场上的男人都在看，还都流着口水。对面卖袜子的是一对夫妇，男人看女孩的时候被女人发现，便拧了他的耳朵，男人也知道自己做错了事，也不敢声张，只小声求饶。

那女孩胸脯也很高，被紧紧的衬衫包裹着，倒是像两个馒头。那伍按照老幺的提示，开始了想象。他想这女孩躺在床上，那伍亲吻着她，抚摸着她，那伍用力地撕扯着女孩的上衣，女孩惊恐的表情让那伍更是兽欲大发。想到这，那伍有些懊恼，女孩为何惊恐？女孩应该是很享受的样子。所以他又在想象，女孩很享受的样子，含情脉脉地看着他，而他，在用力地撕扯着女孩的上衣，很快女孩的胸裸露出来，他从未见过如此大的胸部，如果黄毛的胸是一毛钱一个的小馒头的话，那这女孩的胸则是三毛钱一个的大馒头，那伍想像着，便用手去揉搓，用嘴去亲吻，他还将那女孩的裤子脱下……

这样的想象让那伍感到满足，因为他明显感觉自己是个真正的男人，有了征服一切的本事，当然，这样的想象也没经历多久，因为有人来买菜了，那伍不得不将想象立刻停住。

这天夜里，恢复信心的那伍再也按耐不住了。他躺在床上思来想去，到底要不要跟黄毛提出这样的要求呢？如果提了而自己还是不行，那黄毛肯定又要让自己睡仓库了，想想还是算了吧，按照这样的方法再治疗一阵也许效果会更好。不过想起今天那红衣女子，那伍便再也按耐不住身体的冲动。这种冲动一上来便觉得浑身热得很，有万般力量集结在体内无法释放一样，不过他又想到若真的不行的话黄毛的那张脸，想到这那身体的火焰便被浇灭了一半。那伍思来想去，足足想了半个钟头。这个时候黄毛已经睡着，很重的鼻息提醒那伍，一旦行动那便是有风险的，若真是不行的话，那便是又加了条罪名，打扰人家睡觉。

那伍有些退缩，但始终心有不甘。就抱着这样复杂的心情，那伍推了推黄毛，黄毛被推醒，只应了一声，便翻身过去，这个时候那伍将黄毛搂了过来，伸手去脱黄毛的上衣。黄毛睡梦中惊醒，首先的反应便是去推那伍，黄毛不是不想，她太想了，才三十岁不到就要守着活寡，那是什么样的滋味，可她实在是受不了那伍折腾半天却始终没有实质性的进展，这着实让她恼火。

今天见那伍又来这一套，她便下意识地推着那伍。谁知道那伍力气很大，死死地将她搂住，并很快地脱掉了她的上衣，在黄毛的前胸雨点般地亲吻着。黄毛本想挣扎，但似乎睡梦中的她还没有完全地恢复意识便进入了另一种状态，这种感觉让你的骨头都能酥掉，看来那伍今天白天的治疗是有作用的。只不过黄毛的胸小了点，与今天那红衣女子的胸形成了鲜明的对照，这个让那伍感觉到了落差，不过还好关着灯，那伍尽量地想象身下的黄毛是今天那红衣女子，想到这那伍便来了精神。他将黄毛的裤子脱下，也许是着急了，太猛烈了，弄疼了黄毛，只听黄毛一声尖叫，便骂道："你奶奶的，慢点！"

其实黄毛的感觉尽管很疼，但这疼痛只是转瞬即逝，取代疼痛的便是那久旱逢雨的滋润和畅快，可这样的畅快还没体验半点，只感觉那伍的气焰逐渐地熄灭了。

原来那一声叫骂吓到了那伍，受到惊吓的他浑身的血液便会往头上涌，这样，下面的血液便无法集中起来，他失败了。结果可想而知，黄毛气得跟疯狗似的大骂："你这个阉货，没用的东西，你他娘的半夜把我叫起来你倒是有那个本事才行啊。没那个能耐还他妈的这么整我！"说着一脚将那伍踹下了床，黄毛在床上用力地翻了个滚，气呼呼地躺在那里。那伍被踹到了床下，背靠着床坐着，他在沮丧，沮丧的同时在反思，在总结经验教训，他在想，问题到底出在了哪里？他想到了半夜，也没想明白，于是跑到小仓库睡觉去了。

这一夜那伍没有睡好，而是在想，问题到底出在了哪里，想着想着，他就想起了白天经过他菜摊的红衣女子，想到这他便激动起来，他明显地感觉到自己身体的变化，这种变化是明显的，可以感觉到的，是切实存在的，有了这种感觉，他便觉得自己还是个男人，这种感觉给他信心，让他觉得自己并不是不中用。可想到黄毛，想到黄毛的时候他便觉得浑身发冷，他怕了，怕黄毛那张脸，怕黄毛的嗤之以鼻，怕黄毛不耐烦的表情，怕她一脚将其踹到床下。整个晚上，那伍都是在激动和害怕中度过的，直到天亮。

那伍还是应该高兴的，至少前半段是成功的，只是因为操之过急弄疼了黄毛，便引来她那样的喊叫让那伍受到了惊吓。那伍将这事原原本本地告诉了老幺，老幺听后便哈哈地笑了起来，此时的那伍俨然是将老幺当成了自己的主治医师，便也不觉得不好意思，只是想听到他的建议。这个时候老幺说："师傅领进门，修行在个人。我已经告诉你解决的办法，至于怎样修炼，那是你自己的事了。"

于是那伍便继续"修炼"。从这开始，每当市场上有漂亮女孩经过，他便直勾勾地盯着人家，当然，这种眼神只能算作是偷窥，也就是看人家的背影或者侧面，有了这样的目的，他便很少看人家女孩的脸，因为他不好意思，他觉得自己很龌龊，很卑鄙，至少潜意识里是这样认为的，否则为何不敢直视人家。不过也好，看着背影、侧面，更有想象的空间，因为这样，很多人都是他想象的对象，从背影看来，这世间便多了许多美女。

那伍就这样修炼着。他不敢对黄毛轻举妄动，因为有了上次失败的教训，他便觉得自己应该不鸣则已，一鸣惊人。他在等待时机，等待时机成熟之后再来一鸣惊人。每次想到这那伍就特别激动。而这个时候的黄毛也将心思统统地用在了小毛身上，前些日子，小毛又向黄毛要了一千块钱，说是学习英语用的。反正凡是小毛说要学习，黄毛都会毫不犹豫地拿出钱来，当然，这钱还是要靠那伍的，那伍这两天生意不错，稳定地为黄毛提供租子，这样黄毛便有钱给小毛了，她觉得自己的弟弟是长身体的时候，也隔三差五地到学校找他，请他吃烤牛肉。

小毛从姐姐黄毛那里得来的钱，大多数都和小花一起花掉。他们经常下馆子吃饭，因为小花也喜欢烤牛肉，喜欢看电影，喜欢逛街买新衣服。这个时候市场上卖什么的都有，只要有钱，什么都能买来，也正因为这一点，小毛才特别需要钱。不过有一个问题令小毛疑惑，那就是小花不再提及要调到机关的事了,这虽然让小毛放松下来,但依据小花的性格,那是不达目的誓不罢休的,而且自己还有个市建委领导的爹,小花怎能这样善罢甘休?小毛想到这,也懒得想,不提更好,免得去给自己找麻烦,他连个爹都没有,更别说是市建委领导了。

十七

那伍卖菜的时候，工友老胡找到了他。自从那伍从单位辞职以来，除了刘强经常见面之外，和这些工友便失去了联系。在单位的时候，那伍和老胡关系算是不错，经常在一起喝酒，好久不见，见了面也非常的亲切。那伍还当是老胡路过，便想给老胡拿些自己卖的菜，老胡并没有拿，嘴上说："你干这个也不容易，怎么能白拿呢？"那伍坐在那里和老胡叙旧，聊了好一会，看老胡没有走的意思，便提出收了摊位和老胡喝酒，那伍从兜里掏出毛票，数了数，快六十了，给黄毛五十五块钱的租子和三块钱的补偿费，自己还有所盈余，便要老胡等上一会，等再卖够了酒钱，便请老胡吃饭喝酒。

老胡摆摆手说算了，然后就欲言又止。那伍猜想老胡有事找他，便问，老胡刚开始还不肯说，犹豫了下，便小声问那伍："你那东西，现在还好用吗？"

那伍当然知道老胡所指，这么大岁数了，而且老胡又好久不见，便向老胡诉苦。谁知刚刚说了自己的苦闷，老胡一拍大腿说："兄弟，我有个法子，能治你的病。"那伍觉得好奇，便问道："什么法子？"这个时候老胡又是欲言又止，经过那伍层层逼问，老胡才道出实情。原来老胡不知道从哪里弄来几盘色情录像带，在家里播放，想让那伍过去试试。听到这个，那伍只觉得浑身的血液都在跳动，脸便通红起来，黄色录像带这东西他并不陌生，知道现在市面上有，但政府是管控的，前两天还听说谁在家看那东西被抓了起来。那伍从来没看过，不过听说，录像带里的全是外国人，而且都不穿衣服。想到这，那伍的脸色便像个熟透了的红柿子。

老胡看出了那伍的心思，便说："你就当是药，治你那毛病的药，这东西好使，只要你看上一会儿，包治百病。"这话说得那伍心里痒痒，便想去试试。那伍想，这东西是好，自己也是从未见过，看看也好，第一开开眼，第二若能治好自己的"病"，那便是天大的好事了。那伍知道老胡是无利不起早的，他问老胡这个需要多少钱。老胡伸出一个拳头，十块钱看一晚，看到几点都行。

那伍说："行吧，只是，明天吧，明天我攒够了钱，一定去。"

老胡还奇怪，刚才还看那伍数钱，那兜里足足有一大把零钱，也有个百十来块的。那伍跟老胡道清了事情原委，他跟老胡说，媳妇管得严，而且自己那方面不好用，便每天交给媳妇五十八块钱的租子，剩下的钱自己才能自由支配，前两天跟老幺出去喝了酒，便花光了自己的积蓄。老胡听着就笑，没想到那伍这铁打的汉子，竟然被媳妇弄成了这样。再一想也是，谁让他那方面不好用了。老胡是同情那伍的，便问那伍今天有多少钱，那伍精确地在头脑中算了一笔账，兜里的钱减去成本，再减去五十八块钱就是自己可支配的钱数了。他说四块三毛钱。老胡说，既然你我以前那样熟悉，四块三就四块三，你都给我，今天就让你看。

那伍得到老胡的优惠，还是比较兴奋的，不过这个时候那伍又担心起来了，他小心地问老胡："不会有警察吧？"老胡斩钉截铁地说："怎么会，都是些平日里关系不错的哥们，谁会引来警察！"

这天傍晚，那伍早早地吃了饭，假借说出去散步走出了家门，往老胡家走去。一路上那伍心里这个激动啊，心都快跳出来了，他听说过黄色录像带的内容却从未见过，他听说都是些不穿衣服的男女，外国人。快到老胡门前的时候那伍又害怕起来。不会有警察吧？他左顾右盼起来，看没有动静心情才平静了些，不过他还是犹豫起来，如果来了警察被抓了起来，那可就完了，黄毛定是不会轻饶了他，没准还会加租的。想到这那伍有些退却了，这要是再加租的话，那自己没事跟别人喝个酒的钱也没了。那伍的心情很纠结，不知如何是好。老胡就在这家的二楼，自己已经到了楼下，想想黄色录像那伍便兴奋起来，再想想警察，想想黄毛，那伍便沮丧起来，如此反复了好一阵子，那伍还是走了进去，不为别的，只是为了能治好自己的病。若观看这样的录像能真正让自己重振雄风，那即便是被警察抓到了，也是值得的。那伍知道，现在最多是治安处罚，比以前要宽松许多的。想到这，他更加坚定了，不就是罚钱吗？反正现在这样活着还不如拼一把，运气好了，治好了病那便是捡了大便宜。

那伍走了上去，老胡家里聚集了六七个人，那伍一看，有些认识，有些不认识，他们有的坐在床上，有的坐在椅子上，有的坐在地上。那伍到了，人便齐了，老胡拉上窗帘，关上门窗。这时候天气炎热，动一动就是一身的汗，而且六七个人关在一个十多平米的屋子里，还有人抽烟吐痰的，空气可想而知了，可就是在这样一个恶劣的环境中，电视中出现了大家盼望已久的画面，这让第一次观看这样录像的那伍瞠目结舌……

从老胡家走了出来，那伍觉得有些头晕，也许是刚才关上门窗还有人抽烟的原因，也许是因为别的，他像中毒了一样觉得脚下软绵绵的，身体却硬邦邦的。那伍还是头一遭看这样的录像，回家的路上，他的大脑中还不断出现刚才电视画面的内容，那简直是不堪入目，简直就是耍流氓，想到这个词，那伍浑身一紧，一个机灵，便觉得好像大梦初醒一般，他心里面难过得很，各种情绪交织在一起，紧张惶恐道德败坏的感觉如一张大网将那伍扣住，而且这网越来越紧了。那伍都不知道自己是怎样回家的，只觉得脚下机械地走着路，精神恍惚，心怦怦地跳，仿佛要从嗓子眼里跳出来似的。回了家，那伍觉得平静了些，他又喝了点酒，心也不那么慌了，而且还笑了，笑出了声。这让黄毛看到了，便问他笑什么。他随便扯了个谎，盖了过去。

喝酒压惊，酒壮怂人胆，那伍不再害怕，不再紧张，不再焦虑，不再因为这些情感而心跳加速，反倒平静了很多，这个时候他只觉得浑身麻酥酥的，心中如万只小虫撕咬一般，痒痒的，难以忍受，他知道是那"药"在起作用，这样，便觉得自己很下作。自己裤裆里的东西不行，却偏偏要看那些耍流氓的东西才能成为男人，他不仅下作，而且很卑劣。有了这样的感觉那伍便要去抑制自己的冲动，可他即便力气再大，也控制不了这突如其来的情欲，这情欲便像泛滥的洪水冲破了他筑起的层层堤坝。

那伍不顾黄毛撕咬地将她仍在床上，扯掉她的衣衫裤子，那黄毛喊道：

"你这个臭不要脸的东西，没那个能耐你偏偏招惹老娘，你若真有那能耐也行……"

黄毛只说了这几句话，那伍便用自己的嘴堵住了她的嘴，那伍用力地亲吻着，此时他的头脑里尽是那些流氓的画面，他想象着自己身下便是那金发碧眼的外国娘们，伸手去抓黄毛的乳房，很显然黄毛的乳房在国人这里都算是小的，更别说去跟外国娘们比较了。不过这并不影响那伍去想象，这种想象带给全身各种感官美妙感觉。

黄毛开始还奋力反抗，凭借她的经验，她知道那伍只这一会来了冲动，再待上一会便会疲软下去，最近的几次，她都是大声怒喝，那伍便灭了火，如果大声怒喝不成，便是用力一脚，将其踹到床下。黄毛本想用这招来着，可没想到那伍今天力大无穷，而且意志异常的坚定，好像不达目的誓不罢休似的，这样黄毛的力量就不得不败下阵来。逐渐的，黄毛似乎已经融入那伍给她带来的氛围之中，她身体上慢慢地迎合那伍，心里还是在想，这个缺德东西，一会若是不行，看我怎么收拾你！这样想着，便觉得下身一阵巨疼，她大喊一声："缺德玩意你弄疼我了！"也正是上次，黄毛喊了这句之后那伍便败下阵来，可没想到那伍这次骁勇异常，竟然是越战越勇，黄毛不仅仅喊了这句，而且一直在身下叫骂，那叫骂的内容不堪入耳，可那伍并没有被这黄毛的怒气所吓退，而是激流勇进，动作异常的迅猛，浑身的肌肉似乎都在散发出力量来。那伍从小习武，苦练摔跤本事，这摔跤便最重视腰部的力量，这功力正是那伍的强项，尽管黄毛在身下如何叫骂，如何撕咬，甚至发疯一样用手指甲去抓那伍的后背，这一切激烈的破坏性举动在那伍那里全然变成了动力，他发疯了一样，黄毛看得清楚，那伍额头上的青筋直跳，浑身的肌肉有节奏的抖动着，下身随着腰部的摆动不断地挺进，黄毛便停止了叫骂，仅存的意识让她在想，这男人是谁，是那伍吗？

用一句革命时期的话来说，那伍在这场战斗中打得漂亮。如果说去总结之所以赢得战斗的原因，那便是势气，有了势气，那便是战无不胜所向披靡的。那伍找回了男人的自信，在自己的家找回了自己的地盘。他和黄毛赤裸裸地躺在床上，那伍不停地喘息着，倒着气，也许是刚才过于猛烈，汗水出了一身，觉得浑身湿漉漉的。黄毛似乎还没有从刚才近似梦中的景象走出来，躺在那里傻傻地看着天棚。

那伍侧身躺着，望着窗外，此时月光稀疏，洒在身上，窗子是开着的，风轻轻地吹进，那便是清爽的感觉，那伍在想，做个男人，真好！

这夜，那伍睡得踏实，醒来的时候便觉得浑身是劲，精神百倍。这是清晨的四点，即便是白昼最长的夏天，这个时间天也没亮。自从那伍卖菜开始，便是这个时候醒来，不知不觉那伍干这买卖已经一年了，春夏秋冬，四季变换，最难熬的便是隆冬的早晨，从被窝里爬起那简直是一种折磨。夏天还好过些，白昼干热，衬托出清晨的凉爽是那么的可贵。那伍从床上爬起，看到熟睡的黄毛，竟然不自觉地亲了她的脸颊，也许是动作大了，黄毛睁开了眼睛，睡眼惺忪的样子看着那伍。那伍说，我走了啊。黄毛点点头，便一把搂住那伍。

那伍本来是坐在床上要穿衣服的，被黄毛这样搂着，不单单那伍是没有在清晨亲吻过黄毛，而黄毛也没在这个时候搂过那伍的脖子，用当时流行的语言来讲，那伍还觉得比较罗曼蒂克的。黄毛搂住那伍的脖子，像个贪婪的蛇一样，缠住了他的身体，他本想起身的，但黄毛执拗着不让他起身，更令他难以想象的是，黄毛竟然亲吻起他来了。

黄毛的举动让那伍觉得很尴尬，他也知道黄毛的用意，但如果随了黄毛的愿，那伍便知道那时间是来不及的，郊外的菜农可等不得你那么长时间。就在那伍犹豫的时候，黄毛用力将那伍摔在了床上，那伍刚要说："时间来不及了"，话还没整个的说完，黄毛的嘴便堵了过来。接着黄毛是又抓又挠又咬，弄得那伍觉得自己像跟一只猫在干那事一样。逐渐地，那伍被撩拨起来，便觉得浑身燥热，真感到按耐不住。

黄毛如发情的野猫一样，大声地叫喊着，浑身上下的肌肉也跟着动起来，那伍便觉得自己像个小船一样，漂浮在波涛汹涌的大海上。他被海浪拍打，摇晃，还有点头晕似的，黄毛用牙齿、指甲在那伍身上留下了痕迹，那伍应该是疼的，可他丝毫不觉得疼痛，只是一种莫名的兴奋，好像一个好斗的勇士受到了挑战一样，黄毛的表现撩拨着那伍的情欲，挑斗着他作为男人的自信。那伍信心百倍地应战，迎着风浪而去，他又觉得自己是一个勇士，而黄毛便是自己身下的战马，他骑着那战马驰骋在战场上，欲要战胜所有的敌人一样。那伍再次疯狂了，他觉得自己什么都不怕，某个瞬间，他便是这个世界的主宰，他是如来佛祖，他是玉皇大帝，他掌控着天上人间所有的事务，他像阎王爷一样可以决定人的生死，他如孙悟空一样，飞扬跋扈，腾空万里，破浪前行，他想象着自己就是一个得道的仙人一样，畅游在三界之外，不在尘世之中。

那伍在最后的时刻趴到了黄毛的身上，整个身体的力量全然压在黄毛瘦弱的身上，压得她喘不过气来。那伍喘息了一会，便要起身，这时黄毛硬是将他搂住，不让他起身。那伍回头看了看墙上的挂钟说："真是晚了，菜农可不等人啊，上不来菜，这一天我卖啥啊？"

可即便是这样说了，黄毛也没有打算放开的意思，这样他们又搂了一会儿，黄毛终于放开了他，那伍赶紧穿上衣服，晃晃悠悠地走到厨房用毛巾擦了擦身上的汗，便推开门走了。如果说清晨醒来的时候那伍精神百倍，那么现在依然是精神百倍，只不过脚下有些发软。他推着三轮车就往郊外赶，小城不大，到郊外也就半个钟头的时间，菜农一般都是在四点多钟来到一个地方，将菜卖给那伍这样的买卖人。

那伍今天来的时候，好菜全让人家挑走了，给他的都是些"品相"不好的，所谓品相就相当于一个人的外貌，人靠衣服马靠鞍，菜也一样，好品相的菜自然就卖得好，卖得快。

那伍不情愿地上了这批菜，便向城里的市场骑去。到公园门口的市场正好六点钟，往日里那伍出来得早便有吃上早饭的工夫，可今天时间耽搁了，而且已经开始上人了，那伍便连饭也顾不上坐下来吃，只买了两个馒头充饥，便开始站在那里吃喝了。

由于菜的品相不好，卖起来也吃力，一天下来，刨去吃喝税钱，才进账二十多一点。这对于平日里的五十块钱，那少了一半，那伍倒是有些埋怨黄毛起来，若不是黄毛早上硬生生地拖着他干那事，也不会弄了这一车破菜，也不至于只挣这么点点的钱。那伍一边想一边往家骑，到家的时候黄毛已经将饭菜准备好了，那伍往桌子上一看，简直是吓了一跳。鱼肉都有不说，还有大虾，这是心疼坏了那伍，不过回头一想，自己平日劳累，也该补补身体。他看黄毛精神焕发，平日褶皱的皮肤似乎也冒出了光泽，越发的好看了。那伍坐下，拔了只盐水煮大虾吃，觉得不错，又喝了口小酒。这时黄毛已经将菜上齐，也坐下来，跟那伍碰了杯喝了一口，两人头碰头吃了起来。

以往，那伍总是匆匆地吃完，而今天那伍学会了慢慢的品尝，他觉得这若是狼吞虎咽，倒是对不起眼前的美味了。他细细地品尝着，跟黄毛说哪个菜如果怎样改善则会更好，黄毛也点头称是。两人看起来其乐融融，这个时候黄毛随便问了一句，今天挣了多少？

按照常理，那伍每天下班回来第一件事便是主动上交租子钱，今天竟然忘记了。他说，二十六。黄毛吃惊，立刻瞪起眼睛："怎么这么少？平时不五十多吗？"

那伍说："还说呢，大早起来的你非缠着我干那事，误了时间，进了些破菜，才挣了这么少，知足吧，我还以为今天得赔钱呢！"

黄毛乍一听有些不快，但聪明的黄毛随后便反应过来，她觉得那伍骗人，因为这钱和平日里差距太大，是挣是赔的光凭那伍的一张嘴，这事本来就不靠谱。黄毛便要上来搜身，那伍也习惯了，搜就搜，又不是没搜过。果真，黄毛从那伍身上搜出的钱，减去每天必备的本钱，的确就二十多块。黄毛欲将那二十多块钱全部占为己有，毕竟是聊胜于无。那伍不乐意了，他觉得那二十多块钱也应该有自己的零花钱，便和黄毛抢了起来。平日里由于自己有"短处"，便觉得矮人一等，所以什么事都顺着黄毛，现在的那伍也许是找回自信的缘故，便觉得可以平起平坐，再加上昨晚今早的激情，更是刺激了那伍男性荷尔蒙的分泌，所以他显得格外的阳刚。抢来抢去，黄毛哪里是那伍的对手，便让那伍一把推到床边，这样那伍一分钱都没给黄毛。

其实那伍要这钱也说不上有什么用处，只觉得这样的感觉很好，因为自己是男人了，男人应该倔强，应该有自己的脾气，那伍觉得刚才将黄毛推到床上的一刻自己特别男人，特别阳刚，他迷上了这种感觉。

可奇怪的是，黄毛没哭也没闹，竟然在床上发了会呆，便自己起来了，继续吃饭，也不吭声，也没掉眼泪。那伍心里乐开了花，简直有种翻身农奴把家还的感觉。他心里高兴得很，但没有表现在脸上，他觉得自己应该有点深沉，那是一种威严吧，男人的威严，这样想，他便更加自信了。他想，自己挣钱养家，你黄毛不工作一分钱也不挣，以前是自己那方面不行，如今恢复了正常，便也没啥理由啥事都听你的。想到这，那伍便打心眼里高兴。

那伍吃了饭，扔下碗筷，便点了根烟，往外走去。其实那伍是不抽烟的，也不知道上次谁来家里剩了那半盒的烟，如今烟丝已经干了，硬了，碰一碰都直掉渣，就是这样的烟，他也叼上了，他需要的是这种感觉，惬意的感觉，吃完饭筷子一扔出去散步的感觉。当然这又跟以往大不相同，以往是吃了饭，黄毛筷子一扔，出去散步，那伍收拾碗筷。

身后的门关上的一刹那，那伍本来很紧张的心终于放下了。他还怕黄毛追上来跟他扭打一团，那样就糟糕了，不过还好，黄毛已经被自己的威慑力镇住了，彻底地镇住了，那伍便叼着根烟往外走去。

其实那伍并没有想去老胡那里，可脚下的步伐不听使唤，十几分钟的工夫那伍到了老胡楼下。那伍犹豫起来，到底要不要上去看那流氓录像呢？如果第一次观看算是治病的话，可现在在那伍的心里，自己俨然是一个男人了，顶天立地真真正正如假包换的男人。那流氓录像到底有什么好看的？那伍问自己，像自己这样顶天立地的男人竟然干如此的勾当，他觉得有些脸红，他脑海中浮现了那外国娘们不要脸的行为，他在想啊，要是在封建社会，这样流氓的行为不得千刀万剐了啊，该死的外国娘们，他嘴里反复念叨着。

最后那伍还是上去了，他这样安慰自己，自己虽然已经是个顶天立地的男人了，但为了巩固一下治疗的结果。

整整两个小时，那伍和七八个老爷们在一个十来平米的狭小空间中度过的。在这个狭小空间中，有的人抽烟，有的人吐痰，有的人放屁，有的人流口水。也就是在这狭小的空间里，那伍带着各种复杂的情感，应该说是带着批判，观看了那"流氓录像"。如果说第一次观看那伍还觉得自己是罪恶的，那这第二次这感觉便无影无踪了，因为他觉得那录像里的人才是罪恶的，他们贪婪地展示自己的欲望，带着夸张地展示着自己的不要脸，那伍在这两个小时里都是骂录像里的人不要脸，一个人怎么能不要脸到这种地步？他越这样骂着，心里面越是舒服，便觉得自己是崇高的，至少是要脸的。

这天那伍回到家，黄毛已经躺下，背对着门，那伍进来的时候只看到黄毛的一个后背，那伍洗漱了下便上了床，谁知道一上床，那黄毛便像个蛇一样死死地将他缠住。

这个夜晚注定是不平静的。黄毛像个发情的小兽，将自己的欲望展现无余，那伍则因为自己已经成为顶天立地的男人而自豪，再加上刚才的巩固性治疗，两人一拍即合，擦出点火花便点燃了夜的激情。那伍依然将黄毛想象成那些不要脸的娘们，尽管黄毛要比那娘们小上几号，尽管黄毛还没有不要脸到那种程度，但那伍依然沉迷于这种想象，或者说只有在这种想象中，他才会迸发出各种激情，所以他总是显得醉眼迷离，因为眯上眼睛，才不至于很清晰地看清楚黄毛的脸，这样才有助于他的想象。黄毛在他身下尽情地释放着，释放着自己的狂野，也释放着自己的温柔，这女人，便是水和火做成的，一会儿如水般温柔、妩媚，那样的眼神，那样的动作，尽显娇嗔，将男人浮在上面，让人不禁联想那句话，水利万物而不争，她一会又像火，可以瞬间点燃激情，将你燃烧得化为灰烬一般。而那伍便在这水火之中，显示着自己的男儿本色。

那伍释放了自己的激情，便觉得像被掏空了一样，由于被黄毛撕咬的结果，浑身都是火辣辣的。那伍从黄毛身上下来，躺在床上，喘着粗气，浑身湿漉漉的，他觉得眼前直冒金星，看了下墙上的挂钟，十点多了，突然间睡意袭来，他心想，明天早上一定要赶上那批好菜，否则就有赔钱的危险。

那伍背对黄毛，黄毛不高兴了，她让他转过身来。黄毛依靠着那伍，此时她脸色红润，汗水衬托着整个身体都是那样生机勃勃，黄毛贴在那伍身前，手也没闲着，摩挲着他的胸前。那伍是睡意袭来，而黄毛则是没有一丁点的睡意，这也好理解，毕竟那伍是在外面站了一天，而黄毛在家里除了做饭，有足够的时间去睡，而且就这件事来讲，那伍耗费的体力更大些。此时的那伍想睡，却不能睡，因为黄毛的手不停地在那伍胸前摩挲，这种摩挲应该是一种挑逗，轻轻的，让那伍感觉痒痒的，他几次想摆脱黄毛的纠缠，可黄毛的手就像条鱼一样滑。那伍真的很困，很累，他要睡觉，因为明早还要早起，可黄毛不管这些，好像要将这结婚以来所有的亏空都补足一样。

这次，黄毛翻身骑在了那伍身上，雨点般的亲吻打在那伍脸上，痒痒的。

不时，那伍的心也开始痒了起来，其实那伍不是不想，而是没有体力去想，他太累了，这便是心有余而力不足。但人是个奇怪的东西，心力是可以互相影响的，人是所有动物里面这方面表现得最为明显的，有的时候人们将这种现象叫做意志或者意志力。而这样的意志本身便意味着透支，透支体力跟透支信用卡一样，早晚是要还的，可那是以后的事，毕竟透支的过程也是很美妙的。

骑在那伍身上的黄毛，没多久便感觉到那伍精神头的回归，那是一种向上的力，这种力给人信心，给人信念，让人激动，甚至是兴奋不已。那伍有一下子被吞掉的感觉，身体的亏空所带来的不适瞬间消失，取而代之的是兴奋，是激情。黄毛在他身上肆意地释放着自己的能量，这让那伍想起了那"流氓录像"，因为以往都是那伍在上而黄毛在下，这样姿势那伍是在录像中看来的，当然也会随之摆动身体，迎合黄毛，可黄毛是跟谁学的呢？这应该就是无师自通吧。

这次之后，那伍一头扎在床上，他想过，如果你黄毛再来，非一脚给你踹床底下不可。这次黄毛再没进犯，只是靠在那伍的手臂上，没一会便入睡了。

十八

这段时间里,那伍过得精彩,也很充实,他几乎每天都要光顾老胡那里,去看那令他厌恶的流氓录像。也正是因此,那伍每天都给老胡五块钱,而这五块钱里面老幺要抽去两块,因为这是老幺给老胡拉去的买卖,老胡讲信用,给老幺的提成是按天结算,从不拖欠,这两个人的生意做得甚好。

黄毛就像个发情的野猫,见到那伍不想别的,而且每晚都将那伍折腾得筋疲力尽。那伍因为这事,成为了真正的男人,他自认为自己是个顶天立地的男人,是这个家的户主,便不再像过去那样给黄毛租子了,他是这样想的,也是这样做的。而黄毛刚开始还不适应,闹过两次,被那伍训斥一番,便也没有办法。那伍只是给黄毛生活费,其他的钱自己踹到腰包里,那伍很享受这种感觉,自由了,就像过去农民分到土地一样兴奋。而黄毛呢,自从那伍身体恢复之后,便顺从得多,不给就不给吧,黄毛这样想,本来也缺不着自己的,那伍给黄毛的生活费还是很富裕的,甚至是阔绰的,这些钱,黄毛隔三差五地请小毛吃顿烤牛肉是绰绰有余的,不过要想满足小毛隔三差五地请小花吃顿烤牛肉,满足小毛隔三差五地给小花买上新衣服、金首饰等贵重物品,那便是显得拮据了,或者说并不是拮据的问题,而是根本满足不了。

小毛聪明,从姐姐的只言片语之间便得知黄毛来钱不再那么容易,他不想难为自己的姐姐,便也很少开口,这样他只能满足和小花在一起的日常开销,再没办法给小花买新衣服了。没法满足,小毛便心生邪火,他总是在黄毛面前提起那伍那方面不行的事。而这个时候黄毛脸上则泛起红晕,大概是害羞的缘故，她教训小毛不要乱讲，还说，你姐夫现在好着呢！

小毛本来就看不上那伍，因为那伍当自己的姐夫使他曾经一度在学校里受人家讥笑，让自己抬不起头来，上次打了黄毛的事更是让小毛耿耿于怀。但小毛难于发作，因为现在的黄毛不像以往，很是袒护那伍，这个小毛看在眼里，但他无计可施，几次因为囊中羞涩，让小毛不能在小花面前展示自己高干子弟的优势，一次两次还可以，日子久了，小花不免心中不满。有的时候养女人跟养狗差不多，你给狗吃惯了香肠，便甭想它乖乖地去吃白米饭，甚至是将香肠绞碎拌在饭里，那狗也只将香肠挑出，剩下那饭。其实这样比喻未免对女人不公，应该说人都是这样的。

由于在小花面前露了怯，小毛将这股子怨气全记在了那伍的头上，他觉得，正是因为那伍能挣点钱，才配得上自己的姐姐，如今他竟然把持着财政大权，不给姐姐钱花，这简直是没有天理了。

那伍这些日子，白天干活，晚上饭后去老胡那里看那流氓录像，回到家中便被黄毛折腾，一天两天可以，日子久了便显得肾气不足，整个人便没了精神，脸色也不好看，整日哈欠连天。还好黄毛偶尔会给那伍放假，那伍年轻，休息一天，精神头便能回来。其实黄毛是不想给那伍放假的，由于前段时间那伍"亏欠"她太多，她想让那伍补偿回来的，但那伍毕竟是个人，不是铁打的，所以体力不支的状态下黄毛是不尽兴的，她知道顺应自然规律了。

这样的日子持续了一个多月，老幺可算发财了，因为是他引导那伍去老胡那里"治病"的，一天两块钱，那个时候豆腐才三毛钱一块，肉才一块多，那伍对于改善老幺家的伙食做出了不可磨灭的贡献。

那伍当家作主，即便是累，但兴致勃勃地当起了男人，没人的时候他会想，想着想着自己就会乐出声来，他觉得，作为一个男人的感觉真好！可常在河边走，没有不湿鞋的，那伍出事了。

这一天，那伍正在观看黄色录像的时候，警察们冲了进去，冲进去的时候正是那流氓录像的高潮部分，而那伍正在想象着自己是那录像里的男主角，他觉得自己是可以做到那样高难度的动作的，那男主角跟个牲口一样，在努力地运动着，那伍便觉得自己好像也来了力气，就在男主角冲向最后时刻的时候，警察进来了。警察的光顾让那伍如在严冬季节里被人泼了一盆冷水一样，浑身都渗着冷汗，那伍懵了，他知道自己完了，这突如其来的变故一下子勾起了那沉睡的道德心，让他觉得自己做了一件特别龌龊的事，简直是连畜生都不如。

警察只有五个人，而屋子里七八个人，为了控制局面，警察们下手非常的粗鲁，不仅下手粗鲁，而且言语也粗鲁，为的是震慑，镇住场面。当然这样的震慑让那伍的良心开始回归，如果说警察进来之前那伍还并没有意识到自己正在干着一件缺德事，那么警察的出现让他彻底地懂了，他距离门口最近，便是第一个被警察按在了地上。其实凭那伍的一身武艺，那警察是奈何不了他的，可就是开口那一声的震慑，让那伍的腿脚都软了，更别说是反抗了，他现在就觉得自己是个十恶不赦的罪人，他只求着政府能够宽大处理，给他留条活路。

那伍有了这种心态，进了局子便什么都招了，彻底地反思了自己的卑劣行径。鉴于反思态度良好，本来是想让单位领导领人的，可那伍已经离职，没了单位，也就没了领导。只能让那伍家人来，这事便传到了黄毛那里。

黄毛得知这个消息后槽牙直痒痒，通知她的民警跟她说，那伍悔过态度良好，又不是组织者，交了罚款，过不了多长时间便会放了。可此时的黄毛恨不得撕碎了那伍，这种恨并不是来自于那伍的行为本身，而是这种行为严重地戳伤了她的自尊心。黄毛这些时日脸上洋溢着幸福的笑容，皮肤也光泽了，人也瞧着精神了，因为有了夫妻生活，她便觉得生活中哪哪都充满阳光。可那伍出了这等事，让黄毛知道，原来那伍的病是这样治好的，黄毛心里便更加屈辱了。

得到这个消息，黄毛哭了，从小声的抽泣到嚎啕大哭，她觉得自己便像头猪一样，这样想着她从牙齿里面都生着恨意，还怎能去拿钱赎那伍？女人就是这样，千万不要伤害她的自尊，那是件很可怕的事。黄毛想清楚了一切，便收拾东西回了娘家。

那伍一度是这个小城的焦点，出了这么大的事，小城里面便议论纷纷，这让黄毛实在是抬不起头来。那伍因为没交罚款，没有亲人认领，便被劳教了几个月。几个月不好过啊，那伍每天都要悔过，忏悔他的卑劣行径，忏悔他犯下的滔天罪行，他彻底地悔悟了。从那里面走出来的时候，那伍就觉得自己是个十恶不赦的罪人，他对不起家人，对不起自己，更是为这个社会抹了黑，这样的结论对得起他在里面的教育，对得起那些曾经教育过他的人。

那伍出来的时候灰头土脸的，干瘦干瘦的，一个多月树立起来的男人的自信心坍塌了，他觉得丢人，走到哪里都有人在背后指指点点，这让他抬不起头来。而最关键的是自己的媳妇，不知道这次媳妇回娘家对他来讲意味着什么。那伍甚至想到了离婚，当然不是他愿意离婚，而是鉴于自己做了这样流氓的事而感到羞愧，他觉得自己实在是没脸和黄毛过下去了，但想到这，他便有些不舍，没了黄毛，谁还会跟他过日子？没了黄毛，他注定是要打光棍的。

那伍在经历了几个月的劳教后，回到家中等待他的是那个冰冷的房子，四处尽是灰尘，厨房里的剩饭已经长了绿毛，几个碗碎在地上，眼前的一切仿佛是在告诉他当时的黄毛有多么的生气。

就是在这样的屋子里，那伍度过了第一个夜晚，此时已秋末冬初，暖气还没有来，是最难熬的日子。外面雪花飘零，那伍和衣躺在床上，这张床，见证了那伍从不全是个男人到顶天立地的经过，见证了从被踹到床下到重振雄风的英姿。而这个时候躺在上面，便有了浮云的感觉，他眼前尽是那些画面，那些和黄毛在床上经历的画面，有好的，有坏的，什么都有。那伍掉下了眼泪，他还是觉得自己卑鄙，竟然以这样的方法来治病，想想那流氓录像，自己便觉得羞愧难当，更觉得自己不是个人。那伍痛恨自己，狠狠地抽了自己两个嘴巴，脸上觉得火辣辣的，这一动作，尽管抽得脸上生疼，身体里似乎热了许多，这种感觉让他舒服，于是又抽了自己两个嘴巴。

这晚那伍无法入睡，他想去买些酒来喝，几个月没喝酒了，再者这样的天气喝酒也会取暖，还有麻痹自己的功效，让自己不再这样难过。可他翻遍了整间屋子都没发现一分钱，他知道，黄毛临走的时候拿走了他们所有的钱、所有的积蓄，一分钱都没给他剩。此时那伍肚子里空空如也，想买点东西吃都没有钱，更别提是喝酒了，就这样，他熬了一夜。

那伍现在是什么都没了，单位单位没了，媳妇媳妇没了，钱钱没了。若是有单位，便有了社会关系，也便好过些，至少可以向工友求援。他现在就一个人，工友早就断了联系，而老婆又不知去向，尽管是回娘家了，那伍也不敢去找,他连一顿饱饭都还没吃,哪有力气和勇气去找自己的媳妇?他知道,即便去找黄毛,迎面来的也是小毛的拳头,想想这些,那伍退缩了,也倒不是退缩,他在想,至少要吃饱了饭再去挨打,才有力气去挺住。

还好,这个时候那伍曾经的工友、一直以来的邻居刘强向那伍伸出了援手。他请那伍吃了顿好的,喝了酒,还给那伍二十块钱。

在喝酒的过程中,刘强饶有兴致地问那伍那流氓录像里的内容,那伍是不想提的,这些事他提一提便觉得恶心,便觉得自己是个十恶不赦的人,自己的卑劣龌龊,他甚至没有脸面活在这个世界上。可每次话题被那伍岔开,刘强还是能绕回来。刘强带着乞求的眼神跟那伍说:"你就跟我说说呗,这样你跟我说说里面都是啥内容的,这二十块钱我就不要了,算是给你了。"其实刘强压根也没想着再去将钱要回,毕竟兄弟有难,伸出援手那是应当的,只是他太想知道那伍曾经看过的流氓录像了。看着刘强眼中的渴望,那伍从兜里掏出那二十块钱,认真地打量着,突然间那伍将钱拍到了桌子上,便说:"我不要了。"

看那伍如此坚决,刘强倒是不好意思了,便将那钱重新塞到了那伍的兜里,这顿饭的工夫里便没再提过。

那伍拿着刘强给的二十块钱,本应该去上些菜来卖,以解燃眉之急,可他这晚喝得太多,第二天早晨没起来,便浪费了一天的工夫。他睁开眼睛的时候已经快六点了,尽管天没亮,他知道郊外的菜农已经将那一车的蔬菜批发给了别人,便也没了办法,只好这样睡去。再一睁开眼睛,太阳高照了,十点钟了。

那伍这段时间过于劳累,其实悔过、反思,也是一件非常耗体力的事,就这么点事,这几个月整天琢磨着,为了能早日出去,那伍整日地写着检查,而这检查被一次次地退回,理由是不够深刻。那伍便一次次地重写,期盼着早日将检查写深刻了,早日出去。那伍就是这样度过了几个月,几个月的深刻检查,让他瘦了,脸色泛黄,没有一点精神头。

那伍起身后觉得身上寒冷,只好打了二两酒来喝,一大早喝酒胃里便不舒服,他干脆到附近的饭馆里要了两个菜,打包回到家中吃了起来。好酒好菜是他这几个月最为匮乏的,里面的伙食可想而知,根本没有荤腥。这样那伍很香地吃了起来，他将那些酒统统地喝掉了，便倒在床上再次昏睡过去。

酒总有醒的时候，酒醒后他便觉得很冷，浑身直打颤，这个时候是下午，他便又在饭馆里要了两个菜，要了酒，这次不是二两，而是一斤。喝着酒，看着外面的飘雪，这跟头一天晚上大不一样，因为头天晚上有刘强陪着。这刘强纵使和那伍的关系再好，也不能天天陪着，换句话说，救急还不救穷呢。所以那伍的心情和头天晚上也是大不一样的，头天晚上有刘强那二十块钱，心里还是有底的，因为那二十块钱可以作为第二天上货的本钱，有了这本钱，这二十便可以变成四十，四十便可以变成八十。而今天中午吃喝的，包括现在正在吃喝的，已经花了十多块钱，现在那伍手中便只有那伍元整币，再加上点毛票了。

桌子都是折叠的，为的是不占地方，吃饭的时候放开，吃完饭便折叠起来贴在墙角处。而眼前那伍并没有放开桌子，只是将那打包的酒菜放在一个椅子上，自己坐在床上，弓着腰，吃着，喝着。他想想手中剩余的钱，便是越吃越吃不下去，因为他知道，这五块钱是不能上货的，他觉得生活无望，索性将那一斤的白酒统统地喝个精光。他醉了，吐了一地，那酒到了胃里和肉在一起加上胃酸的搅拌，吐出来的时候那味道可想而知，能熏死个人。那伍四仰八叉地躺在那里，那可真是天旋地转，这和他预计的结果大不一样，他本想一醉方休，醉了便什么都不知道了，可他现在清醒得很，只是手脚，甚至自己的身体已经不听自己使唤一样，他觉得自己的魂魄要飞了一样。

这种感觉一点都不好，头晕，墙壁好像在围绕着他的脑袋高速旋转，让他一阵阵地眩晕，胃里的东西尽管吐了个精光，但还是要吐。如果说刚开始吐的是肉，是酒，是菜，那么现在吐的则是一些黑黢黢的沫沫了，液体的，像胆汁一样。他一定没注意自己吐了什么，否则一定会吓一跳。此时此刻他在想，如果自己没有看那流氓录像该有多好，那样即便不是男人，即便在黄毛面前没法挺直身板，即便总是低声下气，也是好过现在的。他受不了这样的屈辱，因为自己是有"前科"的人了，他进去过，他一直觉得那种地方距离自己很远，没想到的是偏偏很近，甚至是近在咫尺，他一脚便迈了进去。他除了悔恨便还是悔恨，他羞愧，就算自己在床上没那本事又如何呢？他可以无所谓的，没有就没有了。那伍觉得一切都不重要了，做不做男人都不重要了，相比做男人，做人的尊严更加重要！

那伍头嗡嗡地响，他起身又吐了一会，直到连那黑黢黢的沫都吐不出来的时候，他便一头扎到床上。他醉了，也许是晕死过去了。这样，他没有盖被子，四仰八叉地躺在那里一宿，天气寒冷，雪还在飘，似乎飘了一夜，从未停止过似的。

那伍再次醒来的时候，手脚发麻，浑身滚烫，此时他口渴得要命，嗓子眼像冒烟了一样。他从床上起身下地，便觉得天旋地转，也许起得过于猛了，脚下一软便栽了个跟头。他从地上起来的时候觉得脸都木了，用手摸了下鼻子，再看看手掌，那全是血。鼻子流血了，左脸颧骨处擦破了皮，脸上顿时火辣辣的，他赶忙找来由于太长时间没用而硬邦邦的毛巾擦拭，擦到了破皮的地方，便是钻心的疼痛。此时头晕依旧，他便赶紧回到床上躺了下来。

不知不觉中那伍再次昏睡过去，醒来的时候已经过了十二点，头还是那样眩晕，而且伴随着剧烈的疼痛，像要裂开一样。鼻血止住了，血沾满了衣衫，还蹭到了床上，伤口的血也已经凝固，呈现暗红色。有了上次的经验，他不敢用手去触碰自己的伤口，便紧了下鼻子，还是有些疼，但比起刚才好多了。此时胃里翻江倒海，他干呕了几下，口水流了一地，也没吐出什么东西，看来是胃里已经空了，嗓子眼这次真的是要着火了一样，他是又渴又饿。

还好，兜里还有五块多钱，否则便要死在这个屋子里，那伍这样想着，躺在床上缓了会，便鼓足力气起身，他集中自己的精神，让自己不再因为头晕而摔倒，这次他挺住了，走得踉跄，但并没有摔倒。他来到家附近的小饭馆，要了一个菜，要了碗面条，他本想在那吃的，但身体的不适还是让他打包回家了，临走的时候他犹豫了，要不要酒？

这是个很大的问题，人都说借酒消愁，此时此刻酒在那伍这里显得尤为重要。他矛盾了，迟疑了一会，尽管酒精已经让他的头疼欲裂，让他阵阵地眩晕，让他胃里空空，吐出了所有的东西，甚至吐出了胆汁，还让他擦破了脸皮，但他还是想喝的，没了酒，好像很难度日一样，这样的瘾便是心理上的依赖。最后，那伍还是用剩下的钱都打了酒。

余下的钱都打了酒，那伍真是一分钱都没有了，这个时候那伍便更加需要酒了，有了酒他就可以不去想这些事情，这些糟糕的事情。回到家他吃了两口面条，夹了两口菜，然后给自己倒了一杯白酒，这酒杯刚刚靠近他的鼻子，他便觉得一阵阵的恶心，胃里的东西好像马上就要吐出来一样，他赶忙夹了两口菜吃掉将这种感觉压了下去。那伍吃了菜，便躺在那里，此时浑身哪哪都不舒服，但他是清醒的，清醒的状态他就要去想事，想到自己曾经观看过那样流氓的录像，曾经因为这样的卑劣行为而被劳教，他再也躺不住了，他努力让自己不去想，但还是想了，如果说以往他还为自己不是个真正的男人而苦恼，那么现在他觉得自己连人都不是，那样畜生的卑劣行径，自己还在看，还在想象。他拿起那杯酒，一饮而尽，他本能地又想呕吐，却硬生生地咽了回去。酒劲很大，瞬时间上了头，这次的感觉不同以往，不再眩晕，不再天旋地转，墙壁不再围绕他的脑袋高速旋转，他惬意地闭上了眼睛，竟然睡了过去。临睡的时候，意识朦胧的时候，他还在想，要多睡一会就好了，最好不要醒来，因为那朦胧的意识还不忘提醒他，没钱了。

　　尽管不情愿，那伍还是醒来了。起身的时候，他去给自己烧了壶水，他的身体似乎适应了酒精，连续三天的喝酒让他的身体不再有那么激烈的不良反应，这种作用是持续的，温存的，降低他的反应，吞噬他的记忆。

　　喝了水，觉得好些了，那伍便要考虑自己的事了。这事大过天，因为他没有钱。对于那伍来讲，他挣钱的方式便是他全部的生活，那是过去，而现在，他的生活中还要充满酒精的味道，否则那便不是生活。他可以不吃饭，但不能不喝酒，就三天，短短的三天，就能让酒精在一个人的体内形成这样的习惯。

　　那伍不想，但终究敲响了刘强家的门。刘强开门的时候便闻到了一股浓重的酒味，刘强和那伍素来交好，便又拿给那伍五十块钱，他可怜那伍，知道那伍不易，让人劳教后媳妇没了，自己一个人。这五十块钱刘强压根没想着那伍能还，他提出了个条件，那就是让那伍给他讲讲，他看的流氓录像是个什么样的。

　　这是个周末，刘强在家也没事，便跑到那伍这里吃饭，用这五十块钱，那伍买了些酒菜，和刘强喝了起来。酒过三巡，菜过五味，那伍已经喝得晕晕乎乎，身子也暖了，手也有了热乎气，望着窗外那皑皑白雪，那伍将一个花生豆放在嘴里，他想起了娟子的爹，也是这样咀嚼的，将一个花生豆要咀嚼三十下方才咽下，他似乎体会到了那种吃法的妙处，能将一颗花生豆里的味道全部咀嚼出来。看那伍正享受着咀嚼花生豆，刘强觉得时机来了，便张口问那伍，那流氓录像里面都是什么样的景色。话一出口，那伍那惬意的表情似乎定格了，这个问题触碰了他的痛楚，那伍只觉得鼻子一阵酸，眼泪便在眼里集结起来。这个时候刘强便又火急火燎地追问了一句："到底是啥样子的啊？"那伍的眼泪便流了起来，他陈述着他看过的录像里的情景，足足有五分钟的时间，他的陈述朴实无华，男女主角的动作，体位，甚至表情，每一个细节，每一个场景，他似乎是历历在目，详尽地描述了出来。在这五分钟的时间里，刘强张着嘴，口水直流，而那伍却始终低着头，眼泪滴答滴答地打在地上。这样的描述，对于刘强来讲，那是他从未见过的春色，刘强开始羡慕那伍，非常的羡慕，羡慕那伍有这样的机会而自己没有，羡慕那伍看到了他未曾看过的东西，而这些东西只不过是人的身体，和人最本能的活动，即便是将这种活动夸大了，放大了，可那还是一种本能，仅此而已。由此我们想到，这全然是市场的作用，商品取决于需求，而在交易的过程中这种需求便被不断地放大。

那伍借着酒劲，滔滔不绝地讲述着，他像换了个人似的，这是刘强没有想到的，他曾经多次让那伍讲述他所看到的录像，那伍都是三缄其口，一个字都不提，而如今描述得这样详细、细致。通过那伍的讲述，刘强眼前出现了一个清晰的画面，这画面是连续的动作，那便是一种场景，如观看3D电影一样，刘强觉得那是莫大的享受。所以，刘强觉得花钱请那伍喝酒是值得的，不仅值得，而且非常的值得。

那伍哭过了，便擦了擦眼泪。哭，的确是一个很好的活动，可以让人释放压抑的情感，就拿那伍来说，哭过了就好受多了，他又喝了点酒，晕晕乎乎地睡着了。

那伍再次醒来的时候天已经大亮，雪下了一夜，在地上铺了厚厚的一层，那个时候环境还没有如今这样糟糕，那雪真白，白得惹人怜，惹人爱，阳光经过那雪的反射便更加刺眼了，透过窗子照射在那伍的身上。那伍伸了个懒腰，坐起来，打了两个哈欠。这夜，他睡得还算安宁。

那伍想黄毛了，在里面就想，出来了更加地想。他想去看看黄毛，但他知道，有黄毛的弟弟小毛在，这事情便会变得复杂得多。因为上次那伍和黄毛发生争执，就被小毛打了，这次还不知道是个什么样子。那伍想着那样的场景，便不自觉地想起了酒。他想喝上两口，好像那酒有镇定的作用一样。他找来昨晚喝剩的酒瓶，不多不少，还有一口，他一饮而尽，心理舒坦多了，也坦然得多。他爬起身，穿上衣服，朝外面走去。

刚刚下过雪，外面的空气清新，但很冷，冻得地面硬梆梆的，这空气一旦流动起来，便像刀子一样割在那伍的脸上。路面上铺着雪，雪下面是冰，稍不注意就会滑倒，那伍一路走来也不知道跌倒了几次。当他站在黄毛娘家的楼下的时候，脚有些软了，也许是一路上跌倒太多的缘故，他在想，要是有酒就好了，喝上两口暖暖胃，最重要的是可以壮胆。他想到了小毛，上次因为打了黄毛一巴掌还被小毛揍了一顿，这次的性质可严重多了，也不知道小毛会怎样对他。他只是想看看黄毛，他不奢望黄毛能够原谅他、原谅他的卑劣行为，只是能见她一面就好。

那伍用身上仅有的钱，到饭馆里买了二两酒，然后一饮而尽。顿时，嗓子里像着火了一样，这是高度酒，有六十度，在这个寒冷的冬天里，好像一团火一样在胃里燃烧着。他并没有想象中的好受，但过了会儿，当酒精冲进血液，便觉得脚下轻飘飘的，人的胆子也大了许多。他挺胸昂头，感觉一股气从头顶到脚下贯穿着，他迈着坚实的步伐，向黄毛家走去，然而，这样的步伐是要付出代价的，他跌到了。

这一次，尽管那伍已经准备好了，做好了心理准备面对小毛的拳头，可小毛并没有发力，也没有吵骂，他面无表情，堵在大门口，他告诉那伍，黄毛怀孕了，肚子已经老大了，小毛伸出手掌，掌心朝上，向那伍要钱。那伍没想到小毛如此平静和坦然，没有拳脚相加当然好，即便是小毛对他使用拳脚，那伍也是不能还手的，他知道自己错在先，做出了那样畜生不如的事来，还被劳教了，这简直是让他颜面丢尽，还怎能还手？可小毛偏偏就没动手，他要钱。

那伍仅有的五毛钱刚刚买了酒，让他喝进了肚子里。这个让那伍追悔莫及，早知道这样也就没必要喝酒了。没有钱，那伍没见到黄毛。

回来的路上，那伍清醒了不少，黄毛怀孕了，都已经大肚子了？这是让那伍没有想到的事情，自己要有孩子了？那伍想想就笑，他竟然还可以有孩子。想到了孩子，那伍便将所有的烦恼都抛之脑后了，这一路上他甚至想到了孩子的名字，起了好几个，都不满意。直到回到家中，面对那冰冷冷的房子，他才意识到现在的状况，黄毛不在家，那家也便没有个家样。现在那伍首先要面对的问题就是将黄毛接回来，如果说最开始他的这种愿望还因为自己做出的卑劣行径而感到不安，不敢想，但现在他敢想了，而且这种想法、这种愿望异常的迫切，黄毛，再加上一个孩子，那便是家了。他希望过上这样的日子，白天干活，晚上黄毛做好了热乎的饭菜等他，他一边喝酒，一边看着孩子，想到孩子，那伍激动不已，这个不难理解，毕竟，那伍三十多岁了。那个时候即便是计划生育，提倡晚婚晚育，但二十六七岁有小孩已经算是很晚了，像那伍三十多岁的人了，还没个一儿半女的，实在是不算正常。

对于那伍来讲，当务之急是见到黄毛，这是第一步，就像谈恋爱从压马路开始一样。要见到黄毛，而小毛说得很清楚明白，那就是要钱，十块钱。现在的那伍别说是十块钱，就是下一顿饭在哪里都不好说。那伍不情愿地，再次敲开了刘强的门。他向刘强借，这次，刘强也表现得不耐烦了。

那伍只说借上一百块钱，明天去上货卖菜，只要挣够了钱，一定先还给刘强。刘强一听是正事，觉得没有什么理由拒绝，但他还是提出个条件，这个条件对于那伍来讲并不陌生，那就是给他讲讲那伍看过的流氓录像是什么内容。那伍说："不是已经讲过了吗？"刘强咧嘴憨笑："上次你讲得不细，你再给我讲细点。"说这话的时候，刘强直咽口水，本来这个东西对那伍来讲是个痛楚，不愿意提，但想想那一百块钱，想想黄毛肚子里的孩子，那伍还是给刘强讲了一遍，按照刘强的意愿，那伍讲得很细致，很丰富，甚至很耐人寻味，讲出了意境，讲出了美。刘强眼前再次浮现出那一幕幕的场景，刘强真的流了口水，他好像中毒似的被这眼前的画面所吸引，那种感觉比喝酒还醉得厉害，只觉得头晕乎乎的，浑身软绵绵的，却有一个地方很硬。

刘强再次得到满足。因此，那伍得到了那一百块钱。第二天清早，那伍从床上起身了，他要四点起来的，怕晚了时间，上不来新鲜的菜，这一夜都没怎么睡熟，只觉得蒙眬间一激灵，如遭了电击一样睁开眼睛，正好四点。他从床上一跃而起，穿衣戴帽，便走了出去，连口水都没喝上。这个时候太阳还没出来，头顶上只有星星和月亮，他推着三轮车，朝市郊骑去。还没骑上两步那伍便觉得后悔了，他穿得有点少，但他上货心切，也不管三七二十一，蹬着车子就走。天气寒冷，往地上吐上口唾沫都会瞬间成冰。地上有积雪，雪下面有冰，雪阻挡着车子的行进，冰让车子不断地打滑，有几次差点翻车。天寒地冻，他真切地体会到那风如刀割面的感觉，脸被吹得生疼，脚下有些麻木了，还好用力蹬车子可以带来热量，而这热量只停留在胸口处，并不往下身散，他的脚有些疼，疼到最后就木了。

那伍终于来到了市郊，以往都用半个小时，这次差五分钟一个钟头。菜农已经在那好久了。他来得不算早，也不算晚，赶上了不错的菜，他一边往车上搬菜，一边计算着这菜有多少钱，能赚多少钱。这个时候从那伍身后走过来个胖子，这胖子是和那伍一同卖菜的，在城南的一个市场，尽管那伍不跟他在一起卖，但以往都是每天到这里来上货，每天早上都能碰到。那胖子将自己裹得严实，带着"雷锋式"的皮帽子，带着口罩，里三层外三层地穿了好几层，下面还是皮裤，脚下一双崭新的大头鞋，看着就暖和。他对那伍使了个眼色："哥们，出来了？"那伍乍一看还没看清这人，不过那口罩上面的小眼睛倒是让那伍有了印象，那伍只顾着搬菜，只"嗯"了一声。那人凑过来说："哥们，下班我请你喝酒，你给我讲讲，你那录像里都演的啥行不？"

那伍有些不耐烦了："你自己看去呗，我不会讲。"看来这东西还不是那伍谁都给讲的。胖子奸笑道："我哪有你这能耐啊，我可怕让人逮进去关几个月。"这胖子本无恶意，只是实话实说，但还是刺痛了那伍，那伍本来对这话题就很反感，让这胖子一提相当于往伤口上撒盐一样，那伍装好了菜，付了钱，蹬上车子就走。那伍装菜的时候胖子一直在旁边念叨，直到那伍上了车，胖子还在旁边紧跟了两步："哥们，等哪天我请你喝酒啊，你给我讲讲。"那伍头都不回，努力地蹬车子，将胖子连同胖子的声音一起甩在身后。

那伍来到市场天刚蒙蒙亮，这个时候早市已经开了，人也上来了，不少退休的老头老太太早起买菜，他们知道这早上的菜最为新鲜，也最为便宜。那伍原来的位置被人占了，找了半天，还好，老幺那有块地方，他停顿在老幺面前。

老幺一见那伍，先是一脸惊讶，随后便热情地招呼着他过来。老幺还算仗义，让那伍在自己旁边摆下菜摊。原来这卖货的都有自己的地方，这个地方是一种习惯，市场上尽管有人来收税，但地方你要自己占，谁先来谁占上。以前那伍都有固定的位置，来的时间长了，那好像便是自己的位置，即便偶尔一天没来，那也是你的，别人要想占，也算是借用。那伍一下子几个月没来，原来那地方显然是被人家占了，现在他去反倒不太合适，那伍懂得市场上的规矩，而且今天尽管是起得早，但大雪天路滑，一路上耽搁了不少工夫，来到早市也不算早了。这个时候老幺能收留那伍还算是仗义，否则那伍就找不到地方。老幺热情地招呼着那伍，寒暄几句，便贴在那伍耳旁问："啥时候回来的啊？"

那伍说："就这两天。"那伍此时无意和老幺叙旧，这天冷得要命，要说那伍一路蹬车子倒是积攒了些热量，但一旦停下来，那冷便是要命的，他觉得浑身上下四处冒风。这个时间出来卖货的都是身穿两三件毛衣，外面再套个破旧的皮夹克挡风，而那伍只穿了件破毛衣，外面一个大棉袄，最主要的是鞋子，还是一双破旧的单皮鞋。那伍站在那里跺着脚，冷得牙齿相互碰撞着，不停地打颤。

老幺看那伍无意聊天，也就缄口不言，安心地做自己的买卖。老幺是会察言观色的，他知道什么时候该说什么话，而今天，和那伍叙旧显然是不合时宜的，那伍刚刚从那里面出来，而且再看他那身装扮，那气色，便知道是后院着火，没准黄毛回娘家了。说实话，老幺对那伍还是心怀愧疚的，毕竟是他搭的线让那伍去看黄色录像，尽管是为了给那伍治病，但毕竟他还从中抽成，那伍每去一次，门票五块，他可以抽取两块钱。当然，这每天两块钱的固定收入，也随着那伍被抓而消失。这一切那伍都不知道，若是那伍知道了，也无妨，但就怕那伍的媳妇黄毛知道，老幺想想都害怕。

那伍站了一个早市，那样的天气，就算你穿了一身的铁，也能被冻透的。那伍的脚已经木了，八点钟一过，他让老幺为他看了会摊子，便找了个饭馆喝了碗豆浆,吃了两根油条。有了食物,那伍好过了些,在饭馆里这段时间,他的脚缓过劲来,开始痒,非常的痒,如万只小虫趴在上面叮咬一样,除了痒还有疼。

那伍吃了早饭便继续在市场上站着,这一站就是一天,中间除了站着吃了俩包子外连口水都没喝,他不像老幺,还有媳妇给送饭送水,而那伍,什么都没有,只有依靠自己的不停的运动来让自己热起来,让自己几乎要麻木的脚有所知觉,而这样的知觉除了疼就是痒,一点都不好受。即便这样他也要让自己的脚有所知觉,他知道这样的天气,长时间的麻木是不得了的。

那伍有几个月的光景没来市场了,也就是这几个月,市场上出现了大的变化。在市场里的大半年,那伍见识得多了,市场繁荣,卖什么的都有,而且这里面有江湖买卖。比如说卖烤鱼片的本钱五毛钱一两,正常情况下你卖一块,那便是利润可观了,而且这是好活,谁都知道,你每天蹬三轮起早去上菜负重是千斤,至少几百斤,而那烤鱼片你每天最多也就拿上十几斤来到市场叫卖,这活好在重量上,这是其一。第二,这活好在不用天天上货。烤鱼片是风干了的,藏得住,每次上货几十斤就能卖上一阵子,不像那伍这样每天起来都要上菜。但有利就有弊,菜是每天都吃的,一日三餐至少有两餐需要那伍的菜,而烤鱼片不是每天都吃,也不用吃饱,所以这买卖全凭一张嘴。现在的日子都过好了,人们也开始认这个东西了,也有人买,但不多,生意冷淡的时候,卖烤鱼片的就开始喊,一块钱一斤。平日里都卖一块钱一两,现在是一块钱一斤,自然招上人来。等人走到近前,那卖鱼片的便自己捣鼓:"刚才有个人,你吃不起就别吃,没钱还愣装大爷!我都给称完了还不买,这种人……"当然还要说更难听的话,一般情况下这买者肯定随声迎合几句,可称完了之后那卖主便按照每两一块来要价,这个时候一些人好面子,再者说本来就卖一块一两,也许自己听错了,也就认了,谁也不是特别在乎那几块钱,便交钱走人。这种办法叫口,全凭一张嘴,五次能命中两次,这样的概率总差不多。

除了说口外,还有牵的,大多是卖类似于药材的,卖者要说这药材多么多么的好,说得跟包治百病似的,而且总是有一个老头一个老太太在那里挑货,因此人就慢慢地多了起来,其实你仔细观察,没过多久,刚才在那挑货的老太太便成了卖者,刚才叫卖的年轻人便在那里挑货,其实他们是一家的,这叫牵驴。人都有这习惯,别人买,自己就想买,若别人不买,自己便很难接受一个你自己并不熟悉的东西。就跟大家下饭馆吃饭一样,都去人多的地方一样。

营销,各有各的办法,那伍是市场上最低级的那种,出苦力,他知道那些活自己干不了,也不能干,他觉得那需要技巧,甚至是骗人,他还是有一定的原则的。不过今天那伍算是长见识了,竟然看见了"偷"。这人打那伍眼前经过了几次,引起了那伍的怀疑,小伙子年岁不大,二十出头,穿着牛仔裤,很时髦的样子,从市场里走来走去,漫无目的,显得特别出奇。因为白天来市场的一般都是老头老太太,年轻人多在单位上班,很少来,而且这年轻人漫无目的,一看就不是来买菜的。那伍朝老么使了个颜色,意思是问那年轻人是干嘛的,老么伸出两根手指,那伍就明白了。

那伍这一天挣了四十块钱,刨去吃喝税和本,净挣三十,这个收入尽管跟以前比少了点,但毕竟是头一天,而且可以解燃眉之急。有了这钱,那伍觉得踏实,否则的话心里空落落的。

天黑后,那伍又开始想黄毛了。现在的那伍,与其说是想黄毛,倒不如说是想黄毛肚子里的孩子。他有一种特别奇怪的感觉,他有孩子了,他要当爸爸了,想到这,他蹬车子的时候都来了劲头。一天下来,这会的感觉是最好的,夕阳西下,万物归隐,路边的路灯亮了,他蹬着车子,浑身便不觉得冷,他用力地蹬着,似乎要将这一天侵入体内的寒气蹬出来。

到了家,吃了饭。这顿饭吃得简单,只吃了两个馒头,他想多留下点钱,想要去看黄毛。想到黄毛,想到了孩子,那伍就抑制不住自己的冲动,但想起了小毛,还有那张冷漠的脸,那伍就不觉中打起了寒战。小毛到底能不能让自己见到黄毛?尽管上次没见到,但小毛也没说要打他,只是伸出五根手指要钱,小毛还说,要想进去看黄毛,必须拿出钱来,一副路霸的架势,大有此山是我开此树是我栽的架势。不就是钱嘛,那伍装上那三十块钱起身朝黄毛娘家走去。

天黑了,黑得早,才七点多钟便是繁星点点了,那伍走在雪地上,听着脚下嘎吱嘎吱的响声,一步步地向黄毛妈家走去。来到了楼下,他深呼吸,坚定地咽了口气,便走了上去。他的脚还是疼的,刚才回家脱鞋的时候还在疼,那脚肿了,只一天的工夫便肿得老高,非常疼,非常痒,奇痒难忍。

那伍敲开门,不出所料,是小毛开的门。小毛还是一脸冷漠,见到那伍,也没惊讶,也没说话,好像知道那伍会来一样。那伍见到小毛还是有些心虚,毕竟,他是做过错事的人,是进去过的人。那伍曾经因为谣传被陈二棍阉割而让人瞧不起,但以往他会愤怒,会恨,恨那些瞧不起他的人,因为他裤裆里的东西好好的,他真想脱下裤子让他们瞧瞧,吓死他们。可现在不一样了,进去过,干过那样恶劣的事情,还没说话便觉得矮人三分。那伍颤颤巍巍地说:"小毛,你姐怀孕了,我想进去看看她。"

小毛冷笑下,伸出手掌,手掌朝上,那伍激动地从兜里掏出那三十块钱,从里面抽出一张十元整票,塞给小毛。做这个动作的时候那伍非常的激动,非常的兴奋,就好像一个孩童去买动物园门票一样,也许这样的比喻并不恰当。

小毛见到钱,眼前一亮,但他很不满意那伍从那三十块钱中只抽出十块钱塞给自己,便举着手不放,那伍当然明白,他不情愿,但也没有办法,只好又拿出五块钱,还没递给小毛便从小毛眼中领会了意思,从兜里又凑了五块,一共十块钱再次递给小毛。小毛看来还是满意的,收下钱,便侧了身。小毛最近很需要钱的,那伍劳教的时间里,他在经济上有些支撑不住了,他妈只有微薄的养老金,黄毛本身没有工作又有孕在身,而小毛依然编织着自己有着高干父亲的谎言给小花听,有个高干的爹是需要成本的。光日常开销、请小花吃烤牛肉这一项,已经是让小毛入不敷出,更别说是给小花买漂亮衣服、给小花调动工作了。

所以这个时候,那伍的出现对小毛来讲绝对是个好事,其实见到那伍的时候小毛也是非常激动的,只是不表露出来,他看着手里的二十块钱,便看到了希望似的,因为他可以和小花继续谈恋爱了,至于调动工作,那能拖多久就拖多久吧,最好是跟小花结婚,结婚之后即便是小花知道了这事情也没有办法,生米已经煮成熟饭了,这便是小毛的想法。

再说那伍,那伍见到黄毛的时候黄毛刚刚吃过饭,躺在床上休息,黄毛的妈坐在床上看电视。其实上次那伍来的时候小毛告诉了黄毛,黄毛应该也是想见到那伍的，毕竟好几个月没见了，毕竟那伍是肚子里孩子的爹，可被小毛打发了，她自己也说不出什么，谁让那伍干出那样的勾当，自己再没个姿态，人家一来便贴了上去，那也太跌面子了不是。

那伍见到黄毛，目光盯着黄毛的肚子，黄毛还有一个月就临产了，肚子很大，而且黄毛的脸也比往常胖了许多，身材臃肿，跟往常大不一样。那伍见到黄毛的时候差点认不出来了，看着黄毛的肚子，那伍鼻子一酸，眼圈就红了。那伍也不知道为什么会有这样的反应，但就是想哭，也许是对生命的一种感叹吧。

黄毛见到那伍，各种复杂的情感都上来了，还没等站起了身，便哭了出来，一边哭还一边喊，延续着她以往的风格。黄毛妈见到那伍也没什么反应，只是心疼女儿哭，便在一旁劝着："你现在有孕在身，别哭，对孩子不好！"小毛依着门框气哼哼地说："为这种人生气，不值当的事！"

那伍心疼黄毛，更心疼她肚子里的孩子，黄毛一哭，那伍更是不知所措，眼泪也跟着下来了，他跪在黄毛的床边，眼泪噼里啪啦地往下掉。黄毛用手来打他，那力道并不重，那伍一动不动，黄毛妈便上来阻拦，嘴里说："别抻着孩子！"

也许是心疼孩子吧，那伍竟然自己打起了自己，左右开弓，打自己嘴巴，这样便能解放黄毛的手，他怕抻着孩子，尽管他什么都不懂，不知道什么是抻着孩子，但总觉得黄毛这样做是对肚子里的孩子不利的。没打几下，黄毛便不哭了，她拦着那伍不让他打自己，那伍停下后，她便狠狠的瞪着那伍。

这个时候黄毛妈发话了，她说："这那伍也知道错了，该受的教育也受了，该遭的罪也遭了，日子还是要过呀。"听这话那伍本来止住的眼泪便很不争气地再次落下，尤其是听到黄毛妈说该遭的罪都遭了的时候，他便回想起了在里面的情景，那并不止于简单的体力劳动，而是一种羞辱，这种羞辱不是来自别人，而是对自己所作所为的不屑，而这种所做作为如今暴露在光天化日之下。

黄毛妈接着说："那伍，你要保证，以后对黄毛好，你们好好地过日子。"这话一出，小毛急了："不能就这么放过他，跟他离婚！"这话一出，屋子里突然静下来，黄毛从未想过离婚，而那个时候也不流行离婚，多难堪的事啊。可经过小毛这么一说，黄毛也跟着说："我要跟你离婚！"尽管有些说不出口，但还是说了出来。黄毛并不是真的想和那伍离婚，而是以此泄愤，这个时候让那伍难过便能泄愤，所以黄毛如是说。

那伍听这话后，腿肚子都软了，嘴里动了动，一个字都没说出来。离婚，谁愿意再嫁给他？打光棍不说，这孩子怎么办？那伍默默地流泪，好像从进屋到现在那眼泪就没停过。

黄毛妈严厉地对黄毛说："别说傻话，离什么离！"她回头跟那伍说："你以后好好过日子，对黄毛好。"那伍听这话提着的心便放了下来，眼泪又掉了几滴，这应该是喜极而泣的。

黄毛妈接着说："不过，现在黄毛怀孩子，不能跟你回去，不是不让你们在一起，而是你没有经验，也照顾不了她，你白天出去干活，她一个人在家不行，黄毛先住在我这里，等生下孩子做了月子，你再把她领走。"黄毛妈接着说："我们家就这十平米，住我们三个人都挤着，没有你的地方，你就没事的时候过来看看。"

黄毛妈说得在理，这样一说，那伍赶紧点头，一边点头一边抽泣着，好像失而复得一样。

这天那伍在黄毛家里待了好一会，才不舍地离去，他只是将一面的脸贴在黄毛的肚子上，也许里面的小家伙感觉到了不适，便朝着那伍的脸就是一脚。这一脚黄毛感觉到了，那伍也感觉到了。那伍惊呆了，他从没想过肚子里的孩子还会踢人，他惊讶于此，更有一种难以说出的奇妙感觉，他激动得不知道说什么好，只抬起头磕磕巴巴地对黄毛妈说："孩子，踢我！"

黄毛妈笑了："早就会踢人了。"黄毛说："你进来的时候他就踢我，好像知道爹来了一样。"

那伍憨憨地傻笑，笑出眼泪一样，这种感觉很奇妙，他有孩子了，要当爹了，而且这个孩子是会踢人的，在肚子里就会踢人的，他便觉得自己的孩子特别奇特，竟然在肚子里也能踢人！

那伍这晚在黄毛这里只待了一个小时，这一个小时好快，直到小毛下了逐客令，说太晚了要休息了。其实小毛有自己的小算盘，他看到那伍除了生气之外，便是高兴，他也不希望那伍逗留太久，这样才有盼头，那伍才会很快就来。其实小毛想错了，即便是那伍今晚在这住下，也挡不住明天再来的冲动。

十九

  临走的时候,那伍将那十块钱都给了黄毛,他还跟黄毛讲,让她买些爱吃的东西。他并没有讲给小毛钱的事,因为本来他就觉得矮人一头,他反正给了小毛,也就像给了黄毛是一样的,他们姐弟俩,不分彼此。当然,最为主要的是小毛在放那伍进来的时候特意嘱咐那伍,应该是警告那伍,不让他说出这件事,否则下次再来,他这一关就过不了,那伍答应了,男子汉大丈夫说话应该算话!

  虽然那伍身上只有明天上货的本钱,这一天算是白忙活了,但他高兴,从未有过的高兴,正是这种兴奋劲让他路过酒馆的时候止住了脚步,他觉得喝酒又耽误事又费钱,有那钱还不如给黄毛多买些吃的,还不如给那孩子攒着。想到黄毛,想到孩子,那伍便说不出的高兴。

  那伍回到家脱鞋的时候,小脚趾外侧钻心的疼痛,仔细查看,才看出那里已经肿得老高,也许是回来的路上过于兴奋,竟然忘记了疼痛。那伍以前是干瓦匠的,冬天的活不多,也不用室外作业,卖菜来讲这是第一个冬天,所以没有经验。他不知道怎样保暖、怎样保护自己的脚不给冻伤。

  晚上,他为自己烧了壶开水,泡了脚,尽管泡脚的过程中还是那样的疼,但很舒服,泡在热水里,那种感觉真的惬意,那伍未曾感到泡脚还会给人带来这么大的快乐。泡了脚,他便躺下睡了,他没有想到自己的鞋子,也许是想了,但买鞋子毕竟是需要钱的,那伍现在对钱有一种特殊的渴望,他从未这样渴望过,他舍不得买鞋子,只是将鞋垫从鞋子里掏出搭在暖气上,鞋子也靠在暖气上，以此期待明天早上能暖暖呼呼地穿上。

那伍这一夜睡得踏实，他只有这样沉睡，第二天才有精神头，才能早起，才能上来好菜，才能挣到钱，才能去看黄毛和孩子。清晨起床的时候，他觉得口渴，便在自来水龙头那里喝了两口，肚子里空空的，这水直接砸到胃里，那胃便发出了抗议的叫声，接着他穿上衣裤，坐在凳子上穿鞋。那鞋子是热乎乎的，但就是套不到脚上，因为脚比昨晚肿得更加厉害，每一次尝试都伴随着钻心的疼痛，长痛不如短痛，后来他干脆一咬牙，愣生生地将鞋子套上了，那个疼劲就不用说了，半边身子都木了，额头上冒出汗来，他一瘸一拐地出了门。

那伍急着将钱还给刘强，关系好是关系好，毕竟好借好还再借不难，人家在自己困难的时候帮助了自己，情义留下了，但钱得还上。他想了想，先后向刘强借了一百七十块钱。这是要还的，但他还是想黄毛，去看黄毛至少要交钱给小毛，而且还要给黄毛些钱，毕竟黄毛是自己的媳妇，她肚子里的是自己的孩子，看自己的媳妇哪能空着手去？这对于大老爷们来说太难堪了。所以他想忍着，他想等还上刘强的钱，有了些积蓄再去。

可那伍禁不住想啊，他想黄毛，想孩子，漫漫的长夜，在想念中度过。那伍有了牵挂，便跟前几天酗酒大不一样了。实在想得眼红的时候便从床上坐起来，穿上衣裤，徒步走上几里路，来到黄毛楼下打转，他绕着楼一圈圈地走，将那雪踩得嘎吱嘎吱的，也顾不上脚下的疼痛了，只是这样走，他原本以为这样走累了，走困了便回家睡觉，明早好赶紧起床上货。可他偏偏不累，也不困，走了二十多圈，他驻足在黄毛楼下，望着四楼，那灯还亮着，他在想，黄毛在干什么？是看电视还是睡下了？他还会想，那小东西在干什么？尽管这小东西未曾谋面，却已然成为他最大的挂念了。想着想着，他便激动不已，他竟然会想那小东西会不会知道他在楼下，因为黄毛上次就说那伍一进门的时候那小东西就踢她，这次呢？那伍想想嘴角露出笑容，这小东西还真精，知道是爹来看他了，没准这会儿也会在肚子里闹呢，闹着要见爹呢！这样想着，他便越发的兴奋。他想去看看，但这样的想法马上被理性打住了，不能，绝对不能，自己现在还没钱，等有了钱，不仅可以看，还可以给黄毛买上好吃的，黄毛最爱吃排骨，那就买上几斤排骨，要全是肋排，然后再买上水果，对，黄毛最爱吃香蕉，买上香蕉，他似乎看到了黄毛高兴的样子，看到黄毛那吃得正香的样子。

那伍徘徊着，犹豫着，尽管理智告诉他，不能上去，但他还是想上去，就跟中魔了一样，直到四楼的灯熄灭，那伍彻底打消了上去的念头，往家的方向走去。

在那伍攒钱还钱的这段时间里，那伍几乎每天吃完了饭都要围着黄毛的那个楼转上二十几圈，然后在楼下望着，想象着，矛盾着，纠结着，直到四楼的灯灭才往家走去。

一个多礼拜的工夫，那伍还上了钱，可他的脚伤越来越重了。每天晚上他都掏出鞋垫，将鞋子和鞋垫放在暖气上烘烤，但这一夜积攒的热量还不够外面冻上半个小时的。那伍的脚严重起来，都流脓了。那伍本想去买双鞋子，但拖了又拖，每天晚上回到家脱鞋的时候都发誓明天一定要到市场上买双棉鞋穿，可第二天他就改了主意，他觉得还不如将钱攒下，还给刘强，或者给黄毛母子买点东西也好，就这样，日复一日地拖了一个礼拜，他将所有的钱都还上后，这个时候他的脚伤严重了，根本走不了路。

那伍来到了医院，大夫给那伍做了简单的处理，开了些冻伤的药，告诉他修养几天，那伍觉得不值当的事，左思右想："两害"相权取其轻，他决定为自己买双棉鞋。鞋子几块钱，都快心疼死他了，没办法，为了卖货，为了赚钱。他贴上大夫给开的药，穿上新鞋子，便跑到了市场。也许是天生的皮实，他的脚伤竟然没有恶化，因为大夫说过，再这样冻下去早晚要截肢，也就是将小脚趾截掉，这样的话并没有吓到那伍，他觉得大夫是在危言耸听，吓唬人罢了。对于那伍，或许是他皮实，或许是那双鞋子在起作用，总之他的脚伤没有恶化，当然也没有好，就这样肿着，一直到气温回暖，当然世界上任何事物都是有一个平衡的，你自己的身体你怎样对待它，它便会怎样对待你，就因为这个冬天的缘故，那伍的脚伤折腾了他一辈子，每年冬天都肿，甚至出现过溃烂。

这天晚上，那伍下了市场回到家，扔下车子便往黄毛家跑去。

那伍进门的时候，是小毛开的门。其实小毛跟黄毛一样，天天盼着那伍过来，上次那二十块钱，没几天的工夫就花光了。跟小花吃了两顿烤牛肉，看了一场电影，还没给小花买上两件漂亮衣服就没了。小毛每天盼望着那伍能来，直到三天后那伍还没来，小毛就决定，如果那伍来了一定不给他好脸色看，自己的老婆，自己的孩子都不管的人，这人可真是差劲。可第五天第六天的时候，小毛就有点服软了，如果几天那伍再不来，小毛似乎要去找那伍去了。原因是，小花那里出了问题。

小花一直让小毛这个高干的"父亲"给自己调动工作，弄到机关里，过着一张报纸一杯茶水过一天的美好生活。小毛最开始的想法是，这件事能拖多久就拖多久，先将小花稳住，带着她吃烤牛肉，带着她买新衣服，带着她去看电影，然后先要跟她结婚，只要小花答应跟自己结婚，其他的以后再说，先把生米煮成熟饭。可上次，就在几天前，小花竟然给小毛下了最后通牒，如果再不求他的"爹"帮她调入机关，那小花就跟小毛吹，就中止恋爱关系。这下可急坏了小毛，小毛费尽了脑筋也想不出个办法，首先他爹不是高干，第二，他爹早就死了，上哪里变出个高干的爹来呢。不过功夫不负有心人，经过小毛用心的探索，终于发现一个好哥们的爹正好是小花那个厂子的书记。这个名副其实的高干子弟叫高林，也在念着高中，听到这事之后拍着胸脯保证，说没问题，前提是钱要到位。其实说这话的时候，高林也是有点吹牛的意思，但迫于哥们义气，既然小毛这边想办法筹钱，高林也就满口答应了。高林的答应让沮丧的小毛燃起了希望的火光，他觉得这事靠谱，但钱从哪里来？高林是狮子大开口，要了一千块钱。那个时候普通工人一个月才挣几十块钱。没办法，小毛想到了那伍。

所以那伍见到小毛的时候，小毛伸手便要五十。那伍给了，他没有理由不给，在那伍看来，小毛还是个孩子，而且自己毕竟有错在先，也算是矮人三分了，最主要的是，他期待着看到黄毛和黄毛腹中的孩子。小毛将钱揣在兜里，放那伍过去。

小毛收了钱，当然高兴，但即便是每次五十，也要要上二十次，这期间还要满足小花物质上的需求，也就是带着她吃烤牛肉，买新衣服，当然还有精神上的需求，那就是偶尔看场电影，这样算来要凑足一千块钱也不是近在咫尺的事情，况且那伍并不是每天都来。小毛知道欲速则不达，就算是让一头牛干活，也要喂饱了它才对。小毛现在的当务之急是转移工作重点，将重点放在小花的身上，他想方设法地稳住小花，他下跪发誓说，这事只是时间，要小花等待，等待三个月的时间，最多不超过四个月。小花不情愿，但还是答应了，然后在小毛的脸上亲了一下，这可让小毛高兴坏了。

那伍见到黄毛的时候，黄毛正躺在床上看电视，肚子好像比前几天更大了。那伍走近前傻傻地问："他又踹你没？"黄毛白了他一眼没说话。如果说那伍在劳教的几个月中黄毛见不到那伍那是应该的，但你那伍都出来了，而且上次都来过了，现在隔上一个多礼拜不见人影，黄毛显然是有气的。黄毛不无挖苦地说："男人就这德行，只管脱裤子，不管收种，你还记得你有个孩子啊？"那伍一脸的傻笑，也说不出个什么东西，他既没有说自己因为酗酒而欠了刘强的钱，也没有说其实他每天都来，只是在楼下转圈不上来，只是傻傻地笑，这傻笑倒是可爱，黄毛妈心里也是责怪那伍这几天没来，但见到那伍那傻傻的样子，也就没有心思责怪了。

那伍跪在床边，侧着脸贴在黄毛的肚子上，呵呵地傻笑，过了会儿竟然大笑起来。黄毛责怪道："笑什么啊，吓我一跳。"那伍说："他又踹我，哈哈，太有意思了。"在这一刻，那伍将一切的烦恼都忘掉了，虽然那个小东西还未曾谋面，但他并不陌生，好像认识许久了一样。

这一个小时的时间里，小毛依靠着门框，吃着那伍买来的水果，而那伍便跪在黄毛床边侧着脸去感受。黄毛本来在生气，但见到那伍那傻样，也就气消了。黄毛说："你下了市场也没事，给我买些排骨来，明天，我想吃。"黄毛说了这话，那伍赶忙直起身来，拍着脑门说："忘了，忘了，白天我还想起来了呢，晚上就忘了，明天，明天买。"黄毛说："你这几天没事都干嘛去了？自己在家给我老老实实的，我不在家里看着你别啥事都干啊！"那伍知道黄毛指的是流氓录像的事，便连连点头，气息都跟刚才的不一样了，黄毛妈推了黄毛一把，意思是不让她说下去，黄毛妈嘴里念叨着，过去就过去了，别提了。

那伍有些尴尬，毕竟提起了那不光彩的事，但还是憨憨地笑着。黄毛妈说："那伍啊，你们一家三口在一起多好，不过我们家条件实在是有限，你就常来看看黄毛，我这边呢虽然退休了，但也没有多少钱，你弟弟小毛还在念书，黄毛也没有工资，妈也知道你挣钱不容易，但这是你媳妇，肚子里的是你孩子，你若是手头富余，就贴补贴补。"那伍一听这话，赶忙站起身来，从兜里掏出一百块钱递给黄毛妈，他说："妈，你留着给你们多买点好吃的，给黄毛也补补身体。"他妈一摆手说："你常来，给他娘俩带点东西就行，钱我就不要了。"那伍拿钱的手并没有放下，他转手递给了黄毛，黄毛也没收，只是说："你拿着吧，明天你给我买点排骨，我想吃排骨了。"那伍只好收回了钱，他知道明天还要来，便转身看了看小毛，他知道小毛这一关就是五十，跟高速公路通行费似的，想打这过，就得交钱。

其实那伍也想每天都来，但钱上实在是吃不消，小毛这边今天给了五十，那伍没在乎，但若是天天给上这么多，也不是回事啊，但不给吧，又觉得说不过去，首先自己是犯过错误的人，再者自己家的小舅子，他又不挣钱，给他钱就相当于减轻了黄毛一家的负担，都是一样的。那伍这样想着，也就不觉得别扭。

第二天，那伍果然又到了黄毛这里，他非常高兴，黄毛挺着个肚子躺在那里，黄毛妈坐在床上，与黄毛不远的距离，小毛依然依着门框，不耐烦地看着那伍。那伍看到黄毛，激动得不得了。这次那伍给黄毛买了好多排骨，好多的水果，而且刚刚给了小毛五十块钱，但这钱上的吃紧并没有减弱他的兴奋和高兴。那伍依然在黄毛那里，将脸侧面贴在黄毛的肚子上，去感受那小家伙的力量。这次小家伙又踹了他一脚，这一脚那伍很清晰地感受到了。他现在能够准确地找准那脚的位置，每次都将脸贴上去，去感受，那伍心里想着一定是个男孩，否则的话怎能这样淘气。那伍觉得黄毛瘦了，脸上的皮肤还黄了，跟以前的长相好像有所出入，那伍心里一阵的酸楚，看着黄毛狼吞虎咽地吃着香蕉，便更是难过，男人的责任感油然而生。他应该提供给黄毛更好的条件，在他的理解，这更好的条件也就是一口吃的，爱吃啥都能吃上，那一刻，那伍觉得自己应该多挣钱，挣多多的钱，他决定每天都来看看黄毛，看看那肚子里的小东西。

想法毕竟只是想法，没有钱是玩不转的。回来的路上，那伍在想，还有什么方法能够来钱呢？其实那伍卖菜挣的不少，每天有五十块钱的收入，那跟上班的时候是不能同日而语的，上班时候是每个月不到一百块钱，而现在每天挣五十。可他感觉到了从未有过的拮据，他省吃俭用，甚至不舍得去买二两酒来暖身，中午只吃两个素包子，若能再加上碗馄饨那便是改善生活了。那伍的脚又疼了，这次的疼痛跟往常不太一样，以前都是钻心的疼，即便是痒，也是疼痛中的痒，而如今，疼的感觉减弱了，痒的感觉加剧了，那简直是奇痒难忍——天暖了。

即便是还没出三九，天异常地暖了起来，雪慢慢地融化，但这只是表面现象，雪下面的冰却从未化过，只是借着那化了的雪将冰面凝结得更加坚固。这样的回暖对于那伍来说简直是一种折磨，因为疼是可以忍的，但痒，他忍受不了，那种感觉一上来，便像是有成千上万只蚂蚁趴在他的小脚趾上一样。那伍回到家，烧了壶开水，泡脚。在水中，在很烫的水中，那伍的脚才会稍微好些。就是这年冬天种下的病根，让那伍的小脚趾从今往后成为了晴雨表，一有个冷暖变化的时候，那个地方最先有反应。

躺在床上，那伍在想，如何才能挣钱，挣更多更多的钱，像老幺那样？他觉得自己干不了这样的买卖，老幺是给人算命的，也算是江湖买卖，这活看起来容易，全凭一张嘴，但其实门道多了去了。首先要察言观色，再者就是看脸色，老幺懂些中医，从一个人的年龄、脸色就能判断得差不多，反正中医的理论，一个人肯定没有是十全十美的，不是这虚就是那虚，要么就是气血两虚。算命的很多，卖药的也不少，但将这两点融合在一起的在小城里也只有老幺一个人，所以老幺的买卖挺火的，所以说创新很简单，但很多人难于突破那层窗户纸。在市场久了，打眼一看便知道这人是干的什么行当，需要什么技巧，虽然那伍不是干这行的，但都懂，那伍知道自己干不了这样的活，太累，心累，还要迅速判断，望闻问切，眼手嘴心都要快，用现在的话这属于复杂劳动，而那伍从事卖菜这样的简单劳动已经习惯了。

那伍正为钱的事发愁呢，老幺便又给那伍找来了来钱的道道。这老幺简直神了，竟然知道那伍为何事发愁，其实也不奇怪，那伍心里的变化全然写在脸上。老幺问什么东西从来不直截了当，也许是因为职业习惯的原因。

老幺给那伍介绍了个活，给一帮画画的充当人体模特。要问老幺如何知道这个"招聘信息"？当然还是要从他的职业说起。老幺干的这活和那伍不同，那伍卖菜的，菜天天吃，命不是天天看的，所以老幺不会在一个市场里常待，他经常游走于小城的各个市场中。那时老幺在城东的一个市场摆摊，偏偏那个地方有一个私人画所，我们暂且称其为"私人画所"，一大群文艺爱好者凑在一起画画，当然画的不是山水，画的是人，那个时候小城里还没有专门从事画画的人，也没有美术学院，只是一批爱好者，借着改革的春风见到了外国的文艺作品，便自发地凑在一起画画。这些爱好者非常执着，他们的画室是其中一个爱好者提供的，而且他们还要请模特，这模特费用不低，五十块钱一个小时，都是他们凑钱请的，五十块钱可不是个小数目，一个小时五十块钱，这可是个好活，绝对的好活。当然，老幺是不会白白将这活介绍给那伍的，他要抽成，那个时候抽成有一种很时髦的说法——对缝，这是改革开放初的时髦职业，老幺也已经是不只一次干了这样的时髦职业，从最开始给十三姨的狗身上抹春药，引发那伍的猴子兽性大发，做出那样的畜生举动开始，他便从那伍给十三姨每次十块钱中抽取两块，再到他介绍那伍去看那黄色录像，再到这次，介绍那伍去当人体模特，这已经是第三次了。

　　那伍乍一听的确被这钱所吸引了，一个小时五十块钱，风吹不到雨淋不到，就在那摆个造型站着，那能有多累？可令那伍没有想到的是，这钱还真不是那么容易挣的，他需要脱光了衣服站在那里一个小时。那帮画画的是要打造中国的"大卫"，他们曾经看过一幅外国的油画，就是一个裸体男人的画面，他们觉得那象征着力量，象征着美，也就如此模仿了。而更令那伍接受不了的是，那拿着画笔在下面作画的竟然还有女的，还不止一个，最让那伍接受不了的是下面画画的女的里面还有一个自己认识，那便是玲子。

　　玲子是娟子的妹妹，也就是故事一开头那伍想要与其结婚的女孩，因为那伍无法证明自己的男儿身而分手的那位。玲子在那伍陷入困境、无法证明自己是健全男人的时候，就挺身而出说要帮助那伍证明，但条件是让那伍充当一下人体模特。当时那伍还有些感动，玲子这么做尽管有着自己的目的，但毕竟有些英勇就义的味道，因为一旦玲子证明了那伍的健全，那会被全小城的人的唾沫星子淹死，但玲子并不害怕似的。

时隔几年的光景，玲子长大了。她子现在是自来水厂的工人，但依然热爱画画，热爱艺术。她整天面对的是机器，但心中依然保有对艺术的狂热追求，有了这种追求，她的生活不再单调，当她面对那隆隆的机器运转声音的时候，也不觉得枯燥和乏味了。人，总是要有点精神追求的。

那伍是被老幺诓来的，他有些胆怯，但他见到玲子心里莫名的亲切，毕竟是个熟人。玲子见到那伍，先是一惊，然后脸上泛起了不易察觉的红色，也许，是为当年少女情怀而感到羞涩吧。可当那伍知道是要裸体的时候，再也待不下去了，他转身便走。

玲子一路追来，好话说尽，玲子说："这是艺术，你能不能不这么低俗？这又不是耍流氓！"那伍走得飞快，一边走一边说："你那是不要脸的活，再穷我也不能不要脸，玲子，我劝你也别干了，等哪天警察把你抓了去你哭都找不到地方。"玲子在那伍身后突然大笑起来，那伍停下脚步愣愣地看着玲子。玲子笑了一会，眼泪都下来了，那伍觉得莫名其妙，玲子的眼泪并不是过度的笑而引发的生理反应，而是一种忧伤，倒是有种众人皆醉我独醒的感觉。玲子擦了擦眼泪对那伍说："这不是耍流氓，警察也不会管，这是艺术，你可以不干，但你不能玷污艺术，你站在那里，没有人觉得你是耍流氓，你只是我们创造艺术的工具，你不懂不要瞎说。"玲子说话的时候语气平缓，态度坚决，让那伍捉摸不透，他不知道玲子说话的意思，也不懂什么艺术。

那伍还是走了，玲子没有再追。那伍的心怦怦地跳，感觉和以前看黄色录像一样，他害怕啊，当初若不是自己看了那东西，何必被劳教，又何必现在看人脸色，处处觉得自己矮人一等。还好，没有上当，否则被劳教的话那才是丢人呢。

那伍白搭了半天的工夫，晚上在看黄毛的时候显得囊中羞涩了，给小毛五十块钱之后便兜里瘪瘪的，他显得忧心忡忡。钱没了是可以挣的，那伍从来没这样忧心忡忡过，因为这种心理活动是很复杂的，高兴就是高兴，不高兴就是不高兴，沮丧就是沮丧，何必忧心忡忡呢？那便是那伍心理活动了，他还在想着白天的事，当模特的事。他在想，若是不脱衣服就好了，哪怕是每小时四十块钱也行啊，穿着衣服坐在凳子上，闭着眼睛睡上一会，只要睡觉的时候别动就行了，让他们画吧，好好地画，一眨眼睛四十块钱到手了。想着想着，那伍笑了。

"想什么呢？"黄毛打断了那伍的思绪："我想买件大衣，羽绒服的，现在刚出的牌子鸭鸭的，挺好的，我看我们邻居像我这个年龄的都在穿，听说可暖和了，比棉袄暖和，还轻便，就穿着这个羽绒服去生孩子。"

那伍问："多少钱啊？"

黄毛说："不知道，你去打听打听，估计挺贵的。"说完黄毛又后悔了，她第一次认真地观察那伍，她觉得那伍瘦了，尽管精神头还好，但脸上被风吹出了血丝，头发凌乱，整个人都瘦了一圈。黄毛心想也难为那伍了，大冷的天在外面冻着，所以黄毛又有些后悔了，她说："算了，还是别买了，去年刚做的棉袄还挺好的，都是新棉花，有了钱给孩子攒着吧，咱家孩子还得上大学呢。"上大学？那伍从未想过，但听黄毛这样说，心里说不出的高兴，上大学，那个时候大学生是个稀罕物，在普通老百姓那里，跟现在的院士差不多稀罕了。那伍笑了，笑得很好看，脸上的皱纹舒展开来，那喘着的气息都是那样的顺畅。

二十

  这是个晴天，晴空万里，不像二十多年后的今天，同样的小城就算是晴天也未必能见到蓝天，见到月亮。那个时候的天真蓝啊，小城中间有一条河经过，那便是蓝天碧水，远处是山，层峦叠嶂，即便是在寒冷的冬季也不无生机，这样的场景在当时虽然平常，但二十多年后的今天却只能在画中才能见到。

  那伍说："真的不犯法？"

  玲子说："当然不犯法，这是艺术！"

  画室里温度并不高，那伍每脱掉一件衣服，便觉得冷了一分，当那伍脱得只剩下内衣裤的时候，便再也不肯脱了，他本来是想脱的，在这之前做好了足够的思想准备，他不为别的，就为那一小时五十块钱的收入，他是要脱的，但现在看来其实不要脸还真的不是那么容易的事。台下坐着七八个人，有三个是女生，其中一个是玲子。大家都在焦急地等待着，盼望着，盼望着那伍脱掉所有的衣裤好开始艺术的创作。那伍实在是太腼腆了，双手抱胸，蹲在地上，跟个受了凌辱的娘们似的，而这个时候他身上还穿着内衣裤。

  众人异口同声地要求道："脱！"那声音虽不振聋发聩，但有一种震慑的力量，那伍慒了，台下的女孩们还算有点职业素养，不急不躁，坐下来等，但眼睛都盯着那伍看，他们考虑的是光线的问题，透视的问题，那伍身上的肌肉构成，纹理是否清晰，等等。但不管从哪个角度考虑，他们都在盯着那伍，那伍真的感觉那眼神如钢针一样扎在身上，刺痛着他的心，他不想干了，他去穿衣服。

　　底下的几个男子不干了，冲上来便将那伍按在地上，剥光了他的衣服，一边剥一边还在安慰："没事啊，谁稀罕看你，都是来画画的，你就放心吧。"那伍就像个娘们被强暴一样，被人按在地上剥光了衣服。其实凭那伍的本事，就算是这几个男人，再加上那几个女人都未必能按得住他，而此时的他身体已经软得跟面条似的，他还是在犹豫，这应该算是半推半就吧，而造成这个后果的原因便是钱，都是钱在起作用，一小时五十块钱，实在是个不小的诱惑。

　　"半推半就"这个词用得好，那伍正是在这样的状态下脱光了所有的衣服，一丝不挂蹲在那里，这样也没法画啊，按照设计，今天的模特应该站在那里，侧面对着画者们，可那伍这个姿势不对。玲子就上来劝说，玲子说："你脱都脱了，干嘛还差这一步啊。"玲子上前要扶起那伍："我不都告诉你今天的姿势了吗，赶紧地摆造型，告诉你啊，你要是不配合那五十块钱还是不给你。"那伍听到这个似乎受到了触动，什么东西刺痛了他，他觉得今天是丢人都丢到家了，这样还不能挣钱，那就白脱了。玲子要扶起他，他忙说："别碰我，别碰我，我自己站起来。"说着就起身了，可起身之后，底下的画者看到的是一个男人，侧面对着他们，双手十字交叉放在自己的私处。底下一个女人终于抑制不住了，说道："大老爷们你还怕看啊，你这样我们怎么画啊？"画室挺冷的，那伍刚才是在纠结，而这个女人的这句话让那伍突然感觉到了羞愧，脸上便红了起来。

　　众画者皆对刚才的女人投来鄙视的神情，因为这是对模特的不尊重。这个时候玲子跟那伍说："你就差这一点啊，脱都脱了，你还怕什么啊？都干上这行了，你专业一点好不好？你再这样不给你钱啊。"

　　那伍不情愿地松开了双手，羞红的脸不再红了，这次红的是眼睛，他竟然掉下泪来。底下一个男画者说："你哭什么啊，挺大的老爷们，又没把你怎么着，这都是艺术！行行行，大家凑合画吧。"

　　这个晚上那伍并没有睡着，浑身的酸疼是次要的，他一闭上眼睛，便是众人嘲笑的眼神，那眼神如钉子一样扎进他的肉里，让他觉得无处躲藏，无地自容。那伍得到了五十块钱，可那种感觉很奇怪，跟看黄色录像还是不一样，看黄色录像当时看着过瘾，过后羞愧难当，而当模特，让大家看呢，是当时羞愧难当，过后觉得不仅羞愧难当，还有一种很奇怪的感觉，这便是一种羞耻。那五十块钱那伍将其放在椅子上，斜着眼睛就能看到，看到的时候就会心酸不已，好像那五十块钱是他的卖身钱。那伍就像妓女第一次卖身一样，懊悔，道德的压迫，羞耻心，罪恶感，各种复杂的情愫全然涌现出来。没办法，第一次总是那样的难过，以后习惯了就好了。

那伍慢慢地习惯了，后来他知道这钱不是天天都能挣到，那伍第一次"卖身"之后隔了三天后才接到第二个任务的。他接到任务的方式很特别，他所在的市场和玲子的工厂不远，玲子晚上下班的时候会特意路过那个市场，特意走到那伍身边，看到玲子从远处走过，那伍的心便开始跳，怦怦地跳。玲子走过的时候，低头装作买菜，然后抬起头来说："晚上，六点，老地方。"起身便走。那伍便接到了任务。

其实第一次过后，那伍尽管懊恼，但还是比较期待第二次的，甚至他觉得这中间间隔的时间长了，一个小时五十，这钱的确好挣，而且舍得下脸来，这也不算什么累活，所以他在兴奋期待中等待着第二次的到来。

那伍第二次要比第一次容易进入状态，今天画室的温度也好，不那么冷了，在众目睽睽之下，他脱掉衣服，很专业地摆着造型。那伍还是站在那里，侧面对着画者们，另一个侧面便是窗子，这个画室在六楼，尽管楼层很高，但还是四处封闭的。那伍在脱掉衣服之前还仔细查看了窗帘，很厚，而且全方位的覆盖，他可以在这七八个画者面前不要脸，但真的是让别人偷窥了，他便真的没法活了。

其实说不要脸，并不是我们说的，这样讲有辱这个行业，那只是那伍的心理活动。他觉得这是一种不要脸的行为，羞耻的行为，但是还好，这种行为并不犯法，这是玲子说的，玲子这样搞艺术的人，那伍向来是高看一眼的，搞艺术的人是高品位的，是有文化的，她说不犯法，那一定是不犯法。而且依玲子所说，那伍只是他们通向艺术的一个工具，就跟一块木头、一棵大树、一条长河、一片风景一样，仅此而已。

那伍这样想，便放松下来，他单手抱头，腰微微地弯下，腿也随着腰做了个小角度的弯曲。他应该是在思考什么,这是对于画者们来说的,但对于那伍,这样的动作实在是难过,就像警察局蹲小号似的,站不起来,坐不下,这样的状态下他是没法思考的,如果可以,那也便是思索着时间为什么这样漫长。

真是一回生,二回熟,那伍的确比第一次好多了,跟玲子的沟通也比较顺畅,玲子会告诉他站立的时候哪条腿该使劲,哪条腿可以放松,身体呈现一种什么样的状态,面部表情等等。摆好造型后,玲子鼓励地对那伍说:"真是天生的模特材料,悟性很高啊!"

那伍苦笑,接下来便是漫长的一个小时。那伍这样站着,脸上的汗便流了下来。玲子是关心那伍的,跑上来给那伍擦了擦,主要是为了不影响画画。

那伍站在那里难受得很,正巧玲子上来擦汗,这是那伍第一次近距离地观察玲子,玲子长得漂亮,那伍希望这样看着玲子能够忘记身体上的不适应。真是女大十八变,才几年的光景,玲子从一个酸涩的果子变成秀色可餐了,饱满而富于弹性,整个人都透着水似的,尤其是玲子的那双眼睛,像极了娟子,但是比娟子好看,玲子的眼睛也不大,细长,睫毛也长,嘴唇也是那样的润滑,手则白皙饱满,那伍望着玲子想入非非了。

这样,那伍的身体出现了状况。其实这样看,那伍还是一个很卑劣的人,在为艺术献身的同时竟然想到了这样不堪入目的事来,一定是他在想坏事,否则的话那身体的某个部位不可能这样直挺挺的。台下的画者们看到了这样的状况,有经验的觉得没什么,没经验的很惊讶,女的又没什么经验的则脸色通红,差点尖叫出来,用手捂着脸,一副见到流氓的样子。可大多数画者还是有涵养的,即便是不满意,也没有说出什么,只是小声地交头接耳,几个男人没注意,接着画,反正也不影响大局,大不了就这样画上,反正是艺术嘛,应该再现生活,写实也是一种流派。而有些男人和大多数女人则放下了画笔,再也画不下去了。

那伍呢,他当然察觉了自己身体的变化,但也痛恨自己竟然有这样的不要脸行为,可他想抑制,就是抑制不住,下面没有叫停,他也不敢轻举妄动,因为玲子说好了,如果表现不好是要扣钱的。这个时候,玲子走了过来,为那伍披上了件军大衣,拉着那伍到角落里休息,她还给那伍端来热水。

玲子对那伍还是很关切的,她只很随意的说了句:"走神了吧。"其实玲子以前也遇到过这样的状况,这是人之常情,这一点玲子是知道的,作为爱好艺术的玲子一定是知道的,不过所有人都这样,那下面的画者便没法作画了,所以玲子还是要纠正那伍这样不好的行为的。玲子对那伍说:"做这一行的,走了神,那便是耍流氓,没走神,那便是艺术,所以你要把持住,千万别再胡思乱想了,否则的话——"玲子没再说下去。这个那伍懂,否则的话会扣钱,玲子一直在强调这个事情,也就是说,这五十块钱还不一定是你的,不能出任何差错。那伍刚才很羞愧,刚找到了点搞艺术的感觉,竟然又耍起了流氓,他实在是羞愧难当,但有钱作为诱饵,他没工夫多花心思去羞愧,只是琢磨着如何平复自己身体的变化。

那伍再次上台的时候,脑袋里全是警察破门而入的场景,这里包括和黄毛的那个激情一夜,陈二棍带着警察破门而入,而他则破窗而逃,跑到了天亮,包括他看黄色录像的时候警察破门而入,被扭着胳膊往外走的时候围观人的眼神,那些眼神都跟刀子一样,刺痛着那伍,想到了这些,那伍便没心思"走神"了。好歹今天的任务完成了。

这第二次还算顺利,但因为刚才的事故,那伍被扣了十块钱,只得了四十。那伍心疼得牙都快掉了,人就是这样,总是盯着没有拿到的那部分。

那伍这个晚上又没睡着,他要想办法,怎样才能够让自己不再走神,这相当于众目睽睽之下耍流氓啊,而且更重要的是被扣了十块钱,就因为走神,就因为脑子里全是那肮脏的想法而被扣了十块钱。那伍想想就觉得委屈,十块钱啊,那可不是个小数。

那伍还是很聪明的,他终于想出了个办法,尽管这次因为想着警察破门而入的情景而勉强过关,但他还是觉得不稳妥,他对警察的震慑力还是不那么有信心,他便想起了第二个法子,就是临去之前要喝上点酒,最好喝得迷迷糊糊的,这样双管齐下,一定能将这件工作做好,做到不扣钱。那伍想出这个主意,花了一晚上的时间,终于在清晨迷迷糊糊的时候,灵光乍现想到了这个法子,他为自己的想法而兴奋,兴奋得从床上一跃而起。

可光兴奋是没有用的，那伍经历了两天的漫长等待，才等到了玲子的召唤。这两天里，他都是早出晚归，比平日更晚地回家。因为玲子如果有需要的话，那便是下了班后经过那个市场，到他的菜摊前来装作挑菜的样子，才发出这样的召唤。可这两天，玲子都没有来，那伍等到了天黑，他担心玲子还在加班，怕是耽搁了，所以他多等了一会儿，等天彻底地黑了，大家都回家吃完晚饭的工夫才回家，这样的等待真是望眼欲穿啊，那伍多么想在那决定收摊的一刹那看到玲子由远及近地走来，那应该是一种多么令人振奋的事啊。那伍由刚开始的半推半就，到现在的主动出击，甚至接不到活而焦虑不安，也仅仅一个多礼拜的事。刚开始的几天那伍还为在众目睽睽之下裸露自己的身体而感到羞愧难当，而感到自己的行为无比卑劣的话，后来为了钱而不要脸面，觉得挣钱比什么都重要，到现在，那便是觉得自己是为艺术献身了，偶尔，他还会觉得自己做的事是一件很伟大，很纯洁，很高尚的事。这应该是钱在起作用，那伍还想象着，想象着以自己为模特的画能成名画，在当代画界，在画史上留下光辉的一笔。当然，他也不明白这是什么含义，全然都是玲子告诉他的，反正玲子给他传递的讯息就是，他在做着一件非常高尚的事情，非常高尚而且还能挣钱，挣得还不少，这对于那伍还是件好事的。

玲子由远及近地走来。大老远那伍就兴奋不已，他觉得自己已经热血沸腾了，玲子背对着夕阳，夕阳在她身后散着光，整个人都被光环笼罩着一样，那也应该是一副美丽的画面。玲子的身段优美，可以说是标准的好身材，丰乳肥臀，腰肢纤细，走路还有些蛇行，而走到近前，那伍看到了玲子的脸。那伍喜欢玲子的细长眼，被长长的睫毛盖着，好像里面永远有你读不懂的东西似的。想着想着，那伍的身体便有了反应，这可吓坏了他自己，他连忙去想警察破门而入的场景，才将这种想法震慑住。玲子走到近前，挑了几个萝卜，直起腰来对那伍说："今晚有活动。"

那伍回到家，放下车子，赶忙到小卖店买了瓶白酒，打开，喝了两口，觉得上头了，才开始朝画室走去。

画室依然是那几张熟悉的面孔，那伍进门的时候他们也是刚到，大家支起架子，将画具掏出，紧张地忙碌着。那伍则在"更衣间"换衣服，所谓的更衣间就是屋子里的厕所，所谓的换衣服就是脱衣服。此时那伍已经酒精上头，因为好久没喝酒了，身体便对酒精显出特殊的敏感，脱裤子的时候需要单腿而立，那伍摇摇晃晃的差点没跌倒。脱掉了衣服，他又凭借自己的意念，尝试了下面的感觉，此时的他头顶上迷迷糊糊的，脚下轻飘飘的，脑袋里的想法都拧不出干的来，更别说是什么让人热血沸腾的场面了，他尝试着去想玲子，那腰肢，那屁股，还有胸脯，感觉自己都没有任何的反应，这便达到了目的。他放心地走出了厕所。

那伍站在那里，摆好了造型，画者手拿画笔，便开始画了起来。喝了酒与不喝酒就是不一样，那伍单想到喝了酒可以麻木抑制自己的肾上腺素的分泌，却忘了也抑制的小脑的平衡功能。那伍站了一会，便左摇右摆，这样的姿势并不是双腿平均用力，所以双腿在支撑身体的时候并不稳固。

那伍摇摇欲坠，跟风中柳枝一样，而且随着时间的推移，那酒精便从皮肤中散发出来，弄得满屋子的酒气，画者们便来了意见。他们认为，他们画的这人体画，是带着深邃的哲学思考在里面，为了展现重压下的人那种的生命力，如树劈开石头生长于天地之间一样，那伍现在的状态，不仅下身软了，浑身都软绵绵的，肌肉不再那么有质感和弹性，线条和纹理也不明晰，这根本达不到他们的理想状态。

这个时候玲子站出来替那伍讲话，玲子说，酒不一定就不代表理性，喝了酒也不一定没有力量，你看尼采，不就是崇尚酒神精神吗？这种酒后的麻痹状态更能显示出重压下那种抗争的力量。玲子说出的这些话尽管那伍不明白，但他不傻，知道这是为他开脱，便打心眼里感谢玲子，可玲子毕竟势单力薄，而且这意见得不到大多数人的认可，最终那伍被扣掉了二十块钱，只拿了三十块钱回家。

那伍追悔莫及，回到家他气恨恨地将那剩下的半瓶子酒倒掉，连酒瓶子都砸了，他不知道自己为什么这样愚蠢，不过与此同时，他也觉得艺术多事，搞艺术的人也多事，不让喝酒，还不让有生理反应，那伍不仅仅难过今天损失的二十块钱，更加担心的是这个活如果继续下去，以后的工作该怎样开展。

二十一

　　黄毛生了，是个男孩。

　　这孩子够折腾人的，在肚子里折腾了几天就是不肯出来。生的时候正赶上是个月圆之夜，人们总是用月亮的阴晴圆缺来比喻人世间的悲欢离合，所以这个时候出生也许是个吉兆，那伍是这样想的。快要生的时候，那伍正在家中，他不是不想去看，而是小毛和黄毛妈都觉得挣钱要紧，而且黄毛也不知道什么时候生，便劝说那伍回去干活，并答应他生的时候一定给他稍信过去。

　　小毛来报信的时候那伍已经上床了，意识已经模糊了，只听到一阵急促的敲门声，那伍忙起身开门，小毛倚在门框上，伸出手，手心朝上。那伍也习惯这套业务了，大老远的让小毛过来捎信咋的也得给个跑腿费，那伍随手递给小毛二十。小毛看了看那钱，手并没有收回去，那伍知道小毛嫌少，便又给了他二十。小毛跟那伍说："生了，男的。"说完转身便走。那伍一听是男孩，兴奋得直跳，他傻傻地笑，跟精神失常了似的，也许是过于高兴了。那伍说："我这就去看看他们。"小毛头也不回一边走一边说："医院锁门了，明天再去看吧。"

　　那伍躺在床上怎么也睡不着，男孩，他想象着自己的儿子是个什么样，儿子，他是喜欢儿子的，他早就料想到是个儿子，从未怀疑过，他怎么可能有个女儿呢？一定是儿子。

　　那伍真的想看看他的儿子，他的印象中，儿子一定是胖胖的圆圆的，躺在黄毛怀里吃奶呢，对，是胖胖的圆圆的，大眼睛双眼皮的那种。那伍又照了照镜子，从镜子中去寻找自己儿子的长相。那伍再也无法入睡了，他索性起身，穿上衣服便朝医院走去。

即便是打了春，天气还是有些寒冷，只不过自从打春之后脚上便换了感觉，由原来以疼为主变成了以痒为主，他真是惊叹老祖宗留下的二十四节气。心中想着儿子，脚上便没有了痛痒的感觉，这应该就是精神疗法。小城本来就不大，那伍健步如飞，说是走，其实那速度要比一般人的跑还要快，那伍从小练武，脚力非凡，这一会的工夫便到了医院门口。医院不大，只有三座楼，每座楼也就六层高，他来到楼下。现在的那伍只能是望着楼叹气了，医院的门没锁，急诊楼没锁，只是这住院楼锁门了，那伍在楼下绕了三圈也没找到其他的入口。他像以前一样，就在楼下面一圈一圈地绕，直到住院病房里统统熄了灯，他也在楼下绕了二十多圈。他有些累，也有些乏了，刚要转身，猛然间看到了贴着楼外侧的水管子，他灵机一动，何不爬上去？

这个想法一经大脑便觉得是再合适不过的了。那伍本来身手敏捷，再者干瓦匠出身，爬高本不是什么难事。那伍站在水管子下面，仰望楼上，他伸手试了试那水管子，觉得还算结实，八十年代都不偷工减料，要是现在还真不好说。那伍顺着水管子爬了上去，说那伍也是点背，他进医院大门都一个来钟头了也没见个人影，刚刚爬上水管便听到有人从远处走来。

那伍只好停下攀爬的身体，屏住呼吸，跟个壁虎似的贴在墙上，期待着那人赶紧走过去。来的是两个人，还牵着一条大狼狗，也许是医院巡逻的，你说医院又不是银行，大晚上巡逻什么啊？那伍心理暗骂。那俩人没发现什么异常，狗也是，狗本来就是看人低，狗眼看人低，而且那伍贴在墙上，已经攀爬了几米的高度，便脱离了狗的视线。那伍躲过了第一道封锁线。

那伍的头刚刚过了三楼的窗子，有间房的灯突然亮了。那伍心里那个气啊，早不亮晚不亮，偏偏这个时候亮，原来这是办公室。大夫走进来，好像是在找些什么东西，在抽屉里乱翻了一气。水管子紧贴着楼的墙壁，而且距离窗子很近，如果那伍这个时候贸然前进的话，水管子的晃动声一定会惊动那大夫，所以那伍打算潜伏下来。他趴在水管子上一动不动，时间一长他的手开始抖动，尽管上肢肌肉非常发达，但还是有些吃不住力了，额头渗出汗来，他期待着那个大夫赶快找到东西离开,他好继续往上爬。可那大夫找到了东西,是几页纸,他站在那里看着那几页纸,也不说离开,也不说坐下。如果坐下的话,那伍会考虑是否下去休息一下然后等三楼的灯熄灭后再往上爬,如果离开的话他就继续往上爬,所以他现在是"卡"在那里。五分钟对于那伍来讲,像一个世纪一样漫长,他觉得两只胳膊酸疼、麻木,全凭两条腿盘在管子上借了点力气。终于,那大夫关了灯,离开了办公室。

那伍继续前行,到了四楼,来到了黄毛所在房间的窗前。那窗子是锁着的,大半夜,不锁着窗户才怪呢。还好,赶上生孩子的少,这个病房就黄毛一个产妇,由黄毛的妈陪着。那伍轻轻地敲着窗户,过了一会灯亮了,原来他们都没有睡,黄毛被外面的一张脸吓坏了,叫了一声,还是黄毛妈比较沉着,迅速过去,打开窗子放那伍进来。

那伍一进来便四处寻找,他在找孩子,甚至他把床单掀起来查看了床下。那伍一脸的焦急:"孩子呢?"黄毛说:"你傻啊,孩子能在床底下啊?"

黄毛妈说:"现在医院都这样,孩子在另外的病房里,等明天出院的时候再抱回来。"那伍一脸的惊恐:"那不会有事吧?"黄毛说:"就你家孩子金贵,别人家的孩子不也都放在那里啊。"那伍长舒一口气,显得有些沮丧,嘴里嘟囔着:"那白上来了,大四楼的,跟壁虎似的。"

黄毛一听这个不高兴了,指着窗户说:"那你再回去,赶紧的!"黄毛妈一听,赶忙说黄毛不懂事,她关好了窗子,便让那伍坐下,她跟那伍说:"大四楼的你就这么爬上来的,也不怕摔着,今天你就住这吧,反正也没别人,刚才查房的也过去了。"那伍点点头,露出了羞涩的笑容:"孩子长的啥样的啊?是不是又白又胖的?"黄毛说:"可抽巴了,脸上全是褶子,跟老头似的。"

"啊?不能吧。"那伍想着黄毛的描述,怎么能像老头似的呢?怎么能是满脸的褶子呢?这跟自己想象的一点都不符合。

结果,当那伍见到那孩子的时候,的确如黄毛的描述,满脸的褶子,跟老头似的。不过再怎么难看,那伍还是欢喜得不得了,因为经过比较,他觉得还是自己家的孩子比较好看,这样就行了。第二天出院,那伍停了一天的工,专门陪着黄毛,看着孩子,这孩子还没有睁眼,只知道咧嘴哭,一声接一声的,哭得那个委屈啊，那是饿了。

有了孩子，那伍更加努力地挣钱了。他白天卖菜，晚上从事艺术创作，也就是给一帮画画爱好者当裸体模特，自从那伍因喝酒被扣钱后，便将裸体面对画者的时候身体不再有反应这个事情寄托于警察的震慑力。他总是在将要"走神"的时候去想警察，那身警服，那样的震慑力，想他和黄毛激情一夜的时候警察破门而入，想他看黄色录像的时候警察将他带走，受到众人指点，这样他便会平静下来。

可问题出在警察的震慑力也是有限的，有的时候即便是想着警察破门而入的场景，思想上也会走神，他频频的走神让他的收入频频受到了影响，也让画者不能完全投入到艺术创作之中，因为艺术与耍流氓总是瞬间的事，真是应了那句话，花开生两面，人生佛魔间。

那天那伍为了不再走神，不再给艺术抹黑，让这种艺术活动顺利地进行下去，他做出了个决定，那就是提前用手来解决。说实话这招还真的很好使，到家后，他便急急忙忙地钻进屋子，其实很奇怪，人的欲望是自然的，想要的时候则是抓心挠肝的，猴急猴急的，只一念间身体便会有了反应，而不想的时候，那情欲便像吃了安眠药一样，怎么唤也唤不醒。所以为了让他在有冲动的时候没有冲动，那么就要在他没有冲动的时候想方设法地让他有冲动。这个办法那伍想了很久，成本很低，只是需要点体力，若要节省体力也可速战速决，而且比喝酒省钱，比想起警察来更加容易，这叫大禹治水，不堵而疏。

自从用了这招，那伍屡试不爽，几次下来，每次的劳务费都是全额发放，没有扣下一分钱。又过了几天，那伍再次出现了状况，原因是那伍早到，而画者有晚到的，那伍在家用手解决后赶往画室，可由于中间拖的时间过长那伍过了"不应期"，他的欲望便又上来了。

看来这样也是不稳妥的，可活人还能被尿憋死？那伍再次想了个办法。他干脆不在家里解决，而是跑到作为更衣室的厕所里面解决，这样一来可以控制时间，也就是说，等快开始的时候那伍才开始解决，这样他便可以完完全全地坚持到一个小时以后了。那伍觉得自己真是聪明绝顶，这叫因地制宜，因时制宜。

这天那伍第一次将这样的想法付诸行动，他来到画室的时候还有三两个人没到，这些人一个是孩子有病了，来晚了，一个是单位有事在加班，反正都来晚了，但还是来了，上了一天的班回到家做了家务再跑来搞艺术，实属不易，大家也都能理解。

快开始的时候那伍跑到作为更衣室的厕所里面，脱掉衣裤，他用手迅速唤醒自己的下身，以往在家里做这事的时候总是很快，在家里是躺着，如今站着，可能是姿势不太适应吧，弄了半天就是不行。他便去想玲子，玲子比娟子好看多了，细长的眼睛，圆圆的屁股。这个时候，他是不会想黄毛的，如是想了，肯定是事倍功半的，因为黄毛给他的打击太多太多，再者黄毛也没有玲子这样好看，黄毛好像从来没有年轻过，二十多岁头发就枯黄了，整个脸也是黄的，跟风干了似的。那伍继续想着玲子，想着玲子的屁股，那屁股很大，很圆，而且很有弹性，想着她的奶子，肯定是经过身体的撞击而左右前后摇摆的，肯定是跟黄毛的不一样，如果玲子和黄毛同坐汽车上经过减速带，不管是多么慢的车速玲子的乳房都会有所颤动，而即便是车子掉沟里了，黄毛乳房还是会紧紧地贴在前胸，在想象中那伍就是那辆车，一辆飞快的车走在坎坷的路上，车上坐着玲子，这种感觉真好……

这段时间，那伍活特别多，几乎是隔一天就一次，这样他便可以轻松地挣到五十块钱，他便可以给黄毛买许多好吃的，只要黄毛吃得好，那孩子一定会健壮。那伍每天都去看孩子，孩子是一天一个样，每天都有新的变化。他兴奋于孩子的变化，这说明他在成长，一天天地长大，他盼望着，每天都在盼望晚上见到儿子的时刻。

当然，那伍每次还是要给小毛钱的。黄毛生了儿子，小毛要钱便更加理直气壮了，用他的话来讲："你即便是去动物园看动物，也是要买门票的，更何况这个是你儿子。"那伍想想，这样的逻辑关系没错，但觉得总是有些别扭，将自己的儿子比作动物，那自己呢？

今天小毛跟往常不太一样，他话里有话地说："你最近不少挣吧！"这让做贼心虚的那伍吓得胆战心惊的，小毛贴在那伍耳边说："你干的事我都知道。"说着转身回屋子了，就这句话那伍吓得走了魂，也可以说小毛的一句话让那伍清醒过来，他干这个行当本来就没打算跟别人说，任何人都是不知道的，也不可能跟别人说，他自己知道这是艺术，但玲子说过，这种艺术虽然警察管不着，但还是不能被众人理解的。那伍有些后悔了，他开始又有些愧疚了，他想到如果黄毛知道这些事情该怎么办，黄毛还会原谅自己吗？即便是黄毛原谅了自己，自己也真的没法在小城里活着了，众人的唾沫星子不还把自己淹死啊。先是看黄色录像被劳教，后是当着七八个人的面脱光衣服，而且这一光就是一个小时。

愧疚，这个心理活动那伍已经是久违了，如果不是小毛那样近似威胁的话，那伍还当是卖菜一样的活，付出劳动，获得回报。小毛的话再次唤醒了那伍沉睡的道德意识，还是孟子说得对，人皆有羞恶之心，只是有的时候这种羞恶之心被蒙蔽，需要人来点醒一样。

这天，那伍提心吊胆地看了自己的儿子，黄毛也没有什么异样，他一直担心小毛会告诉黄毛，可一晚上黄毛都算是正常，黄毛是个藏不住事的人，心里想什么统统地表现在脸上。那伍放心了，他想，不就是钱嘛，比起脸来说，比起让黄毛知道来讲，钱不再那么重要，而且小毛也不是外人，无非是要个零花钱。这样那伍挣钱的时候是钱比脸重要，而到小毛这里，这是花钱来买脸，好像一挣一花相互抵消了。

那伍这次失算了，小毛不单单是要零花钱，他是狮子大开口，向那伍要了二百块钱。那伍不知道为什么小毛会这么需要钱，他当然不知道，因为他要为小毛撒的谎埋单，或者为小毛的恋爱埋单，小毛跟小花说过，自己有个当高干的爹，尽管他爹早已死去，而且并不是什么高干，但他偏偏这样说以此赢得小花的芳心。

小毛之所以这样需要钱，那还是因为与小花的恋情出现了危机。小花一直想进机关，让小毛那个高干的"爹"来办这事，因为这个，小花也是费尽了心机，她知道怎样取悦小毛，那便是一个吻，只轻轻的一个吻，然后再威胁小毛分手，她让小毛赶紧将这事办成，以免夜长梦多。小毛自从委托高林之后，便一心攒钱，他想着，如果攒了那一千块钱，便可以让高林利用他爹的权力给小花调动工作，他一边寄希望于高林，一边稳住小花，怎样稳？当然是哄骗，他告诉小花三个月的时间，可眼看着三个月的时间快到了，只攒够了八百，小毛便打起了那伍的注意。他知道，这每次五十块钱还是背着自己的姐姐向那伍要的，如果一下子要上二百，那伍一是拿不出那么多，再者容易让他狗急跳墙，那样就不合适了。他知道一条橡皮筋不能拉得过长，否则便会断掉，他懂得循序渐进的道理。不过小毛可以循序渐进，而小花则等不了，这段时间经常吵着要和小毛分手，闹得小毛干什么事都没有心思，索性加重了对那伍的盘剥。

小毛看那伍最近出手大方，这是一种感觉，也就是那伍递给小毛钱的时候脸上的表情，总体的气场，他是能够感觉到的，如果那伍没钱的时候，掏钱的动作便会很慢，脸上也会有细微的变化，那便是愁，没有钱的时候没有人会不愁。当然，如果那伍手头宽松的话，他掏钱的动作便要快些，脸上是着急的表情，意思是要赶紧交了钱好进门看儿子。小毛捕捉到了那伍掏钱时脸上的变化，便知道那伍最近收成不错。小毛非常聪明，他懂得知己知彼百战不殆的道理，也就是说他要确定伸手要钱的时候那伍一定有这个钱，至少不能有过大的缺口，这样那伍才不至于翻脸，所以他打算实地考察一番，也就是看看那伍一天到底能挣多少钱，以此赶紧将那两百块钱补上，做个不太恰当的比喻，就好像现如今要给某样商品定价的时候，总会要考虑老百姓的承受能力一样。

因为调研，小毛亲自去了那伍的市场，暗中观察那伍，看他的人流量，以此为依据大概地计算他的收入。小毛知道，光这样是不行的，首先是这样的方法太粗糙，不细致，没法精细化，得出的结论不能作为他下一步"涨价"的参考，他便要去问，问谁呢？他觉得在那伍身边卖货的人应该最为知道，而那天，老幺恰恰就在那。小毛算是问对了人，他盯准了老幺，趁那伍不在的时候上去和老幺搭话。老幺可是个老江湖了，在市场上什么样的人没见过，和眼前的这个小伙子搭上两句话，便知道他的来意，再观察下，对他想知道的事情便是了如指掌。不过老幺是江湖中人，做事要讲规矩，当小毛问他那伍能挣多少钱的时候，老幺故意卖起了关子。老幺说："你是说明的还是暗的？"小毛说："明的暗的我都想知道。"老幺说："他卖菜一天能挣五十。"这个数字跟小毛预计的差不多，这样小毛就更加坚定了自己的猜想，那伍一定另有收入，因为一天五十，自从黄毛生过孩子之后，那伍去的更加频繁了，每次去都给小毛扔下五十块钱的同时，还要给黄毛买些吃的、用的，有的时候还会给黄毛扔下点生活费，这样算来一天五十怎么也不够。小毛直截了当地问："他到底在干什么？"老幺笑了，闭口不答，小毛似乎领会了老幺的意思，赶紧递上十块钱，老幺看着那钱摇头，小毛又加了十块，老幺还是摇头。小毛不太明白老幺的意思，难道二十块钱买你一句话都不够吗？

小毛说："你不说拉倒，我找别人问。"起身便要离开，老幺不紧不慢地说："你问别人去吧，看看谁知道这些事。"老幺说得自信，好像除了他之外没人知道一样。的确，那伍这事也只有就老幺知道，因为是老幺给介绍的活，每次都要抽十块钱的成，画室里的人是讲规矩的，有了规矩什么都好办，他们坚持那伍每去一次，便给上老幺十块钱，他们也不得不接受规矩，毕竟他们干的事，是不被大多数人接受的，他们也想少些麻烦，十块钱，也便是给老幺封口的。老幺的自信还是有道理的，正是因为老幺的自信让小毛又蹲了下来，他有点着急地问："你要多少钱？直说！"老幺伸出五个手指："五十？"小毛惊讶地咧开嘴，一句话五十块钱？这真是金口玉言。

老幺说："你知道之后，肯定会觉得这五十块钱换来的这句话还是很值的！"

尽管钱有点多，但小毛还是动心了，他合计着，就算是五十，也不用自己去挣，每天守着大门，坐收门票就可以了，那伍每次去都给小毛五十，也就一天的时间便能挣回来，而且就算是这个老幺故弄玄虚糊弄人，他也可以砸了他的摊子，老幺戴着个墨镜，尽管不是瞎子，但给人弱不禁风的感觉。小毛掏出五十块钱给老幺，这钱还是头一天那伍去的时候扔下的，老幺见到钱便笑了，他跟小毛道出了实情。

小毛惊讶于世界上竟然有这样的职业，他脸都快羞红了，脱得精光对着那些人，让他们画，这是怎么了？简直太不可思议了。小毛惊诧于那伍的不要脸和卑劣行径，不过他还是显得非常高兴的，有了老幺的这个信息，就不怕那伍不就范，否则就将这事捅出去，让那伍吃不了兜着走，看姐姐是否还会让他见到孩子。想到这他倒是为他姐姐抱委屈，怎么嫁给了这样的男人，过去有妓女，现在到好，这男的也干起这样不要脸的行当了。想到这，小毛觉得老幺的信息还真值！而且他得知那伍每次去脱衣服当模特是五十块钱的时候，他便是更加高兴了，挣得还真不少！

真是功夫不负有心人，小毛的一番考察得出的数字，还是比较客观和符合实际的。那伍惊讶于小毛的狮子大开口，但他知道，这钱不得不花，否则的话那便是轩然大波，不说别的，就是黄毛知道了这事，说不定得带着孩子改嫁呢，想到孩子，那伍彻底地软了，不是一般的软，而是软绵绵的软，跟小绵羊似的，他乖乖地掏出兜里的二百块钱，不情愿又不得不地递给小毛。那伍央求地对小毛说："我只有这些钱了，你千万别告诉黄毛。"这话说得甚至是带着哭腔。小毛接过钱，冷冷道："知道了。"接着小毛转身，自顾自地嘀咕着："早知今日，何必当初呢！"那伍无言以对。

回到家，那伍陷入了焦躁的情绪之中，这个时候他不是心疼那钱，而是担心小毛将这事捅出去。那伍彻底地清醒了，他知道，这次自己又做错了事情，他痛心疾首，痛哭流涕，他想到了自己的儿子和黄毛因为生气而扭曲了的脸，他自责万分，他后悔自己一失足而成千古恨，他后悔自己竟然这样地不要脸，鬼使神差地竟进入这样的行当。艺术，狗屁艺术，那本是些耍流氓的东西，想想自己是多么的龌龊，为了能够顺利完成任务，保证在做模特的一个小时内没有生理上的反应，竟然在更衣间里先用手解决自己的需求，好让自己进入不应期，此时那伍觉得恶心，这样那伍就觉得自己简直就不是人。

这一夜的反思让那伍想要重新做人，他想早起些，晚回来些，多卖菜，用自己的辛勤劳动来挣钱，这是他最基本的想法。可有句话叫人在江湖身不由己，有些东西是可逆的，有些东西是不可逆的，比如说脂肪肝是可逆的，而肺癌就不可逆，他现在就像得了癌症一样，想回头没那么容易。那伍想要回头，他痛哭流涕地找到了小毛，希望小毛给他一次机会，让他痛改前非，而且保证，每次去都给小毛五十块钱，雷打不动。小毛倒是给那伍的诚恳打动了，他还未曾见过三十好几的人在自己面前痛哭流涕乞求原谅的场景，这感觉真好！

不过那伍来的不是时机，也就是小毛并不想原谅他，当然小毛也不想将那伍一棒子打死，去黄毛那里告发他的罪恶行径，因为小毛需要钱。自从凑够了一千块钱给高林，没几天便有了回信，高林说他已经跟自己的老爹说了，并说那小花是自己好朋友，希望老爹帮助他，老爹也同意考虑。小毛听到这个消息后兴奋不已。不过人家高林又说，他老爹尽管是高干，但只是个二把手，说了不完全算，所以还要三百块钱的活动经费。小毛一见事态往好的方向发展，便硬着头皮答应了，也就是说小毛现在急需要三百块钱。由于这三百块钱的亏空，小毛还是不能给那伍改过自新的机会，当然他也怕那伍改过自新就不认账，不承认自己的所作所为，也就没什么能够牵制那伍的了。小毛的意思是，让那伍先干着，三天内攒够三百块钱，然后再"改过自新"。

那伍纳闷，小毛最近为何这么需要钱，他想问，犹豫了下还是问了："你要这么多钱干啥？"小毛公事公办的口气说："那你别管，你凑够三百块钱，咱俩的账就一笔勾销。而且这三天内你可以随便出入我们家看你儿子，不用交门票钱，也就是这三百块钱包了你三天的费用。"

那伍虽然满打满算三天也就能挣三百块钱，而且模特的活还得是全额出勤的，可还是答应了小毛。

那伍现在是骑虎难下，他又不得不继续干下去，这是小毛的指令，也是他几天内凑足三百块钱的保障。那伍脑子再笨，他也有这样的感觉，自己好像陷入了泥潭一样，一点点地陷下去，他不能用力挣扎，因为这样会让他陷得更快，他有点喘不过气来。那伍狠狠地抽了自己两个嘴巴，指着镜子中的自己说："让你不长记性！让你再干那不要脸的事！"说着又是两个嘴巴。看着镜中的自己委屈的表情，脸被抽得通红，他便舒服了许多，他又指着镜子道："要想人不知，除非己莫为！"一副公事公办的口气。

那伍又去了那个画室。今天暖气烧得好，一进画室，热气扑面而来，这股热气让那伍一阵的眩晕。他是不想来的，因为他知道自己干的并不是什么艺术，而是近似于耍流氓的行当，但他又不得不来，因为小毛说了，必须要做这个，攒够了钱，才能抹平他以前的事。那伍今天显得情绪低落了些，这个玲子看在眼里，忙过来关切地询问。玲子在室内穿的是件白色衬衫，领子开了两个扣子，乳沟便若隐若现了，但是这种若隐若现并没有呈现在那伍的眼前，因为那伍太矮，若他再长高十公分，那便可以欣赏到玲子胸前的那片春色了。玲子问那伍家里没事吧。那伍摇摇头，应付了几句，那伍的眼睛有意无意地从玲子胸前飘过，他真是不长记性！都这个时候了，还有这个心思，真是龌龊至极！

那伍的眼睛从玲子胸前飘过，尽管因为个子小而没有"一览众山"的感觉，但他可以想象，想象带给他的美妙感觉远远胜出了实实在在的观察。观察的东西是静的，而想象出的东西是飘忽的；观察的东西是死的，而想象出的东西是活的，永远变化的，鲜活的，新鲜的，是富有生机的。这不禁让人想到一句话，上帝为你关上一扇门的时候，一定会再为你打开一扇窗。

玲子发现了那伍的异样，看出了他眼神中的飘忽，她当然知道这是因为什么，那个年月还没有谁穿衬衫打开两个扣子，所以她脸红了，下意识地扶了下衬衫，她对那伍说："你好好准备下，等会我们开始，还是那个姿势。"说完便走开了。

那伍进了换衣间，也就是那个厕所，脱掉大衣，脱掉衣裤，他现在满脑子还是玲子的胸口，那真是关不住的春色啊。

在厕所里，那伍就着那尿骚味，开始了。那伍想象着玲子的胸部，那就像小羔羊的肉一样，煮熟了的时候用筷子碰一下都会颤三颤，馋得口水直流，她的胸部一定是很有弹性的，又大又圆，真想上去咬上几口。在想象中，他做到了，不仅轻轻地咬着，还在吮吸，他近似疯狂地吮吸着，他似乎听到玲子轻微的娇嫩嫩的叫声，那叫声好像在让他轻一点，在这样的情况下，女人越是温柔，就越能激发出男人的野性。那伍疯狂了，他就像草原上的烈马一样，飞快地奔驰着，他没有方向，不知要向哪里，而脚下的路便是他的方向，便是他要去地方，他知道那个地方一定很美，就像天地初开时的混沌一片，像云雾缭绕的山顶仙境，那里很静，很祥和。他有节奏地奔跑着，向那草天相接的地方奔去，他浑身的肌肉都要崩裂一般，脸上冒出汗水，想象中玲子在为他擦汗，在为他鼓劲加油，在为他摇旗呐喊，此时此刻，他全身的血液都涌向一处，他的心都要跳出来似的，那便是力量的展现，这种力量是任何艺术作品都在孜孜不倦地追寻的，是梦寐以求的东西，那便是美。令那伍振奋的是，他在这不足三平米的厕所里，发现了点点的美，这种美的感觉包裹着他的身体，让他获得了短暂的永恒，他射了，尽管有些不情愿，但还是射了。

回到了现实的世界，那伍不得不迅速地整理着自己的"战果"，玲子在外面敲门："伍哥，好了吗？都等着呢！"这样的催促跟那伍想象中玲子的温柔背道而驰，他来不及休息，来不及在那短暂的永恒中停顿片刻，来不及流连于刚才那静谧安详的地方，他不得不出去了，因为这是工作。

今天的造型很难摆，众画者给那伍提出了更高的要求。那伍侧身站立，两条腿交叉一前一后，一只手沿着前方伸向四十五度的高处，就好像招手拦出租车一样。这样的姿势摆了一会，玲子以其超乎寻常的艺术敏感对那伍提出了质疑。玲子今天换了主题，如果说前几天画的是一种压抑的美，是一种"草劈石"的美感，那今天则是一种自由的美。玲子跟那伍说了自己的想法，那伍似懂非懂。玲子想了一会，跟那伍说："这是一种自然的状态，你刚才尽管姿势对了，但整个人的状态不对，也就是这里。"玲子指着那伍的心脏的位置："这里不对的话，你整个人的精神状态就不对了，不准确，而且你浑身的肌肉线条也不对，没有力量，也不自由，感觉还是受到了压抑似的。"

那伍对玲子的话不懂，他不知道什么是自由，什么是压抑，什么是力量，不过当玲子和他说话的时候，他无意中又向玲子胸前扫了一眼，只这一眼，他便感觉身体出现了异常，血涌一处，让他好生的难堪。玲子看那伍这样，本能地觉得害羞，但还是比较专业，因为她从那伍的眼中看到了希望，看到了她想要的东西。玲子连忙说："就是这样，你上去摆好姿势，就是这样。"玲子朝那伍竖起了拇指。

那伍再次站在台上的时候，他身下已经有了反应，众人屏住呼吸，没有叫停，那伍不敢私自停下，他想要制止自己心中的邪念，但这邪念太过邪恶了，他想象着警察破门而入，想象着黄毛指着鼻子要和他离婚，可他还是没法阻止那种邪念的到来。这样，那伍在画室里，在七八个人的眼前，有了反应，他不敢停下来，因为下面没叫停，他知道这是一个模特的职业素养，不叫停就不能停，因为如果这样停下来便会扣钱，但这样的状态实在是让他觉得羞愧难当，觉得自己卑鄙龌龊。人就是这样，有时候下半身会很不听话。

玲子和众画者并不是没有看到那伍的反应，只是觉得这符合他们的艺术形象——力量，那个东西本身也是一种力量，而且是最基础、最先有的力量，没有这个东西，便没有了一切，想到这玲子也释然了，这种力量为什么不能直接或者露骨地表现出来呢？有了这样的想法，玲子便没有叫停，其他画者也互相交换了眼神，他们都是搞艺术的，悟性很高，一个眼神便知道了彼此的心意，他们心照不宣地继续画着。

从艺术上来讲，这力量是无穷的，如泉水一样喷发出新鲜的内容来，可对于那伍来说，这力量是有限的，而且他本身就为在众人面前展示这样的力量而感到羞愧，时间久了，他便软了下来，软下来后，那伍轻松了许多。他觉得，如果说刚才是在耍流氓的话，那现在则不算，更像是搞艺术，他尽管还是有些羞愧，还是觉得自己的行径非常的卑劣，当然这样的想法全然源自小毛。如果没有小毛的话，如果说小毛还没有发现的话，他会一直做下去，他觉得自己搞的是艺术，而不是耍流氓，搞艺术还可以挣钱，这便是再完美不过的事了。

那伍恢复了常态，下面的人可不干了。有几个人扔下画笔望着玲子。玲子当然知道他们为什么"罢工"，她也知道，这是难为那伍了。玲子走上台前，为他递上了大衣，让他休息一下，她对那伍说："刚才的状态非常好，现在不行了，你知道——你知道我指的什么。"尽管玲子很专业，但她说这番话的时候还是表现出了迟疑。

那伍脸上拧成了麻花，他并不知道玲子会这样地要求他，他说："以前你还觉得这样不好，现在咋还非让我这样呢？不是你说的吗，耍流氓和搞艺术是一念之差，如果那地方有反应了，就是耍流氓，若是没有反应，那便是搞艺术，咋说过的话不算数了？"

玲子望着下面的画者对那伍讲："此一时彼一时，我也没有办法，艺术的美在于人的发现，算了，跟你讲这些你也不懂，你表现刚才的状态便是了。还有，伍哥我跟你说，我们这的模特有很多，前两天还有几个面试的，都是懂艺术的，条件要比你好，他们都说要换人，就我，使劲地为你说好话，你若是能干，你就多努力。"

一听这话那伍刚才拧成的麻花脸被抚平了，那伍恢复了理智，是钱的作用，钱抚平了那伍的麻花脸，让他恢复了理智，也让他从艺术的创作中回到了现实中来。钱，对他来说异常的重要，若在这几天凑不够三百块钱，小毛指不定跟黄毛说些什么,想到黄毛,想到孩子,那伍服软了,他是需要钱的。他发誓,只要挣够了小毛那三百块钱,他再也不干这种事了。

　　玲子走下台,那伍盯着玲子的背影看了好久,那屁股圆圆,腰肢纤细,走起路来屁股一扭一扭的,身子也跟着摇摆,别有一番的风情……

二十二

　　那伍攒够三百块钱的这天晚上，他放松了许多，就像还清了债务一样。

　　那伍将那钱递给小毛的时候，小毛并没有想象中的满足，只轻轻地"嗯"了一声，随后便是一个冷脸。那伍说："你答应我的事别忘了，这事千万不能让你姐知道，我再也不干了。"那伍是诚恳的，他真的想再也不干了，尽管他有些留恋玲子，她那丰满的胸和屁股，但他还是毅然决定不回头了，因为看到自己的孩子，他便觉得什么都不重要，他只想和黄毛好好地过日子，天天能看到孩子就好，哪怕再苦再累，他认为也是值得的。

　　可事情并没有那么简单，小毛收好了钱便对那伍说还需要三百，只这回时间上宽松了，一周之内交钱。小毛说得干脆，眼睛都没眨一下。这让那伍懵了，他还料想小毛拿了钱，便会放过他，再不提以前的事，可没有想到的是小毛出尔反尔，这让那伍心生怒气。但怒气归怒气，他还是不敢跟小毛翻脸，毕竟小毛没有告诉黄毛那伍做了些什么，而且，小毛随时有可能告诉黄毛那伍最近做了些什么。

　　那伍是敢怒不敢言，他不敢声张，因为这是在小毛的家门口，黄毛就在屋子里，那伍的脸扭曲着，他对小毛说："不是说好了吗？你不能这么不讲信用！"小毛说："最后一次，三百块钱，你能给就给，不给拉倒。"小毛有些不耐烦。那伍看着小毛一脸的不耐烦，不免又讨好地冲小毛笑笑，他说："你干啥要用这么些钱？"小毛更加不耐烦，他说："你甭管了，就这一次，一个礼拜之内你给我凑三百块钱，你的事我以后一个字都不提。"说完转身便走开。

那伍在黄毛那里显得忧心忡忡的，这让并不敏感的黄毛也感受到了，黄毛关切地问那伍怎么了，那伍摇摇头，挤出点笑来，说没什么。黄毛还以为那伍劳累，也没再问下去，只是让他早点回去休息。

那伍心里郁闷得很，刚刚逃离苦海，本以为这次可以摆脱困境，过上平淡的日子，可没想到的是人在江湖身不由己。如果说，那伍对小毛以往还怀有歉疚的话，那现在这种歉疚便消失得无影无踪，只剩下愤怒，但很快愤怒被恐惧所抹平，他担心和恐惧着黄毛，还有黄毛身边的孩子，他怕黄毛知道这事后再生事端，那便是他最难过的。他想，如果这事他主动去承认会不会好些？他没有把握。没有把握的事就不要去干，现在毕竟黄毛还不知道，而且小毛也没打算告诉黄毛。那伍忍了，也认了，他觉得这应该是最后一回，如果小毛再以这事为要挟来要钱的话，他就主动承认，男子汉大丈夫敢作敢当，而且主动承认也能争取个好态度，毕竟坦白从宽抗拒从严，他一定会得到宽大处理的，那伍这样想着，便为自己找好了退路。

其实那伍不是没有想到小毛还会以此要挟要钱，否则的话他便会通知玲子，再也不干这样的勾当，他的潜意识里面似乎预料到了这样的结果，所以也没有急着和玲子说不干了，看来，这样做是明智的，做什么事都要给自己留后手。

自从小毛再次勒索后，那伍又去了玲子那里几次，这几次里他再没有在那厕所里面自己解决了，因为玲子需要，画者需要，需要他带着"状态"，这样方能显示力量，他们画的就是这样的力量，一种蓬勃向上的力量，而这种力量在那伍身上表现得淋漓尽致，得到了画者的表扬，玲子对那伍也是满意的。只不过，那伍表现完这种力量之后，回到家中，还是要用自己的手来解决。这个世界应该是充满着平衡，不管你看没看到，不管你有意识还是无意识的，这种平衡都是存在的，不以人的意志为转移的。那伍的表现值得称道，这是在艺术作品里，但作为一个艺术工作者来讲，这种力量有的时候是一种负担，他便要去卸下负担，这样才能轻装上阵，所以当了模特之后的每个晚上，他都要躺在床上自己解决。

每当这个时候，那伍回想到玲子，在床上，要比在那厕所里的狭小空间惬意得多，他可以想象，想象着他和玲子翻云覆雨，想象着玲子那丰腴的身材，想象着和玲子享受着鱼水之欢，直到最后的释放，他疯狂了，随后便是空虚和落寞，他想要在最后的高潮中能够多停留片刻，甚至停留在疯狂之中，但他知道这是不可能的，如果可能唯有去死。每个人的快乐都是通过努力获得的，不经努力轻而易举地获得快乐，那么这种快乐便是一种毒品，而毒品所释放的快乐是要靠迅速燃烧身体的能量来获得的。像那伍这样的在市场里摆摊的，诚实劳动，是获得快乐的不二出路。

小毛之所以又向那伍要了三百块钱，全然来自于高林，那个真正的、名副其实的高干子弟。高林答应过给小毛办事，也就是给小花调动工作，他先后向小毛要了一千、三百的"活动经费"，而这次又要了三百，小毛也是心生不快的，但没办法，小毛也有这样的感觉，就像陷入了泥潭一样，无法自拔，越是折腾，陷得越深，而这泥潭不是别的，是贪婪。还好，小毛的贪婪可以转嫁到那伍身上，让那伍来买单。小毛不是没有想过高林在骗他，但他只能相信高林，只能寄希望于高林拿了钱办事，还好高林态度是好的，他说这是最后一次，拿了钱，一定办事，小毛才稍稍宽慰了些。小毛是喜欢小花的，可最近小花对小毛有些若即若离，她最为关心的调动工作的事也是基本不提了，她不再亲吻小毛，也不再依着小毛身旁撒娇，不再缠着小毛要买新衣服，不再让小毛陪她看电影。这些反常的行为小毛当然感受到了，他如中毒了一样还在寄希望于高林，寄希望于高林将小花工作的事办妥，他觉得不管出现了什么问题，只要工作的事办妥，他便可以在小花面前扭转局势，打一个漂亮的翻身仗。

人总是这样，当局者迷，小毛一心盼望着高林拿了钱办事，为小花将工作的事办妥。说到这，一定会有人觉得那个高林是个骗子，只是为了骗小毛的钱，拿了钱不办事，抑或高林根本就不是什么高干子弟，跟小毛一样，整日游手好闲，靠骗钱混日子。可高林的确是高干子弟，而且拿了钱也为小花调动了工作，可糟糕的是，不知道什么时候小花和高林走到了一起。这是小毛亲眼见到的，在小花单位门口小花和高林肩并着肩，手挽着手，有说有笑，小毛体会到了什么叫心碎的感觉，除了心碎，还有别的，那便是一种滑稽，抑或是一出戏剧的高潮一样，抖了个大包袱，的确是情理中，意料外。

其实小花早就知道小毛高干的爹是编出来的，知道之后便非常的伤心，不为别的，为的是小毛骗了她，没有爹偏说有爹，爹不是高干非说是高干，这便是一种欺骗。小花最讨厌别人骗她，她恨得咬牙切齿，从那之后便对小毛不冷不热，反正小毛给她买衣服，请她吃饭，陪她看电影，她也没反对，反正聊胜于无，小毛虽说不是高干，但还算是出手阔绰，还是可以满足她基本物质需求，小花跟小毛在一起的时候因为心中有恨，便狠狠地让小毛花钱，小毛花的钱越多，小花便越解恨，她知道她是不会和小毛在一起的，小毛所起的作用，就像是钱包一样。而高林的出现让小花觉得小毛再没有别的用处了。

高林是个名副其实的高干子弟，这让小花看到了希望，很快便和高林订了亲。顺理成章，高林的爸爸将小花调到了机关，小花是一箭双雕，高林也为这事感到骄傲，因为漂亮是一种稀缺资源，看着赏心悦目，心情舒畅。高林是喜欢小花的。

当小毛怒气冲冲地站在小花和高林面前的时候，两个人均愣了下，很快便恢复了常态，他们都知道，小毛迟早会知道的，这一幕迟早会出现。小花似乎早有准备，她对小毛说："是你先骗的我，骗我你是高干子弟，骗我你有个有能耐的爹，骗我你能够给我调动工作，现在我知道了，我不打算跟你好了，如果你再来纠缠的话，我就到派出所报案，说你耍流氓，你别忘了，你就是个骗子。"说到骗子的时候，小花是激动的，她终于看到了小毛因为伤心愤怒而扭曲的脸，她终于解恨了。接着是高林，高林对小毛说："哥们，你托我办的事，我给你办了，小花现在调到机关了，你拿钱，我给你办事，但小花和你毕竟还没结婚，她还可以再选择，因为她是自由的。"

听着高林的话，小毛都快气炸了，他辛辛苦苦地攒钱，辛辛苦苦地去调查那伍，好不容易弄到了这些钱，没想到现在是人财两空，他那滋味还能好受？小毛年少冲动，上去便和高林扭打在一起。

厂保安科的人出来制止了这场殴斗，是小毛先动手，打了高林，高林脸上还挂着彩，这些加起来是足够扭送派出所的，但高林还是让那些人放了小毛。出来的时候他对小毛说："如果以前我还对你有所愧疚的话，那现在我们谁都不欠谁的，小花本来没结婚，我有追求她的权利，而且我能给她幸福，我有一个高干的爸爸,你没有,我成绩全班前五名,你呢?你连学都不上,我今年就考大学,而你,最多是个工人,你跟我怎么比?"

小毛自从和小花搞对象以后便没怎么上学,跟家里说是上学,其实就是在外面瞎逛闲混,接送小花上下班。现在连小花都离他而去,他真的是一无所有了。如果说刚刚小毛还占领着道德的制高点的话,那么由于出手打了高林,这样仅存的虚妄的、最不值钱的东西也从小毛身边滑过,他真的什么都没有了。

小毛哭了,在河边,漆黑的夜,乌云笼罩,看不到一颗星星,风是冷的,小毛一个劲地抽泣,他本不想哭,但眼泪就是止不住地流,他索性放开嗓子⋯⋯

这孩子就这么点出息,耗子扛枪窝里横!

如果说小毛就此打住,好好地学习准备高考,或者是不念书安安稳稳地找个活来干,也没什么不好。可小毛被惯坏了,他爹活着的时候惯,死了之后他妈惯,等黄毛长大了黄毛接着惯,小毛在家里说一不二,谁让他是家里唯一的男孩?可就这样的性格,让他在经受了打击之后一蹶不振,如果说在跟小花谈恋爱的时候他活在温柔乡里,可现在的温柔乡不复存在,而他,也只能活在现实之中。以往,跟小花谈恋爱的时候,他是快乐的,即便这种快乐是建立在虚幻之中,是他不劳而获,或者说是他"爹""不劳而获"的结果,但他已经安于现状,习惯了这种不劳而获带来的快乐,当一旦进入现实,当他发现快乐是要靠自己的双手来创造的时候,这快乐便比登天还难。

人总是希望在对的时间地点和场合下遇到对的人,最怕的就是在错的时间错的环境中遇到错的人,前一句话是对谈恋爱的人说的,后一句话是对所有人说的。

小毛沾染了毒品,那是冰毒,并不纯,但足以上瘾,足以毁掉他如花绽放的年华。当然,小毛最开始并不知道什么是毒品,有什么作用,只因为在这样的情境下,他认识了不该认识的人——李刚。李刚这个人也许大家并不熟悉,但他哥哥李晨在故事的开头我们提过,那便是跟黄毛搞对象的人,就因为黄毛一口咬定强奸而因此丧命的那个人。

说起来有点残酷,好像是冤冤相报一样,但李刚的确不是"有意",只因为小毛这样的状态更容易得手。我们只能将这样的结果归结为冥冥之中，这样说，心理便会好受些，因为那不是仇恨的延续，而是公道的结果。

小毛"上道"很容易，仅两次，第一次天旋地转，喝多了似的，第二次便来了状态，飘飘然了，那种感觉真好，想什么有什么。他最想的还是小花，那晶莹剔透的唇，含在嘴里，要化掉一样，那洁白无瑕的皮肤，摸在手里，像是一汪水，还是温泉水，那躲在长长的睫毛后面期待和冲动的眼神，射出的光灼烧着小毛的那颗冰冷的心。小毛还会想象小花扑向自己的怀里，主动地亲吻他，伸出舌头，和他的舌头缠绕在一起，他清晰地感觉到小花由于呼吸急促而起伏不断的胸脯……

小毛还想象自己有个高干的爹，这个爹在这个小城里面呼风唤雨，无所不能，不过小毛很小的时候便失去了父亲，对父亲的印象早已模糊，所以这个爹的形象只能暂时用那伍的那张脸来替代，小毛也不想，但没有办法，想象还要立足现实的。

小毛笑了，因为他无所不能。

就因为"溜冰"（吸食冰毒），小毛再次抬高了那伍的"门票"，着实不能让那伍白当了这个爹，还是个高干的爹，尽管这样的关系只出现在小毛的想象之中，但毕竟是出现了。小毛重新定了门票价，六十九元。为什么有零有整？这是小毛深思熟虑的结果。小毛本想将门票抬高到一百，但跨度太大，那伍不好接受，六十九，差一块七十，可为什么小毛没有说七十，原因是六十九虽然距离七十只差一块钱，但就因为这一块钱，便是质的区别，也更加能够让那伍接受。小毛在这方面还是聪明的，在定价的时候能够做到多方面的考虑，一方面要估计那伍的承受能力，一方面估计那伍的心理感受，还有就是在与那伍的谈判过程中的回旋余地。就这么点心眼，全用到那伍身上了。

那伍知道小毛抬高门票的时候先是吃了一惊，但如小毛所想，这个价钱那伍刚刚可以接受，而且正好捅在了那伍反抗的临界点上。首先那伍如果反抗，最好的办法就是主动找黄毛去承认错误，争取个好态度，这样一来，黄毛知道了，小毛便再没有什么可以要挟那伍的。而这样的价钱，虽然是提高了，但那伍还是要考虑的，他想如果真的主动向黄毛坦白，那肯定又引发一次轩然大波,他自己不仅吃不了兜着走,更主要的是孩子,现在那伍并不如以前那样担心自己会打光棍,他最怕的是见不到儿子,他一天见不到儿子便如猫爪挠心一样难过。所以这样的价钱,那伍考虑了一下,也就忍了,那伍觉得,反正也不会太久,等再过一阵子,黄毛身体彻底恢复了,也就回家了,那样也不涉及"门票"这样的费用了。

那伍不太情愿,但还是给了小毛七十块钱,小毛接过那钱,并没有要找零的意思,那伍刚想提醒他,但回头一想,也就一块钱,无所谓了。同样是七十块钱,同样的结果,但六十九加一还是比较容易让人接受的。

说是过桥费也好,门票也罢,反正要想看到儿子,看到黄毛,那伍不得不掏,而且还得毕恭毕敬地掏钱,还得是心甘情愿地掏,因为这个时候的孩子,一天便是一个模样,那伍不想错过。但这钱从何处来,着实是让人头疼。那伍每天刨除吃喝税钱,总共也就五十块钱,有的时候还到不了。那伍并没有什么积蓄,如果有的话,也是被小毛因为装成高干子弟而埋单了,或者是为了贿赂高干子弟的高林而花掉了。那伍没钱,还想每天都见到儿子,这便是个矛盾,那个时候有句流行的话,新闻里的使用率很高,是人民日益增长的物质文化需要和落后的生产力之间的矛盾,对!就是这句!

那伍是绞尽脑汁,一宿没睡着觉,他着急啊,孩子可是一天一个模样,那伍一天见不到,生怕不知道他长成了什么样。现在的孩子已经睁开了眼睛,可以看到那伍,那孩子的眼神是温柔的,温顺的,最开始是没有焦点的,也就是说他不能看到你,看到的景象应该是模糊一片,而现在,他的眼睛可以对焦了,那伍清晰地感受到儿子在看他,长久地看他,这很难得,因为黄毛说,孩子白天睡觉,即便是醒来也不会长时间地盯着一个地方看,只有那伍晚上过来的时候,他才会盯着那伍。那伍非常荣幸,而被这孩子盯着看也是他一天最为骄傲和难忘的时刻了。

孩子一个月了,大了,胖了,跟刚生下来那褶皱的样子判若两人,孩子很白,皮肤光滑,还会蹬腿,那伍总是将脸贴在孩子的身上,让儿子来蹬,他能感受到儿子的力量,他感觉到,每一天,儿子腿上的力量都会多一分。

钱,现在的关键是钱。那伍想着,他不是没有想过再去玲子那里,可恰巧的是玲子那里这两天没有活，也就是说他们这两天不组织画画。也难怪，玲子那个画室里没有一个是职业的画家，在那个年月也没听说谁以画画为生的，说白了都是业余的，文艺爱好者，这三天打鱼两天晒网的也成不了产业，也就不能提供给那伍稳定的生活来源。

那伍不知不觉地走到了黄毛家的楼下，他抬头望去，四楼的灯还在亮，而且很亮，这是他这阶段来看黄毛的时间，可他没有上去，只因为没钱，也不是完全没钱，而是不够六十九块钱。一分钱憋倒英雄汉啊，何况是几十块钱。

那伍在楼下徘徊着，此时虽然立春，但还是很冷，在北方有句话这样形容，叫冻人不冻水。往往在这个时候，那伍的脚便开始流脓，黄色的，粘在袜子上，白天还好，晚上脱鞋脱袜子的时候很遭罪。他不停地走，这样让脚下产生些热量，不至于再将那脓包冻伤。

那伍太想念自己的儿子了，他似乎看到了儿子的模样，感受儿子那有力又有节奏的蹬腿，他笑了。那伍做出了一个大胆的决定，顺着水管子爬上去。

这招不是没用过，小家伙出生的第一个晚上，那伍就是这样爬到黄毛的病房的。当那伍冒出这样的想法的时候他兴奋异常，那一刻他觉得自己简直就是一个天才，他想到了一句话，办法总比困难多，有条件要上，没有条件创造条件也要上。

一样，黄毛娘家也是住四楼，记得上次那伍爬到黄毛的病房就是四楼。这次那伍有了经验，他在攀爬之前首先环顾四周，确定没人。这时候天还是冷的，而且这个时候人们应该刚刚吃过饭，睡得早的已经躺下，闭上眼睛，也有躺在床上看电视的。那个时候电视机只有三四个频道，那便是他们茶余饭后所有的娱乐活动。

那伍登上了排水管子，这房子已有三十多年了，是刚刚建国的时候苏联人设计的，结实，举架高，有三米吧，所以那伍爬上这样的四层便像是一般楼房的六层。想到了儿子，那伍便来了力气，他用力地攀爬着，浑身的气力都用在了四肢上，他是越爬越来劲，只是动静稍微大了些。他怕惊扰了邻居，便放慢了速度，有些蹑手蹑脚起来。排水管子距离卧室的窗子不远，几乎能看到卧室的全部，而黄毛睡的床也就在这个窗子旁边，那伍只要爬到了四层的高度便一定能看清孩子。那伍还算顺利，很快到了三层。一层的人家挡着窗帘，而且有铁栅栏，什么也看不清，只知道灯还是亮的，屋子里有说话的声音。二层的是个老头和老太太，可能上了年岁的原因，耳朵有些不好使，正扯着嗓子喊呢，这样那伍便放心了，因为他不太可能让他们发现。

可到了三层的时候，那伍彻底地傻眼了，他看到一个老娘们光着身子。说老娘们粗俗了点，应该是一个中年妇女，当然也没有全然脱下，只是脱得剩个背心，她正背对着窗子在擦洗自己的上身。那伍可以清晰地看到那中年妇女垂下的乳房，跟两个面口袋似的。那不仅仅是下垂，也许因为擦拭得过于用力而导致身体的摇摆，身体摇摆了，乳房由于惯性也会随之摇摆，而这样的摇摆在那伍看来有些眼晕。

那伍犹豫了，他在犹豫还要不要往上爬。眼看就要到达目的地了，这样下来有些可惜，不仅仅是可惜，他实在是太想孩子了，他只想看一眼，就一眼。这样简单的需求对于此时此刻的那伍的确是有些纠结，因为如果这个时候下来，即便是被那女人看到，也有逃跑的机会，如果上去了，那就太被动了。

就在那伍犹豫不决的时候，那中年妇女转身了。当那伍意识到问题的严重性的时候，他和那妇女结结实实地对视了一眼，那伍清楚地看到了那妇女的脸，还有那干瘪的乳房，由于惯性而左右摇摆。那伍羞得真想从三楼直接跳下去。那女人尽管看不到那伍的模样，但总会感到窗户外面趴着个人，在瞪着大眼睛往窗子里面看，看她的身体，看她裸露的上身，看她的乳房，尽管是干瘪的，但那也是乳房，是女人的第二性征，尽管她的容颜随着岁月流逝而风干，但她还是个女人，从她是个小肉球开始到进棺材的时候她一直都是，所以她没法忍受有人偷窥，尽管这样的偷窥并不是有意的，并不是冲她而来的，可她依然受不了。她没拉窗帘就脱掉衣服，但这并不代表你有权利去看。

那伍真的没想看，但还是看到了。

中年妇女只一嗓子，那伍便从三楼来了个自由落体。还好那伍练过武术，着地的瞬间，他向前打了两个滚，颧骨上蹭掉了块皮，身子虽然隔着厚厚的衣服，也没幸免，多处擦伤，最主要是那伍的脚，他在落地的瞬间尽量保持和地面一定的角度，卸下力量，以此卸掉地面对脚踝的冲击，可他忘记了，脚上还有冻伤，他没有伤及筋骨，但脚上的冻伤因为受到强大的冲击而巨疼无比，如果不是在这样紧急的情况下，那伍一定疼得没有力气站起身来。可现在不然，中年妇女那一嗓子，整个小区都回荡着她的叫声，她又推开窗子，朝外面大喊起来："抓流氓啊！"

也不知道那个时候为什么流氓那么多，反正形容坏人便用流氓二字，而且这样的形容是最管用的，那个时候流氓二字如过街老鼠人人喊打。

那伍忍着巨疼拔腿就跑，奔跑的过程中他无意地回头看了那妇女一样，只见她的乳房还在胸前摇摆。她太过着急，竟忘记了穿衣服就跑到了窗边，她太大意了。

那伍以他最快的速度跑到了二里地以外的树林子里，刚才他脸上被擦伤，此时汗水流过，火辣辣的疼，当然最疼的还是脚，整个脚都要炸开一样。他坐在地上吐着舌头，跟条狗一样，喘着粗气。他环顾四周，那些人是不会追来的，这样想他便放心了，他想歇会儿，刚才爬水管子，从三楼上掉下，再加上这一路奔跑，让他体力耗尽。

其实并没有什么人出来追赶，只是那妇女一个人在喊，喊了半天，才想起来回去穿衣服，然后回到窗子口接着喊。又喊了半天，谁也没出来，只她男人慌忙从厕所里出来，一边朝屋子走一边还提裤子，一边走还一边嚷嚷："喊什么喊什么？"女人喊道："有流氓爬窗户！"还是她的男人比较了解她："咱家三楼，爬三楼看你，真是吃饱了撑的！"

男人这样说，妇女定是伤了自尊，她大喊一声："你觉得他爬三楼来看我不值是不？"说着，便冲上去和男人厮打起来，一边打还一边哭，哭得那叫一个伤心啊，差点哭抽了。当居委会的老大妈和派出所的民警同志赶到的时候，那娘们已经哭得说不出一句完整的话来，老大妈和民警看到如此情景，觉得哪来的流氓啊，不过是两口子打仗，便舒了口气，将两人拉开后劝说两句便走了。妇女本是要说有流氓的事，但被自己的男人气糊涂了，一味地指责和谩骂，也就忘记了抓流氓的事了。

那伍在草丛里坐了好久，脚下的疼痛逐渐地消逝，也许是麻木了，脸上的擦伤也凝固了，只有身上的伤口，由于汗水的冲刷还在隐隐作痛，没多久，便和内衣粘在了一起。那伍本该走的，可他还是想着儿子，还是想去看儿子，这样的想法在脑中闪现，他便觉得自己疯了，可这次他并没有犹豫，疯就疯吧，他想见到儿子，一刻都不能等。

那伍一瘸一拐地走到了黄毛家的楼下，转悠了半天，没发现什么"可疑"的人，没有民警，没有"小脚侦缉队"，甚至连个路人都没有，大冷的天，哪个不在家猫着？那伍还是细心的，他观察得特别的仔细，将这个楼群周围凡是能藏人的地方都看了个遍，而且都观察得很清楚，这个过程是在远处完成的。他现在往黄毛家的楼走去，每走一步，都是特别的机警，他知道，民警是可能躲在某个不易观察的位置，这便是守株待兔，而他不愿做那只傻兔子，他只想看看自己的儿子，如果一眼都没瞧见便被人抓了去，那可真是不值。没几步那伍到了近前，他环顾四周，还是没有动静，那伍连自己都不知道哪来的勇气，第一次被人当做流氓通缉，没两分钟又回来了，他疯了，他只是为了见自己的儿子，当然，还有一个条件，那就是在不花钱的情况下，他浑身上下实在是凑不出六十九块钱了。

那伍再次爬上了排水管子，一层，二层，每向上挪动一点，那伍都非常用力，他要轻手轻脚，他要尽可能地避免发出声音，或者说是将他移动的声音降到最低。到了三层的时候，还是没拉窗帘，只看到妇女在床上躺着，他的男人也在床上躺着，两人背靠背，谁也不理谁，也许是妇女跟男人吵累了，此时正合着眼睛面向窗子。有了第一次的经验，那伍不再犹豫，他知道，机会只在瞬间便会失去，如果他稍微犹豫的话，保不准那妇女睁开眼睛再次看到他，那他便是跳进黄河也洗不清了。

那伍继续前行，终于到了四层。那伍笑了，因为他看到了儿子，此时的他浑身颤抖，四肢把在一个碗口大的水管子上，整个身体也贴了上去，额头上全都是汗，衣服也被汗水浸透，他真的有点高处不胜寒的感觉，那儿的风，很冷，吹得他无处躲藏。

儿子躺在床上，床就在窗户边，那伍看得异常的清楚，黄毛在看电视，黄毛的妈好像在做针线活，唯独小毛不在。

孩子睁大眼睛看着天棚，那双眼睛清澈，如泉水一般，他长胖了，那伍是这样觉得的，他比昨天更加健壮了。想到这，那伍很欣慰，不免在心中感叹，这小孩子真是一天一个样。他笑了，这样的表情是随着孩子的降临才出现在那伍的脸上的。他舒展了深沟般的皱纹，天真无邪地笑了，那应该是对生命的敬仰和感叹，是一种宽慰，这种感觉带给他如泡澡堂子般的舒适和惬意。那伍看他的儿子的时候便忘记了自己，那应该是一种"美"的体验。尽管这个世界在许多时候不那么美好，尽管他要面临着那么多的烦心事，但这瞬间的体验让他的生命、他的生活获得了重新的意义。

当那伍无力支撑的身体慢慢下滑的时候，他才从那种体验中走了出来，他吃奶的劲都使上了，但还是无法阻止身体悄然的下滑，他只能让这个过程尽可能地慢些。就在他慢慢下滑的过程中，他发现了惊奇的一幕，那是孩子的目光，儿子看他了，盯着他在看，那双明亮的眼睛用力地盯着那伍，孩子还不会扭头，只是斜着眼睛，那伍知道，孩子一定知道他在窗外。

那伍为了让自己下滑得慢些，他用了那原本因为冻伤而不敢吃力的右脚死死地蹬住水管子，那便是一阵阵疼痛的战栗，他与自己的儿子对视，那是一件多么享福的事，他一定认为他看到了世界上最美的画面。

那伍从上面滑下的过程中只顾着沉浸在幸福之中，当然还有点遗憾，他希望再多看一眼，哪怕是一眼。其实那伍就跟所有人一样，是"贪婪"的，他的最后一眼永远不是"最后一眼"，在这样的情况下，他即便是看上千眼万眼，他还是想多看一眼。那伍沉浸在对幸福的回味和稍稍的缺憾之中，他无暇顾及其他，也就更没有发现，下面一个人已经等候他多时了，这个人便是小毛。

这几天那伍每天都要来，而今天小毛等了好久还不见那伍的影子，便知道那伍一定是囊中羞涩，他还在心中骂那伍，这个蠢货，有多少算多少，干嘛还不来了呢！可没过多久，他便听到楼下的娘们在喊耍流氓，小毛何许人也，天资聪慧，他很快便反应出来，那个人不是冲着妇女来的，而是冲着他外甥，也就是躺在床上那个小东西，而那人也不是别人，肯定是那伍。小毛判断出这些，便找借口散步，躲在楼洞里，他料定那伍一定还会出现，果不其然，没几分钟那伍便出现了。小毛的判断是精准的，是建立在对那伍的了解之上，这样才能做到知己知彼，在市场经济条件下，这叫调查研究、分析判断，只有这样才能牢牢地抓住商机。

那伍见到小毛先是一惊，随后便下意识地就要逃跑。小毛一把抓住了那伍，威胁道："你若敢跑，我就叫！"那伍看清眼前的人是小毛的时候，他战战兢兢地环顾四周，没有其他人，没有民警，没有居委会的老大妈，他突然松了口气，他知道要用钱来摆平，而他觉得，有的时候能用钱来解决的事还都是好事。

小毛伸开手掌，掌心朝上，跟往常一样的姿势和表情。那伍从兜里掏出仅有的三十块钱，他对小毛诚恳地说："我就是想看看孩子，也没想耍流氓，是那女人没拉窗帘。"小毛接过那三十块钱，并没有理睬那伍说的话，只自顾自地说："五十块钱是门票，从大门进。"他用手指着水管子说："这是'爬票'，三十。以后就这么操作。"我们不得不惊叹于小毛的头脑。

小毛给那伍的定价应该还是合理的，而且是机动灵活的。你有钱，便可以正大光明地从大门进，屋子里暖和，而且看得真实，一边看还可以一边逗着玩，还可以用手来摸，感受那小家伙的皮肤，感受他的呼吸，感受他那有力的蹬腿，当然如果愿意的话，你还可以感受他一泡尿撒到你的脸上，那伍经历过，他乐此不疲，好像受到了天大的恩惠一样。所有的一切会带给你真实的感觉，这是爬窗子不能比拟的优势，天冷，隔着窗子还看不清楚，也不能摸，没有真实的感受，还要冒着耍流氓随时被发现的危险，当然，还要你有足够的体力。

那伍对小毛说："你这三十块钱不能是只爬一次，应该是能爬多少次算多少次。"那伍言外之意是，爬上去需要体力，坚持不了多一会，他还可以在下面稍作休息，再次攀爬，这样循环往复，能上去几次全看个人。

那伍说这话的时候，小毛已经到了楼门口，他冷笑道："随便！"。那伍听到这话很高兴，好像自己占了天大的便宜似的。其实老百姓再有头脑，也比不上商家的脑袋转得快，小毛一进屋，便吵着要关灯睡觉，黄毛还有点不情愿，小毛只说了一句，明天要早起复习功课，黄毛和黄毛的妈便乖乖地关灯了。这个时候，那伍经过短暂的休息后，已经爬到了三层。

二十三

　　小毛一开始"溜冰"时，毒瘾尚轻，他可以清楚地知道那种建立在冰毒依赖的基础上而产生的难受滋味何时来，何时走，而且还是可以稍稍控制的，这个阶段，家人很难发现，而且黄毛和黄毛的妈将所有的精力和心思全都花在了孩子身上，更是难于察觉，只觉得小毛最近说话很少，稍显消瘦。

　　毒瘾这个东西就像是一片泥沼，能吞没一个人的人格，人格没了，人便不是人了。而且小毛的人格也并不是从接触毒品才开始消散的，而是与小花"谈恋爱"的时候，是跟小花吹牛说自己有个高干的爹的时候，是他不劳而获从黄毛那里说自己要买复习资料骗钱，从那伍那里威胁勒索开始的。不同的是，不好的习惯是可以改好的，而沾染毒品这样的行为基本上是不可逆的，很少有改好的可能，不管你意志有多么的坚定。

　　随着时间的推移，那伍每天的五十或者三十块钱已经无法满足小毛日渐深陷的毒瘾。更何况，黄毛已经出了月子，母子安康，也没有理由赖在娘家，便要收拾东西回家，这个是那伍期盼已久的事情。可就在这个时候，小毛站出来述说了那伍的种种卑劣行径。显然，小毛这样做是不道德的，也不符合市场经济的一般原则，这跟老幺不同，老幺虽然收钱，虽然很多时候都靠那伍抽成，但不管是答应了谁，只要拿到钱，就会绝口不提，打死也不说，这应该是一点点的职业道德或者说是做人的底线吧。而小毛连这个底线已经没有了，对于他来说，什么都不重要，谁若是动了"他的""钱包"，他便要杀人似的。

　　那伍的所作所为让黄毛一时无法接受，她哭喊起来，这是自打那伍因为看黄色录像而被收容之后再一次不要脸，黄毛觉得那伍简直是不可救药。关键是脱光了让七八个男男女女看，不仅看，还要画，这怎了得？这不是不要脸，是太不要脸，而且跟畜生没什么两样，黄毛觉得那伍简直不是人，简直就是个畜生。

　　黄毛对那伍彻底地失望了，这种失望是对以后生活的失望，她觉得这个男人不要脸，一个男人可以没有钱，但一定要有脸，这便是做人的尊严。黄毛突然想到了尊严，黄毛的文化水平不高，也不知道从哪里想起这样的词，她觉得将尊严二字用在这里便是最为贴切的，一个人若没有了尊严，那便不是人了，她得出了这样的结论。据此，三段论大小前提都具备，大前提一个人若没有尊严，那便不是人，小前提，那伍不要尊严，结论是，那伍不是人。不是人的东西还要跟他过日子，这便是一种折磨，更是一种耻辱，她搞不清那伍为什么总会发现社会上那些龌龊的角落，那些藏污纳垢的地方，先是观看黄色录像，七八个人躲在小黑屋看那些污秽的东西，这次更是有恃无恐，竟然当众脱光了衣服，要是再隔些日子还不聚众淫乱了啊！黄毛好生的伤心，看着那孩子便更加的伤心，说什么都晚了，孩子都有了。

　　那伍当然也不是不知道为自己辩解，但他天生嘴拙，而且小毛指着他的鼻子骂他不是人、做出那样的勾当的时候，他真的感觉到了自己低人一等，这种感觉是真切的，真实的。他后悔了，他后悔一失足成千古恨，他真的觉得自己不是人，怎样做出如此卑劣的行为，想想都抬不起头，想想都臊得慌，恨不得找个地方将自己了断了。小毛的责骂，黄毛的哭诉，这样的场景更是感染着那伍，他觉得自己就是个十恶不赦的罪人。

　　那伍给黄毛跪下了，尽管他不高，没有七尺，但也是男儿，俗话说男儿膝下有黄金，可他还是跪下了，跪得那样的迫不及待。他本身就矮，跪下了便更矮了。他一把鼻涕一把泪的，由于过于自责，也说不出个完整话来，只听着他说："我不是人，我不是人！"

　　这个过程中，最为沉着的是黄毛的妈，她当然也觉得那伍做出这样的事有些丢人，但她还是问清了那伍这事情的来龙去脉，当然那伍也说了他实在是承受不了小毛那每次五十块钱的"过桥费"或者说是门票。黄毛一听这个便不再哭泣了，妈妈也在责怪小毛，只听小毛一嗓子喊出来："他都那么不是人了！你们还替他说话！"说完，转身气哼哼地跑了出去。

那天晚上，黄毛倒是跟那伍回去了，那伍那个高兴，他突然觉得什么都不重要，不管是脸还是钱，他便可以统统不要，因为他有家了。从这天开始，他每天回家都能见到儿子、如果可以，他还想着每天中午都回家一趟，那样的话他便可以有更多的时间和儿子，和自己的媳妇待在一起。人总是要有所依托，精神上的依托，那伍有了这样的依托，便觉得什么都无所谓了，这天晚上，那伍一宿没睡，第一他睡不着，他兴奋，他激动，再者就是黄毛不让他睡。黄毛想要教育那伍，她认为还是那伍的"底板"不好，否则的话大街上走的那么多人，只有那伍干出了这样不要脸的事，她既然想要跟那伍过下去，便不能忍受，她要改变，要改变那伍，要将他从深渊中拉回来。当然她知道，一切的根源都在思想上。黄毛正儿八经地给那伍开会，黄毛坐在床上，盘腿而坐，身边躺着那一个多月的孩子，那伍坐在地下，本来那伍是要上床坐下的，那样便可以离儿子近些，虽然儿子已经睡下，但他还是愿意去感受去体验儿子的气息，由于呼吸胸前不断的起伏，他喜欢儿子身上的奶香，那种香气他觉得是世界上最美好的东西。可黄毛偏偏不让那伍上床，黄毛知道，开会就要正式些，而且这会关系到那伍的将来，关系到他能否做一个合格的丈夫、合格的爸爸，当然最基本的是关系到他能否做一个合格的人，具有尊严的人，黄毛每每想起尊严二字便肃然起敬，她觉得现在那伍最为缺少的便是这两个字。

黄毛对那伍一本正经地讲起了大道理，那伍则认真地听。当黄毛让那伍做笔记的时候那伍觉得没有这个必要，再者也没有这个条件，身边没有纸和笔，最主要的是他不怎么识字。黄毛初中毕业，不知道是怎么念的，反正跟着念下来了，所以当那伍说他不识字的时候，黄毛更有种居高临下的感觉，她对那伍讲起做人的道理，围绕如何做人、如何做一个好人展开了论述。那伍一宿没睡，开会是很累的，黄毛口干舌燥，那伍满脑袋都是浆糊，因为黄毛似乎只会说那几句话：人和动物最大的区别是因为人要脸，人要有尊严地活着，不能为了钱什么事都做诸此云云。

黄毛说得累，那伍又何尝不是。那伍是有精神寄托的，只要让他看到儿子，他便不觉得累了，所以每当他困倦的时候他都要去凑到儿子身边，闻闻他身上的奶香，感受下他的气息，这样，他又来了精神。

儿子小名狗子，是黄毛妈给起的，老人讲这个，贱名好养活，但那伍有些不太乐意，他不喜欢这个名字，因为那根本就不是人名，但那个时候他是矮人一等的，人家黄毛能够原谅他已经实属不易，便不能再生事端，而且名字的事，一个称呼，一个代号，无所谓了，那伍也没再计较。不过黄毛今天想好了儿子的大名，叫那悔过，也就是悔过自新的意思，不要让这孩子学着他爹那样，失去做人的尊严，当然这也只是拟用名，是黄毛绞尽脑汁想的，她自鸣得意的是她这样有想法，不应该是想法，是有思想。

那伍不太同意这个名字，那悔过，也不像个人名，再者这名字一旦叫开了，那便是给那伍打上了历史的烙印，他的儿子长大之后当然要问这名字的来历，也许儿子的儿子，儿子的孙子也要问，他情何以堪啊！这就是说，这个名字一旦定下来，那伍便有点"永世不得翻身"的味道了。那伍强烈地反对，但他是什么人？他是一个失去尊严的人，这样的人还配有家吗？还配和妻儿在一起生活吗？黄毛这样逼问那伍的时候，那伍便一个字也说不出来，的确，能和妻儿在一起便是他目前为止，活到三十多岁最大的理想了，有了这个理想，别的都不再重要，所以，那悔过就那悔过吧。

其实那悔过还不如叫那过，看人家《神雕侠侣》中的杨过，这个名字至少是个很含蓄的表达，过不仅仅是悔过，还可以是"经过"，"路过"，"过犹不及"的"过"，而那伍儿子的这个名字，则一点都不含蓄，一点都不委婉，直截了当，一针见血。也就是说，当不管是儿子还是儿子的儿子问起这个名字的来由的时候，只有一种解释，那便是你的父亲，爷爷，太爷爷当年做错了事，失去了做人的尊严，给人家当了裸体模特，当然，在这之前，你父亲，爷爷，太爷爷还因为看黄色录像被公安局劳教了。

算了，悔过就悔过，那伍在强大的道德观念面前，不得不低头，不得不认罪！

黄毛为自己取的名字感到欣慰，感到沾沾自喜，她突然觉得自己是书念得太少，否则的话便是一个非常有文化的人。

那悔过的名字敲定后，那伍和黄毛的日子便进入了正轨，当然，黄毛在每天晚上吃过饭之后，还是要给那伍开会的，她觉得人学好不容易，学坏那是眨眼的事，她非常注重对那伍思想上的教育，也关注着那伍思想上的动态。对于黄毛的教育，那伍也非常的配合，由于地上很凉，他便找来个小马扎，每次黄毛给他开会的时候，黄毛坐在床上，而他则坐在小马扎上，仰望着黄毛，等待她的种种指示精神。

黄毛和那伍的日子归于平静，那伍乐此不疲地上货卖菜。他知足，特别的知足，再苦再累也是甜的，因为有个盼头，每当太阳落山的时候他便蹬着车子回家，家里有个媳妇给他准备热乎乎的饭菜，吃过饭还有热乎乎的被窝，当然还有热乎乎的儿子，所以每当他困意袭来的时候，黄毛还在唠唠叨叨地做他的思想工作，他便不会觉得不耐烦，他觉得这比以前好多了，他还悟出个道理，一个人，不能哪哪都舒服，还有热乎的饭菜，还有媳妇暖被窝，还能看到儿子，你这基本上人生没有憾事了，还不能让媳妇唠叨唠叨啊？笑话，这世界上所有的好事不能让你一个人都占了啊！

当然，黄毛也不闲着，她在跟那伍结婚之前，偶尔还会打点零工，自从跟了那伍便没再出去工作过，生了孩子，便更不用去工作了。黄毛也有自己的安排，她觉得现在当务之急是那伍的思想问题，千万不能让那伍再去拐到邪路上，所以她的工作内容就基本上敲定了，白天看书读政策，晚上的时候给那伍讲政策，她更关注那伍思想上的变化，当然，这是一项繁重的工作，尽管不像那伍的工作那样，直接产生经济效益，但对于家庭的长治久安是必要的，也是异常重要的，是比那伍那实际的挣钱的工作还重要的，迫切需要的，亟不可待的。

在黄毛的帮助、思想教育、威力的震慑下，那伍并没再走向"邪路"，可黄毛的弟弟小毛却在邪路上越走越远。小毛"溜冰"的事是黄毛妈最先知道的，因为自打黄毛回家之后，小毛便失去了财路，当黄毛妈看到小毛红着眼睛像要吃人似的向她要钱时，她傻了，她不曾想过自己从小如此宠爱的儿子，竟然变成了这般模样，像个魔鬼。

小毛的毒瘾越发的严重，让他无法控制，每当毒瘾袭来的时候，他只觉得骨头如万般虫子啃食一样的难过，当然具体有多难受，文学作品中不乏描述细致的，但不管什么人描述过什么样的状态，我们都没有经历过，我们无法体验那种痛苦，只是知道，毒瘾发作的时候，人便不是人了，你就这样想，便能想象到小毛的状态，不是人，失去了人格，失去了人的尊严，就像条野兽，而且还是疯掉的野兽，失去了亲情，没有底线，什么都能做。毒瘾能够不用药物，靠自身抑制的说法那纯粹就是扯淡，这个东西一旦来了，人就是魔鬼。

小毛将自己的母亲打了，眼眶都打青了，只为了一百块钱。

小毛妈也是愚昧，只是觉得这样的事丢人，所以错过了救治小毛的最好的时机。其实这没什么可丢人的，就像一个人得病了一样，只不过这个病重些，而且不在身体，就像疫病，跟鬼上身有些类似。

小毛妈一直瞒着黄毛，她甚至觉得这样的病请跳大神来几次便能好似的，她看见小毛毒瘾发作时的情景，脸呈黄色，蜡黄蜡黄的，缩成个团躺在地上呻吟，嘴里还吐着白沫。她幼稚地以为这病总有好的一天，可她错了。直到一天，黄毛的儿子，也就是狗子，就是那悔过，被小毛抱走卖了的时候，她才意识到问题的严重性。

那是黄毛跟那伍回家两个月的事情了，天热了，那伍的脚不再疼痛，只是偶尔沾上水便有些痒的时候，那天小毛闯进了黄毛的家，他的脸色不好，好久没有"进食"的原因。他缺钱，他太缺钱了，所以在这之前他便联系了买家，想将自己的外甥卖给一个人贩子。他来到黄毛家的时候还尽量地稳定自己的情绪，当黄毛在厨房给他做饭的工夫，他抱着孩子破门而出，这个行为让黄毛傻了。

自己的弟弟，抱着自己的儿子，冲出自己家的门口，这到底是为了什么？不管是为了什么，也不管她是姐姐也好，是女儿也罢，但她首先是个母亲，这是一种事实的先在性，也就是说女人一旦当了母亲，她作为母亲的角色会胜过其他任何的角色。黄毛撒腿便追。

小毛飞快地跑，拐了几个弯便不见了踪影。这个时候黄毛距离那伍的市场不远，她在市场上找到了那伍，说明了情况，那伍几乎疯了。

那是那伍从未有过的状态，这样的状态让黄毛都觉得害怕，她即便是作为母亲，对孩子的担心超过一切，但那个时候她则不仅仅是对孩子的担心了，而是对自己的担心，她觉得，如果这孩子有什么闪失的话，那伍一定不会放过她，会将她撕碎，这样的感觉异常的真切，异常的精准。那伍真是疯了。

那伍在前面跑，黄毛在后面跟，只觉得将双腿甩在身后也跟不上那伍的脚步。而那伍好似忘记了自己在跑，他就像个尸体一样，眼睛一片茫然，脸上青筋直跳。

那伍找到小毛的时候，小毛已经将孩子脱手了，那是在一个胡同口，脱手没多久，小毛在那数钱呢，三千块钱。那伍冲上去并没有对小毛动手，只站在距离小毛一公分的距离，对小毛说："孩子呢？"

小毛似乎习惯了对那伍的颐指气使，他讨厌那伍这样对他说话的态度。那伍的举动让黄毛震惊，应该是一种震慑力，黄毛自打跟那伍认识，还未曾见过那伍这样，小毛疯了，那伍也是。那伍将一只手伸向小毛的胯下，瞬间将小毛举起，抛向了空中，整个动作一气合成，小毛在空中并未停留多久，便重重地摔在了地上。黄毛还是心疼小毛的，但此时此刻的她更是害怕那伍，如果说她刚刚担心的是自己的孩子，那她现在则在担心小毛，照这个样子，那伍能将小毛弄死。

黄毛只在旁边喊叫："你快说，孩子去哪了？"

小毛还未从疼痛中反应过来，那伍便拉起小毛的胳膊，一个反关节扣腕，小毛疼得说不出话来。此时那伍凑近了小毛的脸，面无表情而又异常平静地说："孩子去哪了？再问你一遍，你不告诉我，今天我就弄死你，让你不得好死。"那伍讲这句话的重音放在了"弄"上，便显得特别的有气势，黄毛见状也不敢去拉，便跪在地上，哭了起来，她对小毛哭喊着："那是你亲外甥，你快说，到底在哪啊？"

小毛还是有骨气的，他连吸毒都不怕，还怕什么死啊？此时的他对死已经不是那样的敏感，也就是说，他已经不是人了，他是不怕死的，更不怕那伍对他的恐吓，只是黄毛的哭诉换回了小毛仅存的亲情，他犹豫了下，说道："往东，去火车站了。"

听这话那伍放下小毛，不顾一切地往火车站跑去，黄毛也站起身，紧随那伍的脚步。

幸运的是，那人贩子并未走远，而且并没有乘坐交通工具，只是顺着大道慢悠悠地走着，这样便给了那伍和黄毛追击的时间。很快，那伍便追了上来，人贩子是个中年妇女，干这行的，经历的多了，看到后面适龄的男女追赶，便觉得大事不妙，赶紧跑了起来。中年妇女也许是没有经历过失去孩子的痛，她也没有想到那伍和黄毛竟然跑得如此之快。

中年妇女慌乱了，在慌乱中她首先选择的是自保，这是人在失去理智的状态下的不二选择，当然前提是她不是这个孩子的母亲。当黄毛和那伍即将追赶上来的时候，她下意识地将那孩子抛向路边，这完全是下意识的，就像小偷在扔一个钱包一样，至少可以减少一个对自己不利的证据。孩子脱手了，还在空中，那伍和黄毛近在咫尺，本来黄毛落后那伍半个身子，但母亲的职责是可以在短时间内弥补这样的差距的，直到若干年后那伍每每想起，也是惊异不已，他当时的速度并不慢，也是拼尽了全力，可就在这个关键的时候被黄毛超过，黄毛如守门员一样腾空而起，双手稳稳地接住了孩子，然后重重地落在了地上……

在这个问题上，男人要比女人"理智"，那伍见了黄毛腾空接住孩子的时候，便下定决心追赶那个妇女，他追上了，他将那个妇女一把拖倒在地，然后抓起那妇女就像抓只鸡仔一样，那妇女站立起来的时候，他双手一用力，便将那妇女拽倒，他摔得那个妇女不肯再起来，狠狠地抱住一棵树，手指甲都插到树皮里了。

当那伍恢复理智的时候，他走到了黄毛身边，孩子嚎叫，让那伍的心都揪在了一起，孩子应该没事，因为他的身体被黄毛的两只手紧紧地擎住，孩子是安全的。那伍用那粗糙的手指将孩子的身上都摸了个遍，他自己判断，孩子应该是没事的，只是受到了惊吓，哭喊声依然有力，他松了一口气。可当他将视线移向黄毛的时候，他看到黄毛已经闭上了眼睛，他觉得奇怪，黄毛的手上明明还在用力，擎着孩子的身体，怎么？怎么可能？

黄毛落地的瞬间后脑勺磕到了一块石头上，流了好多的血，她就像死了一样，可那双手依然有力，擎着她那孩子……

二十四

在抢救黄毛的过程中，医生曾一度下达病危通知。那伍抱着手中的孩子，听到医生说黄毛有可能死掉，他的心都要炸开似的，血管都要崩裂一样，他本想哭，嚎啕大哭，本想用拳头去砸那墙壁，然后躺在地上打滚，但他不能，他手中还有自己的孩子。那孩子似乎比他还要伤心难过，咧着大嘴，瞪着腿，手中抓着那伍的衣衫，用力地哭喊着，他是饿的。

那伍在想，如果黄毛死了，他就没媳妇了，孩子就没妈了，想到这，他脑子里一片空白，他不知道该想些什么。

黄毛没死，只是变成了植物人。

对于"植物人"这三个字，那伍是陌生的，他想不明白，好端端的一个人怎么变成了植物，等看到黄毛的时候那伍才明白，原来植物人就是不能说话，不能吃饭，什么都不能做，只是躺着床上浑身插满了管子，靠机器来维系生命，说白了就只有一口气在，而且这口气还是靠外界力量来维持的。黄毛躺在那里，那伍坐在她的身边，从这个角度看过去，黄毛就像睡熟了一样，胸前还在起伏，气息仍在，只不过她显得憔悴许多，也削瘦了许多，脸色不好，因为缺少营养而发黄的脸，现在更加黄了。做手术的时候黄毛被剃去了头发，现在脑袋是光光的，跟尼姑一样。医生尽力了，将黄毛从死神手里拉了回来，对于这个，那伍是应该高兴的。医生说，黄毛有可能一直是这样，维持一年、几年、十几年甚至几十年，看现在的状况，黄毛是没有醒过来的可能。医生这样说的时候，那伍还在问："一点点都没有？"医生很肯定地告诉他："没有。"

医院每天对黄毛的治疗费用要五十块钱，五十块钱不是个小数，对于一般的工人家庭是无力承担的，尽管那伍在市场上卖菜，每天也最多挣上五十块钱，而且随着卖菜的越来越多，生意越来越难做了。那伍自己还要吃饭，还要养个孩子，这孩子虽然还小，但总要花钱，而且花钱会越来越多。医院让那伍考虑的，还有另外一种方法，拔管子，一了百了。

黄毛抢救过来的头一个晚上，黄毛妈由于受不了打击而倒下了，在家里休息，由邻居照看着，而小毛被公安局带走了，因为参与了拐卖。只有那伍一直陪着黄毛，他抱着孩子，其实他可以将孩子托给邻居，但他没有，他觉得只有这样抱着，才觉得安全，不是孩子安全，而是自己安全，他需要一种安全感。抱着孩子，那双手所擎住的十几斤的分量，便像压在一张纸上的石头，那伍便不觉得那么轻飘飘的，那样孤单无助，不会随时被一阵风吹走，好像失重了似的。

医院有个医生也刚刚生了孩子，知道那伍的事也颇为同情，便主动要求奶那伍的孩子。狗子吃饱了，便不哭了，躺在那伍的怀里睡着。

那伍将如何选择？其实那伍从来没有考虑过拔管子，一天的时间里，他想明白了，也想通了，他不再那么痛苦，也许这一切都来源于手中的孩子，那十几斤的重量便能擎起他的整个灵魂，有了这孩子，他连哭的时间都没有，连痛苦彷徨的时间都没有，他不能像黄毛妈那样说倒下就倒下，因为他还有家，有妻子、儿子。尽管媳妇躺在床上，和死了没什么两样，但她只要有一口气在，这样那伍觉得自己还是有一个完整的家的。

那伍在想一个更为重要的问题，那就是如何让黄毛活？这便需要钱，黄毛的一口气是要靠钱来维系的，还有儿子和自己的两张嘴，如果再拓展一下，还有孩子的姥姥。如今黄毛成了这样，小毛还被抓去，出来也是个废物，一连串的打击让这个老人一下子倒下了，这个那伍也不能不管，他一直觉得黄毛妈这个人挺好的，尽管一开始并不同意黄毛和自己结婚，但一旦结婚了，不管黄毛和小毛如何讨厌自己，如何觉得自己不要脸，不是人，但黄毛妈总是劝着，劝着黄毛能够回来，跟他好好过日子，好像她是最能理解那伍挣钱之辛苦的人。单冲这一点，那伍不能不管她。

那伍白天卖货，晚上过来照看黄毛，自从黄毛进了医院，他便在黄毛的病房旁边支上个床，睡在黄毛旁边，早上起来再去卖货。而黄毛的妈白天过来照看黄毛，据医生的要求，每天要为黄毛擦身子，做按摩，晚上等那伍收摊过来的时候她再回家睡觉。可谁来照看孩子呢？医院里好心的张医生帮忙照看两天，她也刚刚生完了孩子，黄毛出了这事之后她便可怜那伍，主动给孩子喂奶，对于此，那伍是感激不尽，说了不少的好话，可这毕竟不是长久之计。那伍不想将这孩子给姥姥照看，一是姥姥身体实在是不行了，自从家里出了如此变故之后便日渐消瘦，整个人都打不起精神，他怕她累着，最主要的他担心小毛不知道什么时候回来，那样会对孩子不利。按理说小毛被公安局抓去，由于涉嫌拐卖，那肯定是要判刑的，可小毛毒瘾在身，便被送去先戒毒了。小毛轻易不会回来的，但那伍还是担心，因为他觉得小毛现在已经不是个人了，一系列的变故也让他无暇去想小毛，这个孩子，还没到二十岁，为什么做出这样的事来？如果说小毛最开始看不上他这个姐夫，处处刁难，还勒索钱财，这在那伍看来都没什么，但这个事出了则让那伍"刮目相看"，他还是第一次听说这个东西："毒品"。他的体会，一旦沾染了毒品，那人便不是人了，想到这他还有些可怜小毛。

　　孩子不能长久被医院照顾，也不能送给姥姥，那伍犯难了，他又不能背着孩子到市场上卖菜。就在那伍犯难的时候，一个人找到了那伍，十三姨。

　　故事开始的时候，这个十三姨处处与那伍为难，先是不明不白地在那伍门前哭喊，说是那伍强奸，之后又借助老幺的蒙汗药引诱那伍的猴子和自己家的狗来交配，黄毛嫁过来跟黄毛打架被拽去一绺头发，那伍因为看黄色录像被收容放出来后，她便百般地欺负那伍。就是这样一个人，在黄毛抱着孩子回家的时候，她每天都来看，还为那孩子买了不少的玩具，还为那孩子做了好多的尿布。她每天都要来黄毛这里看那孩子，黄毛是不喜欢十三姨的，因为她是个泼妇，她不讲道理，她只会在人家门口撒泼打滚，但尽管有万般的不喜欢，只因为十三姨喜欢自己的孩子，那过去的事就过去了。

　　十三姨一直都没孩子，看到那伍的孩子便是打心眼里喜欢。所以，十三姨找到那伍说要替他照顾孩子的时候，那伍觉得也只能这样，他是放心十三姨照顾的，再者说没有了其他办法，他将孩子递给十三姨，十三姨的脸上乐开了花，她向那伍保证，绝对不会让孩子受委屈！那伍相信，因为十三姨眼中闪现着泪花，她是真诚的，她的真诚让那伍放心，也解了那伍的燃眉之急。

那伍这几天都在为钱的事发愁，自己的积蓄眼看着就要被黄毛的"一口气"耗尽，他焦急万分，而这样的焦急不免要表现在脸上。他最近的变化当然是被老幺捕捉到了。

其实上次黄毛来市场上找那伍，只说了一句："孩子被小毛抱走了"。其实这话本没什么异常的，小毛是孩子的舅舅，可黄毛的表情，再加上那伍本来对孩子的牵挂让他觉得这是件非同一般的事，那伍扔下东西，甚至连自己的钱箱子都没拿便如离弦的箭一样发射出去，这一切都逃不过老幺的眼睛。后来那伍也跟老幺提了只言片语，老幺便知道那伍是需要钱的，而且这一次，比任何一次都需要，都迫切，这关系到黄毛是否还能活着。

那伍不是没有想过去玲子的画室当人体模特，尽管他被黄毛教育，这是没有尊严的事，是最不要脸的事，一个最为卑鄙龌龊的行为，是最不能容忍的，但对于那伍来讲，这一切都不重要，这样的行为并不犯法，而对于他来讲不犯法的事便是可以干的事，什么脸面啊尊严啊，他统统可以放下，可以不要，但他不能不要黄毛，孩子不能没有妈。因为这个事，他找过玲子两次，可玲子说最近并没有组织活动，也就不需要模特了。现在，那伍连没有尊严的事都没得做了，他似乎被逼到了绝境上。

但天无绝人之路，老天爷饿不死瞎家雀，就当那伍为钱的事一筹莫展的时候，老幺给那伍介绍了活，这活要比在市场上卖菜挣钱快，且容易得多，最主要的是可以发挥那伍的"才干"。

那伍觉得这辈子能认识老幺简直是个幸运，他总能在他最需要帮助的时候为他出谋划策，在他最需要钱的时候给他介绍活，他觉得老幺就像诸葛亮一样，能化腐朽为神奇。那伍渐渐地非常信任老幺，当老幺告诉他这个消息的时候，那伍深深地握住了老幺的手，眼泪止不住地往下流，那是激动和感动。

"保镖"这个词那伍并不陌生，他只是怀疑自己能否胜任，而老幺倒是对那伍信心百倍，更为重要的是另一个人，也就是被保护的人信任那伍，这个人就是陈二棍。

陈二棍放出来了,也不知道是什么时候放出来的。放出来的陈二棍便像换了个人似的,如今整个人都是容光焕发,梳着大背头,脑袋上像抹了二两猪油似的光亮,眼睛上卡着墨镜,一身笔挺的西装,皮鞋能照出人影来。当那伍见到陈二棍的时候还真的没认出来,老幺介绍道,这是陈总。"陈总"倒是显得平易近人,摘掉眼睛,伸出双手抓住那伍的手说道:"那伍,我二棍啊!"

那伍有些懵,陈二棍毕竟和那伍结过梁子,如今他的热情让那伍颇为不自在,那伍傻傻地看着陈二棍,不知道该说些什么,他本想说,啥时候放出来的,但一想,刚见面就说这个,显然是不合时宜的。那伍只好听陈二棍在那说话,陈二棍没有半点尴尬,如好友重逢一样,和那伍勾着肩膀,颇为亲近。

按跑江湖的话来讲,进监狱就是读大学。看来陈二棍还是收获不小的,他大谈国内外经济形势、国际局势、国内政策,说得那伍颇为头疼,听了一会便烦了。

那伍直截了当地问:"你让我干啥?能给我多少钱?"这句话打断了陈二棍的长篇大论,陈二棍显得有些尴尬,倒是很快恢复了常态,他说:"多年未见,老兄你还是那么直截了当,这样,我找到老幺作为中间人,就是希望兄弟帮我个忙,当然我也不会亏待兄弟。如今我成立了一个要账的公司,我便是总经理,但你知道,这行当水深着呢,我总得需要有人保护我,兄弟你一身武艺,我觉得你最合适!"

那伍听了半天还是没听太明白,首先,什么是要账公司?第二,他具体要做些什么?第三,能给多少钱?当他这样问的时候,陈二棍笑了,他觉得跟那伍打交道还是直来直去的好。他说:"现在很多人办公司,彼此都有欠账,而且很多要不回来,你想啊,欠债还钱那是天经地义,我办这个公司就是替人要账,也是为人民服务,助人为乐的事。当然,挺多公司欠钱不说,还蛮横不讲理,有的时候还打人,所以需要兄弟帮忙,他们要是打我的时候你帮我拦着点就行。"

那伍听后问:"你给我多少钱工资?"陈二棍说:"我这边是抽成的,看他们欠了多少债务,债务不一样,抽成也就不一样。"那伍有些急了,问了半天陈二棍都是说得模糊不清的，那伍拍桌子说："一天一百，你同意，我就干，你不同意，那就算了。"

陈二棍也一拍桌子："爽快，就这么定了！"

那伍心想，很简单的一件事非说那么复杂，是不是有文化的人都这样说话啊？他暗中打量了陈二棍，还是以前的陈二棍，咋穿了身西服就不会说人话了呢！

一天一百块钱，这个数字是那伍这几天一直琢磨的，因为他觉得只有这个数字才能够让他维系生活的，首先黄毛每天五十的医疗护理费，他自己还要吃喝，孩子还要有所花销，孩子尽管花得不多，但毕竟是十三姨代为照看，人家再怎么喜欢孩子，也不是应当应分的。那伍就想每月再给十三姨点钱，平时再去买点水果，这都是需要钱的。

接了这个活，那伍很高兴，经济上的负担这几天压在胸口，让他透不过气来。回头想想，要债公司，陈二棍说过那是为人民服务，想到这那伍还笑了，虽然他曾经想好了，只要不犯法，什么不要脸的事他都能干，什么没有尊严的事他也能干，就像是裸体模特，若不是玲子现在不组织活动，他还是会去的。

那天陈二棍给了那伍两百块钱，是这两天的工钱。那伍问具体要做些什么，陈二棍便说，你这两天准备一下，两天后启程出发，去往A城。那伍知道，A城距离小城二百多公里，坐火车要大半天的时间，他有些迟疑，因为他不想离开黄毛，不想离开孩子，他希望每天都能见到他们，那样才觉得心里踏实。

事不随人愿，那伍接到第一个任务便是要出差，这是他始料未及的，他不情愿，但没办法，他需要钱，而陈二棍出手阔绰，还没干什么便给了他二百块钱。现在，没有什么比钱对他更有吸引力了，他看着钱，眼睛就放光，放着绿光，像饿了几天的狼见到羊一样，用句跑江湖的话来说便是："太渴了"。

这两天，那伍依然在卖菜，陈二棍给了他钱，让他准备，意思是让他买两身衣服，但他没有，他是个卖菜的，即便变成了保镖，变成了要账的，他也是那伍，他没有必要像陈二棍一样浑身上下一尘不染，他要将钱攒下，留给黄毛和那孩子。陈二棍说过，他这趟出差最少三五天，如不顺利的话那就说不准了。那伍要给黄毛留够了钱，他将那二百块钱，连同手上仅有的积蓄三百块钱，一共五百，统统留给了医院，他找来张医生，就是刚生过孩子、还给那伍的孩子喂奶的那个，"扑通"一声跪在了地上，应该说是趴在了地上，那伍的头很响地磕在了地上。张医生受不了这个，连忙上来搀扶。那伍眼中含泪，张医生知道那伍的意思，便说："你放心吧，我会照顾好你媳妇。"说这话的时候张医生也哭了，她是觉得那伍实属不易，也感动于那伍与他媳妇之间的感情。

其实说到感情，那便是俗气了，也酸了，那伍从来不知道什么叫感情，也不知道跟自己媳妇感情好坏是个什么样子，他只是希望黄毛能活着，能喘着气，不管他在哪里，能确定这一点对他来讲比什么都重要。黄毛还活着，家才是个家，有个家的样子，才有生机。

要走的头一天晚上，那伍坐在黄毛面前。他好久未曾这样打量过黄毛。黄毛依然瘦弱，憔悴，病快快的，黄毛妈对黄毛照顾得还好，每天按时擦拭和按摩，黄毛的身体总是那样的干净，如果黄毛知道，她也会觉得很舒服。那伍突然间想到，黄毛曾经给他"开会"时反复强调的事，那便是有尊严地活着，所谓尊严，就是脸面，按那伍理解，不能什么钱都挣，要钱不要脸的事不能干。

想到这那伍笑了，他觉得他现在做的事就应该算是有尊严的事，陈二棍说过，欠账还钱天经地义，这要账的活也是为人民服务。那伍想到这，便跟黄毛说了起来，他认为黄毛也许能够听到，听懂，他是想让黄毛高兴一些，让他知道他不仅可以挣钱，还能够很有尊严，应该算是很有价值吧。当然，若他干了见不得人的勾当，比如说是继续去当人体模特，他便不会对黄毛说，他怕黄毛不高兴。其实，相比之下，那伍更希望能去当人体模特的，每个小时五十，而且加上卖菜的钱也能达到一百，还能天天都看到他们母子，没办法，这不要脸的活也不是天天有的。这里多说一句，其实并不是他们不再组织活动了，而是这活想干的人多了，那伍又没什么竞争力，被市场竞争所淘汰了。

那伍坐在黄毛那里唠叨了许久，先是说他干的活是多么的有价值，有尊严，说这个的时候变得神采飞扬。他还"安慰"黄毛说，很快就回来。这晚那伍和黄毛说了好久，只是他在说，至于黄毛有没有在听，他便不得而知，屋子里除了他的讲话，还有黄毛身边的机器滴滴答答的响声，这些机器通过各种管子插在黄毛的身体里面。那伍喜欢这声音，因为机器的运转说明黄毛还活着。

那伍又去了孩子那里。孩子正在睡觉，别说，十三姨将孩子喂得胖了，也圆了，皮肤光滑，而且白皙，比那伍白多了。他未曾想过自己这样黑，为什么生出来的孩子是这样的白，也许像舅舅，小毛就很白，想到小毛，那伍就不愿再想下去。

那伍双膝跪在床边，俯下身子，用自己的脸贴近孩子的脸，他感受孩子的气息，感受那奶香，感受那胸前的跳动，他突然间非常想哭，这种感觉一旦来了，便是止也止不住，连他自己都好生的奇怪，按理说哭鼻子是娘们干的事，他一个大老爷们，不知不觉地流泪，而且还止不住。其实他并不是"哭"，而是流泪，静悄悄的，并没有抽泣，那泪便顺着眼角往下淌，划过脸庞。

十三姨对那伍说："孩子在我这儿你就放心吧，我拿他当自己的孩子。"说到这，十三姨有些不好意思，她继续说："反正我也没孩子，我喜欢狗子，一打眼就喜欢，也是咱们娘俩的缘分吧，你该干什么干什么，别在我这操心，我对你发誓，只要我有一口气在，我就不让这孩子饿着，不是饿着，是让他吃得饱饱的，睡得暖暖的。"十三姨还指着灯对那伍说："我说一句假话，灯灭我灭。"十三姨不知道自己为何为一个不相干的人发起毒誓，她比那伍强好多，她虽然将自己说得动情，但并没有哭出来，只是眼泪在眼圈里打转。

那伍掏出兜里所有的钱，留下一张十块的，将所有的钱都塞给十三姨。十三姨死活也不要，她力气很大，抓住那伍的胳膊，指甲都划破了他的皮肤，她说："你别枉费了我对狗子的这片情义，若是可以，等狗子长大了，你就让他认我当干妈吧。"那伍点头，但还是执意要将钱塞给她。两个人拧了半天，跟柔道似的，按理说那伍毕竟是个男的，可此时此刻他竟然感到十三姨如头壮牛一样有力。十三姨瞪着眼睛，急了，眼睛里通红，她说："你是不相信我吗？"那伍见状也就没再硬塞给她，他来到孩子跟前，孩子睡得香，偶尔嘴角上扬，那便是笑了，那伍还是第一次见到孩子"笑"，那笑容让那伍心中一阵的酸楚，眼泪便再次止不住了，那伍觉得自己今天就像个娘们，他用力地止住泪，趁十三姨不注意，便将刚才的钱压在了孩子的屁股下面。那伍离开了。

十三姨住六楼，那伍并未走远，而是在楼下徘徊，不时地仰头望，这样好久，直到十三姨熄灯睡下，那伍才离去。

那伍坐着火车，跟着陈二棍来到二百多公里以外的 A 城。一路上那伍坐在靠窗的位置，看着外面的花草，车厢里异常的闷热，那个时候还没有空调，人们便开启火车的窗子，以此通风。那风吹着那伍的额头，吹得他眼睛眯成一条缝。看着一排排的树从眼前经过，那伍知道，他是距离那娘俩越来越远了。

陈二棍一直抱怨那伍没有买一身漂亮的衣服，而是穿着他当瓦匠时穿的破烂的工作服。那伍说："我干好我的活就是了，你管我穿什么衣服？"而陈二棍说："你出来就代表我们公司的形象，你这跟捡破烂似的，怎么跟我去要账啊。"

那伍没理会，陈二棍也觉得有求于他，便也没再说话。陈二棍出来之后，一直是无所事事，在老幺的介绍下，找到了这个要账的行当。这源于老幺曾经给个因为难于要回欠款而发愁的人算命，所以他眉头一皱计上心来。因为这个，陈二棍对老幺感激不尽，他认为这活不错，每笔生意最少有百分之十的回扣，最多有百分之二十，这跟难度有关系。可自打老幺给他介绍这活之后，他便一次也没要成过，倒是挨过不少的打。陈二棍赚不到钱，老幺便也无法抽成，所以老幺便想起那伍来帮忙。那伍一身的武艺，老幺相信，他是最合适的人选，最为主要的是那伍现在缺钱，而且这种对钱的渴望是迫切的。

陈二棍与那伍曾经结过梁子，但这并不代表两人不能合作，陈二棍需要钱，没有钱他便不能生活，少了乐趣，甚至连女人都没有，这个他最受不了，他觉得钱是最重要的，而那伍呢，没有了钱，黄毛便没了气，黄毛不喘气了，他便没了家。所以两个迫切需要钱的人在一起，就是有天大的仇，也不是不能过去。有了钱，什么都是可以谈的。

现在陈二棍跟那伍说着他们工作的事，那伍爱答不理的，他的心并不在这里，而是在已经远去的小城。陈二棍看出了那伍的心思，原因是陈二棍答应每天给那伍工钱，但并没有表示这账能要成，所以陈二棍这时候说，如果这笔买卖成了，将会给那伍赏钱一千。那伍一听这个，眼睛都绿了，一千块钱，相当于黄毛二十天的寿命，那伍现在见到钱总要去这样换算，而且非常的精当。看到终于提起了兴致的那伍，陈二棍满意地笑了，他说："还是他妈的钱好使！"当然，陈二棍也不是不心疼那一千块钱，他知道重赏之下必有勇夫，而且他不希望自己再挨打，这个买卖他跑了两趟，每趟都被打回来。

下了车，天色已晚，他们找了个旅店，要了双人间住下。坐了大半天的车，两人均显得疲惫不堪。那伍躺在那，也无心洗漱，当然，这也是他的习惯，在家的时候黄毛就总嚷着让他洗脚，可他偏偏是不爱洗脚。他想起了黄毛，心中便凄楚难当，不为别的，只为那份牵挂，那份思念；他又想到孩子，那是黄毛肚子里的肉，也是自己的心头肉，离开那孩子，便像是从心口处拉上一刀一样，那种滋味是说不出的痛。

陈二棍也躺在床上，累了一天，俩大老爷们那双臭脚真是"臭味相投"，那伍没想到的是陈二棍也是那样的脏，也是不爱洗脚的，别看他穿得流光水滑的，内衣裤鞋袜比谁都脏，是脏在那些看不见的地方。

陈二棍给那伍讲："明天可能好几个人打你一个，你有把握吗？"其实陈二棍有些害怕的，这个地方他来过两次，两次都被揍了，欠钱的是个胖子，手下好几个打手，出手很重，打得他半个月直不起腰来。他们倒是有些职业道德，打得全是内伤，脸上看不出来。陈二棍这时想起那场面，不免胆颤。那伍对打架没兴趣，他说，他只想要钱，只想拿到钱。陈二棍转个身感叹道，哪有那么容易。

其实那伍心里也没谱，毕竟没干过这样的事，但他觉得，欠债还钱天经地义，没什么可说的。

此时陈二棍和那伍都睡不着，屋子里没有拉上窗帘，外面一轮圆月挂在窗前，在这个狭小的空间内，和着两个人的臭脚丫子味，那伍欣赏着月色。他当然不知道"但愿人长久，千里共婵娟"的美句，可眼前的景色触动着他的神经，他有些难过，这种复杂的情愫一旦滑过他的心头，便觉得自己跟娘们一样，还触景生情，算了，早点睡吧。

那伍合上眼睛，陈二棍似乎并没有睡意，他对那伍说："你有了钱要干什么?"那伍说:"给黄毛治病,给孩子买东西。你呢?"

陈二棍说:"去舞厅找小姐,三陪的那种。"

那伍觉得和陈二棍没啥可说的,陈二棍也是这样想的。孩子也就罢了,他不明白那伍为了个死不死活不活的人如此的卖命,真是想不开。陈二棍心想,若真能活过来也好,关键是根本就活不过来,还折腾个啥劲。陈二棍这样问那伍,那伍也说不清楚,他也不知道这样做是为了什么,但他知道如果不这样做就不行,也许这就是感情吧,也不全然是感情,也许是一种责任吧。

起来的时候,天已经大亮,那伍起床后便坐在那里等着陈二棍。陈二棍慢得跟个老娘们似的,对着镜子洗他那张脸,洗完后还要抹些东西,往脸上抹,往头发上抹,然后才带上墨镜,整理衣装出发了。这个过程中那伍尽是不耐烦的表情。陈二棍跟他一样不洗脚,内衣裤脏得要命,却偏偏如此在乎自己的外表。

那伍和陈二棍来到了一个三层楼前,刚要进去,被门口的人拦住,陈二棍上前解释,找你们李老板谈生意的。那人便问,有预约吗?陈二棍点头,有。那人问:"你叫什么?我上去通报一声。"陈二棍说:"不用,我自己上去就行,不用麻烦。"

那人伸手拦住陈二棍,冷笑道:"我还是去通报一下吧,这年头找我们老板的人多了,也不知道都是些什么鸟。"其实那人一打眼便看陈二棍眼熟,陈二棍一说话那人便知道眼前这人似乎来过,而且是为要账来的。

"什么鸟"这是骂人的话,那伍听着不顺耳,可令那伍都没想到的是,陈二棍竟然"先发制人",竟然出手扇了那人一巴掌。这一巴掌打得响亮,而且突然,那人没想到陈二棍竟然如此迅猛。这一下倒有十足的震慑作用,那人捂着嘴巴说:"你怎么打人啊!"其实陈二棍这巴掌也不知道是哪来的勇气,反正就是打了,打得顺畅,扬手就打,有那伍在,他心里便是踏实的。那人叫骂不已,但只停留在嘴上,并不敢靠前。

楼上下来几个人。这几个人个头差不多,不高不矮,但都很健壮,穿着黑背心,流行的牛仔裤,头发很整齐,短发,很短,贴着头皮的那种。这几个人下来便将那伍和陈二棍围住。接着走过来一个胖子。

胖子是他们的老板，因为和他们的打扮都不一样，倒是跟陈二棍有些类似，衣服整齐，头发一丝不苟，皮鞋锃亮，当然也带着墨镜，不知道的还以为是瞎子。谁在室内还带墨镜啊？胖子和几个打手的出现让刚才挨打那人长了行市，他喊叫："老板，这人说找你，我不让进，他便打我！"

胖子向那人摆了摆手，那人便闭嘴。此时陈二棍已经吓得腿肚子抽筋，以前是他低声下气地来要账，还挨打，现在他主动动手，若真打起来，还不知道被打成什么样。当然，他还是有点底气，因为那伍在他身边。那伍并不害怕，面无一丁点惧色，只是松垮垮地站在那里，看着眼前发生的一切。

胖子站在那里，并没有说话，而是看着那伍，那伍也看着胖子。两人对视了一会，胖子来到陈二棍眼前，陈二棍下意识地退后半步，胖子说："不就是那八万块钱吗，你前两次来，兄弟我真的没钱，不过现在我缓过来了，马上给李老板邮过去，你可以跟着去邮局。"

陈二棍一听这话便觉得是在做梦，他没想到这次竟然这样容易，八万块钱，他可以提成八千，他嘴角扬起了笑，连忙感恩戴德，一扫刚才的锐气。那伍倒还是平静，也不说话，站在那里，跟木头桩子似的。

胖子真的按照地址汇去了那钱，陈二棍跟着去的邮局，看着胖子的手下将钱寄走了终于松了口气。他真的没有想到，这次竟然如此的顺利，跟做梦一样，看来，前两次挨打也值了，这么容易就挣了八千块钱，不是，是六千多，因为他答应事成之后给那伍一千的红包，当然还有一天一百的工资和吃住等费用。

胖子的手下对于胖子轻易还款而愤愤不平，胖子还是见多识广的，他说："陈二棍跟来的那个人，是个不要命的家伙，这样的人不能惹！"只一句话便说得他们哑口无言。

那伍和陈二棍不费吹灰之力便要回了钱，陈二棍心里美，第一有钱赚，他便可以去找小姐，这是个燃眉之急，第二这相当于开门红，万事开头难，他终于做成了第一笔生意，这有着划时代的意义。陈二棍高兴，兴奋，当然，他还有些后悔，他觉得不应该答应那伍事成后给他一千元的红包。这都是老么的主意。他觉得老么这个主意并不聪明，因为那伍什么都没干，前两次他一个人来的，挨打了，现在两个人来的，而且还是他首先出手打了那个看门人镇住了场面，那伍似乎什么都没干，只木头桩子似的站在那里。

想到这，陈二棍便心理不平衡。那伍都干了些什么？相当于公费旅游一样，有吃有住，还不费力气，便挣一千多块钱。他跟那伍理论，让那伍给打了。

那伍并没有所谓的职业道德，他不管打不打脸的问题，哪里方便便打哪里，那伍用了他惯常的方法，那就是摔跤，这个陈二棍在几年前便领教过的。那伍很少用拳脚，只是迅速靠近，然后你便不知不觉地腾空倒地。这次那伍还是一样，将陈二棍摔得不敢站起来。直到陈二棍求饶，那伍还是不肯饶，他疯了一样，将陈二棍从地上拽起，很难想象，不到一米六的小个子竟然抓起一个大块头如此的轻松，跟抓只小鸡仔一样，然后再次将他撂倒在地。陈二棍擦伤了脸，鼻子也流血了，浑身的骨头都跟松动了似的。他告饶了，他说答应给那伍的钱一分都不会少。

陈二棍应该是倒霉的，前两次来要账都是挨打，如今钱也要回来了，可被自己的保镖打，不是倒霉，是窝火，是没面子。

陈二棍很没面子，他觉得老幺找来那伍为他当保镖是个错误的选择，但没办法，实在没别的人选。想到老幺，他便想起，这单生意他是要给老幺钱的，这单生意，老幺从陈二棍的收入里面抽成五百，这是他们先前商定好的，当然老幺还要从那伍手里抽成一百，这也是和那伍商定好的。

陈二棍趴在地上，双手展开，抱着个巨大的石头，就跟小孩搂着亲娘一样，一刻不得撒手，如果可能，他还恨不得钻到石头底下去，这样便可躲过那伍的摔打。那伍也是累了，扛着陈二棍这将近二百斤的重量摔来打去的大半天，他早已大汗淋漓，喘着粗气坐在陈二棍的身旁。其实陈二棍早就答应他给他那一千块钱，可他还是想摔，停不下来，他就像个机器一样，给了点最初的动力便可以自动运转似的。那伍觉得自己不应该这样，若真把陈二棍摔坏了，以后还哪有这样的活？他恢复了理智，向陈二棍连连道歉，他说自己不是人，简直就是个畜生。陈二棍也不好说什么，只说一定会给他承诺的钱。

这是上午的事，回到小城的火车一天只有那么一趟，而且过了时间，两人只能等到第二天。那伍没事便回到旅馆里休息，陈二棍出去"玩"了。

很晚，陈二棍才回到旅店，他喝了酒，身边还站了个女的，三十多岁，浓妆艳抹，穿着在当时也算是流行了。陈二棍回来的时候那伍已经睡下，但听一个女人的声音在陈二棍床上响起，而且那声音是那样的不堪入耳，那伍便有些恍惚，他连忙起床开灯，见到的却是不堪的一幕。

二十五

那伍回到了小城，陈二棍给了他钱。此去短短的两天，那伍感觉好生的长久。

见到了黄毛，见到了孩子，那伍悬着的心放下了。黄毛还和以前一样，安静地躺在那里，身边的机器滴滴答答地响着，和走时没什么两样。听到那样的响动，那伍心里踏实，现在他甚至喜欢那样的声音，因为这声音代表黄毛还有一口气在，她还活着。小孩子真是一天一个样，更加白胖了，可以见得十三姨用心照料的，他拉着十三姨的手不知道如何感激才好。

这之后，陈二棍在"业界"有了点名气，买卖不断，同时他还和那伍签订了协议。协议这样规定，那伍负责保护陈二棍的生命安全，陈二棍在干活期间支付那伍工资每天一百元，还款后陈二棍还需支付那伍相应的红包，至于红包多少，那要看还款多少，这些要在开工之前讲清楚。之后，那伍跟陈二棍又跑了几趟外地要账，每次都是满载而归。当然，陈二棍和那伍遇到的欠钱的人大多数推脱，少有动武力的，好像做贼心虚似的。也是，用那伍的话来讲，那便是欠债还钱，天经地义。不过一次那伍碰到了"硬茬"，一个KTV老板欠装修队的装修款，包工头找到了陈二棍。这老板在当地也有点名号，黑白两道通吃，手下打手二十几个。老板倒是开门见山，当陈二棍表明来意的时候，老板便说："钱我有，我就是不想给，这年头谁嫌钱多啊，你有本事你就来拿，但只怕你有命拿钱没命花。"说完一大堆人便围了上来。

这些人将那伍和陈二棍围了起来，像一道密不透风的墙，你想想，二十多个人围两个人，那还不是里三层外三层的啊。那伍毫无惧色，倒是吓坏了陈二棍。这些人也不是一定想打，多半是吓唬，否则怎么不马上动手？陈二棍一下子便软了起来，他声音颤抖地喊道："不要了，不要了，放过我们吧。"看陈二棍求饶，这些人便放开个口子将陈二棍放了出去，放出去是放出去了，只是照着屁股踹了他一脚，这一脚不轻，踹得陈二棍一个狗啃泥，脸又擦在了地上，他哇哇直叫。

那伍目光坚定，毫无惧色，松垮垮地站在那里。此时二十多个人里三层外三层地将他围住，对他怒目而视，他们希望那伍也来求饶，然后他们还会放出个口子，让那伍出来，也会踹上一脚，踹他个狗啃泥，其实他们也不想打，二十多个人打一个有什么好打的，不打死才怪。可那伍偏偏不走，也不求饶，站在那里怒目而视。这些人有些沉不住气了，将包围圈缩小，距离那伍不到半米。这些人还在想，这个人长得跟土豆似的没想到还有几分的骨气，他们在听老板的指令，这是他们训练好的，没有老板的指令任何人不能出手。老板也在犹豫，如果打的话，这人肯定是重伤，二十多个人打一个，到时候他想拦都拦不住，打架可不是绣花，真的打起来眼睛便红了，别出了人命。

就在人群等待老板指令，而老板犹豫的时候，谁都没有想到，那伍先动手了。他一个侧身从两个人中间钻出，他身材矮小，但灵活，行动前松垮垮的站立让人毫无戒备，而一旦动起来那便像风一样，他钻出人群的时候用手臂拉了一下其中一人，只见那人好像被推了一下，便觉得脚下被东西绊住，还没等反应过来，人已被那伍仍在了空中。这些人一见那伍出手，便再也按耐不住了，向那伍围攻过来。

那伍在人群中跳来跳去，由于身材矮小，他总能钻出包围圈，然后跑在不远处，突然回头，抓住距离他最近的那个。那伍总是在运动中轻而易举地抓住一个人的破绽，将其摔倒。那伍就像只猴子，上蹿下跳，又躲又藏，他不跟那些人正面冲突，只打运动战，很快，七八个人便被那伍摔倒在地。那伍是用了力气的，也是花了心思的。以往的打架，打陈二棍也好，打小毛那次也好，那伍从来没有用过全力，只是点到为止，而这次并不一样，他以消灭敌人有生力量为目标的，所以他摔的过程中格外用力。

那伍再厉害,可他毕竟面对二十多号人,时间一长,他体力殆尽。还好眼前只剩下最后的五个人。这五个人也气喘吁吁,他们想抓住那伍然后一拥而上,将其扑倒,可他们就是抓不住,那伍越战越勇,当然也是汗流浃背,有些人倒下又站起,反复被那伍摔了好几次,才彻底倒在地上,无力反击。当剩下最后一个人的时候,那伍已经筋疲力尽,他站在那里本想休息片刻,可那人却做了一个惊人的举动,从怀里掏出了一把枪。当时,那伍整个人都木了,这是瞬间的事,瞬间,他好像已经死了似的,他没有想到黄毛,也没有想到孩子,他只知道自己要死了。

　　那伍并没有被吓倒,而是依然站立在那边,那人被那伍摔倒了几次,也是红了眼睛,恶狠狠地说:"信不信我打死你?信不信?"那人的目光中有杀气,他那黑洞洞的枪口直对着那伍的眼睛,那伍也许知道,这便是他的去处。那伍瞬间晃动了身体,只瞬间,晃动的同时,枪响了,枪响的时候那伍脑袋是空白的,身体是机械的,因为他不知道自己是否还活着,他一个箭步蹿到了那人跟前,同时,右手便搭在了那人的手腕,他凭借腕力用力下压,那人枪已脱手,掉在地上,他一只脚踹在了那人的腿上,只听"嘎巴"一声,腿折了,那人一声惨叫便晕倒过去。那伍迅速从地上捡起枪,快步上前顶到了那老板的头上……

　　老板乖乖地给了钱,并没有报警。

　　那天,在场的所有人都惊叹于那伍如何躲过那人的枪子,其实老板看到自己的打手用枪对着那伍的时候心里一沉,便想一定要坏事,没想到那伍是躲开了,那人扣动扳机的动作和那伍晃动身体几乎是同时的。陈二棍都吓得尿了,过后每每提及此事便竖起大拇哥。而那伍,自己也想不明白,怎样躲过那枪子的,那应该是一种感觉,一种高压状态下的应激反应,不过这太绝了!

　　那伍当时没有害怕,也不知道怕,但回到家的时候,见到躺在病床上满身插着管子的黄毛,见到已经咿呀学语的孩子,心中便开始翻江倒海。他想哭,但不敢在黄毛面前哭,他怕吓坏了黄毛,尽管黄毛什么都听不见,已经是个"植物"了,但在他心中,黄毛还是什么都能听到,什么都能感知到的。他找了个没人的地方哭了起来,那哭声震天,他躺在地上浑身抽搐,那是对死亡的恐惧，这让他感受到，原来死是那么的容易，只在瞬间。他在想，如果这次回不来，黄毛会是怎样的结果？孩子会是怎样的结果？他不敢想，他真的怕了，恐惧了，这种恐惧让他站不稳，让他的腿肚子哆嗦，整个人都在哆嗦。他买来一瓶烧酒，一口气喝掉，头沉了，脚下轻了，这样才缓解了刚才那种感觉。

那伍这一仗打出了名声，还被传得神乎其神，倒也是，一个人徒手摔倒二十几个，单这一项就够一说了，更神的是他竟然躲过了枪子，这便是一种传奇。那伍在"业界"有了名气。可就在这个时候，那伍决定"退出江湖"，不再干这要账的买卖，他现在觉得还是卖菜更为安稳些。

这之后陈二棍找过那伍几次，都被那伍拒绝了，但陈二棍还是有诚意的，利益的驱使让他"三顾茅庐"，他想让那伍"重返江湖"，这样几次将那伍弄烦了，他对陈二棍说："如果你再来找我，我就打你。"陈二棍这才消停几天。

那伍是缺钱的，黄毛每天活着的费用就是五十，再加上他和孩子的两张嘴。但即便那伍再缺钱，他也不想干那刀刃上跑江湖的买卖，那是用命来赌的，一旦输了，便什么都没有了。闲下来的时候那伍会想，人死了会是个什么状态，死了就死了，他不相信那些鬼神的理论，他觉得人死如灯灭，即便是有魂，那也是魂飞魄散。他不怕死，他怕他死了之后的事，如果他死了，那黄毛一定会死，百分之百的，每天五十块钱，她妈就算是卖血也做不到的，而她那个弟弟，不来喝她的血就不错了。想到这那伍心中便会一阵阵的酸楚，他和黄毛都死了真的无所谓，在那边还做个伴，就是可怜那孩子，十三姨对孩子虽好，但毕竟不是亲生的，而且十三姨年岁也大，总不能照顾那孩子一辈子。想到这那伍鼻子就会泛酸，他这几天总是多愁善感。

钱还是要挣的，那伍不卖菜了，开始卖起了虾仁。虾仁这东西本大利也大，他卖菜的市场里面有一家卖虾仁的，他观察过，每天至少能挣一百块钱，还是少说，只是那东西需要存货，而且味道不大好闻，其余也没有什么不好的了。只要能挣钱，他什么都干。

虾仁这个东西是副食，这个和菜不一样，人也许会天天吃菜，但肯定不是天天吃虾仁，卖菜你可以守在一个地方，卖虾仁你就要到各个市场上窜，这便是和卖菜的区别。不过好处还是很多的，卖菜的时候一车的菜能出五十块钱的利，一麻袋的虾仁能出两千块钱的利，这就是最大的区别。那伍卖起了虾仁，每天能挣一百块钱。

黄毛的病情平稳了，黄毛妈的身体也慢慢好转，孩子在一天天地长大，那伍日出而作，日落而息，日子过得踏实，直到几个月之后，小毛回来了。

小毛虽然参与了拐卖，但属首次犯罪，法官本着治病救人的方针从轻发落。小毛的妈一见到小毛便哭得不成个样子，对小毛又打又骂，接着便是搂在怀里，毕竟是母子，血浓于水，犯下天大的错也是自己的儿子。小毛跪下了，重重地在地上磕头，给母亲磕头，给那伍磕头，更要给黄毛磕头。

小毛瘦弱了不少，脸色泛黄，精神头也不大好，他跪在黄毛面前，大哭不止。这是黄毛出事后小毛第一次的忏悔，哭抽了几次，看来他真的后悔了，发自内心的，但这样的后悔对黄毛来讲于事无补，她也许再也听不到了。那伍看到小毛这样，也被感动了，他从老幺那得知，人吸毒后便会换做另外的人，所以那伍每每想起小毛，便也觉得小毛可怜，他一定也不希望这样，那毕竟是他的亲姐姐，从小对他疼爱有加的姐姐。当然，老幺还说了另外的话，那便是吸毒的人一般来讲不会轻易戒掉的，这个那伍没记住。

小毛哭得鼻涕一把眼泪一把的，整个人都抽搐起来，那伍赶忙将其扶起，嘴上说："过去的事就过去了，别提了，你现在最要紧的是找个活干。"

那伍打算让小毛跟着他卖虾仁，就算是不卖虾仁，卖菜也行，卖什么都行，只要能挣钱养家，自食其力就好。这个时候小毛面露难色，他对那伍讲，羞愧地讲，尽管这一年多来没有吸毒，但他还是想，他怕他哪天控制不住还要去碰那东西，那个劲一上来真的控制不住啊，所以他希望能够再去戒毒所一段时间，将毒瘾完全戒掉。这是个好想法，在小毛妈看来，至少孩子想要上进，想要学好。但这需要钱，两个月的费用要三百块钱，小毛说出这个数字的时候那伍心中一惊，便有种不详的预感。

可怜天下父母心，没有哪个父母不期盼孩子好的，黄毛的妈自然没有三百块钱，所以将那可怜巴巴的目光投向了那伍，那伍见到岳母这样，也就没再多想，而且本来戒毒是好事，这孩子倒是想学好，钱是人挣的，而且现在每天的收入有一百块钱，有的时候还一百多，也无所谓了。

那伍慷慨地掏出三百块钱递给小毛，小毛收下钱，给那伍跪下，那伍将其扶起，他不太喜欢小毛这样，动不动就下跪，那伍说："戒毒，咱把那东西彻底地戒掉，回来你跟着姐夫干活，我教你做买卖。"小毛重重地点着头，接着小毛妈拉住小毛的手，眼圈通红，动情地说道："孩子你一定要学好啊，你别辜负你姐夫的一片心意，咱家已经够对不起你姐夫的了，你再看看你姐，躺在床上，你做错了一次，不能再错了！"小毛回头看了眼黄毛，坚定地说："妈你放心吧！我不会让你和姐夫失望，也不会让我姐失望！"说着他便走了。

小毛走出病房，走出医院，走的过程中眼泪便止不住地流，他找了个没人的地方，抱头痛哭，他从兜里掏出那三百块钱，用力地攥在手里，他喊出了声音："姐，我不是人！"过了许久，他又喊道："下辈子我再给你当牛做马！"

小毛拿着那三百块钱离开的时候，那伍的心马上像拧成麻花一样，他不是心疼钱，他有点心疼小毛，他一直拿小毛当孩子，也就是几年前，那伍和黄毛结婚的时候小毛才上高中，如今也就二十岁。不想了，各自有各自的命吧，他现在一个人顾着孩子和黄毛，身心疲惫，不是他不愿意担心，是他实在是没有力气再分给小毛了。他期盼着小毛这次彻底地改好，能够心疼下他妈，心疼下他姐，当然还有那伍，可别再错了。

小毛拿着那钱足足消失了一个月，小毛妈也不知道小毛去了哪里，但他说去戒毒，也许去了戒毒所。其实那伍是想去戒毒所看看的，小城附近只有一个戒毒所。距离这里三十里路，要是想去，还是能去的，但那伍一心想着拼命挣钱，这事也就一拖再拖，而他妈倒是担心小毛，但要照顾病床上的黄毛，而且最近还添了毛病，腿总是疼，所以也没顾得上去看小毛。

那伍再次见到小毛的时候，他正要去上货。以往那伍拿虾仁都是去城郊一个冷库批发，这些时日赶上年景不好，虾仁下来的少，城郊也没有货，这便要到距离小城二百多公里的沿海城市去拿货。他本是不想去的，因为一趟往来便要两天的光景，还要雇车拉货，回到小城要将货物存到冷库，这都是费用，操心又费力，不像在城郊上货这样简单容易。但他还是决定去了，因为市场经济了，价格由市场决定，正是因为虾仁短缺才卖得特别好，现在小城里的人都富裕了，卖多高的价都有人买。

那伍从银行中提出一万块钱。那个时候，能拥有一万块钱那叫万元户，这也是他所有的积蓄，如果可以，这一万块钱在三个月后便能成为两万，如果是两万的话，那就是黄毛一年多的寿命。那伍这样的换算总是特别的快，特别的精准，他甚至能精确到天。那伍想到这身上便来了力气，自从黄毛变成植物人之后，每天需要五十块钱的医疗和护理费用，那伍便是和时间赛跑一样，他挣的钱，便很自然地换算成天，他要有所积蓄，这样才能以备不时之需。钱，可以给他安全感，不是别的，是一种生命的保障。

那伍从银行取钱出来的时候正好遇到了小毛，不是遇到小毛，是小毛来家里。那伍见到小毛，心里说不出的滋味，小毛又瘦了，戒毒一定很遭罪。小毛精神状态倒是好，和那伍聊天说话，好像瞬间长大了一样。那伍心中暗笑，以往只会伸出手来要钱的小毛竟然还和他聊天了。

那伍问小毛毒瘾戒得怎么样，小毛很自信地说，全都戒掉了，现在想都不想。那伍说好，他很放心，他突然想起一句话，浪子回头金不换，他在想，如果小毛的妈知道这件事会有多高兴，黄毛也会很高兴的。小毛跟那伍聊天过程中又提到了黄毛，小毛泣不成声，他骂自己不是人，那种悲伤和难过感染着那伍，那伍也难过起来。那伍还是原谅了小毛，也不是原谅，是没有理由不原谅，那是小毛的姐姐，他不会有意加害的，要怪也只能怪黄毛命不好。"算了，不提了。"那伍说。

那伍是坐晚上的火车第二天早上到，小毛想要同去，一是两个人互相照应，再者他也想学学，他甚至非常诚恳地对那伍说："姐夫，你教我做买卖吧，我也想挣钱，我就在你身边学，你让我学一个月，我不要钱，给我口吃的就行，等我学成了，自己做的时候我也不跟你一个市场，咱们都不互相影响生意。"

那伍乐了，小毛竟然说起这样的话，都是自己家人，谁抢谁的生意啊？那伍觉得小毛又有了进步，这实属不易，以往都是伸手要钱，现在也想着自食其力。那伍答应了，说时间还早，先吃了晚饭再去。

那伍觉得小毛来了，晚饭便不能再凑合，而且现在也不像几个月前那样紧张，有了些积蓄，便提出下馆子，去吃烤牛肉。好久没下馆子了，那伍也借机会改善一下生活，平日里吃馒头面条，连点荤腥都看不到，那伍消瘦了不少。

烤牛肉好吃，那伍吃得狼吞虎咽的，相反小毛倒是好像没什么胃口。他想起了小花，他那个前女友，以往他经常请小花吃烤牛肉，小花并不胖，但很能吃，一个人能吃两盘，那个时候的烤牛肉实诚，一盘七八两。小毛就是这样坐着，看着小花吃，如今已物是人非，正是因为小花，小毛才变成了现在的模样，小毛便觉得不值，也许这赖不得小花，毕竟脚上的泡是自己走出来的。想到这小毛便流泪了，他连忙用手背在脸上擦拭。那伍吃得热火朝天，小毛吃的很少，过了会，小毛突然像想起了什么，他调整了情绪，说："姐夫，咱俩喝点吧，俩大老爷们下馆子不喝酒多没意思啊！"

那伍一听稍有些犹豫，毕竟晚上要赶路，而且身上带着钱，钱虽然缝在了裤衩里，但还是小心点好，可那伍禁不住小毛一味的劝说，便要了一瓶，他本没想喝，但小毛还是给那伍倒上了一点，说是杯中有酒，他自己喝得也不寂寞。那伍劝说小毛也别喝得太多，小毛点头知道。看小毛喝得有滋味，这勾起了那伍的兴致，这段时间他一味地忙着和时间赛跑，好久没喝酒了。那伍也馋酒，看小毛在自己面前自斟自饮，便再也忍不住了。

其实这天那伍喝得并不多，只喝了两口，便觉得头晕，他觉得是自己总也不喝酒的原因，其实不是这样，小毛在他的酒中下了迷药。这次喝酒是那伍平生最后悔的一件事，代价是一万块钱，实在是贵了点，黄毛小半年的寿命就这样被那伍"喝"掉了。

迷药是小毛从老幺那里买的。老幺当然知道小毛买这东西的用途，他知道小毛不将那伍的血吸干是不会罢休的。但是市场经济讲究的就是个自由，有人出钱来买，哪有不卖的道理？其实老幺还很乐意卖给小毛，因为他知道小毛拿这个的用途，老幺也知道那伍卖虾仁挣了好多的钱，可他不希望那伍卖虾仁，他希望那伍去当保镖，也就是替陈二棍要债，这样他便可以挣到钱，他也是这样跟陈二棍承诺的。所以，当小毛找到老幺要买那迷药的时候，老幺就兴奋得不得了，他知道机会来了。

那伍再次醒来的时候已经是第二天中午了，只觉得头疼欲裂，他将手伸向裤裆里，发现裤衩里的钱没了，随之消失的还有小毛。那伍彻底地清醒了，他红着眼睛,用拳头砸向墙壁,手上的皮都蹭破了,他还给自己两个耳光,狠狠地骂自己:"不长记性!"

那伍习惯了小毛每次来都是直截了当地伸手要钱,习惯了小毛骄横跋扈,习惯了小毛的威胁恐吓,当小毛学乖了,温顺了,学会了使用伎俩的时候,那伍便享受在那一声声的"姐夫"之中,没想到那是一个温柔的陷阱。那伍彻底地清醒了。一万块钱,不是个小数,那伍马上反应的是二百天,六个多月的时间,那是黄毛的寿命啊,他现在简直想将小毛撕掉,撕碎,而且是撕得粉碎,这个人还是人吗?不用说,先前的三百块钱肯定也是打了水漂的。那伍后悔自己瞎了眼,没看出小毛的诡计来。

那伍穿上衣服便冲了出去。他脚下飞快,来到的小毛妈家,叫了半天的门没人开,小毛的妈一定是去医院护理黄毛了,他又跑到了医院。岳母知道那伍现在应该去了外地进货,而不应该出现在这里,当她看到那伍急匆匆的红着眼睛的样子,便知道出了事,当她开口问是否见过小毛,本来还抱有一丝侥幸的她便猜个大概了,她整个人都软了,空了,先前她不是没有想到,而是不愿意去想,她越是担心什么事发生,她便越是不往那个地方去想,可现在看到那伍的样子,恨不得将小毛撕碎的样子,她证实了。她不想问,也不愿意问,不问,心里还能好受些吧。

那伍跑出了医院,一路跑到了市场上,至于为什么跑到市场,也许是这条路是他最为熟悉的。其实这一路上,那伍已经平静了不少,他知道,小毛一定是将那钱买了毒品了,小毛吸毒后,那伍也打听过,那东西很贵,所以什么样的人沾上都得倾家荡产。事情发生在昨晚,现在那一万块钱肯定是变成了白色的粉末。想到这,他便平静下来,他还有黄毛,还有孩子,他要挣钱,现在即便是抓到小毛将他打死,也是于事无补的,而且打死小毛,他也不会好过。

那伍由冲动慢慢变得平静下来,他找了个石头坐下,叹了口气,这真是命啊。这时候一个人出现在那伍面前,那便是老幺。老幺延续了以往的风格,开口三分神,他指着那伍说:"你丢钱了。"那伍一愣,老幺说:"你现在特别缺钱。"那伍点头,老幺继续说:"我给你介绍个买卖,干成你能分一万!"

那伍眼前一亮,他真是有点觉得老幺是个半仙,总是能帮他找到挣钱的道道。可他听老幺说后便犹豫了。老幺跟他说，还是上次的活，只不过这次陈二棍出价很高，给了一万，一万块钱，你要给我一百，作为中介费。一百块钱那伍当然毫不吝啬，如果不是老幺的话他根本也找不到这样的活，那伍对老幺还是心存感激的，毕竟老幺给过他许多的机会，比如说模特，虽然钱挣得不光彩，但毕竟挣钱了，再比如说这要账的买卖，虽然上次差点死掉，但还是活了。

那伍只是对上次的事心有余悸，这时候老幺劝说道："你现在已经打出名了，人家陈二棍现在出去要账基本上不用动手，只要一提你，全都认识，都知道你躲子弹的事了。说实话眼前这个买卖有些棘手，要不然不能请你出山，但挣的也多，一万块钱，而且简单得很，就凭你一身的工夫，那简直就是小菜一碟。"老幺这样说，那伍便动心了，他也抱着侥幸的心理，不是所有的事都有生命危险的，他安慰自己，他觉得现在的社会还是比较安全的，有警察呢，再说了杀人不用偿命啊？谁愿意背上人命的官司啊？只要能活着，只要能挣钱，他什么都能干。

那伍同意了，这可高兴坏了陈二棍。这次依然是去外地，欠钱的主点名要那伍过去，说只要那伍能出现在眼前，钱一定还，只是想跟那伍切磋下武艺。那伍一听这个，反正还了钱，他便能得到那一万块钱的奖赏，一万块钱对他太有吸引力了，尤其是刚刚丢了一万的他，而且只是切磋武艺，道上人都讲究这个，点到为止。如果说小毛没有偷走那伍的一万块钱，那伍断然不会再干这样的买卖，他觉得还是在市场上卖货心里踏实。但就是因为丢了一万，丢了原本属于自己的一万块钱，他便受不了了，人就是这样的心理。

就在那伍出发的头一天晚上，小毛出现了，不是那伍找的小毛，而是小毛找的那伍。那伍见到小毛，还是有些激动，他将小毛一脚踹倒，然后又从地上拎起，扔向空中。摔跤讲求个重心，而小毛此时早就没有重心了，他就跟面条一样的软。那伍将小毛抛出一人多高，重重的摔在地上，那是柏油马路，那伍只听到小毛落地时"砰"的一声。

整个过程中小毛没有叫喊一声，落地后好半天，他开始呻吟，好像才喘过一口气一样。他挣扎着站起来，走到了那伍面前。那伍有些后悔了，毕竟是黄毛的弟弟，而且看样子是死猪不怕开水烫，肯定已经是将那一万块钱买了毒品而且消费一光了，即便是将他打死也是于事无补的。可当小毛再次站在他面前的时候他又忍不住出手，他一只手抓住小毛的胳膊，蹲下，另一只手伸去搬小毛的大腿，就这样，轻飘飘的小毛被那伍瞬间举起，再次扔了出去重重地摔在地上。那伍走近小毛的时候，小毛还是在呻吟，他并没有喊叫，而是在痛苦地呻吟，那伍走进一看，小毛的胳膊断了，肿起老高，而且骨头都快破皮而出了。见到这种情景，那伍忍住了手。

那伍坐在马路牙子上，喘着粗气，小毛翻了个身，也坐了起来，他用力向那伍这边靠了靠。那伍用余光看到小毛额头上的汗珠，那是疼的。尽管小毛眉头紧皱，但还是一声不吭，不喊疼，也不说话。

他们坐了好久，那伍重重地叹了口气，先开的口，说："你怎么这么不争气！"隔了一会，小毛忍着疼痛冷笑道："争气，毒品这个东西戒不了，我怎么争气？人要是沾上了，那便是死路一条，我认识的没一个好下场，包括我，也不会有好下场。我知道我对不起我姐，对不起我妈，也对不起你，你打吧，你最好把我打死，我活着也没什么意思，尽是给你添累赘。"

小毛这样说，那伍倒是有些心软了，他看了眼小毛的胳膊，只怪自己刚才太过用力了。他说："世上无难事，只怕有心人，怎么就戒不掉？"那伍竟然会用这样的词语，他自己都好生奇怪，为什么说起话来文绉绉的，也许因为他在教育小毛，教育者本应该有这样的口气、这样的词语。而小毛说："我说过，这个东西戒不掉，没有人能戒掉，一旦沾上，就甭想戒掉，真的，我这次来，就是想赎罪的，就是希望你把我打死，说实话我也难受，看着你这么辛苦，看着我姐躺在医院，看到我妈愁的，我知道都是我害的你们，我不是人。"说着小毛哭了，抽泣起来，胳膊断了还一声不吭，此时的他说到动情之处竟然哭了起来。

那伍也被这种气氛感染了，眼圈也红了。戒掉也好，戒不掉也罢，他现在的想法就是到医院去治小毛的胳膊，这是他造成的。他对小毛说要带他去医院，小毛想了会儿便觉得没那个必要，让他自己自生自灭吧。那伍拉起小毛非要带他去医院，这个时候小毛有些迟疑，他说："要不然，你把钱给我，我自己去看?"

那伍迟疑了下,还是给了小毛,小毛起身便走了。看着小毛离去的背影,那伍还是有些震惊,人怎么能变成这个样子?他是知道的,小毛不会看病,不会看那断了的、骨头马上要破皮而出的胳膊,但他还是给了钱,他也不知道为什么将钱递给小毛。但现在说什么都晚了,小毛已经走远了。

二十六

那伍早上起来的时候上楼看了孩子,然后到了医院看了眼黄毛,因为头一天晚上给了小毛三百,所以他将身上仅存的一百块钱交到医院,他知道这一百块钱只能为黄毛争取两天的时间,两天,应该够了,头一天去,当天晚上坐火车回来,第二天早上刚刚好,他这样计算着,虽然紧凑,但他还是有把握的。欠钱的人放出话来,只要那伍出现和他切磋,便会还钱。这倒不像什么要账,好像是比武似的。他觉得这事蹊跷,也觉得可笑,真跟武侠小说中写的似的,还整个华山论剑,那伍在想,那些武侠小说里的大侠都是靠啥活着?整天就恩怨情仇那点事,要么就是比武,一个个都不干活似的。

从医院里出来,那伍见到了岳母,岳母的样子让他震惊,她仿佛在一夜间衰老了一样,样子倒是没有多少变化,只觉得整个人没了精神,其实人活着就是一个精神,精神头没了,这人便没了人的样子,那伍就是这样的感觉,他觉得岳母好像一下子被打垮了。他没有跟她说小毛的事,他也知道,她猜得差不多,那伍顾不得忧伤,顾不得怜悯,甚至顾不得去安慰岳母,他没什么话可以安慰,而且还要赶火车,他有的是时间,但黄毛不能等,她还要活着,她活着,那伍才有媳妇,岳母才有女儿,孩子才有妈,那才是一个完整的家。

那伍踏上了出行的路。此次出行陈二棍倒是轻松很多,因为欠钱的人说了,只要那伍出现就还钱。陈二棍还和以前一样,西装墨镜,头发锃亮,跟擦了猪油似的,整个人也容光焕发了,只是眼眉上有处伤疤,倒是不严重,若隐若现的,那便是那伍上次打的。

还是和往常一样，到那里的时候已经是晚上，他们俩吃了饭便找到小旅馆住下，上次是陈二棍要回了欠款，或者说那伍要回了欠款，陈二棍才找的小姐，而这次陈二棍到那地方安顿下来便发了情似的冲出去找小姐了。临走的时候那伍还嘱咐他，别带回来。陈二棍应允一声，便跑了出去。

那伍也不知道陈二棍啥时候回来的，他是一觉到天亮，醒来的时候陈二棍还没醒。他看时间差不多了，叫醒了陈二棍。陈二棍有些疲惫，醒了之后还要"梳妆打扮"，洗了脸还要擦粉，擦了粉还得抹头油，抹了头油还要擦皮鞋，弄得那伍好生的不耐烦，恨不得一脚踹去，踹他个狗啃泥。

陈二棍和那伍来到了指定的地点，是距离这座城市一百多公里郊外，那伍未曾想过要来这么远，他有些担心，因为火车站在城里，来到郊外要两个多小时，他想坐晚上六点钟的车回到小城，这样能赶在第二天清晨回去，黄毛在医院账上的钱也只能撑到第二天清晨。所以当陈二棍说要来这么远的时候，那伍犹豫了下，但没办法，现在是骑虎难下，回去也是没有钱，还是去了。

这是郊外的空地，旁边是一条河，另一面便是野草，荒无人烟的感觉。他们到的时候这里聚集了十几个人，并不像以往要账那样的打手，而是很普通的人，他们站在那里聊天。那伍用眼睛一扫，其中一个"平头"引起了他的注意，这平头个子也不高，比那伍高点，跟那伍一样健壮，隔着衣服那伍便能看出那人的力道来。那伍从小习武，而且在市场上见的人多，他知道，这人的功夫不在他有多少肌肉，是一种气，就像这个平头，其貌不扬，只因这口气便显得与众不同，那伍知道这人也是练过功夫的。他又瞥见那人的两个拳头，长满了老茧，这让他知道，碰上对手了，他还从未有过这种感觉，真是山外有山，人外有人。

那伍正瞧着，那平头回头也盯着那伍，两人四目相对，这就明了了，练过的凭眼神就能看出来，那和一般人的眼睛绝对不一样。

那伍走到近前，虽然环顾周围所有人，但余光一直没有离开平头。这个时候陈二棍跟另一个满脸褶子的瘦男人打招呼："张老板，人我给你请来了。你可不能赖账啊！"

这个张老板说："哪能？我的人就在邮局，我一个电话过去，就给你那边打钱。"张老板晃动手中的大哥大,也就是最初的移动电话,跟板砖那样大小。张老板又对那伍说:"这位是那伍吧,久仰大名。"那伍朝他点了下头,张老板继续说:"那伍,我打开天窗说亮话,今天请你来是想帮我个忙,我要成立个镖局,也就是押镖的买卖,这个你可能听说过,但人们都知道你那伍能打,今天就是想让你和我的这位兄弟过过招。你赢了,我手中的一万块钱给你,你若输了,我手中这一万还是给你,但你得退出江湖,不能出来要账!怎么样?"

  陈二棍没想到张老板是这个意思,心想,这不是抢我的买卖嘛,他突然间反应过来,若那伍输掉,这么多人就是个见证,证明那伍打不过他的兄弟,那他陈二棍便会名誉扫地。那伍不出来要账,他顶个屁用啊,这不是砸了饭碗嘛!陈二棍刚要说话,那平头便狠狠地瞪了他一眼,他便不敢多言。

  那伍倒是直截了当,他说:"那我认输了,以后再也不干这个了,你把钱给我,我走人。"张老板一笑,对那伍说:"那不行,我刚才忘记说了,输赢都要是真的,你要真打,不能假打或者糊弄了事。"

  那伍知道,这钱没那么好拿,就只能跟那平头比试比试。

  那伍上前两步,面向那平头,双手抱拳,这个动作那伍好久都没用过,只因为没有合适的人,而平头看来也是江湖中人,抱拳还礼,便也上前两步。

  此时众人退后,留出一片空地。两人站在那里,僵持半天谁都没有动。那伍看着那人的眼神,便知道遇到了麻烦,虽然平头眼神呆若木鸡,但那伍知道,他一定是动作迅猛,而且刚劲有力。那伍没有猜错,当他试探性地"搭把"的时候,也就是将一只手尝试着搭在他的肩膀的时候,那人迅速地躲开,那速度超出了那伍的想象。那伍长于摔跤,这是一种近身的功夫,讲的就是一尺内的距离,可那伍搭了几次都没有搭上,那人也是并不急躁只是一味地闪躲。这种闪躲并不是退后,而是紧贴着那伍的手臂,那伍想抓就是抓不到。他有些急了,反正输赢不重要,他想尽快地结束战斗,而那人似乎看透了那伍的心思,就是不主动迎战。这样僵持了一会,那伍便越发的着急,他有些气急败坏了,他心理暗骂,这人怎么不动手呢?可当那人动手的时候那伍才知道什么叫不鸣则已,一鸣惊人。

那伍由于焦急而展现出来的空当连他自己都清楚，他甚至想，只是做做样子，打两下，即便是输了也罢，拿着钱，回家就行。这样想着，空当便越来越大，平头瞅准了机会一个跨步移向那伍的侧身，那伍刚有反应，平头的拳头已经到了眼前，那伍一个侧身，拳头擦着脸皮过去，脸上一阵火辣辣的疼。那伍知道自己的机会来了，因为平头出拳虽快，但就在跟前，他用手一抓，可没想到的是平头身子滑得跟泥鳅一样，也不知道怎么搞得还是让他跑掉了。

平头左躲右闪，消磨着那伍的耐心。平头和那伍的距离不远不近，那伍想要抱他，他便用腿来踹，用拳头打，那伍不擅长拳脚，再者在平头面前用拳脚那肯定是要吃亏的，可谁让他干的就是摔跤的活，摔跤是近战，讲究的是防守反击，主动出击并不是优势，而平头却偏偏不走近那伍。那伍急了，如困兽一样。

那伍没有时间了，他原以为打了这仗便坐今晚的车子回去，明早能到，黄毛的救命钱便有了保障，而他留给医院的钱，只够今天，不够明天的，虽然岳母不至于缺少五十块钱而让黄毛断气，但他还是心里不踏实，他想今晚一定要赶回去。可眼见着时间一分一秒地消磨掉，他便是心急如焚，这里距离火车站有一个多钟头的车程，而且此时天阴沉沉的，没准是要下雨，下雨，那车子便更不好走了。

那伍做出了一个大胆的决定，那就是输，当然，这输也要输得精彩，他知道若是张老板看出了他这样做，便肯定不会给钱，所以输也是需要技巧的。在接下来跟平头周旋的时候，那伍有意地暴露自己的空当，那平头眼睛倒是尖，总是能抓住破绽，平头一拳朝那伍脸上打去，那伍是眼看着那拳头过来的，他装作要躲而躲不开的样子，其实他是完全能够躲开的，但他迟疑了一下，有意的迟疑，然后再躲，这样便能造成想躲而躲不开的假象，否则站在那里跟木头桩子似的一眼就让人瞧破了。但令那伍没想到的是，这拳头打到那伍脸上的时候，他只觉得眼前突然一黑，整个脑袋都木了，随后那人更是抓住机会，连续几拳将那伍打到。

那伍挣扎着起来，他想到了张老板的话，如果是假打，打得不精彩是不会给钱的，他站起身来身体便不像刚刚那样轻便，没两圈又被那人一脚踹在了地上，这一脚很用力，那伍几乎是飞出去了，一屁股坐在几米外的地上。那感觉就像要死了一样，那伍喘着粗气，挣扎着站了起来。

平头越战越勇，那伍越战越是乏力，如果说那第一拳是他有意没有躲过，那下面的几下便是他想躲也躲不过的，他是看着那拳脚由远及近，多年的训练让他迅速地反应，他意识到了，心到了，身体却偏偏没到，他连连受到重创，那平头一记勾拳终于将他打得翻滚在地上，他佝偻着身体，站不起来了。在小城里那伍总是打人，却从未挨打，如今他也尝试了被打的滋味，是那么的陌生，而且不好受，那感觉就像要死了一样，他从来没有这样的不堪一击，这一切全部源于平头的第一拳。

张老板终于让平头停下，然后发出满意的笑容，这一刻是那伍期待已久的，他不知道自己还能撑多久，他不希望自己被打坏了，如果打死了也就罢了，如果打晕了打伤了打残了，他便没法回到小城了。

张老板叫停的时候，已经是中午了，火车是下午四点钟的，第二天早上到。那伍盘算着，时间够用，这里到火车站一个多钟头也就到了。

张老板言而有信，给那伍一个大信封，里面是一万块钱，那伍拿到钱的时候是躺在地上，张老板关切地问："兄弟，要不要上医院？打坏了吗？"

那伍摇摇头，用力地站起身，朝远处走去，陈二棍紧跟其后。那伍的身子就跟散了架子似的，整个人都有些不清醒，但唯独清醒的是那只手，他将那个大信封狠狠地搂在胸前，狠狠地，他想，即便是死了，也不能将这钱丢了。

天下雨了，还打着雷，他们坐车来到了火车站，才三点多钟，吃了饭，在火车站等候。陈二棍精神头一直不高，因为那伍输了，他就不会再干这个，陈二棍的生意也便会惨淡不少，或者说陈二棍也没法吃这碗饭了。

不过陈二棍又想起了老幺，想到老幺便来了精神，老幺是他的智囊，那是军师，绝对的军师，在陈二棍眼里，老幺就是诸葛亮，半仙半妖似的，会掐指算，会察言观色，关键是会给人出主意，给人找活干，给人提供挣钱的机会。这个时代里，没有人比给你找活更加让你兴奋和激动的，好像遍地都是钱，看你有没有"眼光"。想到这陈二棍也就不那么难过，不干这个就不干，天无绝人之路，反正钱也挣得差不多了。陈二棍猛然间想起了什么似的，他对那伍说:"我再待上一晚上,明天再走,你自己先回去吧。"那伍根本没抬头应声,此时的他整个脑袋都是木的,浑身哪都疼,也没心情理他。陈二棍抬起屁股就走了,他觉得昨天找的那个"三陪"特别的水灵,来一次是一次,玩够了再回去。

那伍就在这候车室等着,天气闷热,下着雨也是热的,那雨稀稀拉拉的,弄得人们心情郁闷。那伍坐在那里,本想躺着,因为这样会舒服些,可他刚刚躺下,便来了个孕妇,他只好坐起来,将身边的座位让孕妇坐下。

那伍在候车室等了两个多小时,身体的疼痛和不适倒不算什么,只因心中那份牵挂,这两个小时便是折磨人的。他牵挂着黄毛,只因为她的那口气需要每天五十块钱来维系,而他留的钱刚好到今晚。他期待明日清晨赶回小城,将那厚厚的一个信封拍在医院的交款处,那一万块钱,黄毛半年多的寿命。想到这,那伍觉得刚才的那顿打挨得还是值当的,他甚至回味起刚才的那一幕,为自己的表现或者说是表演沾沾自喜,他觉得只有自己能做到,本是假打却让人无法发现。

两个多小时候后,那伍上车了,上了车,时间便有了保证,那伍便踏实了。火车开启,很快出了城到了郊外,雨越下越大,冲刷着地面,打在车窗上,那伍头靠着车窗望着外面的一片荒地。他将那厚厚的信封藏在了裤裆里面,他知道,车上也不干净,扒手很多,若是不留神弄丢了钱,那他真要死在眼前的荒地上。如果那样的话他没脸回去,即便带着脸回去,也是没钱为黄毛治病的。

不知不觉中,那伍有些困意,睡着了,睡着的过程中他的手一直放在裤裆的地方,那里应该是他最为敏感的地方,也应该是男人最为敏感的地方,稍有个风吹草动便能感受到,而他将手放在那里,便是双保险。他醒来的时候发现外面黑洞洞的,雨依然在下,很大,而且越下越大,大自然的力量是惊人的,是足以让人敬畏的。那伍本想再次睡去,可他猛地惊醒,如想起什么似的,原来此时的火车是处于静止状态的。

其实火车早就停下了,停在了距离小城一百多公里的地方,原因是雨太大,前面的隧道有塌方。当然这个时候那伍并不知道为什么,他赶忙去找列车员，得知情况后，他整个人几乎疯掉一样。他知道塌方对他的意义，那便是火车无限期地推迟，他能等，黄毛不能等！如果这样推迟下去，不知道何时才能通车，列车员告诉那伍，让他稍安勿躁，列车长已经通知最近的火车站，怎么安排等消息。那列车员话里含糊其辞，当然他也不知道怎么安排。通过那伍进一步的追问，他才搞清楚，这火车肯定是无法通行了，只能等待救援。那伍疯了似的，整个人都抖动起来，吓得列车员还以为他心脏病犯了。

那伍在两节车厢中间站了许久，这个时候列车长通过广播向全体乘客说明了情况，他还告诉大家不要惊慌，他们准备的吃的足够三天，这时间足够等待救援的了。车厢里的人似乎并不在意，也许是困的，经历了一阵阵的骚动和讨论之后，也逐渐地安静下来。遇到这样的事也没办法，着急更是没办法。

那伍就在两节车厢中站着，此时的他也冷静下来，他得知此处距离小城还有一百多公里，而时间是凌晨三点，于是他做了一个惊人的决定，跑回去。跑回去是唯一的办法，想到这，那伍被打得几乎零散的身体突然间来了力量，连他自己都不知道这力量来自何处。

雨依然很大，老天震怒一样，打着雷，打着闪，甚是怕人。他向乘务员问了路线，其实路线挺简单，顺着火车道，即便找不到火车道那也容易，一直往东就是，前面只有座小山，不高，翻过去便是一马平川。那伍让列车员打开门，列车员犹豫了下，她说要问下领导，那伍大喊道："你自己没手啊？还是没脑子啊？"列车员道："这么黑的天，还下雨打雷的，你出了什么事谁负责啊？"

"用不着你负责！你又不是我妈！"说着那伍拽住列车员的脖领子，扬起拳头来吓他，其实那伍是知道轻重的，他并不想伤害人家，只是想让他将门打开。这招果然奏效，那人乖乖地打开了。

那伍刚一出火车，雨水打在身上很疼，就跟子弹一样，让他无法抬头，而且那雷很低，有的时候就像在耳边响起一样。闪电瞬间照亮周围的一切，然后又让周围陷入黑暗之中。那伍并不怕这些，他是顾不得害怕，他要将精力更多地用在脚下的路，他要看清路，别跌倒，因为每一次跌倒便是对他体力的损耗。他跑了起来，他不知道哪来的力量，一百多公里，他想他是没问题的，如果顺利的话，跑到天亮一定能到达小城。

那伍觉得身上有使不完的力量，其实人体就像个小宇宙，那爆发时的力量是无法估量的，就像那伍现在这样，若干年后的他也不知道这样的"壮举"是如何完成的。他跑着，顺着铁轨跑，便看到了那座小山，也正是这座小山的隧道发生了塌方，越过这座山倒是好些。山并不高，只是多有土和石头，石头划破那伍的脚，土经过雨水冲刷变成了泥便会产生巨大的阻力。他的脚由于卖菜时冻伤过，每当雨雪天气便会痛痒不止。现在却不断地碰到石头，那是一阵的疼痛，这疼和往常不太一样，并不如往常一样钻心，只是知道疼了。他麻木了，他的精神头并没有在脚上。

那伍只看前方，就像个赛跑运动员一样，可惜他没有竞争对手，而时间便是他的对手，这个东西再狡猾不过，它总在你身边匆匆溜走，你看不见摸不着，更是抓不到，让你在不知不觉中落后，所以那伍一刻不能停歇，每一时刻都在用自己最大的力气，全速前进。

也不知道跑了多少公里，天蒙蒙亮了，如果说一开始是暴风骤雨的话，那现在则是中雨，尽管气温很低，但他感觉自己的身体就像一团火，燃烧着，渴了，他便仰起头张开嘴，那雨水便冲进嘴里。那味道并不好，是腥的，跟鱼缸里的水有几分相似。此时他已经跑了一半的路程，也跑过了最为难跑的路段，现在的土不像刚刚那样松软，阻力也减小了好多，但他疲惫了，就跟长跑运动员一样进入了疲惫期。

那伍机械地运动着，由于长年练习摔跤，他总能在跌跌撞撞中找到自己的重心，重新找到平衡，他不想摔倒，也不能摔倒，他知道，一旦倒下，起来便不那么容易。他实在是太过疲惫了，在奔跑的过程中竟打起了盹，也就是意识模糊的状态。他现在相信了，人真的能在跑着的过程中打盹，只眯那么一会儿，身体的状况便会好些。

逐渐的，天亮了，由蒙蒙亮变为大亮。那伍几次想要提速，但身体似乎已经吃不消了，他眼看着天亮的，他在追逐，在追赶那匆匆的时间，他一定要尽快赶到医院，他想着黄毛便来了力气，他甚至"梦"到了黄毛，所谓的梦，便是眼前出现了黄毛的音容笑貌，出现了和黄毛相处的一幕幕，从第一次见面，再到孩子出生，从回到家中给他做思想教育，再到那腾空的一跃而起，从兴致勃勃地教他做人的尊严，到萎靡不振地躺在病床上，眼中的一切那样真实。

那伍调整着自己的呼吸，掌控着身体的平衡，在运动中寻找重心的支点，他冲过了疲惫期，然而太阳从眼前一点点升起，到了头顶的位置。

那伍回到了小城，他是能坐车的，但他没有，他知道，自己的身体，一旦停下，便再也起不来了，他需要这样的运动，在运动中才能保持清醒，毕竟他身上有钱，那钱便是黄毛的命。

那伍快到医院的时候见到了黄毛的妈坐在一马路边，神色黯淡，那伍心中升起了不祥的感觉。按理说，黄毛的妈在这个时候应该是在照顾黄毛，可她为什么会在马路牙子上坐着？而且眼睛通红，像是哭过的痕迹。那伍走近一看，只见岳母不仅眼中挂着泪，而且脸上也有几处淤血。那伍明白了，这样的情景证实了那伍的猜测，但他没有意识到更糟的事已经发生了。

那伍在运动中停下，便象从行使的车子中抛出的一块肉一样，一下子堆到了地上。黄毛妈见到那伍的样子吓坏了，此时的那伍哪里还有个人样？衣服被树枝刮烂了，脸上胳膊上身上全是伤痕，眼睛通红，嘴唇发白，脚下的鞋子也烂了，脚也烂了，这些东西，那伍统统没有感觉到，他麻木了。岳母赶紧去搀扶那伍，关切地问："你怎么了？这是怎么了？"

那伍反问道："别管我，我没事，你说你怎么了，黄毛呢？"提到黄毛，岳母止住的眼泪便再次开闸了。原来岳母在清晨的时候已经跟医院的大夫提出放弃治疗，也就是我们俗称的拔管子，她实在是没钱了，这两天小毛将家里的钱以及值钱的东西全部拿走，而且还打了她，还扬言要将房子卖掉，否则的话就弄死他妈。医院催款，自己没钱，那伍迟迟不回，再加上小毛彻底地让她绝望，她便让医院放弃治疗。其实她早就想过这件事，她看那伍实在是辛苦，也不想这样拖累。她觉得，死也许是个解脱，不论对活着的人，还是死的人都是个解脱。

那伍疯了一样，他眼睛通红，猛地起身，做出了惊人的举动，也许是受了刺激，他竟然将裤裆里的钱掏出，向空中扔去，随后便是一声哀嚎，这声音如撕心裂肺一样，听到的人不免要吓一跳，路人纷纷驻足，朝这边投来目光。

那钱，岳母并没有拾起一张，她转身走了，她现在什么都没了，要钱还有什么用？

那伍任凭那钱在空中飘落。对他来讲，钱已经没有任何意义了。他停顿片刻，便跑向医院，他想见黄毛最后一眼，再看一眼吧，这一眼便是弥足珍贵的，给他自己留个念想。那伍并没有跑，而是在走，因为他知道时间对他来说已经没了意义，一边走他一边抹着眼泪，其实与其说是抹着眼泪，不如说是抹着眼睛，因为他的身体就像个烧干了的水壶，没有水份了，也就没有眼泪了，只待将壶底烧穿了。

那伍像个游魂一样，他哪里是在走？他是在飘，飘飘荡荡的，像落叶一样，风吹到哪里，便将他带到哪里似的。他六神无主，走到了医院，上了楼梯，走到了黄毛的病房。眼前的一幕再次让那伍惊呆了，那是熟悉的机器的声音，那机器还在运转，还在滴滴答答地响，而黄毛依然躺在床上，胸前起伏，那是呼吸，这呼吸虽然微弱，但很有节奏。那伍不敢相信眼前的一幕，他擦了擦眼睛，怕是幻觉作祟。

黄毛依然活着，这多亏有了张大夫，那个曾经给狗子喂奶的母亲，她感动于那伍的执着，她要亲眼见到、亲耳听到那伍决定放弃的声音；才能拔管子。所以尽管黄毛的妈作为黄毛的直系亲属说要放弃治疗，尽管她在确认书上签了字，张大夫还是没有下最后的命令。她要等那伍回来。

那伍靠着墙，逐渐地瘫软下去，像堆泥巴，他拉着张大夫的手放在自己的头上，那似乎是他仅有的力气，他只能这样表达对张大夫的感激，他说不出话来，嘴巴只是动动，像上了岸的鱼一样。

不过另外一件事那伍突然想起，那便是钱。那伍疯了一样地站起身，冲向门外。

还好，钱还在，落在方圆几米的地上。他再次看到了感动的这一幕：这一幕暖暖的，好多人背朝里，围成个圈，那钱便在那圈里的地上，他们是自发组织的，他们都听到了那伍那一声哀嚎，那撕心裂肺的声音过后便是漫天的百元大钞，他们走过来，没有人低下头哈下腰，而是用脚将那些钱踢到一起，然后面朝外围成个圈，站在那里。他们知道刚才那个扔钱的人一定会回来。

那伍感叹，还是好人多啊，一股暖流充盈全身。那伍拾钱的时候，那些人依然原地站着，不靠近半步，当然那架势也不让旁人靠近似的，待那伍将地上所有的钱通通拾起的时候，那些人便散去，如退潮一般。那伍根本来不及道谢，只望着他们的背影许久，他在心中深深地谢过了那些人。

那些百元大钞，只少了两张。那伍是失而复得，他抱着钱，再次走向医院，赶到黄毛身边的时候便一下子堆到了她旁边的床上，眼看着黄毛，慢慢地闭上了眼睛，他太累了，很快便睡了过去，那与其说是睡，更像是昏死过去。

当那伍再次醒来的时候已经到了第二天的早上，他身上的伤口都有处理过，醒来时他只觉得头疼，而且除了头疼，还有更重要的事，那就是他熟睡的时候小毛来过，他拿走了那伍那九千八百块钱。

折腾了半天，那伍的钱还是没了，当然这是小毛花了五十块钱从老幺那里买来的"情报"。陈二棍没坐那趟火车，但还是跟那伍一样的时间到了小城，他找到老幺的时候老幺便知道了一切。所以老幺将这个消息卖给了小毛，小毛得逞了。其实老幺也不是坏，只是他只认钱，而且他又没有亲自去做坏事，他在做买卖，在做交易，其实信息也是一种资源，也可以用来买卖，而且他能在得到的信息中很快地知道哪些消息对哪些人有用，这便是一种敏感，对市场的敏感。

黄毛的救命钱还是有了着落，这一切均源于那伍的那次长跑，这绝对是长跑历史上的奇迹，因为他超越了身体的极限，照这样的时间计算的话，他绝对是可以跑到世界冠军的水平，但他并不知道这些，并不知道长跑也可以作为比赛，甚至会拿冠军，为国争光，名利双收，而且自从那次之后他便再也跑不出这样的成绩，给他多少钱也跑不出来。相比较而言，我们在电视上看到的比赛所创造的人类极限并不足以让我们叹为观止的，其实人类的极限在民间，在没有人关注的地方，在不可能出现摄像头的地方。

扯远了，再去说那伍。那伍因为这次长跑而一举成名，而他对黄毛的"感情"，体现着人间大爱，体现着世界上最美好的东西，这是报纸上说的，不是那伍说的，如果让那伍说，那伍一定不能总结得这样精辟，但他还是愿意报纸这样说，因为这样说之后黄毛便有救了。不知道是个什么样的组织愿意出钱，给黄毛治病，医院也一反常态地愿意减免那伍的费用，社会各界捐来善款，总之这个事不仅在小城，而且在相当大的范围内都产生了影响，据说省里有大领导看到，特别地关注这件事。

医学界上也有过植物人苏醒的案例，但那都和黄毛伤的不是一个地方，黄毛伤的这个地方是不可逆的，身体状况只会越来越差，所以从医学的角度讲，从专业的角度讲，放弃治疗便是最好的选择。但那伍长跑的事一出，医院还是转变了态度，因为这个事的教育意义要重于其他，要重于黄毛是否能醒来。

这之后，那伍便松了口气，他不用再如奔命一样跟时间赛跑。这个时候小毛找到了那伍，这次他更加消瘦，眼眶深陷，眼睛通红，脸色蜡黄，黄得都没有血色了。那伍尽管对小毛恨之入骨，但见到小毛的时候还是被小毛吓了一跳。小毛端着那骨折了的胳膊，骨头依然要破皮而出一样，这是那伍摔的，那伍现在看来都有些害怕。小毛跪在那伍面前，让那伍打他，他说那伍打他，他心中便会好受些，不是别的好受，他喜欢那样被仍在空中重重地摔在地上的感觉，虽然很疼，但在那一瞬间很快活，跟吸毒一样快活。

那伍听了小毛的话，沉默了半天，走开了。他不知道这次小毛还会有什么样的伎俩来骗钱，反正以前每每见到他，沾上边便掉下一层皮一样。如果说一开始那伍对小毛恨之入骨，恨不得杀之而后快的话，那现在他便想远离小毛，再也不想跟他扯上半点的关系。

那伍没有打小毛一下，他不会让小毛有所谓"舒服"的感觉，再者，他怕小毛死在自己的手上。那伍刚刚走开，小毛便开始了自残，他用头撞向马路牙子，哭喊着说："姐，我对不起你，姐，我不是人，姐，下辈子我给你当牛做马，姐，我不得好死！"每一次喊到姐，他便将头撞向那马路牙子，这撞得很用力，第一下那血便模糊了视线，他喊了多少声的姐，便磕了多少次的头，小毛已经头破血流了，但他还大声地喊道："姐夫，你还有二百没？"

黄毛的事有了着落，那伍便松了口气，可众人的善心，对感情的渴望，对人间真善美的憧憬并没有留住黄毛，她死了。站在她的墓前，那伍一滴眼泪都没掉，不知道为了什么，他只是在琢磨着什么，思考些什么，他是在回忆，回忆和黄毛在一起的点点滴滴，尽管这并不美好，也许他跟黄毛并没有什么所谓的感情，但这些回忆对他来讲是弥足珍贵的，他需要回忆，靠回忆活着，当然他还有狗子，狗子是最能见证他们的回忆的。

　　黄毛死了没多久，小毛也死了，是自杀，死的时候没遭罪。这之后，那伍便再没见过小毛的妈，谁也没再见过她。

二十七

十三姨喜欢狗子,她不但对狗子视如己出,而且还想"据为己有"。当然,要想达到这个目的,她还有许多工作要做。

十三姨给那伍介绍了对象,那是玲子。玲子离婚了,也许是因为艺术吧,一个为艺术痴迷的人,是无法将全身心都投入到家庭生活之中的,那个年代更是这样,更何况她男人知道了她经常画"光屁股"的画。玲子并没有因为离婚而有任何的沮丧,失去了束缚更加精神了。十三姨牵线搭桥,正中了玲子的心意,其实玲子一直比较喜欢那伍,至于为什么,她也说不清楚,只觉得那伍身上有一股力量,带着一股劲,至于什么力量什么劲,她也说不好,不光她说不好,一般人都说不好。那伍有过那么多不堪回首的往事,整个小城的人都是知道的,而且那伍身材矮小,还拖个孩子,而玲子比那伍要小上好几岁,虽然离婚,但没有孩子的拖累。

综合各方面条件,当十三姨给玲子牵线搭桥的时候玲子毫不犹豫就同意了,不过她有一些小小的顾虑,那便是那伍的孩子,孩子太小,一岁多还不会说话,而她毕竟还没有孩子,如果以后再要,那负担是要重些,而且她还没做好当妈的心里准备,更别说是后妈了。十三姨的一席话打消了玲子的顾虑。十三姨说孩子一直是她在养,而且她想一直养着,她拍着胸脯对玲子保证,绝对不会打扰他们的生活。玲子彻底放心了。

十三姨来做那伍的工作,她跟那伍长谈起来,她对那伍说:"你现在还年轻,以后的日子长着呢,黄毛死了,便再也不能活过来,玲子人好,而且肯跟你过日子，你们俩以前也认识，不必我多说。"说这话的时候那伍往肚子里灌了口酒。自打黄毛死了之后，那伍便每天都要喝上点，偶尔会喝多，但大多数时候还好，因为第二天要卖货，要挣钱。不过这个傍晚，那伍喝得有点多，他突然有一种恍然如梦的感觉，跟黄毛在一起的这段日子如梦一样，他也说不好是好是赖，以往就知道挣钱，为了各种目的挣钱，为了能和黄毛在一起挣钱，为了弥补自身的"不足"挣钱，为了黄毛能支持小毛"考大学"挣钱，为了小毛有个"高干的爹"挣钱，为了赎罪而挣钱，为了看到儿子而挣钱，他一直以来脑子里全是挣钱，没有别的，但一旦停了下来，便有种失重的感觉，身体轻飘飘的，脚下也没了根似的。有的时候他会想，想起过去的事。

那伍不是没有动心，他也是喜欢玲子的，玲子漂亮，胜过娟子，更是胜过黄毛，玲子有一种艺术的气质，这对他这样只知道在市场上卖菜的人来讲便是难得的，而且玲子有丰满的乳房和屁股，这都是那伍曾经梦寐以求的，是他意淫的对象，是他好多次在一个狭小的封闭空间内一边用手一边用脑子里想的事物，但现在，这种感觉似乎并不强烈了，他需要的是过日子，好好地过日子。也许十三姨说得对，还年轻，三十几岁，以后的日子还长，而且玲子没孩子，还可以给自己生个孩子，两个人还能将日子过好。

那伍动心了，不过动心归动心，他还是有些惦念狗子。十三姨拍着胸脯保证："你还不相信我啊，这么长时间了，我啥时候亏待过狗子，我都是拿他当我亲生儿子来养！"那伍不是不相信十三姨，他只是觉得狗子有些可怜，妈死了，爹呢又要找对象，组成新的家庭，十三姨是好，但终归不是亲的。

自打黄毛死了，狗子一直由十三姨照顾，那伍只是每天晚上回来的时候才去看望，往往这个时候狗子已经睡了。狗子长大了，眼睛像极了黄毛，细长，而且睫毛也长，皮肤白白的，那伍每次见到狗子都有些心酸，他不知道这是为何，但这种感觉非常强烈。那伍不是不想将狗子接回来，但一提这事，十三姨便横拦竖挡的，说死了也不让那伍抱走，那伍倒是硬来了一次，但没过一天，还要送到十三姨这里，因为狗子的习性他根本就不了解，而且晚上要起几次夜，这样的话，白天根本就没有精神。

十三姨对狗子的心，那伍看得见，可他还是犹豫，尽管前面的日子让十三姨描绘得跟花似的,但他还是放不下狗子。十三姨不得不使出了绝招,她叹了口气,对那伍说:"那伍啊,你是真傻啊?还是装糊涂啊?你不想想,这孩子到底是不是你的?"

那伍乍一听还没反应过来,还以为十三姨这就不认账,要抢孩子呢,那伍说:"不是我的还是你的?"十三姨知道那伍误解,便来引导:"孩子啥时候有的?这孩子有的时候你在哪呢?而且你的身体状况你自己也是知道的!"

听了十三姨的话,那伍倒吸一口气,自己的身体状况自己倒是知道,他并不像旁人想象的那样不是个完整意义上的男人,但黄毛有这孩子是什么时候?这个问题让他陷入了沉思,那个时候他因为看黄色录像而被关起来呢,出来的时候黄毛肚子可老大了。虽然说时间上对得上,但这段时间那伍并不在黄毛身边。那伍嘴上不承认,但心里还是画了个问号。

十三姨这招果然见效,那伍去看了狗子,此时狗子正在依依呀呀地说话,说什么十三姨能听懂,而那伍却无法听懂。他仔细地观察着狗子,好像生下来到现在他还未这样细致地观察过,他突然觉得这个孩子如此的陌生,眼睛像极了黄毛,鼻子和脸上的轮廓也像黄毛,他到底哪点像自己?如果说像,那好像只有耳朵,也不是特别像,而是有一点像。那伍困惑了,这种困惑带给他痛苦,他从未想过的问题现在要想了。

狗子虽然白天很少见到那伍,但那伍每天晚上是要来看他的,那伍对狗子的疼爱,狗子虽小也是能感觉得到的。这次那伍抱起狗子,狗子便躺在那伍的怀里,歪着头,看着窗外,好像在享受父爱的惬意,其实对于他来说还不知道什么是爹,还不知道什么是父亲,可毕竟是血浓于水吧,即便是十三姨每时每刻的照看着狗子,但狗子还是一见到那伍便不找别人了。往常那伍总是跟狗子玩够、哄着他睡着才肯离去,今天,他有些待不住了,不是不喜欢狗子,不是不想和他多玩上一会,是他心中有事,他在想,怀中这个小东西到底是不是自己的?想到这,那伍便加速了想要离开的进程,但狗子的小手抓着那伍的衣衫,手虽小,但抓得死死的,直到十三姨用力将其和那伍隔开。狗子突然放声大哭,哭得那叫一个委屈啊。那伍还未曾见过狗子这样的哭,一下子心软了,马上回头,从十三姨怀里抱过他。

那伍见到了玲子，在自己的家，当然还有十三姨。

三个人吃着火锅，喝着白酒，这日子惬意，若是能天天这样，那伍应该会很高兴，他现在就是缺个人照顾，知冷知热的人，晚上回家能有口热的，这就是最好的日子。那伍当然知道，这好日子就在眼前，只要他一点头，他想要的就会有的。可此时的表态对那伍来说异常的艰难，不在想别的，他在想，那孩子到底是不是自己的？这是个谜，看似永远也揭不开的迷，因为黄毛死了，死无对证。当然他还没有聪明到去化验什么 DNA，他不懂，他什么都不懂，只是会用眼睛看，从狗子的相貌中判断那到底是不是自己的孩子。

还是十三姨说得好，即便是自己的孩子，你也总归是要成家的，你这么年轻。这句话让那伍豁然开朗，他还年轻，前面的路还长，没有个人在身边，那是不行的，而且看到玲子可人的样子，那张白皙的脸，丰满的胸和屁股，当然还有那异与常人的气质，那伍还是点了头。

这晚玲子和十三姨走后，那伍便在屋子里面哭。他没有去看狗子。他本是想去看的，但十三姨跟他有了约定，即便是口头上的约定，那伍也不能这样轻易违背。十三姨的意思是，那伍将那孩子送给十三姨抚养，自此之后便跟孩子没半点关系，那伍也不需再给狗子生活费，当然狗子长大了也不会叫他爹，而是叫十三姨和十三姨的男人爹妈。十三姨和那伍先是达成了这样的口头协议，等到第二天再签字画押。

就这样将狗子送人了？那伍心里说不出的滋味，好像有人在他心坎上踹了一脚似的。不过细想想，也只能这样，他，毕竟还年轻，还有好长的路要走。

这几天那伍是恍惚的，卖菜的时候都会走神，常常是找错了钱，若是他多找了，少有人退还，若是少找了，便有人不高兴，甚至还会骂人，骂就骂吧，又不是没被骂过。市场上卖菜在跑江湖的行当里应该是最卑微的，没有"活"，只就是专靠一把力气，所以被人瞧不起。没有涵养的人，说骂就骂，而且是一剑封喉的那种。

那伍总是去想狗子刚出生的那会，看上去还是个小老头，想起狗子在黄毛娘家的时候，那时候还小，每天晚上他去看它，便像看个小肉球一样，最开始那种感觉怪怪的。儿子？这就是我的儿子？他会非常陌生地看着狗子的那张脸,去慢慢地、悉心地体会当爹的感受。狗子的小脚踹到他脸上的时候他会高兴,因为狗子长了能耐,有了力气。孩子会看,会笑,会抓,会蹬腿,这一些举动都会让那伍激动不已。

不过理智地想想,还是算了吧,那还不定是谁的孩子?再者,自己还年轻,还有那么长的路要走,而且根据十三姨的说法,那伍也算对得起黄毛的,躺在医院那么久,那伍从未说过要放弃,现在孩子也算是有个好去处,没什么遗憾的。

那伍和十三姨"签字画押"了,那以后,那伍便没再来看过狗子。狗子是要找爸爸的,每天晚上吃过晚饭,狗子便哭得厉害,一声高过一声,十三姨怎样哄也是无济于事的,当然这个时候那伍也会在楼下转圈,一圈一圈的,他真是想上去,但十三姨说过,几天的时间孩子便会将他忘掉,忘掉了也就没事了,如果现在上去,那前面的努力便是白费的。

狗子每天都会哭,即便是在楼下也能听得到,那伍能够清楚地听到。那伍不是不想狗子,他太想了,可他是和十三姨约定好的,而且还签字画押了,他们说好了,谁反悔谁不是人。那伍应该还是个人,他要忍耐,他突然间想起了黄毛的话,人要有尊严地活着,在现在看来,所谓的有尊严那就是守信用,说到做到。可当那伍在楼下听到狗子的哭声的时候,这一切都不重要了,他想冲上去,还是止住了,他仰望着,从那紧贴着楼壁的排水管子上,看到了希望。

那伍跟做贼似的,蹑手蹑脚地从排水管子爬上去。十三姨家是六楼,这很累,但再累也不觉得,他只想看到狗子,只看他一眼,便是心满意足了。可人总是"贪婪"的,看了一眼,便要多看一眼,这样一眼一眼地看下去,那伍的手臂便支撑不住了,他手臂的力量和身体的重力对抗着,这重力慢慢地显出优势来,他便慢慢地下滑。狗子真的长大了,他似乎会说话,但说的什么那伍全然不知。他能够站立,还能在十三姨的帮助下走上几步。看到狗子能走了,窗外的那伍落泪了,而他自己,也不得不"落幕"了。这次"偷窥"是成功的,没有被人发现,包括十三姨,也包括狗子。只过了几天,狗子便不再哭了,每当晚饭之后十三姨用尽全力去转移狗子的注意力,这种做法初见成效,狗子不再想爹了,一年多培养起来的感情,几天没见就淡忘了,不知道那伍是该高兴还是该难过。

那伍和玲子结婚了。

那晚，那伍得到了玲子的身体，那是他梦寐以求的，而且跟他想的一样，玲子要比黄毛好看百倍，丰满的乳房和屁股，脸上白皙，不像黄毛满脸的雀斑，还跟枯黄的叶子似的没有水分。办了那事之后，那伍笑了，这笑是不易察觉的，只是嘴角动了动，便很快平静了。他并没有表现出多少喜悦和兴奋，这份冷漠倒是将玲子凉在了一边，那伍起身穿上衣服走出了门。还在床上赤身露体的玲子问那伍要去哪，那伍只冷冷地扔下一句，出去转转。

转转，果真是转转，那伍绕着自家的楼在转，一圈一圈的，谁也不知道他脑子里想的是什么，他围着楼，转了二十多圈，突然间停下了。他顺着管子爬上了六楼，他看到了狗子。

天下雨了，由星星点点，再到瓢泼大雨，也许下雨对那伍来讲是最好的掩饰，没有人会注意六楼的水管子上贴着个人，甚至没有人会抬头往上看，在家的都在忙着各自的事，不在家的便要往家里赶。那伍浑身被雨水打透，双手、双脚像蛇一样缠着那管子，他只觉得此时此刻他有无穷尽的力量来对抗身体的重力。

狗子在和十三姨玩耍，笑呵呵的，那伍有些心酸，孩子就是孩子，才几天没见啊，该吃吃，该玩玩。如果说前几天还要在十三姨的辅助之下走上两步，现在头几步基本上不用扶，虽然走得七扭八歪的，但还是能走下来。那伍笑了，但他不敢笑，他怕惊动了狗子，惊动了十三姨，当雨越下越大，足以盖住他的声音，他还是没笑，他哭了，嚎啕大哭。

十三姨跟狗子玩了一会，便走开了，也许是去了厕所。狗子一个人坐在那里，他会坐了，坐的姿势很好。那伍看到这些，便哭得更厉害了。也许是哭声太大，狗子便寻声望去。此时内亮外暗，他应该看不到那伍，可那伍竟然鬼使神差地推开了窗子。狗子见到了那伍，他先是一愣，然后用力地思索，思索这个好多天都没有来的人到底是谁，也许他想明白了，因为他对那伍笑了起来，他手指着那伍的方向。

那伍真想顺着窗子爬进去，他想抱抱狗子，去感受他身上的体温，但他不能，因为他说过已经将狗子送给了十三姨，出尔反尔不是大丈夫所为，而且玲子已经娶到了家，他和玲子事先约定，这孩子是给了十三姨的，而且玲子的身体他刚刚享用，玲子的余温、玲子身体的气味还在那伍身边萦绕，这事怎能反悔？

那伍没想反悔，只是想多看一眼狗子，此时的他力气消耗殆尽，手越发的酸疼，已无力对抗身体的重力。他慢慢地下滑，每滑下一点，狗子便用力地伸着脖子朝这边看来。他想滑得慢一些，这样可以多看一眼，可他再慢，也是在向下滑，而狗子就这样眼巴巴地看着那伍往下，狗子不哭也不闹，也不做声，他向前挪动，为的是多看一眼那伍。

现在的狗子还不会自己站立起来，只是十三姨将他扶起来，然后他能走上几步，所以为了保证能看到那伍，狗子只有抻着脖子，用力地向窗外看。

那伍慢慢地滑到了五楼，当他无法看到十三姨天棚的时候，便迅速地滑下。他的大脑一片空白，都不知道是怎样下来的，只是距离地面好几米的高度，手一松，整个人便像团泥一样摔到了地上，落地之后他并没有急于起身，只是瘫坐那里。他流泪了，轻悄悄的流泪，是那种悄无声息的流泪。那伍也不知道最近哪来的那么多眼泪，可那眼泪就像是受了风寒的鼻涕一样，止不住地往下流，而且是在不知不觉之中，再去摸脸，那便是湿的。此时，雨水和泪水交融在一起，他仰起脸，雨不像刚才那样猛烈，但还是星星点点地打在脸上。他突然间想到，老天是不是也在流泪啊，他感受到了那雨点的温度似的。那伍再次想到了黄毛，黄毛死的时候他一滴眼泪都没掉，只是死之前和死之后他总是流泪，这不免让他去想死到底是个什么东西，他是在思念黄毛吗？应该不是，黄毛没什么让他思念的，除了给他生了个孩子，当然现在他也没搞清楚这孩子到底是不是自己的。他只想有个家，有个媳妇，有个孩子，干了一天活，晚上能吃口热的，有人暖被窝，能跟孩子玩一会，他要求并不高，而且现在玲子也可以取而代之，可他就是放不下狗子，那个孩子。

想着想着，那伍觉得感情这个东西真怪，就像当年他养的那只猴子，那猴子离他而去也让他难过了好长时间。即便是个畜生，待久了，总会有感情的，更何况那是个孩子，会哭会笑还会闹的孩子。那伍叹了口气，从地上起身，起身的同时他觉得身子像散架了一样，刚才的坠落将腿脚都震得不轻，而这疼痛现在找上来了。他要回家了，毕竟现在狗子已是人家的孩子了，而家里的玲子才是自家媳妇，也许时间长了会好些，等玲子给他生个孩子，一切都会好的。